MW00744501

Buch

Schon seit fünf Jahren sitzt Olive Martin im Gefängnis. Sie hat zugegeben, ihre Mutter und ihre jüngere Schwester bestialisch ermordet zu haben. Die Ermittlungen waren rasch abgeschlossen, und auch die Gerichtsverhandlung ging schnell über die Bühne. Allenfalls die Begleitumstände waren bemerkenswert, da die dreiundzwanzigjährige Frau von Presse und Öffentlichkeit als Monster gebrandmarkt wurde: Ihre Häßlichkeit paßte geradezu perfekt zu der Grausamkeit der Tat.

Auch im Gefängnis wird Olive ihrer Rolle gerecht. Ihre Wutausbrüche sind gefürchtet, und die meiste Zeit verbringt sie damit, Figuren zu kneten, in die sie dann nach bestem Voodoo-Vorbild Nadeln sticht. Von ihren Mitgefangenen wird sie daher die Bildhauerin genannt.

Die Journalistin Rosalind Leigh hat den Auftrag bekommen, ein Buch über den bizarren Fall zu schreiben. Nach anfänglichem Widerstreben wächst ihr Interesse, denn ungeachtet der Schuldbeteuerungen der Verurteilten spürt Rosalind, daß die junge Frau etwas zu verbergen hat. Sie entdeckt immer mehr Ungereimtheiten, die so gar nicht zu dem klaren Fall passen wollen. Zusammen mit der Bildhauerin tritt sie eine gefährliche und faszinierende Reise an in eine Welt voller versteckter Leidenschaften und offenem Haß, schreiender Ungerechtigkeit und dunkler Geheimnisse …

Autorin

Minette Walters arbeitete lange als Redakteurin in London, bevor sie Schriftstellerin wurde. Heute zählt sie zu den Lieblingsautoren von Millionen Leserinnen und Lesern in aller Welt. Für „Die Bildhauerin" erhielt sie den Edgar-Allan-Poe-Preis, und auch alle anderen ihrer Romane wurden mit wichtigen internationalen Preisen ausgezeichnet und in über dreißig Sprachen übersetzt. Minette Walters lebt mit ihrem Mann und ihren beiden Söhnen in Hampshire.

Außerdem bei Goldmann lieferbar:

Im Eishaus. Roman (42135) · Die Schandmaske. Roman (43973) · Dunkle Kammern. Roman (44250) · Wellenbrecher. Roman (44703) · Das Echo. Roman (44554) · In Flammen. Roman (45257) · Schlangenlinien. Roman (45377) · Der Nachbar. Roman (45715) · Fuchsjagd. Roman (geb.31012) · Der Außenseiter. Roman (geb. 31078)

Minette Walters

Die Bildhauerin

Roman

Aus dem Englischen von
Mechtild Sandberg-Ciletti

GOLDMANN

Die Originalausgabe erschien unter dem Titel
»The Sculptress«
bei Macmillan, London

Umwelthinweis:
Alle bedruckten Materialien dieses Taschenbuches
sind chlorfrei und umweltschonend.

Einmalige Sonderausgabe März 2005

Umschlaggestaltung: Design Team München
unter Verwendung eines Motivs von
Hans Holbein (Ausschnitt)
Druck: GGP Media GmbH, Pößneck
Made in Germany · Titelnummer: 45978

ISBN 3-442-45978-8
www.goldmann-verlag.de

Für Roland und Philip

Die Wahrheit liegt innerhalb eines kleinen,
bestimmten Umkreises, doch der Irrtum ist immens.

HENRY ST. JOHN, VISCOUNT BOLINGBROKE

»Es war das Gefühl, daß der große, tödliche, ausgestreckte Zeigefinger der Gesellschaft auf mich zeigte – und die Stimme von Millionen intonierte: ›Schande. Schande. Schande.‹ So geht die Gesellschaft mit jemandem um, der anders ist.«

KEN KESEY – *Einer flog übers Kuckucksnest*

Wachsskulptur – Böser Wille und Aberglaube drückten sich auch in der Herstellung von Wachsbildern verhaßter Personen aus, in deren Körper man lange Nadeln stieß, weil man hoffte, dadurch bei den repräsentierten Personen eine tödliche Verletzung herbeizuführen. Der Glaube an diese Form der schwarzen Magie ist niemals ganz ausgestorben.

ENCYCLOPAEDIA BRITANNICA

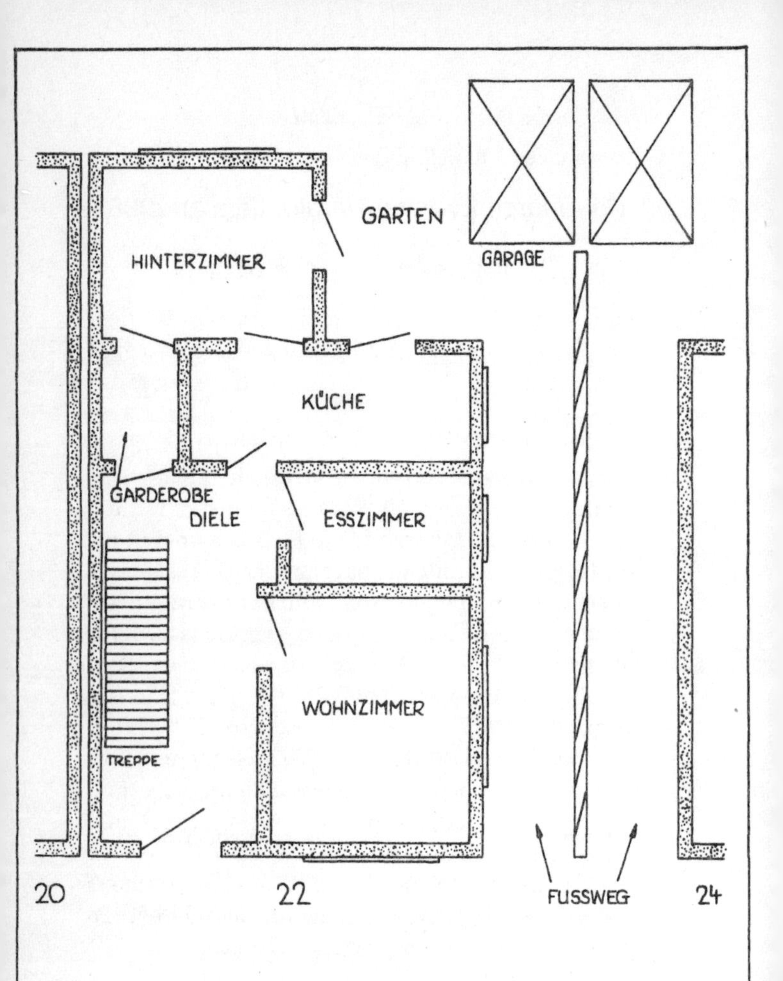

ERDGESCHOSS-GRUNDRISS DES HAUSES AN DER LEVEN ROAD, NUMMER 22, IN DAWLINGTON/SOUTHAMPTON, ZUR ZEIT DER MORDE.

PROLOG

Dawlington Evening Herald, Januar 1988

25 Jahre für brutale Morde

Vor dem Strafgericht in Winchester wurde gestern Olive Martin, 23, wohnhaft in der 22 Leven Road in Dawlington, für die brutalen Morde an Mutter und Schwester zu einer lebenslänglichen Zuchthausstrafe verurteilt, wobei die Empfehlung erging, sie solle mindestens 25 Jahre davon abbüßen. Der Richter, der die Martin als ›ein Monstrum ohne einen Funken Menschlichkeit‹ bezeichnete, erklärte, nichts könnte die barbarische Grausamkeit entschuldigen, die sie zwei wehrlosen Frauen gegenüber an den Tag gelegt habe. Der Mord an einer Mutter durch ihre Tochter sei das unnatürlichste aller Verbrechen und verlange die strengste Strafe, die das Gesetz auferlegen könne. Der Mord an einer Schwester durch die Schwester sei nicht minder schändlich. »Die Zerstückelung der Leichen«, fuhr er fort, »war eine unverzeihliche und barbarische Schändung, die als ein Akt tiefster Verwerflichkeit in die Annalen des Verbrechens eingehen wird.« Olive Martin zeigte keine Gefühlsregung, als das Urteil verlesen wurde...

1

Es war unmöglich, sie ohne einen Schauer des Abscheus näher kommen zu sehen. Sie war die groteske Parodie einer Frau, so unförmig, daß Kopf, Hände und Füße auf absurde Weise wie viel zu klein geratene nachträgliche Anhängsel von der gewaltigen Masse ihres Körpers abstanden. Schmutziges blondes Haar klebte feucht und dünn an ihrer Kopfhaut, und unter ihren Achselhöhlen hatten sich dunkle Schweißflecken ausgebreitet. Das Gehen bereitete ihr offensichtlich Mühe. Immer in Gefahr, das Gleichgewicht zu verlieren, schlurfte sie auf den Innenkanten ihrer Füße vorwärts, die Beine auseinandergetrieben von der Stoßkraft eines gigantischen Oberschenkels gegen den anderen. Und selbst bei der kleinsten Bewegung spannte sich mit der Verlagerung der Fleischmassen der Stoff ihres Kleides gefährlich. Sie besaß, so schien es, nicht ein einziges Charakteristikum, das mit ihrer Erscheinung versöhnt hätte. Selbst ihre Augen, von einem tiefen Blau, gingen förmlich unter in den häßlichen Falten gewellten weißen Fetts.

Seltsam, daß sie nach so langer Zeit noch immer ein Objekt der Neugier war. Leute, die sie jeden Tag sahen, starrten ihr nach, wenn sie durch den Korridor ging, als sähen sie sie zum erstenmal. Was war es, das sie so faszinierte? Einfach die Dimensionen einer Frau, die einen Meter achtzig groß war und fast hundertvierzig Kilo wog? Oder ihr Ruf? Der Abscheu vor ihr? Nie lächelte jemand. Die meisten beobachteten sie unbewegt, wenn sie vorüberging, vielleicht aus Furcht, ihre Aufmerksamkeit zu erregen. Sie hatte ihre Mutter und ihre Schwester in kleine Stücke zerhackt und die einzelnen Teile in blutiger Abstraktion auf ihrem Küchenboden geordnet. Wenige, die sie sahen, konnten das vergessen. Wegen ihres grausigen Verbrechens und der Furcht, die sie, finster und gewaltig, allen im Gerichtssaal eingeflößt hatte, war sie zu lebenslänglicher Zuchthausstrafe verurteilt worden, mit der Empfehlung, daß sie mindestens fünfundzwanzig Jahre der Strafe verbüßen sollte. Was sie, abgesehen von dem Verbrechen selbst, zu einer ungewöhnlichen Person machte, war die Tatsache, daß sie sich schuldig bekannt und jede Verteidigung abgelehnt hatte.

Innerhalb der Zuchthausmauern war sie als die Bildhauerin bekannt. Ihr richtiger Name war Olive Martin.

Rosalind Leigh, die an der Tür des Besprechungsraums wartete, fuhr sich mit der Zunge durch den Mund. Ihr Abscheu war so unmittelbar, als hätte das Böse an Olive Martin die Hand nach ihr ausgestreckt und sie berührt. *Mein Gott*, dachte sie, und der Gedanke erschreckte sie, *ich halte das nicht durch*! Aber sie hatte keine Wahl. Hinter ihr, der Besucherin, waren die Zuchthaustore so fest geschlossen wie hinter den Insassen der Anstalt. Sie drückte ihre zitternde Hand auf ihren Oberschenkel, dessen Muskeln unkontrollierbar zuckten. Ihre praktisch leere Aktentasche hinter ihr war hohnlachendes Zeugnis ihrer mangelnden Vorbereitung auf dieses Zusammentreffen und ihres naiven Vertrauens darauf, daß ein Gespräch mit Olive sich entwickeln werde wie jedes andere. Nicht einen Moment lang war ihr der Gedanke gekommen, Furcht könnte ihren Einfallsreichtum lähmen.

Lizzie Borden mit dem Beile, hackt ihre Mutter in zehn Teile. Schaut sich die Bescherung an, nimmt gleich den Vater auch noch dran. Der Reim ging ihr unaufhörlich im Kopf herum, benebelnd in seiner ständigen Wiederholung. *Olive Martin mit dem Beile, hackt ihre Mutter in zehn Teile. Schaut sich die Bescherung an, nimmt gleich die Schwester auch noch dran…*

Roz trat von der Tür weg und zwang sich zu lächeln. »Hallo, Olive. Ich bin Rosalind Leigh. Es freut mich, Sie endlich kennenzulernen.« Sie reichte Olive herzlich die Hand, vielleicht in der Hoffnung, sie könnte ihre Abneigung bezwingen, wenn sie unvoreingenommene Freundlichkeit demonstrierte. Olives Berührung war rein mechanisch, ein Hauch lebloser Finger. »Danke«, sagte Roz kurz zu der wartenden Zuchthausbeamtin. »Ich komme jetzt allein zurecht. Wir haben die Genehmigung der Direktorin, eine Stunde lang miteinander zu sprechen.«

Lizzie Borden mit dem Beile... Sag ihr, daß du es dir anders überlegt hast. *Olive Martin* mit dem Beile, hackt ihre Mutter in zehn Teile... Ich halte das nicht durch!

Die Frau in Uniform zuckte die Achseln. »Okay.« Sie ließ den Stuhl aus geschweißtem Metall, den sie mitgebracht hatte, achtlos zu Boden fallen und stützte ihn mit dem Knie ab. »Den werden Sie brauchen. Alles andere bricht zusammen, wenn sie sich drauf setzt.« Sie lachte durchaus liebenswürdig. Eine attraktive Frau. »Letztes Jahr war sie in der Toilette eingeklemmt. Vier Männer waren nötig, um sie wieder rauszuholen. Allein würden Sie sie niemals auf die Beine bringen.«

Roz bugsierte den Stuhl unbeholfen durch den Raum. Sie fühlte sich in die Ecke gedrängt wie die Freundin verfeindeter Partner, die genötigt wird, Partei zu ergreifen. *Doch Olive schüchterte sie auf eine Weise ein, wie die Gefängniswärterin das nie gekonnt hätte.*

»Ich werde bei diesem Gespräch mit dem Kassettenrecorder arbeiten«, blaffte sie in ihrer Nervosität kurz. »Die Direktorin ist damit einverstanden. Ich vertraue also darauf, daß das in Ordnung ist.«

Darauf folgte kurzes Schweigen. Die Beamtin zog eine Augenbraue hoch. »Wenn Sie meinen. Es wird sich ja wohl jemand die

Mühe gemacht haben, das Einverständnis der Bildhauerin einzuholen. Wenn's Probleme geben sollte, zum Beispiel handgreifliche Proteste«, sie fuhr sich mit einem Finger quer über den Hals, ehe sie an die Glasscheibe neben der Tür klopfte, die dem Personal ungehinderten Blick in das Zimmer gestattete, »dann klopfen Sie ans Fenster. Immer vorausgesetzt natürlich, sie läßt sie.« Sie lächelte kühl. »Die Vorschriften haben Sie hoffentlich gelesen. Sie bringen nichts mit herein, und Sie nehmen nichts mit hinaus. Im Besprechungszimmer darf sie Ihre Zigaretten rauchen, aber sie darf keine in ihre Zelle mitnehmen. Ohne Genehmigung der Direktorin dürfen Sie ihr weder Botschaften überbringen, noch dürfen Sie für sie welche weitergeben. Wenn Sie wegen irgendwas Zweifel haben, wenden Sie sich an eine Beamtin. Ist das klar?«

Miststück, dachte Roz zornig. »Ja, danke.« Aber natürlich verspürte sie nicht Zorn, sondern Angst. Angst davor, mit diesem Monstrum, das nach dem Schweiß der Dicken stank und dessen grotesk aufgedunsenes Gesicht keinerlei Regung zeigte, in einem engen Raum eingesperrt zu sein.

»Gut.« Mit einem Zwinkern zu einer Kollegin ging die Beamtin davon.

Roz sah ihr nach. »Kommen Sie herein, Olive.« Sie wählte absichtlich den Stuhl, der am weitesten von der Tür stand. Es war eine Vertrauenserklärung. Sie war so verdammt nervös, daß sie dringend pinkeln mußte.

Die Idee zu dem Buch war ihr von ihrer Agentin in Form eines Ultimatums vorgetragen worden. »Dein Verleger ist drauf und dran, dich fallenzulassen, Roz. Seine genauen Worte waren: ›Ich gebe ihr eine Woche Zeit. Entweder sie verpflichtet sich, etwas zu schreiben, das sich verkauft, oder ich streiche sie aus unseren Listen.‹ Und ich sag's zwar nicht gern, aber ich bin kurz davor, genau dasselbe zu tun.« Iris' Gesicht wurde eine Spur weicher. Roz auszuzanken, dachte sie, war ungefähr so, als versuchte man, mit dem Kopf durch die Wand zu gehen, es war schmerzhaft und völlig wirkungslos. Sie war, das wußte sie, Roz' beste Freundin – ihre einzige, glaubte sie manchmal. Der Stacheldrahtzaun, den Roz um sich herum hochgezogen hatte, schreckte alle außer den Entschlossensten ab. Dieser Tage erkundigte sich kaum jemand nach ihr. Mit einem geheimen Seufzer schlug Iris alle Vorsicht in den Wind. »Hör zu, Schatz, du kannst so wirklich nicht weitermachen. Es ist einfach ungesund, sich so abzuriegeln und nur zu grübeln. Hast du mal über meinen letzten Vorschlag nachgedacht?«

Roz hörte gar nicht zu. »Tut mir leid«, murmelte sie mit diesem leeren Blick, der einen wahnsinnig machen konnte. Sie sah die Verstimmung in Iris' Gesicht und zwang sich zur Konzentration. Iris, dachte sie, hatte wieder einmal einen Vortrag gehalten. Warum machte sie sich überhaupt die Mühe? Wo doch die Sorgen anderer Leute so anstrengend waren.

»Hast du den Psychiater angerufen, den ich dir empfohlen habe?« fragte Iris direkt.

»Nein, das war nicht nötig. Mir geht's gut.« Sie musterte das makellos geschminkte Gesicht, das sich in fünfzehn Jahren kaum verändert hatte. Irgend jemand hatte einmal zu Iris Fielding gesagt, sie sähe aus wie Elizabeth Taylor in *Kleopatra*. »Eine Woche ist zu wenig«, sagte Roz im Hinblick auf das Ultimatum ihres Verlegers. »Sag ihm, ich brauche einen Monat.«

Iris schnippte ein Blatt Papier über ihren Schreibtisch. »Du hast leider keinen Spielraum mehr. Er ist nicht einmal bereit, dir beim Thema freie Wahl zu lassen. Er möchte Olive Martin. Hier sind Name und Adresse ihres Anwalts. Stell fest, warum sie nicht nach Broadmoor oder Rampton gekommen ist. Stell fest, warum sie die Morde überhaupt begangen hat. Da gibt's bestimmt irgendwo eine Story.« Sie sah, wie die Falten auf Roz' Stirn sich vertieften, und zuckte die Achseln. »Ich weiß. So was ist nicht dein Fall, aber du hast es dir selbst zuzuschreiben. Ich sag' dir seit Monaten, du sollst ein Exposé beibringen. Jetzt ist es eben das hier oder gar nichts. Ehrlich gesagt, ich glaube, er hat's mit Absicht getan. Wenn du das Buch schreibst, wird es ein Schlager, wenn du dich weigerst, es zu schreiben, weil es reiner Sensationsjournalismus ist, hat er einen guten Vorwand gefunden, dich fallenzulassen.«

Roz' Reaktion überraschte sie. »Okay«, sagte sie milde, nahm den Zettel und steckte ihn in ihre Handtasche.

»Ich dachte, du würdest ablehnen.«

»Warum?«

»Wegen der Art und Weise, wie die Sensationsblätter *deine* Geschichte ausgeschlachtet haben.«

Roz zuckte die Achseln. »Vielleicht wird es Zeit, daß ihnen mal jemand vormacht, wie man eine menschliche Tragödie mit Würde behandelt.« Sie würde das Buch selbstverständlich nicht schreiben – sie hatte nicht die geringste Absicht, noch irgend etwas zu schreiben, aber sie sah Iris mit einem ermutigenden Lächeln an. »Ich bin noch nie einer Mörderin begegnet.«

Roz' Antrag auf Erlaubnis, Olive Martin zu besuchen, um Recherchen für ein Buch über sie anzustellen, wurde von der Anstaltsdirektorin an das Innenministerium weitergeleitet. Es dauerte mehrere Wochen, ehe diese Erlaubnis mit einem mißmutigen computergeschriebenen Brief von einem Beamten erteilt wurde. Martin habe den Besuchen zwar zugestimmt, sich jedoch das Recht vorbehalten, ihr Einverständnis jederzeit ohne Grund und ohne Obligo zurückzuziehen. Es wurde betont, die Besuche würden nur unter der Voraussetzung gestattet, daß nicht gegen die Zuchthausvorschriften verstoßen werde, daß die letzte Entscheidung in jedem

Fall der Anstaltsleitung vorbehalten bleibe und Ms. Leigh zur Verantwortung gezogen werde, sollte sie in irgendeiner Weise zur Unterminierung der Zuchthausdisziplin beitragen.

Es fiel Roz schwer, Olive anzusehen. Der Anstand und die Häßlichkeit der Frau verboten es, sie anzustarren, und das monströse Gesicht war so stumpf, so teilnahmslos, daß ihr Blick von ihm abglitt wie Butter von einer heißen Kartoffel. Olive ihrerseits verschlang Roz mit gierigen Blicken. Ein attraktives Äußeres setzt neugierigen Blicken keine solche Abwehr entgegen – im Gegenteil, es lädt zum Schauen ein –, und Roz war ja außerdem etwas Neues. Besucher waren selten in Olives Leben, insbesondere solche, die nicht mit einem Sack voll missionarischen Bekehrungseifers kamen.

Nachdem Olive sich umständlich gesetzt hatte, wies Roz auf den Kassettenrecorder. »Sie erinnern sich vielleicht, daß ich Ihnen in meinem zweiten Brief geschrieben habe, daß ich unsere Gespräche gern aufzeichnen würde. Als mir die Direktion die Erlaubnis dazu erteilte, nahm ich an, daß Sie Ihre Zustimmung gegeben hatten.« Ihre Stimme klang viel zu hoch.

Olive zuckte in einer Art stillschweigenden Einverständnisses die Achseln.

»Sie haben also keine Einwände?«

Ein Kopfschütteln.

»Gut. Dann schalte ich jetzt ein. Montag, zwölfter April. Gespräch mit Olive Martin.« Sie warf einen Blick auf ihre allzu flüchtig hingeworfene Liste von Fragen. »Fangen wir mit einigen Fakten an. Wann sind Sie geboren?«

Keine Antwort.

Roz sah mit einem ermutigenden Lächeln auf und begegnete dem kühl prüfenden Blick der Frau. »Na schön«, sagte sie, »das weiß ich, glaube ich, sowieso schon. Schauen wir mal. Am achten September 1964, das heißt, Sie sind jetzt achtundzwanzig. Richtig?«

Wieder keine Antwort.

»Und Sie sind in Southampton zur Welt gekommen, als erstes Kind von Gwen und Robert Martin. Ihre Schwester Amber wurde zwei Jahre später, am fünfzehnten Juli 1966 geboren. Haben Sie sich darüber gefreut, eine Schwester zu bekommen? Oder hätten Sie lieber einen Bruder gehabt?«

Nichts.

Diesmal sah Roz nicht auf. Sie spürte den Druck von Olives Blick auf sich. »Ihre Eltern hatten offensichtlich eine Vorliebe für Farben. Wie hätten sie Amber wohl genannt, wenn sie ein Junge gewesen wäre?« Sie kicherte nervös. »Red? Ginger? Es war vielleicht gut, daß das zweite Kind auch ein Mädchen war.« Sie fand sich ekelhaft. *Gottverdammich, warum zum Teufel habe ich mich darauf eingelassen?* Ihre Blase zwickte erbärmlich. Olive streckte einen dicken Finger aus und schaltete den Recorder aus. Roz verfolgte den Vorgang mit schaudernder Faszination.

»Sie brauchen keine Angst zu haben«, sagte Olive mit tiefer, überraschend kultivierter Stimme. »Miß Henderson hat nur Spaß gemacht. Sie wissen alle, daß ich völlig harmlos bin. Wenn es nicht so wäre, wäre ich in Broadmoor.« Ein merkwürdiges dröhnendes Geräusch ließ die Luft vibrieren. Ein Lachen? »Ist doch eigentlich ganz logisch.« Der Finger hing über den Knöpfen. »Sehen Sie, ich tu' nur das, was jeder normale Mensch tut, wenn er Einwände hat. Ich äußere sie.« Der Finger wanderte zu ›Aufnahme‹ und drückte sachte den Knopf. »Wenn Amber ein Junge geworden wäre, dann hätten sie ihn Jeremy genannt, nach dem Vater meiner Mutter. Eine Vorliebe für Farben hat da nicht mitgespielt. Amber hieß in Wirklichkeit Alison. Ich habe sie nur Amber genannt, weil ich im

Alter von zwei Jahren mit dem ›l‹ und dem ›s‹ nicht zurechtgekommen bin. Der Name hat zu ihr gepaßt. Sie hatte wunderschönes honigblondes Haar, und sie hat später nie auf Alison gehört, immer nur auf Amber. Sie war sehr hübsch.«

Roz wartete einen Moment, bis sie sicher war, ihre Stimme in der Gewalt zu haben. »Tut mir leid.«

»Schon gut. Ich bin's gewöhnt. Am Anfang haben alle Angst.«

»Stört Sie das nicht?«

Ein Funke der Erheiterung zuckte in den tief in Fettmassen eingebetteten Augen. »Würde es Sie stören?«

»Ja.«

»Na also. Haben Sie eine Zigarette?«

»Natürlich.« Roz nahm eine ungeöffnete Packung aus ihrer Aktentasche und schob sie zusammen mit einem Heftchen Streichhölzer über den Tisch. »Bedienen Sie sich. Ich rauche nicht.«

»Sie würden anfangen, wenn Sie hier drinnen säßen. Hier rauchen alle.« Sie wühlte sich in die Packung und zündete sich mit einem Aufatmen der Befriedigung eine Zigarette an. »Wie alt sind Sie?«

»Sechsunddreißig.«

»Verheiratet?«

»Geschieden.«

»Kinder?«

Roz schüttelte den Kopf. »Ich bin nicht der mütterliche Typ.«

»Haben Sie sich deshalb scheiden lassen?«

»Wahrscheinlich. Meine Karriere hat mich mehr interessiert. Wir haben uns in aller Freundschaft getrennt.« Absurd, dachte sie, sich vor Olive die Mühe der Schmerzverleugnung zu machen, aber wenn man eine Lüge oft genug wiederholte, wurde sie eben Wahrheit, und der Schmerz meldete sich nur noch gelegentlich in diesen eigenartigen Momenten der Desorientiertheit beim Erwachen, wenn sie glaubte, wieder zu Hause zu sein und voller Liebe und Lachen einen warmen Körper in den Armen zu halten.

Olive blies einen Rauchring in die Luft. »Ich hätte gern Kinder gehabt. Einmal war ich schwanger, aber da hat meine Mutter mich überredet, es loszuwerden. Jetzt wollte ich, ich hätte es nicht getan. Ich frage mich oft, ob es ein Junge oder ein Mädchen war. Manchmal träume ich von meinem Kind.« Sie folgte mit ihrem Blick einem Rauchfaden, der zur Decke hinaufstieg. »Das arme kleine Ding. Eine Frau hier hat mir erzählt, daß sie sie im Spülbekken runterspülen – ich meine, wenn sie sie mit der Saugglocke aus einem rausgeholt haben.«

Roz beobachtete die dicken Lippen, die feucht an der winzigen Zigarette sogen, und dachte an Föten, die aus dem Mutterleib herausgesaugt wurden.

»Das wußte ich gar nicht.«

»Das mit dem Spülbecken?«

»Nein. Daß Sie abgetrieben haben.«

Olives Gesicht blieb unbewegt. »Wissen Sie denn überhaupt etwas von mir?«

»Nicht viel.«

»Wen haben Sie nach mir gefragt?«

»Ihren Anwalt.«

Wieder rollte dieses dröhnende Geräusch aus den Tiefen ihres Brustkorbs herauf.

»Ich wußte gar nicht, daß ich einen hatte.«

»Peter Crew«, sagte Roz mit einem Stirnrunzeln und zog einen Brief aus ihrer Aktentasche.

»Ach, der.« Olives Ton war verächtlich. »Ein Widerling.« Sie sprach mit unverhohlener Gehässigkeit.

»Er schreibt hier, daß er Ihr Anwalt sei.«

»Ach ja? Und die Regierung behauptet, das Wohl ihrer Bürger

liege ihr am Herzen. Ich habe seit vier Jahren kein Wort von ihm gehört. Ich habe ihn weitergeschickt, als er mit seiner glänzenden Idee hier ankam, mir einen unbegrenzten Aufenthalt in Broadmoor zu verschaffen. Schleimiger kleiner Wichser. Er hat mich überhaupt nicht gemocht. Der hätte sich vor Freude in die Hose gemacht, wenn er es geschafft hätte, mich in eine Anstalt zu kriegen.«

»Er schreibt...« Roz überflog ohne zu überlegen den Brief. »Ah, ja, hier ist es. ›Leider hat Olive nicht begriffen, daß eine Berufung auf verminderte Schuldfähigkeit ihr die Art der Hilfe in einer psychiatrischen Einrichtung gesichert hätte, die aller Wahrscheinlichkeit nach ihre Entlassung in die Gesellschaft innerhalb von höchstens fünfzehn Jahren zur Folge gehabt hätte. Mir war immer klar –‹ « Sie brach abrupt ab, als ihr auf dem Rücken der Schweiß ausbrach. *Wenn's Probleme geben sollte, zum Beispiel handgreifliche Proteste...* War sie denn von allen guten Geistern verlassen? Sie lächelte schwach. »Der Rest ist belanglos.«

»›Mir war immer klar, daß Olive psychologisch gestört ist, möglicherweise in einem Maß, das an paranoide Schizophrenie oder Psychopathie grenzt.‹ Steht es so in dem Brief?« Olive stellte ihren glühenden Stummel aufrecht auf den Tisch und nahm sich eine neue Zigarette aus der Packung. »Ich will nicht behaupten, daß ich nicht in Versuchung war. Wenn ich das Gericht davon hätte überzeugen können, daß ich vorübergehend geistig verwirrt war, als ich es getan habe, wäre ich fast mit Sicherheit ein freier Mensch. Haben Sie meine psychologischen Befunde gesehen?«

Roz schüttelte den Kopf.

»Abgesehen von einem unablässigen Drang zu essen, der allgemein als unnormal betrachtet wird – ein Psychiater bezeichnete ihn als eine Neigung zur Selbstmißhandlung –, gelte ich als ›normal‹.« Sie blies das Streichholz mit einem Anflug von Erheiterung aus. »Was immer normal bedeutet. Sie haben wahrscheinlich mehr Macken als ich, aber ich vermute, Sie passen in ein ›normales‹ psychologisches Raster.«

»Ich habe keine Ahnung«, sagte Roz fasziniert. »Ich habe mich nie analysieren lassen.« *Ich habe viel zuviel Angst davor, was man da finden würde.*

»In einer Anstalt wie dieser hier gewöhnt man sich daran. Ich denke, die tun's, um nicht aus der Übung zu kommen, und wahrscheinlich macht's mehr Spaß, sich mit einer Muttermörderin zu unterhalten als mit einer langweiligen alten Depressiven. Ich bin von fünf verschiedenen Psychiatern auf Herz und Nieren geprüft worden. Etiketten lieben sie geradezu. Da können sie uns nachher, wenn sie überlegen, was sie mit uns anfangen sollen, leichter in Schubladen stecken. Ich mache ihnen Probleme. Ich bin gesund, aber gefährlich, wohin zum Teufel sollen sie mich also stecken? Eine offene Anstalt kommt nicht in Frage; da könnte ich ja raus und es womöglich wieder tun. Und das wäre der Öffentlichkeit bestimmt nicht recht.«

Roz hielt den Brief hoch. »Sie sagen, Sie waren in Versuchung. Warum sind Sie nicht darauf eingegangen, wenn Sie geglaubt haben, es bestünde wirklich eine Chance, früher herauszukommen?«

Olive antwortete nicht sogleich, sondern strich das formlose Kleid über ihren Schenkeln glatt. »Wir müssen wählen. Die Wahl ist nicht immer die richtige, aber wenn sie einmal getroffen ist, müssen wir mit ihr leben. Ich war sehr unwissend, als ich hierherkam. Jetzt habe ich einige Erfahrungen gesammelt.« Sie machte einen tiefen Lungenzug. »Psychologen, Polizeibeamte, Gefängnisbeamte, Richter – die waren alle aus demselben Holz geschnitzt. Autoritätspersonen, denen ich völlig ausgeliefert war. Angenommen, ich hätte mich auf verminderte Schuldfähigkeit berufen und sie hätten gesagt, der Zustand dieser Frau wird sich niemals bessern. Sperren wir die Tür ab und werfen den Schlüssel weg. Fünfundzwanzig Jahre unter geistig gesunden Menschen erschien mir weit attraktiver als ein ganzes Leben unter Verrückten.«

»Wie denken Sie jetzt?«

»Man lernt immer dazu, nicht? Wir kriegen hier manchmal richtige Verrückte, ehe sie in eine andere Anstalt kommen. So übel sind die gar nicht. Die meisten haben eine Gabe, die Dinge von der komischen Seite zu sehen.« Sie stellte einen zweiten Stummel neben dem ersten auf. »Und ich sag' Ihnen noch etwas, sie sind lange nicht so kritisch wie die Gesunden. Wenn man aussieht wie ich, weiß man das zu schätzen.« Sie hob die Lider mit den dünnen blonden Wimpern und sah Roz prüfend an. »Das will nicht heißen, daß ich es anders gemacht hätte, wenn ich mich im System besser ausgekannt hätte. Ich bin immer noch der Meinung, es wäre unmoralisch gewesen, zu behaupten, ich habe nicht gewußt, was ich tat, obwohl ich es doch ganz genau wußte.«

Roz sagte nichts. Was kann man auch zu einer Frau sagen, die ihre Mutter und ihre Schwester zerstückelt und dann in aller Gelassenheit über die Moral dieser oder jener Rechtsmittel Haare spaltet?

Olive erriet, was sie dachte, und antwortete mit ihrem dröhnenden Lachen. »Ich finde das logisch. Nach meinen eigenen Maßstäben habe ich nichts Unrechtes getan. Nur gegen das Gesetz, die Maßstäbe, die die Gesellschaft geschaffen hat, habe ich verstoßen.«

Dieser letzte Satz hatte einen gewissen biblischen Tonfall, und Roz fiel ein, daß heute Ostermontag war. »Glauben Sie an Gott?«

»Nein. Ich bin Heidin. Ich glaube an die Naturkräfte. Die Sonne zu verehren, das, finde ich, ergibt Sinn. Ein unsichtbares Wesen zu verehren, nicht.«

»Und Jesus Christus? Der war doch nicht unsichtbar.«

»Aber er war auch nicht Gott.« Olive zuckte die Achseln. »Er war ein Prophet, wie Billy Graham. Können Sie vielleicht den Quatsch von der Dreifaltigkeit schlucken? Ich meine, entweder gibt es einen einzigen Gott, oder es gibt einen ganzen Haufen. Es kommt nur darauf an, wieviel Phantasie man hat. Ich jedenfalls habe keinen Anlaß, die Wiederauferstehung Christi zu feiern.«

Roz, deren Glaube tot war, konnte Olives Zynismus nachfühlen. »Wenn ich Sie also richtig verstehe, sagen Sie, daß es ein absolutes Recht oder Unrecht nicht gibt, sondern nur das Gewissen des einzelnen und das Gesetz.« Olive nickte. »Und Ihr Gewissen plagt Sie nicht, weil Sie nicht der Meinung sind, etwas Unrechtes getan zu haben.«

Olive sah sie beifällig an. »Genau.«

Roz kaute nachdenklich auf ihrer Unterlippe. »Das heißt, daß Sie glauben, Ihre Mutter und Ihre Schwester verdienten den Tod.« Sie runzelte die Stirn. »Aber dann verstehe ich nicht, wieso Sie sich bei Ihrem Prozeß überhaupt nicht verteidigt haben.«

»Ich hatte keine Verteidigung.«

»Provokation. Seelische Grausamkeit. Vernachlässigung. Irgend etwas müssen Ihre Mutter und Ihre Schwester doch getan haben, daß Sie sich dazu berechtigt fühlten, sie zu töten.«

Olive nahm sich noch eine Zigarette aus der Packung, antwortete aber nicht.

»Also?«

Wieder der intensiv prüfende Blick. Diesmal hielt Roz ihm stand.

»Also?« wiederholte sie.

Abrupt klopfte Olive mit dem Handrücken an die Fensterscheibe. »Ich bin jetzt fertig, Miß Henderson«, rief sie hinaus.

Roz war verblüfft. »Wir haben noch vierzig Minuten.«

»Ich habe genug geredet.«

»Tut mir leid. Ich habe Sie offensichtlich verärgert.« Sie wartete. »Es ist ohne Absicht geschehen.«

Auch jetzt antwortete Olive nicht, sondern blieb reglos sitzen, bis die Beamtin hereinkam. Dann umfaßte sie die Tischkante und stemmte sich mit einem Ruck in die Höhe. Die unangezündete Zigarette klebte ihr an der Unterlippe wie eine Wattewurst. »Wir sehen uns nächste Woche«, sagte sie und schob sich im Krebsgang durch die Tür, um dann, gefolgt von Miß Henderson, die den Metallstuhl trug, davonzuschlurfen.

Roz blieb noch einige Minuten sitzen und sah ihnen durch das Fenster nach. Warum hatte Olive eine Antwort verweigert, als sie die Frage der Berechtigung angeschnitten hatte? Roz fühlte sich betrogen – dies war eine der wenigen Fragen, auf die sie eine Antwort gewollt hatte – und doch... Wie eine Lebenskraft, die lange brach gelegen hat, begann ihre Neugier sich zu regen. Es war wahrhaftig unerklärlich – sie und Olive waren so unterschiedlich wie zwei Frauen nur sein konnten –, aber sie mußte zugeben, daß ihr diese Frau auf eine eigenartige Weise sympathisch war.

Sie klappte ihre Aktentasche zu und merkte gar nicht, daß ihr Bleistift fehlte.

Iris hatte eine Nachricht auf dem Anrufbeantworter hinterlassen. »Ruf mich an und erzähl... Ist sie absolut gräßlich? Wenn sie so verrückt und dick ist, wie ihr Anwalt gesagt hat, muß sie entsetzlich sein. Ich kann's kaum erwarten, die grusligen Details zu hören. Wenn du dich nicht meldest, komm' ich einfach bei dir vorbei und fall' dir auf die Nerven...«

Roz machte sich einen Gin Tonic und überlegte, ob Iris' Mangel an Sensibilität ererbt oder erworben war. Sie wählte ihre Nummer. »Ich rufe an, weil es das kleinere von zwei Übeln ist. Wenn ich zusehen müßte, wie du hier vor lauter Sensationslust meinen Teppich vollsabberst, würde mir schlecht werden.«

Mrs. Antrobus, ihre tyrannische weiße Katze strich ihr mit aufgestelltem Schweif schnurrend um die Beine. Roz zwinkerte ihr zu. Zwischen ihr und Mrs. Antrobus bestand eine lang andauernde Beziehung, in der Mrs. Antrobus die Hosen anhatte, und Roz wußte, wie sie sich zu verhalten hatte. Niemals konnte man Mrs. A. zu etwas überreden, was sie nicht wollte.

»Na, wunderbar. Sie hat dir also gefallen?«

»Du bist doch wirklich eine schreckliche Person.« Sie trank einen Schluck aus ihrem Glas. »Ich weiß nicht, ob ›gefallen‹ das Wort ist, das ich gebrauchen würde.«

»Wie dick ist sie?«

»Grotesk. Und es ist traurig, nicht komisch.«

»Hat sie mit dir geredet?«

»Ja. Sie spricht sehr kultiviert und ist durchaus eine Intellektuelle. Überhaupt nicht das, was ich erwartet habe. Sehr vernünftig übrigens.«

»Ich dachte, der Anwalt hätte gesagt, sie sei eine Psychopathin.«

»Stimmt. Ich treffe mich morgen mit ihm. Ich möchte gern wissen, wer ihm das eingeblasen hat. Nach dem, was Olive mir erzählt hat, ist sie von fünf Psychiatern als normal diagnostiziert worden.«

»Vielleicht lügt sie.«

»Nein. Ich habe mich hinterher bei der Direktorin erkundigt.« Roz bückte sich und hob Mrs. Antrobus in ihre Arme. Die Katze leckte ihr laut schnurrend die Nase ab. Reine Berechnung. Sie hatte Hunger. »Aber mach dir mal keine allzu großen Hoffnungen. Kann gut sein, daß Olive es ablehnt, noch einmal mit mir zu sprechen.«

»Warum? Und was ist das für ein fürchterlicher Lärm?« fragte Iris.

»Das ist Mrs. Antrobus.«

»Du meine Güte. Die räudige Katze!« Iris war abgelenkt. »Das hört sich ja an, als hättest du die Handwerker im Haus. Was machst du denn mit ihr?«

»Ich bin lieb zu ihr. Sie ist das einzige Wesen, für das es sich lohnt, in diese grauenvolle Wohnung zurückzukommen.«

»Du bist ja verrückt«, sagte Iris, deren Verachtung für Katzen nur von ihrer Verachtung für Schriftsteller übertroffen wurde. »Ich verstehe nicht, warum du sie überhaupt gemietet hast. Nimm das Geld von der Scheidung und such dir was Anständiges. Warum kann es sein, daß Olive es ablehnt, noch einmal mit dir zu sprechen?«

»Sie ist unberechenbar. Sie wurde plötzlich wütend auf mich und hat das Gespräch einfach beendet.«

Sie hörte, wie Iris nach Luft schnappte. »Roz, du Flasche. Du hast es doch hoffentlich nicht vermasselt.«

Roz grinste den Hörer an. »Ich bin nicht sicher. Wir können nichts anderes tun als abwarten. Jetzt muß ich aber Schluß machen. Tschü-üs.« Mitten in Iris' ärgerliche Proteste hinein legte sie auf und ging in die Küche, um Mrs. Antrobus zu füttern. Als das Telefon zu läuten begann, nahm sie ihren Gin, ging ins Schlafzimmer und begann zu tippen.

Olive nahm den Bleistift, den sie Roz gestohlen hatte, und stellte ihn sorgfältig neben der kleinen weiblichen Tonfigur auf, die hinten an ihre Kommode angelehnt stand. Ihre feuchten Lippen zuckten unwillkürlich, machten Mahl- und Saugbewegungen, während sie die Figur kritisch musterte. Sie war roh geformt, ein Klumpen getrockneten grauen Tons, nicht gebrannt und nicht glasiert, aber, wie ein Fruchtbarkeitssymbol einer primitiveren Zeit, mächtig in ihrer Weiblichkeit. Olive wählte aus einem Glas einen roten Leuchtstift und färbte sorgfältig den Block des Haars rund um das Gesicht, griff dann zu einem grünen Stift und malte damit ein rohes Abbild des seidenen Hemdblusenkleids, das Roz angehabt hatte, auf den Körper.

Einem Beobachter wäre ihr Verhalten kindlich erschienen. Sie umschloß die Figur mit ihren Händen wie eine kleine Puppe und summte leise, ehe sie sie wieder neben den Bleistift stellte, an dem so schwach, daß die menschliche Nase ihn nicht wahrnahm, noch der Geruch Rosalind Leighs haftete.

2

Die Kanzlei Peter Crews war im Zentrum von Southampton, in einer Straße, in der vorwiegend Immobilienmakler ihre Büros hatten. Es war ein Zeichen der Zeit, dachte Roz, als sie an ihnen vorüberging, daß sie größtenteils leer standen. Die Depression hing genau wie über allem andren wie eine schwarze unbewegliche Wolke über ihnen.

Peter Crew war ein hochaufgeschossener Mann unbestimmbaren Alters mit blassen blauen Augen und einem blonden Toupet mit Seitenscheitel. Sein eigenes Haar, ein gelblich getöntes Weiß, hing wie ein vergilbter alter Store darunter hervor. Immer wieder hob er den Rand des Toupets an, um mit einem Finger darunterzufahren und sich am Kopf zu kratzen. Unvermeidliche Folge soviel unbedachten Zupfens und Lupfens war, daß das Toupet sich stark gedehnt hatte und nun über seiner Nase spitz in die Höhe stand. Es sah aus, dachte Roz bei sich, als hockte ein Küken auf seinem Kopf. Sie konnte Olives Verachtung für den Mann ganz gut nachempfinden.

Über ihre Bitte, das Gespräch aufzeichnen zu dürfen, lächelte er, ein gekünsteltes Hochziehen der Lippen, dem alle Aufrichtigkeit fehlte. »Wie sie möchten.« Er faltete seine Hände auf dem Schreibtisch. »Also, Miß Leigh, Sie haben bereits mit meiner Mandantin gesprochen. Wie haben Sie sie vorgefunden?«

»Erstaunt, daß sie noch einen Anwalt hat.«

»Ich kann nicht ganz folgen.«

»Olive Martin behauptet, seit vier Jahren nicht mehr von Ihnen gehört zu haben. Vertreten Sie sie überhaupt noch?«

Er setzte eine Miene komischer Bestürzung auf, aber ihr fehlte wie seinem Lächeln die Überzeugungskraft. »Du meine Güte! So lang ist das schon her? Habe ich ihr nicht erst letztes Jahr geschrieben?«

»Das müssen schon Sie mir sagen, Mr. Crew.«

Er lief geschäftig zu einem Aktenschrank in der Ecke und ging die Hefter durch. »Ah, da haben wir es. Olive Martin. Lieber Gott ja, Sie haben recht. Vier Jahre. Aber damit wir uns recht verstehen«, fügte er scharf hinzu, »auch sie hat nichts von sich hören lassen.« Er zog die Akte und nahm sie mit zu seinem Schreibtisch. »Die Jurisprudenz ist eine kostspielige Angelegenheit, Miß Leigh. Nur zum Zeitvertreib schreiben wir keine Briefe, wissen Sie.«

Roz hob eine Augenbraue hoch. »Wer bezahlt denn? Ich dachte, sie bekäme Prozeßkostenhilfe.«

Er rückte sein gelbes Toupet zurecht. »Ihr Vater hat bezahlt. Ich bin mir, um ehrlich zu sein, allerdings nicht sicher, wie die Situation jetzt aussähe. Er ist tot, wie Sie wissen.«

»Das wußte ich nicht.«

»Ein Herzinfarkt. Vor einem Jahr. Man hat ihn erst nach drei Tagen gefunden. Schlimme Geschichte. Wir sind immer noch dabei, den Nachlaß zu sichten.« Er zündete sich eine Zigarette an und legte sie dann auf dem Rand eines überquellenden Aschenbechers ab.

Roz kritzelte Kringel auf ihren Notizblock. »Weiß Olive, daß ihr Vater tot ist?«

Er gab sich überrascht. »Aber natürlich.«

»Wer hat es ihr gesagt? Ihre Kanzlei hat ihr ja offensichtlich nicht geschrieben.«

Er beäugte sie mit dem plötzlichen Mißtrauen eines arglosen Wanderers, der im Gras auf eine Schlange gestoßen ist. »Ich habe mit der Anstalt telefoniert und mit der Direktorin gesprochen. Ich dachte, es wäre schonender, wenn Olive die Nachricht persönlich überbracht wird.« Er wurde plötzlich aufgeregt. »Wollen Sie sagen, daß man es ihr nie mitgeteilt hat?«

»Nein. Ich habe mich nur gefragt, wieso keine Korrespondenz mit Olive stattgefunden hat, wenn ihr Vater Geld hinterlassen hat. Wer ist denn der Erbe?«

Peter Crew schüttelte den Kopf. »Das kann ich Ihnen nicht sagen. Olive ist es natürlich nicht.«

»Wieso natürlich?«

Er schnalzte ungehalten mit der Zunge. »Was glauben Sie wohl, warum, junge Frau? Sie hat seine Frau und seine jüngere Tochter ermordet und den armen Mann dazu verdammt, die letzten Jahre seines Lebens in dem Haus zuzubringen, in dem es geschehen ist. Es war absolut unverkäuflich. Haben Sie überhaupt eine Ahnung, wie tragisch sein Leben war? Er ist zum Einsiedler geworden. Er ist niemals ausgegangen und hat nie Besuch bekommen. Nur weil die Milchflaschen sich vor der Tür häuften, hat überhaupt jemand gemerkt, daß etwas nicht in Ordnung war. Wie ich vorhin sagte, er war schon drei Tage tot, als man ihn fand. Selbstverständlich hat er Olive nichts hinterlassen.«

Roz zuckte die Achseln. »Aber warum hat er dann ihre Anwaltskosten bezahlt? Das stimmt doch nicht überein.«

Er ignorierte den Einwand. »Es hätte im übrigen sowieso Schwierigkeiten gegeben. Es wäre Olive verwehrt worden, aus der Ermordung ihrer Mutter und ihrer Schwester Profit zu ziehen.«

Das mußte Roz zugeben. »Hat er viel hinterlassen?«

»Überraschenderweise, ja. Er hat eine stattliche Summe an der Börse verdient.« In seinen Augen war ein Ausdruck wehmütigen Bedauerns, während er sich heftig unter dem Toupet kratzte. »Ob er mehr Glück als Verstand gehabt hat oder umgekehrt, unmittelbar vor dem Schwarzen Montag hat er alles verkauft. Der Nachlaß wird jetzt auf eine halbe Million Pfund geschätzt.«

»Mein Gott!« Sie schwieg einen Moment. »Weiß Olive das?«

»Ganz sicher, wenn sie die Zeitung liest. Der Betrag wurde veröffentlicht und wegen der Morde natürlich auch in der Sensationspresse.«

»Ist der Erbe bereits im Besitz des Geldes?«

Er runzelte die Stirn so stark, daß die Brauen hervorsprangen. »Darüber kann ich leider nicht sprechen. Das verbieten die Testamentsbestimmungen.«

»Hm.« Roz tippte sich mit dem Bleistift an die Zähne. »Der Schwarze Montag war im Oktober siebenundachtzig. Die Morde sind am neunten September siebenundachtzig geschehen. Das ist doch seltsam, finden Sie nicht?«

»Inwiefern?«

»Ich hätte erwartet, er war danach so tief geschockt, daß Aktien und Obligationen ihn überhaupt nicht interessiert haben.«

»Genau umgekehrt«, widersprach Peter Crew ruhig. »Eben deshalb brauchte er dringend etwas, um sich abzulenken. Nach den Morden hat er nicht mehr voll gearbeitet. Vielleicht war der Börsenbericht das einzige Interesse, das ihm noch geblieben war.« Er sah auf seine Uhr. »Die Zeit drängt. War sonst noch etwas?«

Es lag Roz auf der Zunge zu fragen, warum Robert Martin den Rest seiner Tage in einem unverkäuflichen Haus abgesessen hatte, wenn er an der Börse einen Riesengewinn gemacht hatte. Ein Mann mit einer halben Million Vermögen hätte sich doch einen Umzug leisten können, ganz gleich, was er für sein Haus noch bekommen hätte. Was in diesem Haus, fragte sie sich, hatte Martin veranlaßt, sich zu opfern? Doch sie spürte Crews Feindseligkeit und hielt es für klüger, den Mund zu halten. Dieser Mann war eine der wenigen Informationsquellen, die ihr offenstanden, und sie würde ihn wieder brauchen, auch wenn seine Sympathien ganz offensichtlich mehr dem Vater als der Tochter galten.

»Für heute morgen nur noch ein oder zwei Fragen.« Sie lächelte freundlich, so berechnend und unaufrichtig wie er. »Ich muß mir in dieser Sache meinen Weg erst noch ertasten, Mr. Crew. Um ehrlich zu sein, ich bin noch gar nicht überzeugt davon, daß der Stoff für ein Buch drinsteckt.« Wenn das keine Untertreibung war! Sie hatte gar nicht die Absicht, auch nur eine Zeile zu schreiben. Oder doch?

Er bildete mit seinen Fingern ein spitzes Giebeldach und schlug sie ungeduldig aneinander. »Sie werden sich vielleicht erinnern, Miß Leigh, daß ich genau darauf in meinem Brief hingewiesen habe.«

Sie nickte ernsthaft, um seinem Ego zu schmeicheln. »Und wie ich Ihnen gesagt habe, ist es nicht meine Absicht, Olives Geschichte nur zu schreiben, um den Leuten die schauerlichen Details ihrer Tat auszumalen. Aber in einem Teil Ihres Briefes wurde ein Aspekt angesprochen, dem nachzugehen sich vielleicht lohnen würde. Sie rieten ihr, sich auf verminderte Schuldzufähigkeit zu berufen und sich nicht schuldig zu bekennen. Hätte sie das getan und hätte das Gericht dies akzeptiert, meinten Sie, so hätte man sie wegen Totschlags verurteilt und ihr höchstwahrscheinlich eine Haftstrafe unbestimmter Dauer auferlegt. Sie rechneten, glaube ich, mit zehn bis fünfzehn Jahren in einer geschlossenen Anstalt, hätte sie sich einer psychiatrischen Behandlung unterzogen und positiv darauf angesprochen.«

»Richtig«, stimmte er zu. »Und ich denke, das war eine realistische Schätzung. Keinesfalls hätte sie die fünfundzwanzig Jahre verbüßen müssen, die der Richter ihr jetzt als Mindeststrafe gegeben hat.«

»Aber sie hat Ihren Rat in den Wind geschlagen. Wissen Sie warum?«

»Ja. Sie hatte krankhafte Angst davor, mit Verrückten eingesperrt zu werden, und mißverstand das Wesen der Haft auf unbestimmte Zeit. Sie war überzeugt, es bedeute eine Inhaftierung von endloser Dauer, und sosehr wir uns auch bemüht haben, wir konnten sie von dieser Überzeugung nicht abbringen.«

»Warum haben Sie dann nicht einfach in ihrem Namen auf nicht schuldig plädiert? Allein die Tatsache, daß sie nicht begreifen konnte, was Sie ihr sagten, läßt doch darauf schließen, daß sie gar nicht fähig war, im eigenen Namen zu handeln. Sie müssen der Ansicht gewesen sein, es gäbe eine Verteidigung für sie, sonst hätten Sie doch so etwas gar nicht erst vorgeschlagen.«

Er lächelte grimmig. »Mir ist zwar nicht klar, warum, Miß Leigh, aber Sie scheinen zu glauben, wir hätten Olive Martin irgendwie im Stich gelassen.« Er kritzelte einen Namen und eine Adresse auf einen Zettel. »Sie reden besser erst mal mit diesem Mann, ehe Sie weitere irrige Schlüsse ziehen.« Er schob ihr den Zettel zu. »Er ist der Strafverteidiger, den wir mit ihrer Vertretung beauftragt hatten. Graham Deedes. Tatsächlich hat sie uns ausmanövriert, und er wurde nie zu ihrer Verteidigung aufgerufen.«

»Aber wieso denn? Wie konnte sie Sie ausmanövrieren?« Roz runzelte die Stirn. »Es tut mir leid, wenn ich kritisch erscheine, Mr. Crew, und bitte glauben Sie mir, Sie täuschen sich, wenn Sie annehmen, ich hätte irgendwelche negativen Schlußfolgerungen gezogen.« Aber war das wirklich die Wahrheit? fragte sie sich. »Ich bin nichts weiter als eine verblüffte Außenstehende, die Fragen stellt. Wenn dieser Deedes in der Lage war, ernsthafte Zweifel an ihrer geistigen Gesundheit zu wecken, dann hätte er darauf bestehen müssen, daß das Gericht sich ihre Verteidigung anhört, ganz egal, ob sie selbst das nun wollte oder nicht. Um es mal ganz grob zu sagen: Wenn sie verrückt war, dann hatte die Justiz die Pflicht, dieser Tatsache Rechnung zu tragen, auch wenn sie selbst sich einbildete, geistig normal zu sein.«

Er wurde ein wenig zugänglicher. »Sie sprechen eine sehr emotionale Sprache, Miß Leigh – es war nie die Rede davon, auf Geistesgestörtheit zu plädieren, immer nur auf verminderte Schuldfähigkeit –, aber ich verstehe, was Sie sagen wollen. Ich habe das Wort ›ausmanövrieren‹ mit voller Überlegung gebraucht. Die schlichte Wahrheit ist, daß Olive wenige Wochen vor dem angesetzten Beginn ihres Prozesses an den Innenminister schrieb und wissen wollte, ob sie das Recht habe, sich schuldig zu bekennen, oder ob ihr dieses Recht nach britischem Gesetz verwehrt sei. Sie behauptete, es werde ungebührlicher Druck ausgeübt, um einen lang dauernden Prozeß zu erzwingen, der ihr in keiner Weise nützen und für ihren Vater lediglich die Qual verlängern würde. Der Prozeßbeginn wurde verschoben, während man sie untersuchte, um festzustellen, ob sie prozeßfähig sei. Sie wurde für absolut prozeßfähig befunden und erhielt die Genehmigung, sich schuldig zu bekennen.«

»Mein Gott!« Roz biß auf die Unterlippe. »Mein Gott«, sagte sie wieder. »Und die Untersuchungen hatten Hand und Fuß?«

»Aber ja.« Er bemerkte die vergessene Zigarette mit lang herabhängender Asche an ihrem Ende und drückte sie mit einer Geste der Gereiztheit aus. »Sie wußte genau, was auf sie zukam. Man sagte ihr sogar, was für ein Urteil sie zu erwarten hatte. Und das Gefängnis war auch nichts Neues für sie. Sie hatte vor dem Prozeß vier Monate in Untersuchungshaft gesessen. Um es ganz offen zu sagen, selbst wenn sie mit einer Verteidigung einverstanden gewesen wäre, wäre das Resultat dennoch das gleiche geblieben. Das Fundament für eine Berufung auf verminderte Schuldfähigkeit war sehr dünn. Ich bezweifle, daß es uns gelungen wäre, ein Geschworenengericht zu überzeugen.«

»Aber in Ihrem Brief haben Sie geschrieben, Sie seien trotz allem überzeugt davon, daß sie eine Psychopathin ist. Warum?«

Er fingerte an der Akte auf seinem Schreibtisch. »Ich habe die Aufnahmen von Gwens und Ambers Leichen gesehen, die man gemacht hat, ehe sie aus der Küche weggebracht wurden. Es war ein Schlachthaus, ein Blutbad, das Schlimmste, was ich je gesehen habe. Nichts wird mich je davon überzeugen, daß ein psychisch gesunder Mensch etwas derartig Grausames irgend jemandem antun kann, geschweige denn einer Mutter und einer Schwester.« Er rieb sich die Augen. »Nein, trotz allem, was die Psychiater sagen – und Sie dürfen nicht vergessen, Miß Leigh, daß man sich immer noch darüber streitet, ob Psychopathie überhaupt eine diagnostizierbare Krankheit ist –, ist Olive Martin eine gemeingefährliche Person. Ich würde Ihnen raten, im Umgang mit ihr äußerst vorsichtig zu sein.«

Roz schaltete den Recorder aus. »Es gibt wohl keinen Zweifel daran, daß sie es wirklich getan hat.«

Er starrte sie an, als hätte sie etwas Obszönes gesagt. »Nicht den geringsten«, blaffte er. »Was wollen Sie damit andeuten?«

»Mir kam nur der Gedanke, daß eine einfache Erklärung für die Diskrepanz zwischen den psychiatrischen Gutachten über Olives Geisteszustand und die anomale Natur des Verbrechens darin liegen könnte, daß sie das Verbrechen gar nicht selbst begangen hat, sondern den Täter deckt.« Sie stand auf und begegnete seiner verkniffenen Miene mit einem leichten Achselzucken. »Es war nur ein Gedanke. Ich gebe zu, er ist ziemlich unsinnig, aber an diesem Fall ist fast alles unsinnig. Ich meine, wenn sie wirklich eine psychopathische Mörderin wäre, wäre es ihr doch bestimmt piepegal gewesen, ob ihr Vater die Qualen eines sich lang hinziehenden Prozesses über sich ergehen lassen muß oder nicht. Ich danke Ihnen, Mr. Crew. Ich finde selbst hinaus.«

Er hielt eine Hand hoch, um sie aufzuhalten. »Haben Sie ihre Aussage gelesen, Miß Leigh?«

»Noch nicht. Ihre Kanzlei hat versprochen, sie mir zu schikken.«

Er blätterte in der Akte und entnahm ihr mehrere zusammengeheftete Bögen Papier. »Hier ist eine Kopie. Sie können sie behalten«, sagte er zu ihr und reichte ihr die Papiere über den Schreibtisch. »Ich würde Ihnen dringend empfehlen, die Aussage zu lesen, ehe Sie die nächsten Schritte unternehmen. Sie wird Sie, denke ich, genau wie mich, von Olives Schuld überzeugen.«

Roz nahm die Papiere. »Sie mögen sie nicht, nicht wahr?«

Seine Augen wurden hart. »Ich bringe ihr weder positive noch negative Gefühle entgegen. Ich stelle nur die Überlegungen in Frage, die die Gesellschaft bewegen, sie am Leben zu lassen. Sie tötet andere. Vergessen Sie das nicht, Miß Leigh. Und jetzt guten Tag.«

Roz brauchte anderthalb Stunden für die Rückfahrt zu ihrer Wohnung in London, und die meiste Zeit waren alle Gedanken von Crews Worten – *Sie tötet andere* – überschattet. Sie riß sie aus ihrem Zusammenhang und schrieb sie in großen Lettern auf die Leinwand ihres Geistes und verweilte mit einer Art grimmiger Genugtuung bei ihnen.

Erst später, als sie es sich in einem Sessel bequem gemacht hatte, wurde ihr bewußt, daß die ganze Heimfahrt ein einziges schwarzes Loch war. Sie hatte nicht einmal eine Erinnerung daran, aus Southampton, einer Stadt, die sie kaum kannte, hinausgefahren zu sein. Sie selbst hätte jemanden getötet, unter den Rädern ihres Autos zermalmt haben können, und wäre nicht in der Lage gewesen, sich zu erinnern, wie es passiert war. Sie starrte aus dem Wohnzimmerfenster auf die tristen grauen Fassaden gegenüber und machte sich durchaus ernsthafte Gedanken über die Natur der verminderten Schuldfähigkeit.

AUSSAGE VON OLIVE MARTIN, ZU PROTOKOLL GEGEBEN AM 9. 9. 87 UM 21 UHR 30
ANWESENDE: HAWKSLEY, DETECTIVE SERGEANT
WYATT, DETECTIVE SERGEANT
E. P. CREW, RECHTSANWALT

›Mein Name ist Olive Martin. Ich bin am 8. September 1964 geboren und wohne in der Leven Road 22 in Dawlington, Southampton. Ich bin als Angestellte beim Referat für Gesundheit und Soziales in der Dawlington High Street tätig. Gestern war mein Geburtstag. Die Beziehung zu meiner Mutter und meiner Schwester war niemals eng. Mit meinem Vater verstehe ich mich gut. Ich wiege einhundertachtzehn Kilo, und meine Mutter und meine Schwester haben mich deswegen immer gehänselt. Sie nannten mich Fattie-Hattie, nach Hattie Jacques, der Schauspielerin. Ich reagiere sehr empfindlich, wenn man mich wegen meines Körperumfangs auslacht.

Für meinen Geburtstag war nichts geplant, und das hat mich sehr gekränkt. Meine Mutter sagte, ich sei kein Kind mehr und müßte selbst für meine Feier sorgen. Ich wollte ihr zeigen, daß ich fähig war, auf eigene Faust etwas zu unternehmen. Ich hatte mir den Tag von der Arbeit freigenommen und wollte mit dem Zug nach London fahren, um dort den Tag zu verbringen und mir die Stadt anzusehen. Ich hatte den Ausflug nicht für gestern geplant, meinen Geburtstag, weil ich dachte, sie hätte vielleicht für den Abend eine Überraschung für mich vorbereitet so wie im Juli zum einundzwanzigsten Geburtstag meiner Schwester. Aber es gab keine Überraschung. Wir saßen den ganzen Abend nur alle zusammen vor dem Fernseher. Ich war sehr erregt, als ich zu Bett ging. Meine Eltern schenkten mir zum Geburtstag einen blaßrosa Pullover. Er war sehr unvorteilhaft und hat mir überhaupt nicht gefallen. Meine Schwester hat mir ein Paar neue Hausschuhe geschenkt, die mir gefallen haben.

Als ich am nächsten Morgen aufgewacht bin, war ich sehr nervös und hatte Angst davor, allein nach London zu fahren. Ich bat Amber, meine Schwester, sich krank zu melden und mit mir zu kommen. Sie arbeitete seit einem Monat bei *Glitzy*, einer Boutique in Dawlington. Meine Mutter wurde böse und verbot es ihr. Beim Frühstück hatten wir Streit, und mein Vater ist mittendrin gegangen. Er ist fünfundfünfzig und arbeitet drei Tage die Woche als Buchhalter für ein Transportunternehmen. Viele Jahre lang hatte er selbst eine Tankstelle mit Reparaturwerkstatt. Er hat sie 1985 verkauft, weil er keinen Sohn hat, der sie hätte übernehmen können.

Nachdem er gegangen war, wurde der Streit sehr heftig. Meine Mutter hat mir vorgeworfen, ich würde Amber verderben. Immer wieder hat sie mich Fattie genannt und ausgelacht, weil ich Angst hatte, allein nach London zu fahren. Sie sagte, vom Tag meiner Geburt an sei ich eine einzige Enttäuschung für sie gewesen. Ich bekam Kopfschmerzen von ihrem Geschrei und Geschimpfe. Ich war immer noch sehr gekränkt darüber, daß sie zu meinem Geburtstag überhaupt nichts geplant hatte, und ich war eifersüchtig, weil sie für Amber eine Party gegeben hatte.

Da bin ich zur Schublade gegangen und habe das Nudelholz herausgeholt. Ich habe sie damit geschlagen, damit sie endlich ruhig ist, und als sie zu schreien anfing, habe ich noch einmal zugeschlagen. Danach hätte ich vielleicht aufgehört, aber da fing Amber zu schreien an wegen dem, was ich getan hatte. Ich mußte sie auch schlagen. Ich habe Lärm noch nie vertragen.

Dann habe ich mir eine Tasse Tee gemacht und gewartet. Ich dachte, ich hätte sie beide bewußtlos geschlagen. Sie lagen auf dem Fußboden. Nach einer Stunde dachte ich, sie könnten tot sein. Sie waren beide sehr blaß und haben sich nicht gerührt. Ich weiß, wenn man jemand einen Spiegel vor den Mund hält und der Spiegel nicht beschlägt, dann bedeutet das, daß der Betreffende tot ist. Ich habe es mit dem Spiegel aus meiner Handtasche versucht. Ich habe ihn ihnen lange vor den Mund gehalten, aber er beschlug nicht. Überhaupt nicht.

Ich bekam Angst und überlegte, wie ich die Leichen verstecken sollte. Zuerst wollte ich sie auf den Speicher schaffen, aber sie waren zu schwer. Ich konnte sie nicht die Treppe hinauftragen. Dann habe ich mir gedacht, das Meer wäre das beste Versteck; es ist ja nur zwei Meilen von unserem Haus entfernt. Aber ich kann nicht Auto fahren und außerdem hatte mein Vater den Wagen mitgenommen. Ich dachte mir, wenn ich sie kleiner machen könnte, könnte ich sie in ein paar Koffer packen und wegtragen. Ich habe oft Hühnchen tranchiert. Ich dachte, es wäre ganz leicht, das gleiche mit Amber und meiner Mutter zu tun. Ich habe eine Axt geholt, die bei uns in der Garage war, und ein Tranchiermesser aus der Küchenschublade.

Aber es war mit dem Tranchieren von Hühnern überhaupt nicht zu vergleichen. Um zwei Uhr war ich todmüde und hatte nur die Köpfe und die Beine und drei Arme abgetrennt. Alles war voll Blut, und meine Hände sind dauernd abgerutscht. Ich wußte, daß mein Vater bald heimkommen würde und ich bis dahin niemals fertig sein würde, denn ich mußte die Stücke ja noch ans Meer bringen. Ich überlegte mir, daß es besser wäre, die Polizei anzurufen und zuzugeben, was ich getan hatte. Als ich mich dazu entschlossen hatte, fühlte ich mich gleich viel wohler.

Mir ist nie der Gedanke gekommen, einfach wegzugehen und so zu tun, als hätte jemand anders es getan. Ich weiß nicht, warum, aber ich war vollkommen darauf fixiert, die Leichen zu verstecken. Das war das einzige, woran ich dachte. Es war schrecklich, sie zerschneiden zu müssen. Ich mußte sie ausziehen, um sehen zu können, wo die Gelenke waren. Ich wußte nicht, daß ich die einzelnen Stücke durcheinander gebracht hatte. Ich habe sie aus Anstand wieder hingelegt, aber alles war so voll Blut, daß ich nicht erkennen konnte, welche Körperteile zu wem gehörten. Ich habe anscheinend den Kopf meiner Mutter aus Versehen zu Ambers Körper gelegt. Ich habe allein gehandelt.

Was ich getan habe, tut mir leid. Ich habe die Beherrschung verloren und mich dumm benommen. Ich bestätige, daß alles, was hier geschrieben steht, der Wahrheit entspricht.

Gezeichnet – *OLIVE MARTIN.*‹

Das Protokoll war eine Fotokopie und nahm drei DIN-A4-Blätter ein. Es war mit Maschine geschrieben. Auf der Rückseite des letzten Blattes war die Fotokopie eines Auszugs aus dem Befund des Pathologen. Er war kurz, nur der Schlußabsatz, und es war nicht zu erkennen, wer der Verfasser war.

›Die Kopfverletzungen stammen eindeutig von einem Schlag oder mehreren Schlägen mit einem schweren, harten Gegenstand. Diese Schläge wurden vor Eintritt des Todes verabreicht und waren nicht tödlich. Es gibt zwar forensisch gesehen keinen Beweis dafür, daß die Schläge mit dem Nudelholz verabreicht wurden, aber auch das Gegenteil ist nicht beweisbar. Der Tod trat in beiden Fällen infolge der Durchtrennung der Halsschlagader bei der Enthauptung ein. Untersuchungen der Axt zeigten beträchtliche Roststellen unter den Blutflecken. Es ist sehr wahrscheinlich, daß das Werkzeug schon stumpf war, ehe es zur Zerstückelung der Leichen benutzt wurde. Die Blutergüsse rund um die Schnittwunden an Amber Martins Hals und Rumpf lassen darauf schließen, daß sie drei oder vier Schläge mit der Axt bekam, ehe ihr mit dem Tranchiermesser die Kehle durchgeschnitten wurde. Es ist unwahrscheinlich, daß sie das Bewußtsein wiedererlangt hat. Im Fall von Mrs. Gwen Martin jedoch zeigen die Rißwunden an Händen und Unterarmen, die ihr vor dem Tod beigebracht wurden, daß sie das Bewußtsein wiedererlangte und versuchte, sich zu wehren. Zwei Messerstiche unterhalb des Kiefers deuten auf zwei verunglückte Versuche, ihr die Kehle zu durchschneiden, ehe der dritte Versuch dann gelang. Die ganze Aktion wurde mit brutaler Grausamkeit ausgeführt.‹

Roz las das alles durch, dann legte sie die Blätter neben sich auf den Tisch und starrte in die Ferne. Ihr war sehr kalt. *Olive Martin mit dem Beile*... O Gott! Kein Wunder, daß Peter Crew sie als Psychopathin bezeichnet hatte. Drei oder vier Schläge mit einer stumpfen Axt, und Amber war noch am Leben gewesen. Die Galle kam ihr hoch, bitter, eklig, erstickend. Sie mußte aufhören, daran zu denken. Aber das konnte sie natürlich nicht. Der gedämpfte Aufprall von Metall auf weichem Fleisch dröhnte ihr in den Ohren. Wie dunkel und düster die Wohnung war! Mit plötzlicher Bewegung streckte sie den Arm aus und knipste eine Tischlampe an, aber das Licht konnte die lebhaften Bilder nicht vertreiben, die sie bedrängten, alptraumhafte Visionen einer Wahnsinnigen im Blutrausch. Und die Leichen...

Hatte sie sich wirklich verpflichtet, dieses Buch zu schreiben?

Hatte sie etwas unterschrieben? Hatte sie einen Vorschuß bekommen? Sie konnte sich nicht erinnern, und eisige Panik packte sie. Sie lebte in einer Dämmerwelt, in der alles so unwichtig war, daß die Tage aufeinanderfolgten, ohne sich irgendwie voneinander zu unterscheiden. Sie stand aus dem Sessel auf und lief im Zimmer auf und ab. Verfluchte Iris dafür, daß sie sie da hineingetrieben hatte, verfluchte sich selbst für ihren Irrsinn, verfluchte Peter Crew dafür, daß er ihr das Protokoll nicht gleich geschickt hatte, als sie ihm das erstemal geschrieben hatte.

Sie holte sich das Telefon und wählte Iris' Nummer. »Habe ich eigentlich für dieses Olive-Martin-Buch etwas unterschrieben? Warum? Weil ich es verdammt noch mal nicht schreiben kann, wenn du es unbedingt wissen willst. Die Frau macht mir eine Heidenangst, und ich geh' bestimmt nicht wieder zu ihr.«

»Ich dachte, sie hätte dir gefallen?« Iris sprach gelassen, einen Bissen von ihrem Abendessen im Mund.

Roz ignorierte die Bemerkung. »Ich habe hier ihre Aussage und den Bericht des Pathologen oder zumindest seine Schlußfolgerungen. Die hätte ich als allererstes lesen sollen. Ich mache das Buch nicht. Ich werde doch nicht das, was diese Frau getan hat, noch dadurch glorifizieren, daß ich ein Buch darüber schreibe. Mein Gott, Iris, sie waren noch am Leben, als sie sie enthauptet hat. Und die Mutter, diese arme, unglückliche Person, versuchte, die Axt abzuwehren. Mir wird übel, wenn ich nur daran denke.«

»Okay.«

»Was okay?«

»Dann schreib es eben nicht.«

Roz kniff argwöhnisch die Augen zusammen. »Ich dachte, du würdest mir zumindest widersprechen.«

»Wozu? Eines habe ich in diesem Geschäft gelernt – man kann die Leute nicht zum Schreiben zwingen. Nein, stimmt nicht – man kann sie zwingen, wenn man hartnäckig und manipulativ genug ist, aber das Ergebnis ist unweigerlich unter Niveau.« Roz hörte, wie sie trank. »Wie dem auch sei, Jenny Atherton hat mir heute morgen die ersten zehn Kapitel ihres neuen Buchs geschickt. Lauter interessante Betrachtungen über die Gefahren eines negativen Selbstbildes, wobei Fettleibigkeit der Selbstwert-Killer Nummer eins ist. Sie hat ein ganzes Heer von Film- und Fernsehgrößen ausgegraben, die alle in tiefste Tiefen gesunken sind, seit sie dick geworden sind, und keine Rolle mehr bekommen. Es ist natürlich ekelhaft geschmacklos, wie alle Bücher Jennys, aber es verkauft sich bestimmt. Ich denke, du solltest ihr dein Material schicken. Olive Martin gäbe doch einen hochdramatischen Schlußpunkt ab, meinst du nicht, besonders, wenn es uns gelingen sollte, ein Foto von ihr in ihrer Zelle zu bekommen.«

»Keine Chance.«

»Keine Chance ein Foto zu bekommen? Wie schade!«

»Keine Chance, daß ich irgend etwas an Jenny Atherton schicke. Wirklich, Iris«, rief sie aufgebracht, »du bist echt das Letzte. Du solltest für die Revolverpresse arbeiten. Du bist doch bereit, jeden auszubeuten, Hauptsache, es bringt Geld. Jenny Atherton ist die Letzte, die ich an Olive heranlassen würde.«

»Versteh' ich nicht«, sagte Iris herzhaft kauend. »Ich meine, wenn du nicht über sie schreiben willst und dich weigerst, je wieder zu ihr zu gehen, weil sie dich so anwidert, warum regst du dich dann über jemand anders auf, der bereit ist, sein Glück zu versuchen.«

»Es geht ums Prinzip.«

»Das sehe ich anders, Schatz. Mir klingt das mehr nach dem Fuchs mit den sauren Trauben. Aber hör mal, ich hab' jetzt leider keine Zeit mehr. Wir haben Besuch. Laß mich Jenny wenigstens sagen, daß Olive zur Verfügung steht. Sie kann ja von vorn anfangen. Sehr weit bist du doch sowieso noch nicht gekommen, nicht?«

»Ich hab's mir anders überlegt«, fuhr Roz sie gereizt an. »Ich mach' das Buch doch. Wiedersehen.« Sie knallte den Hörer auf.

Am anderen Ende zwinkerte Iris ihrem Mann zu. »Und du bezichtigst mich der Herzlosigkeit«, murmelte sie. »Was hätte weniger herzlos sein können als das?«

»Ein Schlag mit dem Holzhammer«, sagte Gerry Fielding ätzend.

Roz las noch einmal Olives Aussage. »Meine Beziehung zu meiner Mutter und meiner Schwester war niemals eng.« Sie griff nach ihrem Kassettenrecorder und spulte zurück, ließ das Band vorwärts- und rückwärtslaufen, bis sie die Stelle hatte, die sie suchte. »Ich habe sie Amber genannt, weil ich im Alter von zwei Jahren mit dem ›l‹ und dem ›s‹ nicht zurechtgekommen bin. Der Name paßte zu ihr. Sie hatte wunderschönes honigblondes Haar, und sie hat nie auf Alison gehört, immer nur auf Amber. Sie war sehr hübsch...«

Das hieß natürlich gar nichts. Es gab kein ungeschriebenes Gesetz, das besagte, Psychopathen seien nicht fähig, sich zu verstellen. Eher traf das Gegenteil zu. Doch ihre Stimme klang eindeutig weicher, wenn sie von ihrer Schwester sprach, eine Zärtlichkeit schwang in ihr, die Roz bei jedem anderen als Liebe interpretiert hätte. Und warum hatte sie den Streit mit ihrer Mutter nicht erwähnt? Wirklich, das war sehr merkwürdig. Er hätte durchaus die Rechtfertigung für das sein können, was sie an jenem Tag tat.

Der Kaplan, der nicht merkte, daß Olive sich hinter ihm befand, fuhr heftig zusammen, als eine große Hand auf seine Schulter herabfiel. Es war nicht das erstemal, daß sie sich an ihn angeschlichen hatte, und wieder einmal, wie früher schon, fragte er sich, wie sie das fertigbrachte. Ihre normale Gangart war ein mühsames Schlurfen, bei dem er, jedesmal wenn er es hörte, die Zähne zusammenbiß. Er wappnete sich innerlich und drehte sich mit einem freundlichen Lächeln herum. »Olive, wie nett Sie zu sehen. Was führt Sie in die Kapelle?«

Die nackten Augen waren belustigt. »Hab' ich Sie erschreckt?«

»Sie haben mich überrascht. Ich habe Sie nicht kommen gehört.«

»Wahrscheinlich weil Sie nicht hingehört haben. Sie müssen hinhören, wenn Sie hören wollen, Herr Kaplan. Diese Kleinigkeit wird man Ihnen im theologischen Seminar doch wenigstens beigebracht haben. Gott spricht bestenfalls mit Flüsterstimme.«

Es wäre einfacher, dachte er manchmal, wenn er Olive verachten könnte. Aber das hatte er nie geschafft. Er fürchtete sie, und er mochte sie nicht, aber er verachtete sie nicht. »Was kann ich für Sie tun?«

»Sie haben heute morgen eine Lieferung mit neuen Tagebüchern bekommen. Ich hätte gern eines davon.«

»Wirklich? Die neuen sind nicht anders als die letzten. Sie enthalten für jeden Tag einen religiösen Text, und das letztemal, als ich Ihnen so ein Buch gegeben habe, haben Sie es zerrissen.«

Sie zuckte die Achseln. »Aber ich brauche ein Tagebuch. Ich bin bereit, die kleinen Sprüche aus dem kirchlichen Schatzkästlein hinzunehmen.«

»Sie sind in der Sakristei.«

»Ich weiß.

Sie war nicht wegen des Tagebuchs gekommen. Das immerhin war ihm klar. Aber was beabsichtigte sie aus der Kapelle zu stehlen, sobald er ihr den Rücken kehrte? Was gab es schon zu stehlen außer Bibeln und Gebetbüchern?

Eine Kerze, berichtete er später der Direktorin. Olive Martin hatte eine fünfzehn Zentimeter hohe Kerze vom Altar gestohlen. Aber sie leugnete es natürlich, und obwohl ihre Zelle von oben bis unten durchsucht wurde, fand man die Kerze nicht.

3

Graham Deedes war jung, erschöpft und schwarz. Er sah Roz' Überraschung, als sie in sein Zimmer kam, und runzelte verärgert die Stirn. »Ich hatte keine Ahnung, daß schwarze Anwälte so eine Seltenheit sind, Miß Leigh.«

»Warum sagen Sie das?« fragte sie neugierig und setzte sich in den Sessel, den er ihr anbot.

»Sie haben so ein verwundertes Gesicht gemacht.«

»Ja, aber nicht wegen Ihrer Hautfarbe. Sie sind weit jünger, als ich erwartet hatte.«

»Dreiunddreißig«, sagte er. »So jung ist das nicht.«

»Nein. Aber als Ihnen die Verteidigung von Olive Martin übertragen wurde, können Sie höchstens sechs- oder siebenundzwanzig gewesen sein. Das ist nun wirklich jung für einen Mordprozeß.«

»Das ist wahr«, stimmte er zu, »aber ich war nur der Junior. Der erste Anwalt war wesentlich älter.«

»Aber Sie haben den größten Teil der Vorbereitungsarbeit geleistet?«

Er nickte. »Soweit möglich. Es war ein sehr ungewöhnlicher Fall.«

Sie nahm ihren Recorder aus der Tasche. »Haben Sie etwas dagegen, wenn ich unser Gespräch aufzeichne?«

»Nicht, wenn Sie die Absicht haben, über Olive Martin zu sprechen.«

»Die habe ich.«

Er lachte. »Dann habe ich nichts dagegen; ich kann Ihnen nämlich praktisch nichts über sie sagen. Ich habe die Frau ein einziges

Mal gesehen, an dem Tag, an dem sie verurteilt worden ist, und nicht einmal da habe ich mit ihr gesprochen.«

»Aber soviel ich weiß, haben Sie doch eine Verteidigung auf der Grundlage verminderter Schuldfähigkeit vorbereitet. Haben Sie denn im Lauf dieser Arbeit nicht mit ihr gesprochen?«

»Nein, sie lehnte jedes Gespräch mit mir ab. Ich habe mich bei meiner Arbeit einzig auf das Material gestützt, das ihr Anwalt mir übersandt hat.« Er lächelte schief. »Und viel war das nicht, das muß ich sagen. Die hätten uns ausgelacht, wenn wir damit vor Gericht erschienen wären; ich war daher sehr erleichtert, als der Richter ihr Schuldgeständnis für zulässig erklärte.«

»Was für Argumente hätten Sie denn vorgebracht, wenn Sie aufgerufen worden wären?«

»Wir hatten zwei unterschiedliche Ansätze geplant.« Deedes dachte einen Moment nach. »Einmal, daß ihr geistiges Gleichgewicht vorübergehend gestört war – soweit ich mich erinnere, war es der Tag nach ihrem Geburtstag, und sie war tief verstört, weil ihre Angehörigen sie wegen ihrer Fettleibigkeit hänselten, anstatt ihren Geburtstag zu feiern.« Er hob fragend die Augenbrauen, und Roz nickte. »Ferner machte sie, glaube ich, in ihrer Aussage eine Bemerkung darüber, daß sie Lärm schlecht ertragen kann. Es gelang uns damals tatsächlich, einen Arzt zu finden, der bereit war, vor Gericht auszusagen, daß Lärm bei manchen Menschen einen so ungeheuren seelischen Druck erzeugen kann, daß sie imstande sind, etwas völlig Uncharakteristisches zu tun, um ihm ein Ende zu bereiten. Es gab jedoch kein psychiatrisches oder ärztliches Material, das bewiesen hätte, daß Olive Martin zu diesem Menschentyp gehörte.«

Er tippte leicht seine Zeigefinger aneinander. »Zum zweiten wollten wir, von der barbarischen Grausamkeit des Verbrechens ausgehend, das Gericht zu der Schlußfolgerung führen, daß Olive

Martin eine Psychopathin ist. Mit unserem Vorbringen von der vorübergehenden geistigen Gestörtheit hatten wir nicht die geringste Chance, aber mit dem Psychopathie-Argument«, er machte mit einer Hand eine abwägende Geste, »da wären wir vielleicht durchgekommen. Wir stöberten einen Psychologieprofessor auf, der bereit war, vor Gericht aufzutreten, nachdem er die Fotografien der Leichen gesehen hatte.«

»Aber hat er je mit ihr *gesprochen*?«

Er schüttelte den Kopf. »Dazu reichte die Zeit nicht, und sie hätte ein Gespräch sowieso abgelehnt. Sie war eisern entschlossen, sich schuldig zu bekennen. Ich nehme an, Mr. Crew hat Ihnen erzählt, daß sie an das Innenministerium schrieb und um ein unabhängiges psychiatrisches Gutachten bat, um zu beweisen, daß sie prozeßfähig sei?«

Roz nickte.

»Danach konnten wir im Grunde nichts mehr tun. Es war wirklich eine außergewöhnliche Geschichte«, sagte er nachdenklich. »Die meisten Angeklagten überschlagen sich, um Entschuldigungen für sich zu finden.«

»Mr. Crew ist überzeugt, daß sie eine Psychopathin ist.«

»Ich glaube, ich würde ihm zustimmen.«

»Aufgrund dessen, was sie ihrer Mutter und ihrer Schwester angetan hat? Andere Beweise haben Sie nicht?«

»Nein. Reicht das nicht?«

»Wie erklären Sie es dann, daß fünf Psychiater sie für normal erklärt haben?« Roz blickte auf. »Sie hat, soweit ich unterrichtet bin, im Zuchthaus mehrere Sitzungen gehabt.«

»Wer hat Ihnen das erzählt? Olive Martin?« Er machte ein skeptisches Gesicht.

»Ja, aber ich habe hinterher noch mit der Direktorin gesprochen, und die hat es bestätigt.«

Er zuckte die Achseln. »Ich würde dem nicht allzuviel Gewicht beimessen. Sie müßten erst die Berichte sehen. Es kommt doch darauf an, wer sie geschrieben hat und warum man sie untersucht hat.«

»Merkwürdig ist es trotzdem, finden Sie nicht?«

»Inwiefern?«

»Man würde doch über eine gewisse Zeitspanne hinweg einen meßbaren Grad an soziopathischem Verhalten erwarten, wenn sie wirklich eine Psychopathin wäre.«

»Nicht unbedingt. Im Zuchthaus hat sie vielleicht genau das streng strukturierte Milieu, das sie braucht. Oder vielleicht war ihre besondere Art der Psychopathie nur gegen die Familie gerichtet. Irgend etwas hat diese Psychose an dem fraglichen Tag zum Ausbruch gebracht, und nachdem sie Mutter und Schwester getötet hatte, beruhigte sie sich wieder.« Wieder zuckte er die Achseln. »Wer weiß? Die Psychiatrie ist nun mal keine exakte Wissenschaft.« Er schwieg einen Moment. »Meiner Erfahrung nach hakken sozial angepaßte Menschen ihre Angehörigen nicht in Stücke. Sie wissen doch, daß die Mutter und die Schwester noch am Leben waren, als sie mit der Axt auf sie losging?« Er lächelte bitter. »Und sie hat es gewußt. Glauben Sie ja nicht, sie hätte es nicht gewußt.«

Roz runzelte die Stirn. »Es gibt noch eine andere Erklärung«, sagte sie langsam. »Der Haken ist nur, daß sie zwar den Fakten entsprechen würde, aber zu absurd ist, um glaubhaft zu sein.«

Er wartete. »Ja?« sagte er schließlich.

»Olive hat es gar nicht getan.« Sie fügte hastig hinzu: »Ich sage nicht, daß ich daran glaube, ich sage nur, daß diese Erklärung sich mit den Fakten decken würde.«

»Mit *Ihren* Fakten«, sagte er freundlich. »Ich habe den Eindruck, Sie sind ein bißchen tendenziös in der Wahl dessen, was Sie glauben und was nicht.«

»Vielleicht.« Roz erinnerte sich ihrer extremen Stimmungsschwankungen vom Abend zuvor.

Er sah sie einen Moment lang an. »Sie wußte eine ganze Menge über die Morde für jemand, der sie nicht begangen hat.«

»Finden Sie?«

»Natürlich. Sie nicht?«

»Sie hat kein Wort davon gesagt, daß ihre Mutter sich gegen die Axt und das Messer gewehrt hat. Aber das muß doch das Erschreckendste gewesen sein. Warum hat sie nichts davon erwähnt?«

»Scham. Verlegenheit. Traumatische Amnesie. Sie können sich nicht vorstellen, wie viele Mörder das, was sie getan haben, aus ihrem Gedächtnis ausblenden. Manchmal dauert es Jahre, ehe sie ihrer Schuld ins Auge sehen. Aber ganz gleich, ich bezweifle, daß der Kampf mit ihrer Mutter für Olive so erscheckend war, wie Sie meinen. Gwen Martin war eine zierliche kleine Frau, höchstens eins fünfzig groß, würde ich sagen. Körperlich schlägt Olive ihrem Vater nach; es wäre also ein leichtes für sie gewesen, ihre Mutter zu überwältigen.« Er sah die Unsicherheit in Roz' Augen. »Lassen Sie mich *Ihnen* eine Frage stellen: Weshalb sollte Olive Martin zwei Morde gestehen, die sie nicht begangen hat?«

»Weil Leute das immer wieder tun.«

»Aber nicht, wenn sie ihren Anwalt an ihrer Seite haben, Miß Leigh. Ich gebe zu, daß so etwas vorgekommen ist; eben deshalb sind ja die neuen Vorschriften zur Beweisaufnahme eingeführt worden, aber Olive Martin gehört nicht zu denen, die ein Geständnis unter Nötigung abgelegt haben oder deren Geständnis später verdreht worden ist. Sie hatte die ganze Zeit einen Rechtsbeistand an ihrer Seite. Deshalb sage ich noch einmal, warum sollte sie etwas gestehen, was sie nicht getan hat?«

»Um jemand anders zu schützen?« Sie war froh, daß sie nicht

vor Gericht standen. Sein Kreuzverhör war nicht von schlechten Eltern.

»Wen?«

Sie schüttelte den Kopf. »Ich weiß es nicht.«

»Als einziger käme der Vater in Frage, und der war an seinem Arbeitsplatz. Die Polizei hat ihn genauestens überprüft, und sein Alibi war nicht zu erschüttern.«

»Olives Liebhaber wäre auch noch eine Möglichkeit.«

Er starrte sie verblüfft an.

»Sie hat mir erzählt, daß sie einen Schwangerschaftsabbruch hinter sich hat. Demnach muß sie ja wohl einen Liebhaber gehabt haben.«

Das fand er höchst erheiternd. »Die arme Olive.« Er lachte. »Na ja, eine Abtreibung ist wahrscheinlich so gut wie jedes andere Mittel, um den Schein zu wahren. Besonders«, er lachte wieder, »wenn alle ihr glauben. Ich wäre da an Ihrer Stelle nicht so leichtgläubig.«

Sie lächelte kalt. »Vielleicht sind Sie der Leichtgläubige, wenn Sie so ohne weiteres die billige männliche Perspektive übernehmen, daß eine Frau wie Olive Martin für einen Mann nicht attraktiv ist.«

Deedes musterte ihr entschlossenes Gesicht und fragte sich nach ihrem Motiv. »Sie haben recht, Miß Leigh, das war billig, und ich entschuldige mich dafür.« Er hob kurz die Hände und ließ sie wieder herabfallen. »Aber das ist das erstemal, daß ich von einem Schwangerschaftsabbruch höre. Sagen wir einfach, ich halte das für einigermaßen unwahrscheinlich. Und vielleicht recht bequem? Ich meine, ohne Olive Martins Einverständnis kann das niemand überprüfen. Wenn es Nichtmedizinern erlaubt wäre, die Krankengeschichten anderer Leute einzusehen, käme wahrscheinlich manches delikate Geheimnis ans Licht.«

Roz bedauerte ihre scharfe Bemerkung. Deedes war ein sympathischerer Mann als Crew und hatte sie nicht verdient. »Olive erwähnte einen Abbruch. Der Liebhaber war *meine* Vermutung. Aber vielleicht wurde sie vergewaltigt. Kinder können ebensogut in Haß wie in Liebe gezeugt werden.«

»Lassen Sie sich nicht benützen, Miß Leigh. An dem Tag, an dem Olive Martin vor Gericht erschien, beherrschte sie die Szene. Ich hatte damals den Eindruck und habe ihn heute noch, daß wir nach *ihrer* Pfeife getanzt haben und nicht sie nach unserer.«

Dawlington war ein kleiner Vorort im Osten Southamptons, ein ehemals abgelegenes Dorf, das von der rasch wachsenden Stadt verschlungen worden war. Dank der vielbefahrenen Durchgangsstraßen, die es eingrenzten, hatte es sich eine Art Identität erhalten, aber es war dennoch leicht zu übersehen. Nur ein heruntergekommenes altes Ladenschild mit der Aufschrift *Dawlington Newsagents* machte Roz darauf aufmerksam, daß sie den einen Vorort hinter sich gelassen und den anderen erreicht hatte. Vor einer Linkskurve fuhr sie an den Bürgersteig und warf einen Blick in ihren Stadtplan. Sie befand sich jetzt vermutlich in der High Street, und die Straße links – sie entzifferte mit zusammengekniffenen Augen das Straßenschild – war die Ainsley Street. Sie suchte auf ihrem Plan. »Ainsley Street«, murmelte sie. »Na komm schon, wo bist du? Okay. Leven Road. Erste rechts, zweite links.« Mit einem Blick in ihren Rückspiegel steuerte sie den Wagen wieder auf die Straße hinaus und bog nach rechts ab.

Olives Geschichte, dachte sie, während sie von ihrem geparkten Wagen aus das Haus in der Leven Road 22 musterte, wurde immer seltsamer. Peter Crew hatte behauptet, das Haus sei unverkäuflich. Sie hatte sich etwas wie aus einem Gruselroman vorgestellt, zwölf Monate der Verwahrlosung und des Verfalls seit dem

Tod Robert Martins, ein Haus, das von den ewig bleibenden Horrorvisionen in seiner Küche zum Ruin verdammt war. Statt dessen sah sie eine freundliche kleine Doppelhaushälfte, frisch gestrichen, mit Blumenkästen, in denen rosafarbene, weiße und rote Geranien nickten. Wer hatte das Haus gekauft? Wer war mutig genug (oder morbide genug), um mit den Geistern dieser Unglücksfamilie zu leben? Sie überprüfte anhand der Zeitungsausschnitte, die sie am Morgen im Archiv der Lokalzeitung zusammengestellt hatte, noch einmal die Adresse. Kein Zweifel. Eine Schwarz-Weiß-Fotografie vom ›Haus des Schreckens‹ zeigte eben dieses adrette Häuschen, nur ohne Blumenkästen.

Sie stieg aus und ging über die Straße. Das Haus blieb hartnäckig still auf ihr Läuten, so daß sie schließlich zum Nachbarhaus ging und dort ihr Glück versuchte.

Eine junge Frau mit einem schläfrigen Kleinkind auf dem Arm öffnete ihr. »Ja?«

»Guten Tag«, sagte Roz. »Verzeihen Sie, daß ich Sie störe.« Sie wies nach rechts. »Ich wollte eigentlich zu Ihren Nachbarn, aber da ist niemand zu Hause. Haben Sie eine Ahnung, wann sie zurückkommen?«

Die junge Frau schob eine Hüfte vor, um das Kind besser halten zu können und maß Roz mit durchdringendem Blick. »Hier gibt es nichts zu sehen. Sie verschwenden Ihre Zeit.«

»Pardon?«

»Sie haben das Haus ausgeschlachtet und innen alles neu gemacht. Sehr hübsch. Es gibt nichts zu sehen, keine Blutflecken, keine Gespenster, nichts.« Sie drückte den Kopf des Kindes an ihre Schulter, eine beiläufige, besitzergreifende Geste, eine Demonstration mütterlicher Zärtlichkeit, die sich mit der Feindseligkeit ihres Tons nicht vertrug. »Soll ich Ihnen sagen, was ich denke? Sie sollten einen Psychiater aufsuchen. Leute wie Sie sind die wirklich

Kranken dieser Gesellschaft.« Sie machte Anstalten, die Tür zu schließen.

Roz hob in einer Geste der Kapitulation die Hände. Sie lächelte verlegen. »Ich bin nicht hier, um Maulaffen feilzuhalten«, sagte sie. »Mein Name ist Rosalind Leigh, und ich arbeite mit dem Anwalt des verstorbenen Mr. Martin zusammen.«

Die Frau musterte sie argwöhnisch. »Ach ja? Wie heißt der denn?«

»Peter Crew.«

»Das können Sie auch aus der Zeitung haben.«

»Ich habe einen Brief von ihm. Darf ich ihn Ihnen zeigen? Er wird Ihnen beweisen, daß ich die bin, für die ich mich ausgebe.«

»Bitte.«

»Er liegt im Wagen. Ich hole ihn.« Sie holte eilig ihre Aktentasche aus dem Kofferraum, aber als sie zurückkam, war die Tür geschlossen. Sie läutete mehrmals und wartete zehn Minuten lang auf der Schwelle, aber es war klar, daß die junge Frau nicht die Absicht hatte, ihr zu öffnen. Aus einem der oberen Räume kam das Quengeln eines Säuglings. Roz lauschte einen Moment der beschwichtigenden Stimme der Mutter, dann ging sie schließlich ärgerlich über sich selbst zum Wagen zurück und überlegte, was sie nun tun sollte.

Die Zeitungsausschnitte waren enttäuschend. Sie brauchte Namen, Namen von Freunden oder Nachbarn oder auch alten Lehrern, die ihr Hintergrundinformationen liefern konnten. Aber die Lokalzeitung hatte wie die großen überregionalen Blätter den Horror und die Brutalität des Verbrechens ausgeschlachtet, ohne irgendwelche Details über Olives Leben oder ihre möglichen Gründe für die Tat zu berichten. Es gab die üblichen Zitate von Nachbarn – alle anonym und alle geprägt von dieser Klugheit im nachhinein –, aber sie waren alle so gleichermaßen unergiebig, daß Roz argwöhnte, hier sei vor allem journalistischer Erfindungsgeist am Werk gewesen.

»›Nein, ich bin nicht überrascht‹, sagte ein Nachbar. ›Entsetzt und erschrocken, ja, aber nicht überrascht. Sie war ein merkwürdiges Mädchen, unfreundlich, eigenbrötlerisch. Ganz anders als ihre Schwester. Die war die Hübsche, Umgängliche. Amber haben wir alle gemocht.‹ ›Die Eltern fanden sie sehr schwierig. Sie ging nie unter Leute und hat keine Freundschaften geschlossen. Sie war wahrscheinlich sehr schüchtern wegen ihres Umfangs, aber sie hatte eine Art, einen anzusehen, die nicht normal war.‹«

Über die Sensationsmache hinaus hatte es nichts zu schreiben gegeben. Eine polizeiliche Ermittlung, über die man hätte berichten können, hatte nicht stattgefunden – Olive hatte sich selbst gestellt, hatte ihr Verbrechen im Beisein ihres Anwalts gestanden und war wegen Mordes unter Anklage gestellt worden. Da sie sich sogleich schuldig bekannt hatte, waren keine saftigen Details aus einem langen Prozeß angefallen, waren keine Namen von Freunden oder Bekannten genannt worden, bei denen man nachhaken konnte, und ihre Verurteilung hatte nur einen einzigen Absatz mit der Überschrift ›Fünfundzwanzig Jahre für brutale Morde‹ zur Folge gehabt. Eine Verschwörung journalistischer Teilnahmslosigkeit schien den ganzen Fall zu umgeben. Von den fünf großen W des Journalismus – Wo, Wann, Was, Wer, Warum – waren die ersten vier sonnenklar. Jeder wußte, was passiert war, wer es getan hatte, wo und wann. Aber niemand, so schien es, wußte, warum. Und – das war das eigentlich Rätselhafte – niemand hatte je danach gefragt. Konnten Hänseleien allein eine junge Frau wirklich in eine solche Wut hineintreiben, daß sie ihre Angehörigen in Stücke hackte?

Mit einem Seufzer machte Roz das Radio an und legte eine Pavarotti-Kassette ein. Schlechte Wahl, dachte sie, als die Klänge von »Nessun dorma« den Innenraum des Wagens füllten und bittere Erinnerungen an einen Sommer weckten, den sie lieber vergessen hätte. Merkwürdig, daß ein Musikstück solche Auswirkungen haben konnte. Aber der Weg zur Trennung war gewissermaßen der Choreographie des Fernsehgeräts gefolgt, und »Nessun dorma« hatte stets Anfang und Ende ihrer Auseinandersetzungen markiert. An jedes Detail jedes einzelnen Weltmeisterschaftsfußballspiels konnte sie sich erinnern. Es waren die einzigen friedlichen Perioden in einem Sommer des Krieges gewesen. Wie viel besser, dachte sie müde, wäre es gewesen, hätte sie damals schon Schluß gemacht, anstatt das Elend bis zu seinem weit schrecklicheren Ende hinauszuziehen.

Im Haus rechts, Nummer 24, bewegte sich ein dünner Vorhang, hinter einem Aufkleber, der lauthals die Vorzüge einer wachsamen Nachbarschaft pries. War das so ein Fall, fragte sich Roz, wo man den Stall schloß, nachdem das Pferd weggelaufen war? Oder hatte sich derselbe dünne Vorhang an dem Tag bewegt, als Olive ihr Hackebeil schwang? Zwei Garagen füllten die Lücke zwischen den Häusern, aber es war möglich, daß die Bewohner etwas gehört hatten. *Olive Martin mit dem Beile, hackt ihre Mutter in zehn Teile...* Die Worte kreisten in ihrem Kopf wie seit Tagen immer wieder.

Sie richtete ihre Aufmerksamkeit wieder auf das Haus Nummer 22, beobachtete aber aus dem Augenwinkel den Vorhang in Nummer 24. Wieder bewegte er sich, von begierigen Fingern zur Seite gezogen, und sie war plötzlich unangemessen wütend auf diese zudringliche Person, die sie da bespitzelte. Das mußte ein leeres, vertanes Leben sein, das seine Zeit damit zubrachte, andere heimlich zu beobachten. Was für eine Klatschbase mochte da wohnen? Die frustrierte alte Jungfer, die im Voyeurismus ihre Befriedigung fand? Oder die gelangweilte und langweilige Ehefrau, die nichts Besseres zu tun wußte als zu nörgeln? Aber da hakte plötzlich in ihrem Hirn etwas ein, es wurde gewissermaßen eine gedankliche Weiche gestellt. Genau die Art von Klatschbase, die sie suchte, natürlich, aber wieso war ihr das nicht gleich aufgefallen? Wirklich, das wurde allmählich besorgniserregend. Sie war eigentlich dauernd abwesend, lauschte immer nur den Schritten, die nichts als ein Echo in ihrer Erinnerung waren und nirgendwohin führten.

Ein gebrechlicher alter Mann öffnete ihr die Tür, ein geschrumpfter kleiner Mensch mit durchsichtiger Haut und gekrümmten Schultern. »Kommen Sie herein, kommen Sie herein«, sagte er und führte sie in den Flur. »Ich habe gehört, was Sie zu Mrs. Blair gesagt haben. Aber sie redet bestimmt nicht mit Ihnen, und ich sag' Ihnen noch was, es würde Ihnen gar nicht helfen, wenn sie mit Ihnen reden würde. Die sind erst vor vier Jahren hierher gezogen, als das erste Kind unterwegs war. Die haben die Familie überhaupt nicht gekannt und mit dem armen alten Bob haben sie meines Wissens nie ein Wort gewechselt. Was soll ich sagen? Sie hat wirklich Nerven. Typisch die jungen Leute von heute. Immer wollen sie irgendwas umsonst.«

Unaufhörlich vor sich hinbrummelnd ging er ihr in sein Wohnzimmer voraus. »Sie regt sich drüber auf, daß sie im Goldfischglas wohnt, aber sie vergißt, daß sie das Haus nur zu einem Schleuderpreis gekriegt hat, weil es eben ein Goldfischglas war. Ted und Dorothy Clarke haben es praktisch verschenkt, weil sie's nicht mehr ausgehalten haben. Tja, was soll ich sagen? Eine undankbare junge Person. Stellen Sie sich doch mal vor, wie es für uns andere ist, die immer hier gewohnt haben. Von wegen Gelegenheitskauf! Wir müssen sehen, wie wir damit zurechtkommen, stimmt's? Nehmen Sie Platz. Nehmen Sie Platz.«

»Danke.«

»Sie kommen von Mr. Crew, sagen Sie. Ist das Kind schon gefunden?« Mit beunruhigend leuchtend blauen Augen starrte er ihr ins Gesicht.

Roz überlegte fieberhaft. »Das ist nicht mein Ressort«, sagte sie vorsichtig. »Darum bin ich nicht sicher, wie weit sie im Augenblick in dieser Sache sind. Ich führe eine Nachuntersuchung von Olive Martins Fall durch. Sie wußten, daß Mr. Crew sie immer noch vertritt?«

»Was gibt's da zu vertreten?« entgegnete er. Sein Blick schweifte enttäuscht ab. »Arme kleine Amber. Sie hätten sie niemals zwingen dürfen, es wegzugeben. Ich hab' gleich gesagt, daß das Ärger gibt.«

Roz saß ganz still und blickte zum abgetretenen Teppich hinunter.

»Aber die Leute wollen ja nicht hören«, sagte er unwirsch. »Man gibt ihnen einen gutgemeinten Rat, und sie behaupten, man mische sich in Dinge ein, die einen nichts angehen. Tja, was soll ich sagen? Ich hab' gleich gesehen, wohin das führen würde.« Er hüllte sich in grollendes Schweigen.

»Sie sprechen von dem Kind«, sagte Roz schließlich.

Er sah sie neugierig an. »Wenn sie ihn gefunden hätten, dann wüßten Sie es.«

Es war also ein Junge. »O ja.«

»Bob hat alles versucht, aber es gibt eben Vorschriften. Sie hatten ihn weggegeben, sozusagen auf alle Rechte verzichtet. Man sollte meinen, wenn Geld im Spiel ist, wär' das was anderes, aber unsereins kommt gegen den Staat nicht an. Tja, was soll ich sagen? Diebe sind das, lauter Diebe.«

Roz bemühte sich nach Kräften, aus dieser Rede klug zu werden. Sprach er von Robert Martins Testament? War dieses Kind

(Ambers Kind?) der Erbe? Unter dem Vorwand, ein Taschentuch zu suchen, öffnete sie ihre Handtasche und schaltete heimlich den Recorder ein. Dieses Gespräch, dachte sie, würde mühsam werden.

»Sie meinen, daß der Staat das Geld bekommt?«

»'türlich.«

Sie nickte bedächtig. »Ja, wir haben ziemlich schlechte Karten.«

»War doch immer schon so. Verdammte Diebe. Nehmen einem den letzten Penny. Und wozu? Damit dieses faule Pack sich weiterhin auf unsere Kosten wie die Karnickel vermehren kann. Das kann einen schon anwidern. In den Sozialwohnungen drüben wohnt eine Frau mit fünf Kindern, jedes von einem anderen Mann. Tja, was soll ich sagen? Alles wertloses Gesindel. Ist das vielleicht die Rasse Mensch, die wir hier in unserem Land haben wollen? Faulpelze und Strohköpfe? Was soll das, eine solche Frau noch zu ermutigen? Sterilisieren hätte man sie sollen und basta.«

Roz, die keine Lust hatte, sich in eine polemische Sackgasse zerren zu lassen, und noch weniger Lust, sich mit ihm anzulegen, antwortete unverbindlich. »Da haben Sie sicher recht.«

»'türlich hab' ich recht, das ist das Ende der Gattung. Früher, als es keine Sozialhilfe gab, wär' die mit ihrer ganzen Brut verhungert, und recht wär' ihnen geschehen. Was soll ich sagen? In dieser Welt gilt eben das Gesetz vom Überleben des Stärkeren. Es gibt keine andere Gattung, die ihre faulen Äpfel so in Watte packt, wie wir das tun, und bestimmt keine, die ihre faulen Äpfel noch dafür bezahlt, daß sie immer neue faule Äpfel produzieren. Es widert einen wirklich an. Wie viele Kinder haben Sie?«

Roz lächelte schwach. »Keine leider. Ich bin nicht verheiratet.«

»Da sehen Sie's.« Er räusperte sich geräuschvoll. »Es macht einen wirklich krank. Tja, was soll ich sagen? Leute wie Sie, die anständigen, die sollten die Kinder bekommen.«

»Wie viele haben Sie denn, Mr. äh –?« Sie sah ostentativ in ihren Notizkalender, als suchte sie seinen Namen.

»Hayes. Mr. Hayes. Zwei Söhne. Feine Kerle. Sind inzwischen natürlich erwachsen. Leider nur eine Enkelin«, fügte er düster hinzu. »Das ist einfach nicht richtig. Ich sag' ihnen immer wieder, daß sie ihrer Klasse gegenüber eine Pflicht haben, aber genausogut könnt' ich gegen den Wind pinkeln – verzeihen Sie meine Ausdrucksweise. Es nützt überhaupt nichts.« Sein Gesicht nahm einen Ausdruck altvertrauter Verdrossenheit an. Diese fixe Idee saß bei ihm offensichtlich tief.

Roz wußte, daß sie jetzt die Initiative ergreifen mußte, wenn sie nicht wollte, daß er anfing, ein Steckenpferd nach dem anderen zu reiten. »Sie sind ein sehr aufmerksamer Mann, Mr. Hayes. Wieso waren Sie so sicher, daß es Ärger geben würde, als Amber gezwungen wurde, ihren Sohn aufzugeben?«

»War doch klar, daß mal eine Zeit kommen würde, wo sie ihn würde wiederhaben wollen. Ist doch immer so, oder? Kaum hat man was weggeschmissen, merkt man, daß man es noch gebraucht hätte. Aber dann ist es zu spät. Es ist weg. Meine Frau war so eine, dauernd hat sie alles weggeschmissen, Farbdosen, Teppichreste, und zwei Jahre später hat man das Zeug gebraucht, um was auszubessern. Ich dagegen, ich hebe alles auf. Tja, was soll ich sagen? Für mich hat alles einen Wert.«

»Sie wollen also sagen, daß sich Mr. Martin vor den Morden nicht um seinen Enkel gekümmert hat?«

Er legte Daumen und Zeigefinger an seine Nasenspitze. »Wer weiß das? Er war ja immer ziemlich verschlossen, Bob, mein' ich. Gwen war diejenige, die das Kind unbedingt weggeben wollte. Sie wollte es partout nicht im Haus haben. Vielleicht ganz verständlich, wenn man Ambers Alter bedenkt.«

»Wie alt war sie denn?«

Er runzelte die Stirn. »Ich dachte, Mr. Crew wüßte das alles.«

Sie lächelte. »Er weiß es auch, aber es ist nicht mein Ressort, wie ich Ihnen schon sagte. Mich interessiert das nur. Es erscheint mir so tragisch.«

»Ja, das ist es. Dreizehn«, sagte er bekümmert. »Sie war dreizehn. Armes kleines Ding. Hatte von nichts eine Ahnung. So ein Lümmel von der Schule war schuld.« Er wies mit dem Kopf zum rückwärtigen Teil des Hauses. »Von der Parkway Gesamtschule.«

»Ist das die Schule, die Amber und Olive besucht haben?«

»Ha!« Seine alten Augen blitzten erheitert. »Das hätte Gwen nie zugelassen. Sie hat die beiden in so eine vornehme Klosterschule geschickt, wo sie Gedichte gelernt haben, aber nichts über das wirkliche Leben.«

»Warum hat Amber die Schwangerschaft nicht abgebrochen? Waren die Martins katholisch?« Ihr fiel wieder Olive ein und die Föten, die im Spülbecken hinuntergespült wurden.

»Sie wußten nicht, daß sie schwanger war. Sie dachten, es wäre Babyspeck.« Er lachte plötzlich. »Sie haben sie ins Krankenhaus gebracht, weil sie dachten, sie hätte eine Blinddarmentzündung, und dabei war's ein strammer kleiner Junge. Und keiner hat was gemerkt. Das war bestimmt das bestgehütete Geheimnis, das ich je erlebt habe. Nicht mal die Nonnen haben's gewußt.«

»Aber Sie wußten es«, hakte Roz nach.

»Meine Frau hat sich's gedacht«, antwortete er mit einem weisen Nicken. »Es war offensichtlich, daß was Schlimmes passiert war und daß es keine Blinddarmentzündung war. Gwen war praktisch hysterisch an dem Abend, an dem es passiert ist, und meine Jeannie hat sich's eben zusammengereimt. Aber wir waren immer schon Leute, die den Mund halten konnten. Wir wollten der Kleinen das Leben nicht noch schwerer machen. Es war ja nicht ihre Schuld.«

Roz rechnete in aller Eile. Amber war zwei Jahre jünger gewesen als Olive, somit wäre sie, wenn sie noch am Leben gewesen wäre, jetzt sechsundzwanzig gewesen. »Ihr Sohn ist jetzt dreizehn«, sagte sie, »und Erbe von einer halben Million Pfund. Es wundert mich, daß Mr. Crew ihn nicht finden kann. Es muß doch amtliche Unterlagen über die Adoption geben.«

»Ich hatte gehört, sie hätten eine Spur gefunden.« Der Alte klapperte in seiner Enttäuschung mit seinem künstlichen Gebiß. »Aber das waren wahrscheinlich nur Gerüchte, Brown, Australien«, murmelte er verärgert, als erkläre das alles. »Ich bitte Sie!«

Roz ließ diese rätselhafte Bemerkung unkommentiert. Sie konnte sich später darüber Gedanken machen, ohne jetzt schon wieder ihre Unwissenheit zeigen zu müssen. »Erzählen Sie mir von Olive«, forderte sie ihn auf. »Waren Sie überrascht über das, was sie getan hat?«

»Ich hab' das Mädchen ja kaum gekannt.« Er sog geräuschvoll an seinen Zähnen. »Und man ist nicht überrascht, wenn Leute, die man kennt, mit der Axt totgeschlagen werden, junge Frau, man ist entsetzt. Meine Frau Jeannie hat es fertiggemacht. Sie hat sich nie davon erholt und ist zwei Jahre später gestorben.«

»Das tut mir leid.«

Er nickte, aber es war offenbar eine alte verheilte Wunde. »Ich hab' Olive nach Hause kommen und weggehen sehen, aber sie hat nie viel geredet. Schüchtern wahrscheinlich.«

»Weil sie dick war?«

Er schürzte nachdenklich die Lippen. »Vielleicht. Jeannie hat gesagt, sie würde dauernd gehänselt, aber ich hab' dicke Mädchen gekannt, die bei jeder Party erst richtig Leben in die Bude gebracht haben. Es war wahrscheinlich ihr Wesen, nehm' ich an, immer alles negativ zu sehen. Sie hat nie viel gelacht. Kein Humor. Solche Leute finden nicht leicht Freunde.«

»Aber Amber hatte da keine Schwierigkeiten?«

»Nein. Die war sehr beliebt.« Er blickte den Lauf der Zeit zurück. »Sie war ein hübsches Ding.«

»War Olive auf sie eifersüchtig?«

»Eifersüchtig?« wiederholte Hayes überrascht. »Darüber hab' ich nie nachgedacht. Was soll ich sagen? Ich hatte immer den Eindruck, daß die beiden sich sehr gern hatten.«

»Aber warum hat Olive ihre Schwester dann getötet?« fragte Roz verwundert. »Und warum hat sie die Leichen zerstückelt. Das ist doch sehr seltsam.«

Er kniff argwöhnisch die Augen zusammen. »Ich dachte, Sie vertreten sie. Wenn überhaupt einer das weiß, dann müßten das doch Sie sein.«

»Aber sie sagt nichts.«

Er starrte zum Fenster hinaus. »Tja dann.«

Tja dann was. »Wissen Sie, warum?«

»Jeannie meinte, es wären die Hormone gewesen.«

»Die Hormone?« wiederholte Roz verständnislos. »Was für Hormone?«

»Na, Sie wissen schon«, sagte er sichtlich verlegen. »Die monatlichen.«

»Ach so.« Post-menstruelles Trauma? Nun, das war wohl kaum ein Thema, das sie mit ihm besprechen konnte. Er gehörte einer Generation an, für die das Thema Menstruation nicht existiert hatte. »Hat Mr. Martin mal etwas darüber gesagt, aus welchem Grund sie es seiner Ansicht nach getan hat?«

Er schüttelte den Kopf. »Auf das Thema sind wir nie zu sprechen gekommen. Was soll ich sagen? Wir haben ihn danach kaum noch gesehen. Er hat ein- oder zweimal von seinem Testament gesprochen, und von dem Kind – das war alles, woran er noch dachte.« Er räusperte sich wieder. »Er wurde ein richtiger Einsiedler, wissen Sie. Er hat keinen Menschen ins Haus gelassen, nicht einmal die Clarkes, und dabei gab's mal eine Zeit, da waren Ted und er so wie zwei Brüder.« Er zog die Mundwinkel herunter. »Aber angefangen hat Ted. Er hat aus irgendeinem Grund plötzlich was gegen Bob gehabt und ist nicht mehr rübergegangen. Und die anderen haben's natürlich nachgemacht, wie das immer so ist. Ich glaube, am Schluß war ich sein einziger Freund. Ich war auch derjenige, der überhaupt gemerkt hat, daß was nicht stimmt. Ich hab' die Milchflaschen draußen stehen sehen.«

»Aber warum ist er denn geblieben? Er hatte doch genug Geld, um das Haus billig weggeben zu können. Man hätte meinen sollen, er wäre lieber umgezogen, als hier zu bleiben, bei den Gespenstern seiner Familie.«

Mr. Hayes brummelte vor sich hin. »Ich hab' das selbst auch nie verstanden. Vielleicht wollte er einfach seine Freunde in der Nähe haben.«

»Sie sagten eben, daß die Clarkes weggezogen sind. Wissen Sie, wohin?«

Er schüttelte den Kopf. »Keine Ahnung. Eines Morgens waren sie weg, ohne einer Menschenseele was zu sagen. Die Möbelpakker haben drei Tage später ihre Sachen abgeholt, und das Haus hat ein Jahr lang leergestanden, bis es die Blairs gekauft haben. Seitdem hab' ich nichts mehr von ihnen gehört. Keine Nachsendeadresse, nichts. Was soll ich sagen? Wir waren gute Freunde, wir sechs, und ich bin der einzige, der jetzt noch übrig ist. Merkwürdige Geschichte.«

Sehr merkwürdig, dachte Roz. »Können Sie sich erinnern, welcher Makler das Haus verkauft hat?«

»Peterson, aber von denen erfahren Sie nichts. Lauter kleine Hitler«, sagte er, »die vor Wichtigtuerei platzen. Mir haben Sie gesagt, ich soll mich gefälligst um meine eigenen Angelegenheiten kümmern, wie ich hingegangen bin und gefragt hab'. Ich hab' ihnen gesagt, wir leben in einer freien Welt, und es gibt keinen Grund, warum ein Mann sich nicht nach seinen Freunden erkundigen darf, aber sie sind mir so richtig von oben herab gekommen. Sie hätten Anweisungen, die Sache vertraulich zu behandeln oder irgend so ein Quark. Tja, was soll ich sagen? Die haben so getan, als wär' ich derjenige, zu dem die Clarkes jede Verbindung abbrechen wollten. Von wegen, hab' ich gesagt, das ginge wohl eher Bob an, aber vielleicht hätten sie ja auch Angst vor Gespenstern. Da haben sie gesagt, wenn ich solche Gerüchte verbreite, würden sie gerichtlich gegen mich vorgehen. Soll ich Ihnen sagen, wer meiner Ansicht nach schuld ist? Der Verband der Immobilienmakler, wenn's einen gibt, was ich bezweifle...« Er plapperte immer weiter, machte seinem Ärger, seiner Einsamkeit und seiner Frustration auf diese Weise Luft.

Roz hatte Mitleid mit ihm. »Sehen Sie Ihre Söhne oft?« fragte sie, als der Redeschwall versiegte.

»Hin und wieder.«

»Wie alt sind sie?«

»In den Vierzigern«, antwortete er nach einem Moment des Überlegens.

»Wie fanden sie denn Olive und Amber?«

Er kniff wieder seine Nasenspitze zwischen Zeigefinger und Daumen zusammen und bewegte sie hin und her. »Die haben sie gar nicht gekannt. Die waren schon aus dem Haus, ehe die Mädchen in die Pubertät kamen.«

»Sie waren nicht mal zum Babysitten drüben oder so?«

»Meine Jungs? Nie im Leben hätten Sie die zum Babysitten gekriegt.« Seine alten Augen wurden feucht, und er wies mit dem Kopf zur Kredenz, wo Fotografien von zwei jungen Männern in Uniform standen. »Feine Kerle. Soldaten.« Er warf sich in die

Brust. »Sie haben sich meinen Rat zu Herzen genommen und sind zum Militär gegangen. Jetzt sind sie arbeitslos. Das verdammte Regiment ist ihnen praktisch unterm Hintern aufgelöst worden. Es widert einen wirklich an, wenn man dran denkt, daß sie und ich zusammen der Königin und dem Vaterland fast fünfzig Jahre gedient haben. Hab' ich Ihnen erzählt, daß ich im Krieg in der Wüste war?« Er sah sich mit leerem Blick im Zimmer um. »Irgendwo muß doch ein Foto von Churchill und Monty im Jeep stehen. Jeder von uns, der da unten war, hat eins bekommen. Wird heute schon ein paar Pfund wert sein, denk' ich mir. Wo ist es denn bloß?« Er wurde regelrecht unruhig.

Roz nahm ihre Aktentasche. »Machen Sie sich darüber jetzt keine Gedanken, Mr. Hayes. Vielleicht kann ich es mir ansehen, wenn ich das nächstemal komme.«

»Sie kommen wieder?«

»Ich würde gern, wenn es Ihnen nicht ungelegen kommt.« Sie nahm eine Karte aus ihrer Handtasche und knipste gleichzeitig den Recorder aus. »Da haben Sie meinen Namen und meine Telefonnummer. Rosalind Leigh. Es ist eine Londoner Nummer, aber ich werde in den nächsten Wochen regelmäßig hier unten sein. Wenn Sie also Lust zum Plaudern haben«, sie lächelte ermutigend und stand auf, »dann rufen Sie mich einfach an.«

Er betrachtete sie voller Erstaunen. »Einfach nur so zum Plaudern? Du meine Güte. Eine junge Frau wie Sie hat doch Besseres zu tun.«

Sehr richtig, dachte sie, aber ich brauche Informationen. Ihr Lächeln war wie das von Mr. Crew falsch. »Also, bis bald, Mr. Hayes.«

Er hievte sich schwerfällig aus seinem Sessel und bot ihr eine marmorierte Hand. »Es war mir ein Vergnügen, Sie kennenzulernen, Miß Leigh. Was soll ich sagen? Es kommt nicht oft vor, daß ein alter Mann wie ich aus heiterem Himmel von einer hübschen jungen Dame Besuch bekommt.«

Er sprach mit solcher Aufrichtigkeit, daß sie sich ihrer eigenen Falschheit schämte. Warum, fragte sie sich, war das Wesen der Menschen nur so verdammt gemein?

4

Roz fand die Klosterschule mit Hilfe eines Polizisten. »Das wird St. Angela sein«, sagte er zu ihr. »Bei der Ampel links und dann gleich wieder links. Ein großer roter Backsteinbau, etwas von der Straße zurückgesetzt. Sie können es gar nicht verfehlen. Es ist das einzige anständige Stück Architektur, das hier in der Gegend noch steht.«

Es erhob sich in massiger viktorianischer Pracht über das umgebende Gewirr billiger Betongestrigkeiten, ein Tempel der Bildung wie die modernen, in Fertigbauweise errichteten Schulen es niemals sein konnten. Roz trat mit einem Gefühl von Vertrautheit ein; solche Schulen kannte sie. Hinter offenen Türen sah sie flüchtig Pulte, Tafeln, Bücherregale, aufmerksame Mädchen in adretten Schuluniformen. Ein Ort ernsthaften Studiums, an dem die Eltern über die Qualität der Schulbildung ihrer Töchter bestimmen konnten, indem sie ganz einfach drohten, die Mädchen von der Schule zu nehmen und kein Schulgeld zu bezahlen. Und immer wenn Eltern diese Macht besaßen, waren die Anforderungen die gleichen: Disziplin, Struktur, Resultate. Durch ein Fenster warf sie einen neugierigen Blick in einen Raum, der offensichtlich die Bibliothek war. Hm, hm, kein Wunder, daß Gwen darauf bestanden hatte, die Mädchen hierherzuschicken. Roz hätte Geld darauf gewettet, daß die Parkway-Gesamtschule ein Tollhaus war, in dem es drunter und drüber ging, Rechtschreibung ein Anachronismus war, Französisch ein Wahlfach, Latein nie dagewesen und der naturwissenschaftliche Unterricht sich in Plaudereien über den Treibhauseffekt erschöpfte...

»Kann ich Ihnen behilflich sein?«

Sie drehte sich mit einem Lächeln herum. »Ich hoffe es.«

Eine elegante Frau Ende Fünfzig war vor einer Tür mit der Aufschrift *Sekretariat* stehengeblieben. »Suchen Sie eine Schule für Ihr Kind?«

»Ich wollte, es wäre so. Die Schule ist sehr schön. Ich habe keine Kinder«, erklärte sie auf den verwundert fragenden Blick der Frau.

»Ach so. Ja, also, wie kann ich Ihnen helfen?«

Roz nahm eine ihrer Karten heraus. »Rosalind Leigh«, stellte sie sich vor. »Ich würde mich gern einmal mit der Schulleiterin unterhalten.«

»Jetzt?« fragte die Frau überrascht.

»Ja, wenn sie Zeit hat. Wenn nicht, kann ich einen Termin vereinbaren und später wiederkommen.«

Die Frau nahm die Karte und las sie aufmerksam. »Darf ich fragen, worum es Ihnen geht?«

Roz zuckte die Achseln. »Einfach um ein paar allgemeine Informationen über die Schule und die Art von Mädchen, die hierherkommen.«

»Sind Sie vielleicht zufällig die Rosalind Leigh, die *Hinter dem Spiegel* geschrieben hat?«

Roz nickte. *Hinter dem Spiegel*, ihr letztes Buch und ihr bestes, hatte sich gut verkauft und einige ausgezeichnete Besprechungen bekommen. Es war eine Studie über die wechselnde Wahrnehmung weiblicher Schönheit im Lauf der Jahrhunderte, und sie fragte sich jetzt, wie sie die Energie aufgebracht hatte, es zu schreiben. Ein Werk der Liebe, weil das Thema sie fasziniert hatte.

»Ich habe es gelesen.« Die Frau lächelte. »Ich war zwar nur mit wenigen Ihrer Schlußfolgerungen einverstanden, aber es war dennoch eine ungemein anregende Lektüre. Sie haben einen sehr schönen Stil, aber das wissen Sie sicher.«

Roz lachte. Die Frau war ihr auf Anhieb sympathisch. »Sie sind wenigstens ehrlich.«

Die andere sah auf ihre Uhr. »Kommen Sie mit in mein Büro. In einer halben Stunde habe ich einen Termin mit einem Elternpaar, aber bis dahin will ich Ihnen gern die allgemeinen Informationen geben. Bitte.« Sie öffnete die Tür zum Sekretariat und führte Roz in ein anschließendes Büro. »Bitte, nehmen Sie Platz. Kaffee?«

»Gern. Danke.« Roz setzte sich und wartete, während die Frau mit Wasserkessel und Tassen hantierte. »Sind Sie die Schulleiterin?«

»Ja.«

»Zu meiner Zeit waren das immer Nonnen.«

»Aha, Sie sind also Klosterschülerin gewesen. Ich habe es mir fast gedacht. Milch?«

»Schwarz und ohne Zucker, bitte.«

Sie stellte eine dampfende Tasse vor Roz auf den Schreibtisch und setzte sich ihr gegenüber. »Ich *bin* Nonne. Schwester Bridget. In unserem Orden tragen wir schon seit einiger Zeit kein Habit mehr. Wir haben festgestellt, daß es wie eine künstliche Barriere zwischen uns und dem Rest der Gesellschaft wirkt.« Sie lächelte. »Ich weiß nicht, was Ordenstrachten an sich haben, aber sobald man sie trägt, gehen einem die Leute am liebsten aus dem Weg. Wahrscheinlich glauben sie, man verlange tadelloses Benehmen von ihnen. Es ist sehr frustrierend. Die Gespräche sind oft so gehemmt.«

Roz schlug die Beine übereinander und lehnte sich bequem zurück. Sie war sich dessen nicht bewußt, aber ihre Augen verrieten sie. Sie spiegelten die ganze Wärme und den ganzen Humor, die noch vor einem Jahr Ausdruck ihrer Persönlichkeit gewesen waren. Bitterkeit, so schien es, konnte sich nur bis zu einem gewissen Punkt einfressen.

»Das sind wahrscheinlich Schuldgefühle«, sagte sie. »Wir müssen unsere Zunge hüten, damit wir nicht die Predigt provozieren, von der wir wissen, daß wir sie verdienen.« Sie trank einen Schluck Kaffee. »Wie kamen Sie darauf, daß ich einmal Klosterschülerin war?«

»Durch Ihr Buch. Bei den etablierten Religionen werden Sie sehr hitzig. Ich nahm an, Sie seien entweder Jüdin oder Katholikin, die von ihrem Glauben abgefallen ist. Das protestantische Joch ist leichter abzuwerfen, da es von vornherein nicht so drückend ist.«

»Tatsächlich war ich kein bißchen abgefallen, als ich das Buch geschrieben habe«, entgegnete Roz milde. »Ich war noch eine gute Katholikin.«

Schwester Bridget hörte den Zynismus in ihrer Stimme. »Aber jetzt sind Sie das nicht mehr.«

»Nein. Gott ist für mich gestorben.« Sie lächelte leicht über den Blick des Verständnisses auf dem Gesicht der anderen. »Sie haben es wohl gelesen. Ich kann Ihrem Geschmack, was Zeitungen betrifft, nicht beipflichten.«

»Ich bin Erzieherin, meine Liebe. Wir arbeiten hier ebenso mit den Sensationsblättern wie mit Flugblättern und Prospekten.« Sie senkte nicht die Lider, zeigte keinerlei Verlegenheit, und Roz war froh darüber. »Ja, ich habe es gelesen, und ich hätte Gott auch bestraft. Es war sehr grausam von ihm.«

Roz nickte. »Wenn ich mich recht erinnere«, sagte sie, zu ihrem Buch zurückkehrend, »spielt die Religion nur in einem Kapitel meines Buchs eine Rolle. Wieso fiel es Ihnen so schwer, sich mit meinen Schlußfolgerungen einverstanden zu erklären?«

»Weil sie alle auf einer einzigen Prämisse basieren. Da ich die Prämisse nicht akzeptieren kann, kann ich auch mit den Folgerungen, die sich aus ihr ergeben, nicht übereinstimmen.«

Roz krauste die Stirn. »Welche Prämisse?«

»Daß Schönheit nur so tief geht wie die Haut.«

Roz war überrascht. »Und Sie halten das nicht für wahr?«

»Nein, nicht als grundsätzliche Maxime.«

»Ich bin sprachlos! Das ausgerechnet von Ihnen, einer Nonne!«

»Die Tatsache, daß ich Nonne bin, hat nichts damit zu tun. Ich bin nicht weltfremd.«

»Sie glauben allen Ernstes, daß schöne Menschen durch und durch schön sind? Das kann ich nicht akzeptieren. Gleichermaßen wären dann häßliche Leute durch und durch häßlich.«

»Sie legen mir Worte in den Mund, meine Liebe.« Schwester Bridget war erheitert. »Ich stelle lediglich das Konzept in Frage, daß Schönheit eine oberflächliche Eigenschaft ist.« Sie umschloß ihre Kaffeetasse mit beiden Händen. »Es ist natürlich ein tröstlicher Gedanke – es bedeutet, daß wir alle mit uns zufrieden sein können –, aber Schönheit ist wie Reichtum ein moralisches Guthaben. Die Reichen können es sich leisten, gesetzestreu, großzügig und freundlich zu sein. Die ganz Armen können das nicht. Selbst freundlich sein, ist schwierig, wenn man nicht weiß, wo der nächste Penny herkommen soll.« Sie lächelte schief. »Nur selbstgewählte Armut hat etwas Erhebendes.«

»Das will ich gar nicht bestreiten, aber ich sehe den Zusammenhang zwischen Schönheit und Reichtum nicht.«

»Die Schönheit ist ein Polster gegen die negativen Gefühle, die durch Einsamkeit und Zurückweisung hervorgerufen werden. Schöne Menschen werden gewürdigt – das ist immer so, darauf haben Sie selbst hingewiesen –, sie haben deshalb weniger Grund boshaft zu sein, weniger Grund zur Eifersucht, weniger Grund, das zu begehren, was sie nicht haben können. Sie sind eher Bezugspunkt all dieser Gefühle, selten die Anstifter dazu.« Sie zuckte die Achseln. »Es gibt natürlich immer Ausnahmen – die meisten haben Sie in Ihrem Buch aufgezeigt –, aber wenn jemand attraktiv ist, dann geht diese Attraktivität tief, das ist jedenfalls meine Erfahrung. Man kann sich darüber streiten, was zuerst kommt, die innere Schönheit oder die äußere, aber meistens gehen die beiden Hand in Hand.«

»Wenn man also reich und schön ist, öffnen sich einem die Himmelstore ganz von selbst?« Roz lächelte sarkastisch. »Das ist eine recht radikale Philosophie für eine Christin, finden Sie nicht? Ich dachte immer, Jesus predigte genau das Gegenteil. Sagte er nicht, es sei leichter, daß ein Kamel durch ein Nadelöhr geht, als daß ein Reicher in den Himmel kommt?«

Schwester Bridget lachte gutmütig. »Sie waren offensichtlich in einer ausgezeichneten Klosterschule.« Zerstreut rührte sie ihren Kaffee mit einem Kugelschreiber um. »Ja. Das hat er gesagt, aber im Zusammenhang gesehen, ist das eher eine Bestätigung als eine Widerlegung meiner Ansicht, finde ich. Erinnern Sie sich? Ein wohlhabender junger Mann fragte Jesus, wie er das ewige Leben erlangen könnte, und Jesus sagte: Beachte die Gebote. Der junge Mann antwortete: Ich habe sie seit meiner Kindheit immer beachtet, aber was kann ich noch tun? Wenn du vollkommen sein möchtest, sagte Jesus – und ich betone das Wort ›vollkommen‹ –, dann verkaufe all deine Habe und schenke sie den Armen. Und *dann* folge mir. Der junge Mann ging bekümmert davon, denn er hatte sehr viele Besitztümer, und er brachte es nicht über sich, sie zu verkaufen. Und an dieser Stelle machte Jesus die Bemerkung über das Kamel und das Nadelöhr. Er sprach von Vollkommenheit, verstehen Sie, nicht von Güte.« Sie leckte das Ende ihres Kugelschreibers ab. »Man muß auch dem jungen Mann gegenüber gerecht sein. Ich denke, wenn er wirklich seinen ganzen Besitz verkauft hätte, dann hätte das bedeutet, daß er Häuser und Geschäftsunternehmen, in denen Menschen wohnten und arbeiteten, hätte verkaufen müssen, er wäre also in ein schwieriges moralisches Dilemma geraten. Aber meiner Ansicht nach wollte Jesus folgendes sagen: Bisher bist du ein guter Mensch gewesen, aber wenn du feststellen willst, wie gut du wirklich bist, dann werde wie der Ärmste der Armen. Die Vollkommenheit besteht darin, mir zu folgen und die Gebote zu beachten, obwohl man so arm ist, daß Stehlen und Lügen zum täglichen Leben gehören, wenn man gewiß sein will, am nächsten Morgen wieder aufzuwachen. Ein Ziel, das unmöglich zu erreichen ist.« Sie trank von ihrem Kaffee. »Ich kann mich natürlich irren.« Ihre Augen blitzten.

»Also über diesen Punkt werde ich mich bestimmt nicht mit Ihnen streiten«, sagte Roz sehr direkt. »Da hätte ich vermutlich keine Chance. Aber mit Ihrem Argument, daß Schönheit ein moralisches Guthaben ist, befinden Sie sich meiner Ansicht nach auf sehr unsicherem Boden. Wo bleiben die Gefahren der Eitelkeit und der Arroganz? Und wie erklären Sie es, daß einige der nettesten Menschen, die ich kenne, beim besten Willen nicht schön sind?«

Schwester Bridget lachte wieder, es klang sehr vergnügt. »Sie drehen mir dauernd das Wort im Mund herum. Ich habe nie behauptet, daß man schön sein muß, um ein netter Mensch zu sein. Ich stelle nur Ihre Behauptung in Frage, daß schöne Menschen *nicht* angenehm sind. Meiner Feststellung nach sind sie es häufig. Und auf die Gefahr hin, daß ich mich wiederhole, sie können es sich leisten.«

»Dann sind wir wieder bei meiner Frage von vorhin: Heißt das, daß häßliche Menschen sehr oft nicht nett sind?«

»Das ist genauso ein Trugschluß, wie wenn man sagen würde, daß Arme unweigerlich einen schlechten Charakter haben. Es heißt lediglich, daß die Prüfungen schwerer sind.« Sie neigte den Kopf zur Seite. »Nehmen wir Olive und Amber als Beispiel. Denn das ist doch der wahre Grund Ihres Kommens, nicht wahr? Amber war ein Glückskind des Lebens. Sie war das bezauberndste kleine Ding, das ich gesehen habe, und ihr Wesen paßte dazu. Jeder hat sie gemocht. Olive andererseits war allgemein unbeliebt. Sie hatte kaum etwas Positives. Sie war gierig, falsch und oft grausam. Es fiel mir sehr schwer, sie zu mögen.«

Roz versuchte gar nicht erst, ihr Interesse zu leugnen. Bei dem Gespräch war es ja von Anfang an um die beiden Schwestern gegangen. »Dann sind Sie so sehr auf die Probe gestellt worden wie sie. Und haben Sie versagt? War es Ihnen möglich, sie zu mögen?«

»Es war mir sehr schwer bis zu dem Tag, als Amber in die Schule kam. Olives beste Eigenschaft war ihre Liebe zu ihrer Schwester. Sie hat sie ohne Vorbehalt und völlig selbstlos geliebt. Es war rührend. Sie hat Amber bemuttert wie eine Glucke und oft ihre eigenen Interessen zurückgestellt, um die Ambers zu fördern. Ich habe nie solche Zuneigung zwischen Schwestern erlebt.«

»Warum hat sie sie dann getötet?«

»Ja, warum? Es ist wirklich an der Zeit, daß diese Frage gestellt wird.« Schwester Bridget trommelte mit den Fingern ungeduldig auf den Schreibtisch. »Ich besuche sie, sooft ich kann. Aber sie sagt es mir nicht. Ich kann es mir nur damit erklären, daß diese Liebe, die ja wirklich die reinste Besessenheit war, in einen ebenso übersteigerten Haß umgeschlagen ist. Haben Sie Olive kennengelernt?«

Roz nickte.

»Was halten Sie von ihr?«

»Sie ist intelligent.«

»Ja, das ist sie. Sie hätte studieren können, wenn es der damaligen Schulleiterin gelungen wäre, die Mutter von den Vorteilen zu überzeugen. Ich war damals nur eine kleine Lehrerin.« Sie seufzte. »Aber Mrs. Martin war eine resolute Frau und hatte Olive fest an der Kandare. Wir, als Schule, konnten nichts tun, um sie umzustimmen. Die beiden Mädchen gingen gemeinsam von der Schule ab, Olive mit einem guten Abgangszeugnis, das sie zum Studieren berechtigt hätte, Amber mit einem mittelmäßigen Abschluß.« Sie seufzte wieder. »Arme Olive. Sie fing in einem Supermarkt an der Kasse an. Und Amber hat sich, glaube ich, als Friseuse versucht.«

»Welcher Supermarkt war das?«

»Pettit in der High Street. Aber der Laden hat schon vor Jahren Pleite gemacht.«

»Zur Zeit der Morde hat sie doch beim Referat für Gesundheit und Soziales hier am Ort gearbeitet, nicht wahr?«

»Ja, und sie hat sich dort, glaube ich, sehr gut gemacht. Natürlich hat ihre Mutter sie hineingepuscht.« Schwester Bridget sann einen Moment lang nach. »Rein zufällig ist mir Olive ungefähr eine Woche vor den Morden über den Weg gelaufen. Ich habe mich gefreut, sie zu sehen. Sie sah« – sie überlegte kurz – »glücklich aus. Ja, ich denke, das ist genau das richtige Wort.«

Roz dachte eine ganze Weile nach. So vieles an dieser Geschichte ergab überhaupt keinen Sinn. »Hat sie sich mit ihrer Mutter verstanden?« fragte sie schließlich.

»Ich weiß nicht. Ich hatte immer den Eindruck, sie zog ihren Vater vor. Aber natürlich hatte Mrs. Martin die Hosen an. Wenn es etwas zu entscheiden gab, hat immer sie entschieden. Sie war sehr dominant, aber ich kann mich nicht erinnern, daß Olive je etwas gegen sie gesagt hätte. Sie war eine schwierige Frau. Immer sehr korrekt. Man hatte den Eindruck, sie paßte genau auf, was sie sagte, um sich nicht zu verraten.« Sie schüttelte den Kopf. »Aber ich bin nie dahintergekommen, was sie so dringend verbergen mußte.«

Es klopfte kurz, dann wurde die Verbindungstür geöffnet, und eine Frau schaute herein. »Mr. und Mrs. Baker sind jetzt hier, Schwester. Haben Sie jetzt Zeit für sie?«

»Gut. Noch zwei Minuten, Betty.« Schwester Bridget lächelte Roz an. »Tut mir leid. Ich weiß nicht, ob ich Ihnen weitergeholfen habe. Olive hatte in der Zeit, in der sie hier war, eine Freundin, nicht eine Freundin in meinem oder Ihrem Sinn; es war ein Mädchen, mit dem sie mehr gesprochen hat als mit allen anderen. Sie heißt jetzt Wright – Geraldine Wright – und wohnt in einem Dorf namens Wooling ungefähr zehn Meilen nördlich von hier. Wenn sie bereit ist, mit Ihnen zu sprechen, kann sie Ihnen sicher mehr erzählen als ich. Ihr Haus heißt *Oaktrees.*«

Roz notierte sich die Angaben in ihrem Taschenkalender. »Wieso habe ich das Gefühl, daß Sie mich erwartet haben?«

»Olive hat mir Ihren Brief gezeigt, als ich das letztemal bei ihr war.«

Roz stand auf, nahm ihre Aktentasche und ihre Handtasche. Sie sah Schwester Bridget nachdenklich an. »Es kann sein, daß ich nur ein sehr grausames Buch schreiben kann.«

»Das glaube ich nicht.«

»Nein, ich glaube es eigentlich auch nicht.« An der Tür blieb sie stehen. »Es hat mich gefreut, Sie kennenzulernen.«

»Kommen Sie wieder«, sagte Schwester Bridget. »Ich würde gern hören, wie Sie vorwärtskommen.«

Roz nickte. »Es gibt wohl keinen Zweifel daran, daß sie es getan hat?«

»Das weiß ich wirklich nicht«, sagte Schwester Bridget langsam. »Ich habe mir natürlich meine Gedanken gemacht. Die ganze Sache ist so schockierend, daß sie schwer zu akzeptieren ist.« Sie schien zu einem Schluß zu kommen. »Seien Sie sehr vorsichtig, meine Liebe. Über Olive kann man nur eines mit Gewißheit sagen – daß sie fast immer lügt.«

Roz schrieb sich aus den Zeitungsausschnitten den Namen des Beamten heraus, der Olive verhaftet hatte, und fuhr auf dem Rückweg nach London am Polizeirevier vorbei. »Ich suche einen Sergeant Hawksley«, sagte sie zu dem jungen diensthabenden Constable. »Er war 1987 diesem Revier zugeteilt. Ist er noch hier?«

Der junge Beamte schüttelte den Kopf. »Hat vor einem oder anderthalb Jahren aufgehört.« Er stützte seine Ellbogen auf das Pult und musterte sie mit anerkennendem Blick. »Kann ich ihn nicht vertreten?«

Sie lachte. »Vielleicht können Sie mir sagen, wo er jetzt ist.«

»Aber sicher. Er hat in der Wenceslas Street ein Restaurant aufgemacht. Wohnt in der Wohnung oben drüber.«

»Und wie finde ich die Wenceslas Street?«

»Hm«, er rieb sich das Kinn, »am einfachsten wäre es, Sie warten ein halbes Stündchen, bis ich frei habe. Dann bring' ich Sie hin.«

Sie lachte. »Und was würde Ihre Freundin dazu sagen?«

»Einiges. Sie hat eine Zunge wie 'ne Kettensäge.« Er zwinkerte. »Aber ich verrate ihr nichts, wenn Sie ihr nichts verraten.«

»Tut mir leid, Freund. Ich habe einen Ehemann, der Polizisten nur ein bißchen weniger haßt als junge Liebhaber.« Lügen waren immer das Einfachere.

Er grinste. »Gehen Sie links, wenn Sie hier rauskommen. Die Wenceslas Street ist nach ungefähr anderthalb Kilometern links. An der Ecke ist ein Laden, der leer steht. Das Restaurant ist direkt daneben. Es heißt *The Poacher.*« Er klopfte mit seinem Stift auf das Pult. »Wollen Sie dort essen?«

»Nein«, antwortete sie. »Es ist rein geschäftlich. Ich habe nicht vor, länger zu bleiben.«

Er nickte beifällig. »Kluge Frau. Der Sergeant ist nicht gerade der Superkoch. Er hätte besser bei der Polizei bleiben sollen.«

Sie mußte an dem Restaurant vorbei, um die Straße nach London zu erreichen. Recht widerstrebend fuhr sie auf den dazugehörigen Parkplatz, der ganz verlassen war, und stieg aus. Sie war müde, sie hatte nicht vorgehabt, an diesem Tag mit Hawksley zu sprechen, und der unbekümmerte kleine Flirt des jungen Constable hatte sie deprimiert, weil er sie kalt gelassen hatte.

Das Restaurant war in einem hübschen roten Backsteinhaus, das von der Straße zurückgesetzt war und vorn den Parkplatz hatte. Zu beiden Seiten der schweren Eichentür wölbten sich altmodische Erkerfenster, und eine Glyzinie, die über und über voller Knospen war, zog sich üppig wuchernd über die ganze Fassade. Wie das Kloster St. Angela hob sich der Bau von seiner Umgebung ab. Die Läden rechts und links, beide offenbar leer, ergänzten sich in ihrer billigen Nachkriegsfunktionalität, vertrugen sich jedoch gar nicht mit der verderblichen alten Schönheit in ihrer Mitte. Schlimmer noch, ein gedankenloser Stadtrat hatte einem früheren Grundstückseigentümer erlaubt, hinter dem roten Backsteinbau eine zweistöckige Dependance zu errichten, die sich in schmutzigem Kieselbeton über das Schindeldach des Restaurants erhob. Man hatte versucht, die Glyzinie über das Dach zu ziehen, aber die zarten Triebe, denen hier das vorspringende Gebäude rechts die Sonne nahm, zeigten wenig Neigung weiterzuwachsen, um den häßlichen Beton zu verschleiern.

Roz stieß die Tür auf und ging hinein. Es war dunkel und leer. Leere Tische in einem leeren Raum, dachte sie niedergeschlagen. Wie ich. Wie mein Leben. Sie wollte rufen, aber dann tat sie es doch nicht. Es war so friedlich hier, und sie hatte es nicht eilig. Auf Zehenspitzen huschte sie zu der Bar in der Ecke und setzte sich auf einen Hocker. Ein schwacher Küchenduft hing noch in der Luft, ein verlockender Geruch nach Knoblauch, der sie daran erinnerte, daß sie den ganzen Tag nichts gegessen hatte. Sie wartete lange, unbemerkt, Eindringling in die Stille eines anderen Menschen. Sie dachte daran, so heimlich wie sie gekommen war, wieder zu gehen, aber sie fand es merkwürdig geruhsam, hier zu sitzen, den Kopf in die Hand gestützt. Die Depression, eine allzu beständige Gefährtin, schloß sie wieder in ihre Arme und richtete ihre Gedanken wie sooft auf den Tod. Eines Tages würde sie es tun. Mit Schlaftabletten oder mit dem Auto. Das Auto, immer das Auto. Allein in der Nacht im strömenden Regen. So einfach, man brauchte nur das Lenkrad zu drehen und schon fand man friedvolles Vergessen. Es wäre eine Art ausgleichender Gerechtigkeit. Ihr Kopf schmerzte unter dem Ansturm des Hasses, der in ihm anschwoll und pulsierte. Gott, was war sie für ein erbärmlicher verwirrter Mensch geworden! Wenn nur jemand das Geschwür ihrer destruktiven Wut aufstechen und das Gift abfließen lassen könnte. Hatte Iris recht? Sollte sie einen Psychiater aufsuchen? Ohne Vorwarnung brach sich die schreckliche Unglückseligkeit in ihr Bahn und drohte sich in Tränen zu ergießen.

»Ach, Mist«, murmelte sie wütend und rieb sich mit den Fingern die Augen. Sie kramte in ihrer Handtasche nach den Autoschlüsseln. »Mist! Mist! Verdammter Mist! Wo zum Teufel seid ihr?«

Ein feines Geräusch machte sie stutzig, und sie hob abrupt den Kopf. Eine schattenhafte Gestalt, ein Mann, lehnte hinten am Tresen und polierte schweigend ein Glas, während er sie beobachtete.

Sie lief rot an und sah weg. »Wie lange stehen Sie hier schon?« fragte sie zornig.

»Lange genug.«

Sie fand den Schlüssel in ihrem Notizbuch und warf ihm kurz einen wütenden Blick zu. »Was soll das heißen?«

Er zuckte die Achseln. »Lange genug.«

»Nun, Sie haben ja anscheinend noch nicht geöffnet. Ich gehe also am besten wieder.« Sie rutschte vom Hocker.

»Ganz wie Sie wollen«, erwiderte er gleichgültig. »Ich wollte gerade ein Glas Wein trinken. Sie können gehen, oder Sie können eins mit mir trinken. Mir ist beides gleich.« Er drehte ihr den Rükken zu und entkorkte eine Flasche.

»Sind Sie Sergeant Hawksley?«

Er hob den Korken an die Nase und roch beifällig daran. »Der war ich mal. Jetzt bin ich einfach Hal.« Er drehte sich um und goß Wein in zwei Gläser. »Und wer sind Sie?«

Sie öffnete wieder ihre Handtasche. »Ich habe irgendwo eine Karte.«

»Eine Stimme tut's auch.« Er schob ihr eines der Gläser hin.

»Rosalind Leigh«, sagte sie kurz und lehnte die Karte an das Telefon auf dem Tresen.

Ihre Verlegenheit zeitweise vergessend, starrte sie ihn im Halbdunkel an. Er war kaum der landläufige Gastwirt. Wenn ich auch nur einen Funken gesunden Menschenverstand besitze, dachte sie, mache ich mich auf der Stelle davon. Er war nicht rasiert, und sein dunkler Anzug war so zerknittert, als hätte er in ihm geschlafen. Er trug keine Krawatte, und an seinem Hemd fehlte die Hälfte der Knöpfe. Auf dem linken Wangenknochen hatte er einen anschwellenden Bluterguß, der rasch das Auge darüber schloß, und beide Nasenlöcher waren mit getrocknetem Blut verkrustet.

Er hob sein Glas mit einem ironischen Lächeln. »Auf Ihre Gesundheit, Rosalind. Willkommen im *Poacher*.« Er sprach mit einem leichten Singsang, einem Anflug des Dialekts der Leute von Newcastle, der jedoch gemildert war durch langes Leben im Süden.

»Es wäre vielleicht sinnvoller, auf Ihre Gesundheit zu trinken«, sagte sie unverblümt. »Sie sehen aus, als könnten Sie es gebrauchen.«

»Gut, dann auf uns. Auf daß wir beide von dem genesen, was uns quält.«

»In Ihrem Fall scheint's eine Dampfwalze gewesen zu sein.«

Er befühlte die sich ausbreitende Schwellung. »Nah dran«, stimmte er zu. »Und Sie? Was quält Sie?«

»Nichts«, antwortete sie leichthin. »Mir geht's gut.«

»Ja, klar.« Einen Moment lang sah er sie mit seinen dunklen Augen milde an. »Sie sind halb lebendig, und ich bin halb tot.«

Er leerte sein Glas und füllte es neu. »Was wollen Sie denn von Sergeant Hawksley?«

Sie sah sich im Restaurant um. »Müßten Sie nicht öffnen?«

»Für wen?«

Sie zuckte mit den Schultern. »Für die Gäste.«

»Gäste«, wiederholte er nachdenklich. »Ein schönes Wort.« Er lachte leise. »Gäste sind eine gefährdete Gattung, oder haben Sie das noch nicht gehört? Ich habe das letztemal vor drei Tagen einen gesehen, ein mickriges Männchen mit einem Rucksack auf dem Buckel, das händeringend ein vegetarisches Omelette und koffeinfreien Kaffee suchte.« Er schwieg.

»Deprimierend.«

»Ja.«

Sie hievte sich wieder auf den Hocker. »Es ist nicht Ihre Schuld«, sagte sie teilnehmend. »Es ist die Rezession. Allen geht's schlecht. Ihre Nachbarn haben schon das Handtuch geworfen, wie es aussieht.« Sie wies zur Tür.

Er hob den Arm und drückte auf einen Schalter neben dem Tresen. Gedämpftes Licht erhellte die Wände rundum und brachte die Gläser auf den Tischen zum Funkeln. Sie sah ihn erschrocken an. Die Beule auf seiner Wange war das kleinste seiner Probleme.

Hellrotes Blut sickerte aus einer Wunde über seinem Ohr und rann seinen Hals hinunter. Er schien es nicht zu merken.

»Wer, sagten Sie, sind Sie?« Sein dunkler Blick ruhte einen Moment forschend auf ihr, ehe er an ihr abglitt, und durch den Raum wanderte.

»Mein Name ist Rosalind Leigh. Ich glaube, ich sollte den Notarzt rufen«, sagte sie hilflos. »Sie bluten.«

Sie hatte das seltsame Gefühl, neben sich zu stehen, gänzlich außerhalb dieser merkwürdigen Situation. Wer war dieser Mann? Jedenfalls war sie nicht für ihn verantwortlich. Sie war eine schlichte Außenstehende, die zufällig über ihn gestolpert war.

»Ich rufe Ihre Frau an«, sagte sie.

Er antwortete mit einem schiefen Grinsen. »Warum nicht? Die war immer für einen guten Witz zu haben. Ist es wahrscheinlich auch heute noch.« Er nahm ein Geschirrtuch und drückte es sich an den Kopf. »Keine Sorge, ich sterbe Ihnen nicht weg. Kopfverletzungen sehen immer schlimmer aus, als sie sind. Sie sind eine sehr schöne Frau. ›Von dem Ost bis zu den Inden, Ist kein Juwel gleich Rosalinden.‹«

»Ich heiße Roz, und ich wäre Ihnen dankbar, wenn Sie das nicht zitieren würden«, sagte sie scharf.

Er zuckte die Achseln. »*Wie es Euch gefällt.*«

»Das finden Sie wohl originell«, sagte sie gereizt.

»Ein wunder Punkt, wie ich sehe. Von wem sprechen wir?« Er sah auf ihren Ringfinger. »Ehemann? Ex-Ehemann? Freund?«

Sie ignorierte ihn. »Ist hier außer Ihnen noch jemand? In der Küche? Sie sollten sich diese Wunde säubern lassen.« Sie verzog die Nase. »Besser noch, Sie sollten dieses ganze Lokal säubern lassen. Es stinkt nach Fisch.« Jetzt, da sie ihn einmal bemerkt hatte, war der Geruch kaum erträglich.

»Sind Sie immer so unhöflich?« fragte er neugierig. Er spülte das Geschirrtuch unter dem Wasserhahn aus und sah zu, wie das Blut ablief. »Ich bin derjenige der stinkt«, sagte er sachlich. »Ich bin auf einem Laster voll Makrelen herumkutschiert. Kein angenehmes Erlebnis.« Er umfaßte die Kante des kleinen Spülbeckens und starrte hinein, den Kopf vor Erschöpfung gesenkt wie ein Stier vor dem Gnadenstoß des Matadors.

»Ist alles in Ordnung?« Roz beobachtete ihn stirnrunzelnd. Sie wußte nicht, was sie tun sollte. Es ist nicht mein Problem, sagte sie sich immer wieder, aber sie konnte auch nicht einfach davongehen. Angenommen, er wurde ohnmächtig? »Es muß doch jemand geben, den ich rufen kann«, insistierte sie. »Einen Freund. Einen Nachbarn. Wo wohnen Sie?« Aber das wußte sie ja. In der Wohnung über dem Restaurant, hatte der junge Constable gesagt.

»Himmel, Frau!« brummte er. »Geben Sie doch mal eine Sekunde Ruhe, Herrgott noch mal!«

»Ich versuche nur zu helfen.«

»So nennen Sie das? Mir klang's eher nach Nörgeln.« Plötzlich war er hellwach, lauschte auf irgend etwas, das sie nicht hören konnte.

»Was ist?« fragte sie, beunruhigt durch seinen Gesichtsausdruck.

»Haben Sie die Tür hinter sich abgesperrt?«

Sie starrte ihn an. »Nein, natürlich nicht.«

Er löschte die Lichter und tappte zur Eingangstür, nahezu unsichtbar in der plötzlichen Dunkelheit. Sie hörte das Knirschen des Schlosses.

»Moment mal –« begann sie und rutschte von ihrem Hocker.

Er trat aus dem Dunkel neben sie und legte ihr einen Arm um die Schultern und einen Finger auf die Lippen. »Still.« Er hielt sie reglos.

»Aber –«

»Still!«

Die Lichtstrahlen von zwei Autoscheinwerfern strichen über die Fenster und durchschnitten die Finsternis mit weißem Schein. Ein, zwei Sekunden tuckerte ein Motor im Leerlauf, dann wurde ein Gang eingelegt, und das Fahrzeug entfernte sich. Roz wollte sich von Hawksley lösen, doch er hielt sie nur fester. »Noch nicht«, flüsterte er.

Stumm und starr standen sie zwischen den Tischen, wie Statuen bei einem Geistermahl. Roz schüttelte ärgerlich seinen Arm ab.

»Das ist ja absurd«, zischte sie. »Ich habe keine Ahnung, was hier vorgeht, aber ich bleibe bestimmt nicht den Rest des Abends so stehen. Wer war das in dem Auto?«

»Gäste«, sagte er mit Bedauern.

»Sie sind ja verrückt.«

Er nahm ihre Hand. »Kommen Sie«, flüsterte er, »wir gehen nach oben.«

»Das werden wir nicht tun«, sagte sie und entriß ihm ihre Hand. »Mein Gott, denkt heutzutage eigentlich jeder nur ans Vögeln.«

Belustigtes Gelächter wehte ihr ins Gesicht. »Wer hat was von Vögeln gesagt.«

»Ich gehe jetzt.«

»Ich bringe Sie hinaus.«

Sie holte tief Luft. »Warum wollen Sie nach oben gehen?«

»Weil da oben meine Wohnung ist und ich dringend ein Bad brauche.«

»Und wozu brauchen Sie da mich?«

Er seufzte. »Falls Sie sich erinnern, Rosalind, waren Sie es, die hier aufkreuzte und mich sprechen wollte. Ich hab' noch nie eine Frau gekannt, die so verdammt kratzbürstig ist.«

»Kratzbürstig!« stotterte sie. »Also, das finde ich wirklich stark. Sie stinken zum Himmel, Sie haben sich offensichtlich geprügelt, Sie stürzen uns in totale Finsternis, jammern, daß Sie keine Gäste haben, und weisen sie ab, wenn sie kommen, zwingen mich dann, fünf Minuten stocksteif hier herumzusitzen, versuchen, mich in Ihre Wohnung zu schleppen...« Sie holte tief Luft. »Ich glaube, ich muß mich übergeben«, stieß sie hervor.

»Na prächtig. Das hat mir gerade noch gefehlt.« Er nahm sie wieder bei der Hand. »Kommen Sie. Ich werde Sie nicht vergewaltigen. Um ganz ehrlich zu sein, ich hätte im Augenblick gar nicht die Kraft dazu. Was ist los mit Ihnen?«

Sie stolperte ihm hinterher. »Ich habe den ganzen Tag nichts gegessen.«

»Da sind Sie nicht die einzige.« Er führte sie durch die dunkle Küche und sperrte eine Tür auf, griff an ihr vorbei, um Licht anzuknipsen. »Die Treppe hinauf«, sagte er. »Das Bad ist gleich rechts.«

Als sie oben auf den Toilettensitz sank und den Kopf zwischen ihre Knie senkte, um darauf zu warten, daß die Übelkeit vorüberging, hörte sie, wie er unten die Tür absperrte. Dann ging das Licht an.

»Hier. Trinken Sie. Das ist Wasser.« Hawksley kauerte vor ihr auf dem Boden und sah ihr in das weiße Gesicht. Sie hatte eine Haut wie milchiger Alabaster und Augen so dunkel wie Schlehen. Eine sehr kalte Schönheit, dachte er. »Wollen Sie darüber sprechen?«

»Was?«

»Über das, was Sie so unglücklich macht.«

Sie trank das Wasser. »Ich bin nicht unglücklich. Ich bin hungrig.«

Er stemmte seine Hände auf seine Knie und richtete sich auf. »Okay. Essen wir. Was würden Sie zu einem Steak sagen?«

Sie lächelte schwach. »Wunderbar.«

»Gott sei Dank. Ich hab' den ganzen Gefrierschrank voll von dem Zeug. Wie mögen Sie es?«

»Blutig, aber –«

»Aber was?«

Sie zog ein Gesicht. »Ich glaube, mir wird hauptsächlich von dem Geruch übel.« Sie drückte ihre Hände auf ihren Mund. »Es tut mir leid, aber ich glaube, Sie müßten sich erst einmal waschen. Dann wäre es besser. Steak mit Makrelengeschmack lockt mich nicht besonders.«

Er schnupperte an seinem Ärmel. »Nach einer Weile fällt's einem gar nicht mehr auf.« Er drehte die Wasserhähne voll auf und goß Badeschaum in das laufende Wasser. »Es gibt leider nur ein Klo, wenn Sie sich also übergeben müssen, bleiben Sie lieber hier.« Er begann sich auszukleiden.

Sie stand hastig auf. »Ich warte draußen.«

Er ließ seine Jacke zu Boden fallen und knöpfte sein Hemd auf. »Kotzen Sie mir bloß nicht auf die Teppiche«, rief er ihr nach. »In der Küche ist ein Spülbecken.« Ohne zu merken, daß sie noch hinter ihm stand, schob er sich vorsichtig das Hemd von den Schultern, und sie starrte voll Entsetzen auf die dunkel verkrusteten Wunden, die seinen ganzen Rücken bedeckten.

»Was haben Sie da gemacht?«

Er zog das Hemd wieder hoch. »Nichts. Hinaus mit Ihnen. Machen Sie sich ein Brot. Das Brot liegt draußen, Käse ist im Kühlschrank.« Er sah ihr Gesicht. »Es sieht schlimmer aus, als es ist«, sagte er wie vorher.

»Wie ist das passiert?«

Er wich ihrem Blick nicht aus. »Sagen wir einfach, ich bin vom Fahrrad gefallen.«

Mit einem verächtlichen Lächeln zog Olive die Kerze aus ihrem Versteck. Sie hatten die Leibesvisitation abgeschafft, nachdem eine Frau im Anschluß an eine besonders aggressive Untersuchung ihrer Vagina nach unerlaubten Drogen vor den Augen eines Mitglieds der Gefängnisaufsichtsbehörde Blutungen bekommen hatte. Das betreffende Mitglied war ein MANN gewesen: (Olive dachte von Männern immer in Großbuchstaben). Eine Frau hätte das gar nicht gejuckt. Aber bei MÄNNERN war das natürlich anders. Alles, was mit Menstruation zu tun hatte, machte ihnen angst, besonders wenn das Blut so üppig floß, daß es die Kleider der Frau befleckte.

Die Kerze war weich von der Wärme ihres Körpers, und sie zupfte ein Ende ab und begann, es zu formen. Ihr Gedächtnis war gut. Sie hatte keinen Zweifel an ihrer Fähigkeit, der kleinen Figur eine eigene Individualität mitgeben zu können. Diese hier würde ein MANN werden.

Roz, die in der Küche Brote machte, sah zur Badezimmertür. Die Vorstellung, Hawksley nach dem Fall Olive Martin auszufragen, war ihr plötzlich nicht mehr geheuer. Crew war sehr ärgerlich geworden, als sie *ihn* befragt hatte; und Crew war ein zivilisierter Mensch – jedenfalls insofern er nicht aussah, als hätte er sich irgendwo in einer dunklen Gasse von Arnold Schwarzenegger die Scheiße aus dem Leib prügeln lassen. Sie fragte sich, wie Hawksley reagieren würde, wenn er hörte, daß sie sich für einen Fall interessierte, mit dem er zu tun gehabt hatte. Würde er ärgerlich werden? Der Gedanke erfüllte sie mit Unbehagen.

Im Kühlschrank stand eine Flasche Champagner. In der recht naiven Annahme, daß eine weitere Dosis Alkohol Hawksley umgänglicher machen könnte, stellte Roz sie mit den Broten und zwei Gläsern auf ein Tablett.

»Wollten Sie den Champagner aufheben?« fragte sie munter – zu munter vielleicht? – und stellte das Tablett auf den Toilettendeckel.

Er lag mit geschlossenen Augen, das Gesicht gewaschen und entspannt, das schwarze Haar naß zurückgestrichen, in einem Meer von Schaum.

»Ja, tut mir leid«, antwortete er.

»Oh.« Ihr Ton war entschuldigend. »Dann stelle ich ihn wieder in den Kühlschrank.«

Er machte ein Auge auf. »Ich wollte ihn für meinen Geburtstag aufheben.«

»Wann ist der?«

»Heute abend.«

Sie lachte unwillkürlich. »Das glaube ich Ihnen nicht. Welches Datum?«

»Der Sechzehnte.«

Ihre Augen blitzten übermütig. »Ich glaub's Ihnen trotzdem nicht. Wie alt sind Sie?« Sein Blick erheiterter Erkenntnis traf sie unvorbereitet, und sie konnte nicht verhindern, daß sie rot wurde wie ein Teenager. Er glaubte, sie wollte mit ihm flirten. Nun ja – verdammt noch mal! – vielleicht wollte sie das ja auch. Sie war es leid, unter der Last ihres eigenen Unglücks zu ersticken.

»Vierzig.« Er setzte sich auf und winkte nach der Flasche. »Na, das ist aber wirklich nett.« Seine Lippen zuckten amüsiert. »Ich habe keinen Besuch erwartet, sonst hätte ich mich natürlich in Schale geworfen.« Er drehte den Draht auf und ließ den Korken herausgleiten. Nur ein paar Tropfen fielen ins Wasser, ehe er die Gläser füllte, die sie ihm hinhielt. Er stellte die Flasche auf den Boden und nahm ein Glas. »Auf das Leben. Alles Gute zum Geburtstag.«

Er sah sie kurz an, ehe er die Augen wieder schloß und sich zurücklehnte. »Essen Sie ein Brot«, murmelte er. »Es gibt nichts Schlimmeres als Champagner auf leeren Magen.«

»Ich hab' schon drei verdrückt. Tut mir leid, aber ich konnte nicht auf das Steak warten. Nehmen Sie auch eines.« Sie stellte das Tablett neben die Flasche. »Haben Sie einen Korb für die schmutzige Wäsche?« fragte sie, den Haufen stinkender Kleider mit dem Fuß berührend.

»Die Sachen schmeiße ich weg. Es lohnt sich nicht, sie aufzuheben.«

»Das kann ich ja tun.«

Er gähnte. »Mülltüten sind im zweiten Hängeschrank links in der Küche.«

Sie trug das Bündel mit steifem Arm hinaus und verpackte alles in drei Schichten reinen weißen Kunststoffs. Sie brauchte nur ein paar Minuten dazu, aber als sie wieder ins Bad kam, war er eingeschlafen. Das Glas hielt er in schlaffen Fingern auf seiner Brust.

Sie nahm es ihm vorsichtig aus der Hand und stellte es auf den Boden. Was jetzt? fragte sie sich. Sie hätte seine Schwester sein können, so wenig erregte ihn ihre Anwesenheit. Sollte sie gehen oder bleiben? Sie hatte eine absurde Sehnsucht, sich ruhig zu ihm zu setzen, während er schlief, aber sie fürchtete, ihn zu wecken. Niemals würde er ihr Bedürfnis verstehen, wenigstens für kurze Zeit mit einem Mann in Frieden beieinander zu sein.

Ihr Blick wurde weich. Er hatte ein sympathisches Gesicht. Schrammen und Beulen konnten die Lachfältchen nicht verdekken, und sie wußte, wenn sie es zuließ, würde sie sich an dieses Gesicht gewöhnen und sich freuen, es zu sehen. Abrupt wandte sie sich ab. Sie hatte ihre Bitterkeit zu lange genährt, um sie so leicht aufzugeben. Gott war noch nicht genug gestraft worden.

Sie hob ihre Handtasche auf, die sie neben der Toilette auf den Boden hatte fallen lassen, und schlich auf Zehenspitzen die Treppe hinunter. Aber die Tür war abgeschlossen, und der Schlüssel war nicht da. Sie war nicht besorgt, kam sich eher dumm vor wie der peinlich verlegene Lauscher, der in einem Zimmer gefangen ist und nur den Wunsch hat, unbemerkt zu entkommen. Er mußte das verdammte Ding eingesteckt haben. Sie schlich wieder in die Küche hinauf und wühlte in dem schmutzigen Kleiderbündel, aber die Taschen waren alle leer. Verwirrt sah sie sich in der Küche um, suchte im Wohnzimmer und im Schlafzimmer. Wenn es einen Schlüssel gab, war er gut versteckt. Mit einem gereizten Seufzer zog sie einen Vorhang auf, um zu sehen, ob es einen anderen Weg nach draußen gab, eine Feuerleiter oder einen Balkon, und sah vor sich ein von oben bis unten vergittertes Fenster. Sie versuchte es beim nächsten und beim übernächsten Fenster. Sie waren alle vergittert.

Wie zu erwarten, meldete sich jetzt der Zorn.

Ohne zu überlegen, ob ihr Verhalten klug war, stürmte sie ins Badezimmer und schüttelte ihn heftig. »Sie Mistkerl!« schrie sie ihn an. »Was bilden Sie sich eigentlich ein? Was sind Sie für ein Kerl? Ein zweiter Blaubart? Ich möchte hier raus. Auf der Stelle!«

Er war noch gar nicht richtig wach, da hatte er schon die Champagnerflasche gegen die gekachelte Wand geknallt, packte sie beim Haar und hielt ihr das zackig gesplitterte Glas an die Kehle. Seine blutunterlaufenen Augen funkelten sie an, ehe etwas wie Verständnis in ihnen aufging, und er sie losließ und von sich wegstieß.

»Sie blödes Luder!« fuhr er sie an. »Tun Sie das ja nie wieder.« Er rieb sich kräftig das Gesicht, um sich vom Schlaf zu befreien.

Sie war zu Tode erschrocken. »Ich möchte gehen.«

»Dann gehen Sie doch.«

»Sie haben den Schlüssel versteckt.«

Er starrte sie einen Moment an, dann begann er, sich einzuseifen. »Er liegt auf dem Sims über der Tür. Drehen Sie ihn zweimal herum. Es ist ein Sicherheitsschloß.«

»Ihre Fenster sind alle vergittert.«

»Das sind sie allerdings.« Er spritzte sich Wasser ins Gesicht. »Auf Wiedersehen, Ms. Leigh.«

»Auf Wiedersehen.« Sie machte eine halbherzige Geste der Entschuldigung. »Tut mir leid. Ich dachte, ich sei gefangen.«

Er zog den Stöpsel heraus und zog ein Badetuch vom Halter. »Das sind Sie auch.«

»Aber – Sie haben doch gesagt, der Schlüssel –«

»Auf Wiedersehen, Ms. Leigh.« Er drückte mit der Hand gegen die Tür, so daß sie zuging, und zwang Roz zu gehen.

Sie sollte nicht Auto fahren. Der Gedanke marterte ihren Schädel wie eine Migräne, verzweifelte Mahnung, daß der Selbsterhaltungstrieb der tiefste aller menschlichen Instinkte war. Aber er hatte recht. Sie war tatsächlich gefangen, und die Sehnsucht zu entfliehen war fast überwältigend. So leicht, dachte sie, so unglaublich leicht. Scheinwerferlichter wie winzige ferne Stecknadelköpfe wuchsen zu riesigen weißen Sonnen heran, die mit einem herrlichen blendenden Glanz durch ihre Windschutzscheibe strahlten und ihren Blick in das Zentrum ihres Glanzes zogen. Der Drang, das Lenkrad in Richtung der Lichter zu drehen, ließ nicht nach. Wie schmerzloser Übergang im Moment der Blindheit sein würde und wie hell die Ewigkeit. *So leicht... so leicht... so leicht...*

5

Olive nahm eine Zigarette und zündete sie gierig an. »Sie sind spät dran. Ich hatte schon Angst, Sie würden nicht kommen.« Sie sog den Rauch ein. »Ich bin fast umgekommen vor Lust auf eine verdammte Kippe.« Ihre Hände und ihr Sackkleid waren grau verkrustet von getrocknetem Ton.

»Bekommen Sie denn hier keine Zigaretten?«

»Nur soviel, wie man sich mit den eigenen Ersparnissen kaufen kann. Mir gehen sie immer schon vor dem Ende der Woche aus.« Sie rieb energisch ihre Handrücken und überschüttete den Tisch mit kleinen grauen Bröseln.

»Was ist das?« fragte Roz.

»Ton.« Olive ließ die Zigarette im Mund und machte sich daran, die Kruste von ihrem Busen zu zupfen. »Warum, glauben Sie, nennen sie mich hier die Bildhauerin.«

Roz hätte beinahe etwas Taktloses gesagt, schluckte es aber hinunter. »Was modellieren Sie?«

»Menschen.«

»Was für Menschen? Phantasiegestalten oder Menschen, die Sie kennen?«

Sie zögerte kurz. »Beides.« Sie sah Roz unverwandt an. »Ich habe eine Figur von Ihnen gemacht.«

»Na, ich hoffe, Sie spicken sie nicht mit Nadeln«, sagte Roz mit einem schwachen Lächeln. »So wie ich mich heute fühle, scheint da schon jemand eifrig am Werk zu sein.«

Ein Flackern der Erheiterung zuckte über Olives Gesicht. Sie hielt im Abkratzen der Tonkruste inne und fixierte Roz mit ihrem durchdringenden Blick. »Was fehlt Ihnen denn?«

Roz hatte ein Wochenende im Fegefeuer zugebracht, alles hin und her analysiert, bis ihr Gehirn förmlich in Flammen gestanden hatte. »Nichts. Nur Kopfschmerzen, weiter nichts.« Und genaugenommen stimmte das auch. Ihre Situation hatte sich nicht geändert. Sie war immer noch gefangen.

Olive kniff die Augen gegen den Raum zusammen. »Haben Sie sich das mit dem Buch anders überlegt?«

»Nein.«

»Okay, dann schießen Sie los.«

Roz schaltete den Recorder ein. »Zweites Gespräch mit Olive Martin. Montag, neunzehnter April. Erzählen Sie mir etwas über Sergeant Hawksley, Olive, den Polizeibeamten, der Sie verhaftet hat. Haben Sie ihn näher kennengelernt? Wie hat er Sie behandelt?«

Wenn die Frage Olive überraschte, so zeigte sie es nicht, aber sie zeigte ja sowieso kaum Gefühle. Sie überlegte einen Augenblick. »War das der Dunkelhaarige? Hal nannten sie ihn, glaube ich.«

Roz nickte.

»Er war in Ordnung.«

»War er grob zu Ihnen?«

»Er war in Ordnung.« Sie zog an ihrer Zigarette und starrte stumpf über den Tisch hinweg. »Haben Sie mit ihm gesprochen?«

»Ja.«

»Hat er Ihnen erzählt, daß er sich übergeben hat, als er die Leichen gesehen hat?« In ihrer Stimme schwang ein Unterton mit. Der Erheiterung? fragte sich Roz. Aber irgendwie war Erheiterung nicht ganz zutreffend.

»Nein«, antwortete sie. »Das hat er nicht erwähnt.«

»Er war nicht der einzige.« Ein kurzes Schweigen. »Ich habe angeboten, ihnen eine Tasse Tee zu machen, aber der Kessel war in der Küche.« Sie richtete ihren Blick zur Zimmerdecke hinauf, vielleicht weil sie sich bewußt war, etwas Geschmackloses gesagt zu haben. »Er hat mir gefallen. Er war der einzige, der mit mir geredet hat. So wie die anderen mich behandelt haben, hätte ich taubstumm sein können. Auf dem Polizeirevier hat er mir ein Brot gebracht. Er war in Ordnung.«

Roz nickte. »Erzählen Sie mir, wie es war.«

Olive nahm sich noch eine Zigarette und machte sie am Stummel der ersten an. »Sie haben mich verhaftet.«

»Nein. Ich meine, vorher.«

»Ich hab' die Polizei angerufen, meine Adresse angegeben und gesagt, die Leichen lägen in der Küche.«

»Und davor?«

Olive antwortete nicht.

Roz versuchte es anders. »Der neunte September neunzehnhundertsiebenundachtzig war ein Mittwoch. Ihrer Aussage zufolge haben Sie die Leichen Ihrer Schwester und Ihrer Mutter im Lauf des Morgens und des frühen Nachmittags zerstückelt.« Sie beobachtete Olive scharf. »Hat einer der Nachbarn etwas gehört, ist jemand gekommen, um nachzusehen, was los ist?«

An ihrem Augenwinkel bemerkte Roz eine winzige Bewegung, die unter all dem Fett kaum wahrnehmbar war. »Es geht um einen Mann, nicht wahr?« sagte Olive sanft.

Roz war verwundert. »Was geht um einen Mann?«

»Das ist einer der wenigen Vorteile, die man hat, wenn man in so einer Anstalt ist. Es gibt keine Männer, die einem das Leben zur Hölle machen. Natürlich hat man hin und wieder mal Scherereien, wenn die Ehemänner oder Freunde draußen Unsinn treiben, aber die Qual des täglichen Zusammenseins bleibt einem erspart.« Sie schien zurückzublicken. »Ich habe die Nonnen immer beneidet, wissen Sie. Es ist soviel einfacher, wenn man nicht zu konkurrieren braucht.«

Roz spielte mit ihrem Stift. Olive war zu gewitzt, um über einen Mann in ihrem eigenen Leben zu sprechen, dachte sie, immer vorausgesetzt, es hatte überhaupt einen gegeben. *Hatte sie über ihren Schwangerschaftsabbruch die Wahrheit gesagt?*

»Aber lange nicht so lohnend«, sagte sie.

Von der andren Seite des Tisches kam tiefes Gelächter. »Auf die Belohnung kann ich verzichten. Wissen Sie, was mein Vater mit Vorliebe gesagt hat? Das Spiel ist die Kerze nicht wert. Er hat meine Mutter damit verrückt gemacht. Aber in Ihrem Fall ist es wahr. Ganz gleich, um wen es geht, er tut Ihnen nicht gut.«

Roz kritzelte auf ihrem Block, einen drallen kleinen Blasengel in einem Ballon. War die Abtreibung Produkt ihrer Phantasie, eine verdrehte Art der Verbindung zu Ambers ungewolltem Sohn? Ein langes Schweigen trat ein. Sie zeichnete dem Blasengel ein Lächeln ins Gesicht und sprach, ohne zu überlegen. »Nicht, um wen, sondern um was«, sagte sie. »Es geht darum, *was* ich will, nicht wen ich will.« Sie bedauerte es gesagt zu haben, sobald es heraus war. »Es ist nicht wichtig.«

Wieder blieb eine Antwort aus, und sie fing an, Olives Schweigen bedrückend zu finden. Es war ein Spiel, ein Trick, um sie zum Sprechen zu bringen. Und dann? Die peinliche Verlegenheit gestammelter Entschuldigungen.

Sie senkte den Kopf. »Gehen wir zurück zum Tag der Morde«, schlug sie vor.

Eine feiste Hand legte sich plötzlich auf die ihre und streichelte liebevoll ihre Finger. »Ich weiß, was Verzweiflung ist. Ich kenne sie. Wenn man sie in sich hineinfrißt, wuchert sie in einem wie ein Krebs.«

Olives Berührung hatte nichts Drängendes. Sie war eine Demonstration von Freundschaft, stützend und ohne jede Forderung. Roz drückte die dicken, warmen Finger und zog dann ihre

Hand weg. *Es ist keine Verzweiflung*, wollte sie sagen, *nur Überarbeitung und Müdigkeit.* »Ich würde am liebsten tun, was Sie getan haben«, sagte sie tonlos. »Jemanden umbringen.« Wieder folgte ein langes Schweigen. Ihre eigenen Worte hatten sie erschreckt. »Das hätte ich nicht sagen sollen.«

»Warum nicht? Es ist die Wahrheit.«

»Ich weiß nicht. Ich habe nicht den Mut, jemand zu töten.«

Olive starrte sie an. »Das verhindert nicht, daß man es sich wünscht«, sagte sie logisch.

»Nein. Aber wenn man den Mut nicht aufbringen kann, dann ist im Grunde auch der Wille nicht da, glaube ich.« Sie lächelte distanziert. »Ich finde ja nicht einmal den Mut, mich selbst umzubringen, und manchmal erkenne ich, daß das die einzige vernünftige Möglichkeit ist.«

»Warum?«

Roz Augen glänzten übermäßig. »Weil ich solche Schmerzen habe«, sagte sie schlicht. »Schon seit Monaten.« *Aber warum erzählte sie dies alles Olive und nicht dem netten zuverlässigen Psychiater, den Iris empfohlen hatte.* Weil Olive es verstand.

»Wem wünschen Sie den Tod?« Die Frage hing zitternd zwischen ihnen wie ein verhallender Glockenschlag.

Roz überlegte, ob es klug sei, darauf zu antworten. »Meinem Ex-Mann«, sagte sie dann.

»Weil er Sie verlassen hat?«

»Nein.«

»Was hat er getan?«

Aber Roz schüttelte den Kopf. »Wenn ich es Ihnen sage, werden Sie mich davon zu überzeugen versuchen, daß ich unrecht habe, ihn zu hassen.« Sie lachte auf seltsame Weise. »Und ich muß ihn hassen. Manchmal habe ich das Gefühl, es ist das einzige, was mich am Leben erhält.«

»Ja«, sagte Olive ruhig. »Das kann ich verstehen.« Sie hauchte gegen das Fenster und zeichnete mit dem Finger einen Galgen auf die beschlagene Stelle. »Sie haben ihn einmal geliebt.« Es war eine Feststellung, auf die keine Antwort erwartet wurde, dennoch fühlte sich Roz zu einer Antwort genötigt.

»Ich kann mich heute nicht mehr daran erinnern.«

»Sie müssen ihn geliebt haben.« Olives Stimme wurde zu einem weichen Singsang. »Man kann nicht hassen, was man nie geliebt hat, man kann es nur ablehnen und meiden. Der echte Haß verzehrt einen genau wie die echte Liebe.« Mit einer kurzen Bewegung ihrer großen Handfläche wischte sie den Galgen wieder aus. »Ich nehme an«, fuhr sie sachlich fort, »Sie sind zu mir gekommen, um zu sehen, ob Mord sich lohnt.«

»Ich weiß es nicht«, antwortete Roz aufrichtig. »Entweder ich leide Todesqualen, oder ich bin von Wut besessen. Das einzige, was ich mit Sicherheit weiß, ist, daß ich langsam kaputtgehe.«

Olive zuckte die Achseln. »Weil es in Ihrem Kopf ist. Ich hab's ja eben schon gesagt, es ist nicht gut, etwas in sich hineinzufressen. Es ist schade, daß Sie nicht katholisch sind. Da könnten Sie zur Beichte gehen und würden sich sofort besser fühlen.«

Eine so einfache Lösung war Roz nie eingefallen. »Ich war einmal katholisch. Wahrscheinlich bin ich es immer noch.«

Olive nahm sich noch eine Zigarette und schob sie sich so ehrfurchtsvoll wie eine Hostie zwischen die Lippen. »Jede Besessenheit«, sagte sie murmelnd, während sie nach den Streichhölzern griff, »ist unweigerlich zerstörerisch. Das wenigstens habe ich gelernt.« Sie sprach mit Teilnahme. »Sie brauchen mehr Zeit, ehe Sie darüber sprechen können. Ich verstehe das. Sie haben Angst, ich reiße die Kruste ab, und es fängt wieder zu bluten an.«

Roz nickte.

»Sie trauen den Menschen nicht. Mit Recht. Das Vertrauen hat die Eigenschaft, zum Bumerang zu werden, in diesen Dingen kenne ich mich aus.«

Roz sah zu, wie sie die Zigarette anzündete. »Wovon waren Sie besessen?«

Sie warf Roz einen seltsam vertraulichen Blick zu, antwortete aber nicht.

»Ich brauche dieses Buch nicht zu schreiben, wenn Sie es nicht mögen.«

Olive strich sich mit der Rückseite ihres Daumens glättend über ihr dünnes blondes Haar. »Wenn wir jetzt aufgeben, wird das Schwester Bridget aufregen. Ich weiß, daß Sie bei ihr waren.«

»Spielt das eine Rolle?«

Olive zuckte die Achseln. »Es wird vielleicht *Sie* aufregen, wenn wir jetzt aufgeben. Spielt *das* eine Rolle?«

Sie lächelte plötzlich, und ihr ganzes Gesicht wurde hell und freundlich. Wie nett sie aussieht, dachte Roz. »Vielleicht, vielleicht auch nicht«, sagte sie. »Ich bin selbst gar nicht so überzeugt, daß ich es schreiben möchte.«

»Warum nicht?«

Roz zog ein Gesicht. »Es wäre ein schrecklicher Gedanke für mich, Sie zur Jahrmarktskuriosität zu machen.«

»Bin ich das nicht schon?«

»Hier drinnen vielleicht. Draußen nicht. Draußen hat man Sie vergessen. Es wäre vielleicht besser, es so zu lassen.«

»Was könnte Sie dazu bewegen, es zu schreiben?«

»Wenn Sie mir sagen, warum.«

Das Schweigen zwischen ihnen wuchs. Ein ominöses Schweigen.

»Haben sie meinen Neffen gefunden?« fragte Olive endlich.

»Ich glaube nicht.« Roz krauste die Stirn. »Woher wissen Sie, daß man ihn sucht?«

Olive kicherte vergnügt. »Das Buschtelefon. Hier weiß jeder alles. Man hat ja nichts anderes zu tun, als seine Nase in anderer Leute Angelegenheit zu stecken, und wir haben alle Anwälte, und wir lesen alle die Zeitung, und alle quasseln. Ich hätte es mir sowieso denken können. Mein Vater hat eine Menge Geld hinterlassen. Er würde es immer einem Familienmitglied hinterlassen, wenn irgend möglich.«

»Ich habe mit einem Ihrer Nachbarn gesprochen, einem Mr. Hayes. Erinnern Sie sich an ihn?« Olive nickte. »Wenn ich ihn recht verstanden habe, wurde Ambers Sohn von irgendwelchen Leuten namens Brown adoptiert, die mittlerweile nach Australien ausgewandert sind. Ich vermute, daß Mr. Crews Kanzlei deshalb solche Schwierigkeiten hat, ihn aufzustöbern. Ein großes Land, ein häufig vorkommender Name.« Sie wartete einen Moment, aber Olive sagte nichts. »Warum möchten Sie es wissen? Macht es für Sie einen Unterschied, ob er gefunden ist oder nicht?«

»Vielleicht«, sagte sie ernst.

»Warum?«

Olive schüttelte den Kopf.

»Möchten Sie, daß er gefunden wird?«

Die Tür flog krachend auf. Sie erschraken beide. »Die Zeit ist um, Bildhauerin. Kommen Sie, gehen wir.« Die Stimme der Beamtin dröhnte durch den friedlichen Raum und zerriß das feine Gewebe ihrer Intimität. In Olives Augen sah Roz ihren eigenen Zorn gespiegelt. Doch der Moment war dahin.

Sie zwinkerte unwillkürlich. »Es stimmt schon, was die Leute immer sagen. Die Zeit fliegt tatsächlich, wenn einem etwas Freude macht. Wir sehen uns nächste Woche.«

Schwerfällig hievte sich Olive in die Höhe. »Mein Vater war ein sehr fauler Mensch. Darum hat er meine Mutter schalten und walten lassen.« Sie stützte eine Hand an den Türpfosten, um sich im

Gleichgewicht zu halten. »Sein zweiter Lieblingsspruch, weil er sie damit so sehr ärgern konnte, war: Was du heute kannst besorgen, das verschiebe stets auf morgen.« Sie lächelte dünn. »Das Resultat war natürlich, daß man ihn nur verachten konnte. Er kannte einzig die Treue zu sich selbst, aber es war eine Treue ohne Verantwortung. Er hätte den Existentialismus studieren sollen.« Ihre Zunge verweilte bei dem Wort. »Da hätte er etwas über den Imperativ des Menschen gelernt, klug zu wählen und zu handeln. Wir alle sind die Schmiede unseres Schicksals, Roz, auch Sie.« Sie nickte kurz, dann wandte sie sich ab und schlurfte mit der Zuchthausbeamtin und dem Metallstuhl im Schlepptau davon.

Und was, fragte sich Roz, während sie ihnen nachblickte, sollte das nun bedeuten?

»Mrs. Wright?«

»Ja?« Die junge Frau hielt die Haustür halb geöffnet, eine Hand fest am Halsband des knurrenden Hundes. Sie war hübsch auf eine farblose Art, hellhäutig und zart mit großen grauen Augen und strohblondem Haar in einer Pagenkopffrisur.

Roz reichte ihr ihre Karte. »Ich schreibe ein Buch über Olive Martin. Schwester Bridget von Ihrer alten Klosterschule meinte, Sie wären vielleicht bereit, mit mir zu sprechen. Sie sagte mir, Sie seien auf der Schule Olives nächste Freundin gewesen.«

Geraldine Wright tat so, als läse sie die Karte, dann reichte sie sie zurück. »Nein, wirklich nicht, danke«, sagte sie, als hätte sie die Zeugen Jehovas vor sich. Und machte Anstalten, die Tür zu schließen.

Roz stemmte ihre Hand dagegen. »Darf ich fragen, warum nicht?«

»Ich möchte da lieber nicht hineingezogen werden.«

»Ich brauche Sie nicht namentlich zu nennen.« Roz lächelte aufmunternd. »Bitte, Mrs. Wright. Ich werde Sie nicht in Verlegenheit bringen. Das ist nicht meine Art zu arbeiten. Mir geht es um Informationen, nicht um Sensation und Bloßstellung. Kein Mensch wird erfahren, daß Sie je mit ihr zu tun hatten. Jedenfalls nicht durch mein Buch.« Sie sah das leichte Zögern der Frau. »Rufen Sie Schwester Bridget an«, schlug sie vor. »Ich weiß, daß sie für mich bürgen wird.«

»Also gut. Aber nur eine halbe Stunde. Um halb vier muß ich die Kinder abholen.« Sie öffnete die Tür ganz und zog den Hund weg. »Kommen Sie herein. Das Wohnzimmer ist gleich links. Ich muß nur Boomer in die Küche sperren, sonst läßt er uns nicht in Ruhe.«

Roz ging in das Wohnzimmer, einen angenehmen, sonnigen Raum mit einer breiten Fenstertür, die auf eine kleine Terrasse hinausführte. Jenseits ging ein hübscher, liebevoll gepflegter Garten in eine grüne Wiese über, auf der Kühe weideten. »Das ist ein bezaubernder Blick«, sagte sie, als Geraldine Wright ins Zimmer kam.

»Ja, mit dem Haus haben wir Glück gehabt«, antwortete die junge Frau mit Stolz. »Es war uns eigentlich zu teuer, aber der frühere Eigentümer hatte sich finanziell übernommen und wollte es nur noch so schnell wie möglich loswerden. Wir bekamen es für fünfundzwanzigtausend weniger, als er ursprünglich verlangt hat. Wir fühlen uns sehr wohl hier.«

»Das kann ich mir vorstellen«, sagte Roz mit Wärme. »Es ist ein wunderschönes Fleckchen.«

»Setzen wir uns.« Sie ließ sich anmutig in einen Sessel sinken. »Ich schäme mich meiner Freundschaft mit Olive nicht«, entschuldigte sie sich. »Ich spreche nur nicht gern darüber. Die Leute sind so hartnäckig. Sie wollen einfach nicht akzeptieren, daß ich von den Morden nichts weiß.« Sie studierte ihre lackierten Fingernägel. »Ich hatte sie bestimmt drei Jahre lang nicht mehr gesehen, als es passierte, und danach habe ich sie natürlich überhaupt nicht mehr gesehen. Ich weiß wirklich nicht, was ich Ihnen erzählen könnte.«

Roz machte gar nicht erst den Versuch, das Gespräch aufzunehmen. Sie fürchtete, die Frau damit kopfscheu zu machen. »Erzählen Sie mir einfach, wie sie in der Schule war«, sagte sie, während sie Block und Stift herausnahm. »Waren Sie mit ihr in einer Klasse?«

»Ja.«

»Haben Sie sie gemocht?«

»Nicht besonders.« Geraldine seufzte. »Das klingt herzlos, nicht wahr? Ich kann mich doch darauf verlassen, daß Sie meinen Namen nicht nennen, oder? Ich meine, wenn die Möglichkeit besteht, daß Sie es doch tun, möchte ich jetzt nichts mehr sagen. Es wäre mir schrecklich, wenn Olive erfahren würde, was ich wirklich von ihr gedacht habe. Es wäre so verletzend.«

Ja, natürlich, dachte Roz, aber was kümmert dich das? Sie nahm einen Bogen Briefpapier mit ihrem Briefkopf aus ihrer Aktentasche, schrieb zwei Sätze darauf und unterzeichnete.

»›Ich, Rosalind Leigh, wohnhaft an der oben angegebenen Adresse, verpflichte mich, alle von Mrs. Geraldine Wright erhaltenen Auskünfte vertraulich zu behandeln. Ich verpflichte mich ferner, sie nicht als Informationsquelle zu nennen, weder mündlich noch schriftlich, weder heute noch zu irgendeiner Zeit in der Zukunft.‹ Bitte. Genügt Ihnen das?« Sie zwang sich zu einem Lächeln. »Sie können ein Vermögen von mir einklagen, wenn ich mein Wort brechen sollte.«

»Ach Gott, Sie wird sich gleich denken können, daß ich es gewesen bin. Ich war doch die einzige, mit der sie überhaupt gesprochen hat. In der Schule jedenfalls.« Sie nahm das Blatt. »Ich weiß nicht.«

Gott, was für eine Umstandskrämerin, diese Frau war! Roz kam der Gedanke, daß Olive diese Freundschaft vielleicht ebenso wenig lohnend gefunden hatte wie Geraldine. »Vielleicht ist es am besten, wenn ich Ihnen kurz erkläre, wie ich die Informationen, die ich von Ihnen erhalte, in meinem Buch verarbeiten werde. Dann werden Sie sehen, daß Sie sich wirklich keine Gedanken zu machen brauchen. Sie haben eben gesagt, daß Sie sie nicht besonders mochten. Das wird in meinem Buch etwa so aussehen: ›In der Schule war Olive nicht beliebt.‹ Könnten Sie das akzeptieren?«

Das Gesicht der Frau hellte sich auf. »O ja. Das stimmt sowieso.«

»Okay. Und warum war sie nicht beliebt?«

»Sie gehörte irgendwie nie dazu.«

»Warum nicht?«

»Ach Gott.« Geraldine zuckte auf irritierende Weise die Achseln. »Vielleicht weil sie dick war.«

Das würde werden wie Zähneziehen, mühsam und äußerst schmerzhaft. »Hat sie Freunde gesucht, oder hat sie sich gar nicht um andere bemüht?«

»Sie hat sich eigentlich gar nicht bemüht. Sie hat kaum etwas gesagt, wissen Sie. Meistens hat sie nur dagesessen und die anderen angestarrt, die geredet haben. Das war denen natürlich nicht besonders angenehm. Ehrlich gesagt, ich glaube, wir hatten alle ziemlich Angst vor ihr. Sie war viel größer als wir alle.«

»War das der einzige Grund, weshalb Sie Angst vor ihr hatten? Ihre Größe?«

Geraldine dachte zurück. »Es war eigentlich alles an ihr. Ich weiß nicht, wie ich es beschreiben soll. Sie war sehr leise. Oft, wenn man sich mit jemand unterhielt und sich dann umdrehte, stand sie plötzlich hinter einem und starrte einen an.«

»Hat sie andere herumgestoßen?«

»Nur wenn sie zu Amber gemein waren.«

»Und ist das oft vorgekommen?«

»Nein. Amber haben alle gemocht.«

»Okay.« Roz tippte sich mit ihrem Stift an die Zähne. »Sie sagen, Sie waren die einzige, mit der Olive gesprochen hat. Worüber haben Sie beide denn geredet?«

Geraldine zupfte an ihrem Rock. »Ach, über alles mögliche«, antwortete sie wenig hilfreich. »Ich weiß das nicht mehr so genau.«

»Über die Themen, über die Mädchen normalerweise in der Schule reden?«

»Hm, ja, wahrscheinlich.«

Roz war nahe daran, mit den Zähnen zu knirschen. »Sex und Jungen und Kleider und Make-up?«

»Hm, ja«, sagte sie wieder.

»Es fällt mir sehr schwer, das zu glauben, Mrs. Wright. Es sei denn, sie hat sich in zehn Jahren radikal verändert. Ich habe mit ihr gesprochen, wissen Sie. Sie interessiert sich nicht im entferntesten für Triviales, und sie spricht nicht gern von sich. Sie möchte alles über mich wissen, wer ich bin und was ich tue.«

»Das kommt wahrscheinlich daher, daß sie im Zuchthaus ist und Sie ihr einziger Besuch sind.«

»Das bin ich nicht. Außerdem habe ich gehört, daß die meisten Häftlinge genau das Gegenteil tun, wenn sie Besuch bekommen. Sie sprechen unaufhörlich von sich, weil endlich einmal jemand da ist, der ihnen zuhört.« Sie zog nachdenklich eine Augenbraue hoch. »Meiner Ansicht nach entspricht es Olives Wesen, die Person, mit der sie spricht, auszufragen. Ich vermute, das hat sie immer schon getan, und das ist der Grund, weshalb keiner in der Schule sie besonders mochte. Sie fanden sie wahrscheinlich alle aufdringlich.« Gott gebe, daß ich recht habe, dachte Roz, denn diese wachsweiche Person hier wird auf jeden Fall sagen, ich hätte recht, ob es nun so ist oder nicht.

»Wie komisch«, sagte Geraldine. »Das stimmt wirklich, sie hat dauernd Fragen gestellt. Immer wollte sie wissen, wie meine Eltern miteinander umgehen, ob sie zärtlich miteinander seien und sich küßten, und ob ich sie schon einmal nachts gehört hätte, wenn sie miteinander schliefen.« Sie zog die Mundwinkel abwärts. »Ja, jetzt erinnere ich mich, das ist tatsächlich der Grund, weshalb ich sie nicht mochte. Dauernd wollte sie wissen, wie oft meine Eltern miteinander schliefen, und wenn sie einen ausfragte, kam sie immer ganz nahe an einen heran und starrte einem ins Gesicht.« Sie schauderte ein wenig. »Das war mir so unangenehm. Sie hatte so gierige Augen.«

»Haben Sie es ihr gesagt?«

»Das mit meinen Eltern?« Geraldine kicherte. »Die Wahrheit bestimmt nicht. Die habe ich ja selbst nicht gewußt. Immer, wenn sie mich gefragt hat, habe ich einfach gesagt, ja, sie hätten in der Nacht vorher miteinander geschlafen. Ich wollte ihr nur entkommen, wissen Sie. Das ging uns allen so. Am Ende war es nur noch wie ein blödes Spiel.«

»Warum wollte sie das wissen?«

Geraldine zuckte die Achseln. »Ich dachte immer, weil sie eine schmutzige Phantasie hatte. Im Dorf ist eine Frau, die ist genauso. Das erste, was sie sagt, wenn sie einen trifft, ist: ›Erzähl mir den neuesten Klatsch.‹ Und dabei leuchten ihre Augen richtig auf. Ich hasse das. Sie ist natürlich die letzte, die erfährt, was es Neues gibt. Sie treibt die Leute in die Opposition.«

Roz überlegte einen Moment. »Waren Olives Eltern zärtlich zueinander?«

»Überhaupt nicht.«

»Sie sind ja sehr sicher.«

»O ja. Die haben einander gehaßt. Meine Mutter hat immer gesagt, sie blieben nur zusammen, weil er zu faul sei, um zu gehen, und sie zu berechnend, um ihn gehen zu lassen.«

»Dann suchte Olive offenbar etwas wie Bestätigung.«

»Wie meinen Sie das?«

»Wenn sie Sie nach Ihren Eltern ausfragte«, erklärte Roz kühl, »wollte sie die Bestätigung, daß ihre Eltern nicht die einzigen waren, die nicht miteinander auskamen, das arme Kind.«

»Oh«, sagte Geraldine überrascht. »Glauben Sie?« Sie zog einen niedlichen kleinen Flunsch. »Nein«, sagte sie, »ich bin sicher, da täuschen Sie sich. Sie wollte ja immer nur die Sexgeschichten hören. Ich hab's Ihnen schon gesagt, sie hatte diese gierigen Augen.«

Roz ließ es dabei bewenden. »Hat sie gelogen?«

»Ja, das war auch so eine Sache.« Einen Moment versank sie in Erinnerungen. »Sie hat gelogen wie gedruckt. Komisch, das hatte ich ganz vergessen. Am Schluß hat ihr kein Mensch mehr etwas geglaubt, wissen Sie.«

»Worüber hat sie denn gelogen?«

»Über alles.«

»Worüber im besonderen? Über sich selbst? Andere? Ihre Eltern?«

»Über alles.« Geraldine sah die Ungeduld in Roz' Gesicht. »Es ist so schwer zu erklären. Sie hat Märchen erzählt. Wirklich, sie hat nie den Mund aufgemacht, ohne Geschichten zu erzählen. Lassen Sie mich mal nachdenken. Okay, sie hat von Freunden erzählt, die gar nicht existiert haben, und einmal hat sie behauptet, sie seien in den Sommerferien in Frankreich gewesen, dabei stellte sich dann heraus, daß sie die ganze Zeit zu Hause waren. Und sie hat immer von ihrem Hund erzählt, obwohl alle wußten, daß sie überhaupt keinen Hund hatte.« Sie zog ein Gesicht. »Und sie hat natürlich immer gemogelt. Das war wirklich zum Verrücktwerden. Sie hat einem einfach die Hausaufgaben aus der Schultasche geklaut, wenn man nicht hingesehen hat, und hat alles abgeschrieben.«

»Aber sie war doch intelligent? Sie hat ein sehr gutes Abgangszeugnis bekommen.«

»Ja, bestanden hat sie schon, aber ich glaube nicht, daß ihre Noten so waren, daß man sich mit ihnen brüsten konnte«, sagte Geraldine mit einem Anflug von Boshaftigkeit. »Und wieso hat sie sich nicht eine anständige Arbeit gesucht, wenn sie so intelligent war? Meine Mutter hat immer gesagt, es sei richtig peinlich, bei Pettit von Olive Martin bedient zu werden.«

Roz wandte den Blick von dem farblosen Gesicht, um zum Fenster hinauszusehen. Sie ließ ein paar Sekunden verstreichen, während ihr gesunder Menschenverstand die zornigen Vorwürfe niederschlug, die sich Luft machen wollten. Es konnte ja dennoch sein, dachte sie, daß sie sich irrte. Und trotzdem... Und trotzdem schien sonnenklar, daß Olive ein zutiefst unglückliches Kind gewesen sein mußte. Sie zwang sich zu einem Lächeln.

»Olive fühlte sich Ihnen offensichtlich näher als irgendeinem anderen Menschen, ausgenommen vielleicht ihre Schwester. Was glauben Sie, wie das kam?«

»Ach Gott, ich hab' keine Ahnung. Meine Mutter behauptet, ich hätte sie an Amber erinnert. Ich selbst hab das nie gesehen, aber es stimmt schon, daß die Leute, wenn sie uns drei zusammen gesehen haben, immer dachten, Amber sei meine Schwester und nicht Olives.« Sie überlegte. »Wahrscheinlich hat meine Mutter recht. Als Amber zu uns in die Schule kam, ist Olive mir nämlich nicht mehr soviel nachgelaufen.«

»Das muß eine Erleichterung gewesen sein.« Roz' Ton enthielt eine gewisse Bissigkeit, die Geraldine zum Glück nicht auffiel.

»Hm, ja. Andererseits«, fügte sie mit einer gewissen Sehnsucht hinzu, »hat auch niemand sich getraut, mich zu necken, wenn Olive mit mir zusammen war.«

Roz beobachtete sie einen Moment. »Schwester Bridget sagte, Olive habe Amber abgöttisch geliebt.«

»Das stimmt. Aber Amber haben sowieso alle gemocht.«

»Und warum?«

Geraldine zuckte die Achseln. »Sie war nett.«

Roz lachte plötzlich. »Ehrlich gesagt, Amber fängt allmählich an, mir auf den Wecker zu fallen. Sie klingt zu schön, um wahr zu sein. Was war denn so toll an ihr?«

»Ach Gott.« Sie runzelte die Stirn. »Meine Mutter hat gemeint, wegen ihrer Nachgiebigkeit. Jeder hat sie ausgenutzt, aber ihr hat es nie was ausgemacht. Und sie hat immer gelächelt.«

Roz zeichnete ihren kleinen Blasengel auf ihren Block und dachte an die ungewollte Schwangerschaft. »Wieso wurde sie ausgenutzt?«

»Ach, ich vermute, sie wollte gemocht werden. Es waren auch nur kleine Dinge. Wenn man was vergessen hatte, konnte man es sich bei ihr leihen, und sie hat auch immer die Botengänge für die Nonnen gemacht. Ich weiß, ich brauchte mal ein sauberes Sporthemd für ein Handballspiel, da habe ich mir Ambers ausgeliehen. Solche Sachen.«

»Ohne zu fragen?«

Erstaunlicherweise wurde Geraldine rot. »Bei Amber brauchte man nicht zu fragen. Es hat ihr nie was ausgemacht. Nur Olive wurde böse. Sie war wegen dieses Hemds total gemein zu mir.« Sie sah auf die Uhr. »Aber jetzt muß ich wirklich gehen. Es ist schon spät.« Sie stand auf. »Ich war wohl leider keine große Hilfe.«

»Ganz im Gegenteil.« Roz stand aus dem tiefen Sessel auf. »Sie waren mir eine große Hilfe. Ich danke Ihnen sehr.«

Zusammen gingen sie in den Flur hinaus.

»Fanden Sie es nie seltsam«, fragte Roz, als Geraldine ihr die Haustür öffnete, »daß Olive ihre Schwester getötet haben sollte?«

»Doch, ja, natürlich. Ich war total schockiert.«

»So schockiert, daß Sie sich darüber Gedanken gemacht haben, ob sie es wirklich getan hat? Wenn ich bedenke, was Sie mir über die Beziehung der beiden erzählt haben, erscheint es mir sehr unwahrscheinlich, daß sie so etwas getan haben soll.«

Unsicherheit trübte die großen grauen Augen. »Wie merkwürdig. Genau das hat meine Mutter immer gesagt. Aber wenn sie es nicht war, warum hat sie dann gesagt, sie sei es gewesen?«

»Das weiß ich auch nicht. Vielleicht ist es ihre Wesensart, andere zu schützen.« Sie lächelte freundlich. »Glauben Sie, Ihre Mutter wäre bereit, mit mir zu sprechen?«

»Ach, Gott, nein, das glaube ich nicht. Wenn's nach ihr ginge, sollte keiner auch nur erfahren, daß ich mit Olive zur Schule gegangen bin.«

»Würden Sie sie trotzdem einmal fragen? Und wenn sie einverstanden sein sollte, dann rufen Sie mich bitte unter der Nummer auf der Karte an.«

Geraldine schüttelte den Kopf. »Da brauche ich gar nicht erst zu fragen. Sie wäre niemals einverstanden.«

»Na schön, dann kann man nichts machen.« Roz trat ins Freie hinaus. »Das ist wirklich ein wunderschönes Haus«, sagte sie enthusiastisch und betrachtete bewundernd die Clematis über der Veranda. »Wo haben Sie früher gewohnt?«

Geraldine schnitt eine Grimasse. »In einem scheußlichen modernen Kasten am Rand von Dawlington.«

Roz lachte. »Dann war der Umzug hierher sicher ein Kulturschock.« Sie machte die Autotür auf. »Kommen Sie heute überhaupt noch nach Dawlington?«

»O ja«, antwortete Geraldine. »Meine Eltern wohnen noch dort. Ich besuche sie einmal in der Woche.«

Roz warf ihre Handtasche und ihre Aktentasche auf den Rücksitz. »Sie sind sicher sehr sehr stolz auf Sie.« Sie hielt Geraldine Wright die Hand hin. »Nochmals vielen Dank, Mrs. Wright, und bitte, machen Sie sich keine Sorgen. Ich werde die Informationen, die Sie mir gegeben haben, nicht mißbrauchen.« Sie setzte sich ans Steuer und zog die Tür zu. »Ach, eine Bitte habe ich noch«, sagte sie mit arglosem Blick durch das offene Fenster. »Würden Sie mir Ihren Mädchennamen nennen, damit ich Sie von der Schulliste streichen kann, die Schwester Bridget mir gegeben hat. Ich möchte Sie nicht irrtümlich noch einmal belästigen.«

»Hopwood«, antwortete Geraldine hilfsbereit.

Es war nicht schwierig, Mrs. Hopwood ausfindig zu machen. Roz fuhr zur Bibliothek von Dawlington und schlug im örtlichen Telefonbuch nach. Es gab drei Hopwoods, die in Dawlington wohnten. Sie schrieb sich Adressen und Nummern auf, fuhr zur nächsten Telefonzelle und rief eine Nummer nach der anderen an. Sie sei eine alte Schulfreundin von Geraldine, sagte sie, und würde gern mit ihr sprechen. Die Leute, die sich bei ihren ersten beiden Anrufen meldeten, erklärten, eine solche Person nicht zu kennen. Beim dritten Versuch jedoch berichtete ihr ein Mann, daß Geraldine inzwischen verheiratet sei und nun in Wooling lebe. Er gab ihr Geraldines Telefonnummer und versicherte ihr sehr freundlich, wie nett es gewesen sei, wieder einmal von ihr zu hören. Lächelnd legte Roz auf. Geraldine schlug ihrem Vater nach.

Dieser Eindruck bestätigte sich, als Mrs. Hopwood klirrend die Sicherheitskette vorlegte, ehe sie die Haustür öffnete. Sie musterte Roz voller Mißtrauen. »Ja?«

»Mrs. Hopwood?«

»Ja.«

Roz hatte eigentlich vorgehabt, ein kleines Märchen zu erzählen, aber als sie den harten Blick der Frau sah, ließ sie das lieber bleiben. Mrs. Hopwood war keine Frau, die man so leicht einseifen konnte. »Ich muß zu meiner Schande gestehen, daß ich Ihre Tochter und Ihren Mann mit List und Tücke dazu gebracht habe, mir diese Adresse zu geben«, sagte sie mit einem leichten Lächeln. »Mein Name ist –«

»Rosalind Leigh, und Sie schreiben ein Buch über Olive Martin. Ich weiß. Geraldine hat gerade mit mir telefoniert. Sie hat nicht lange gebraucht, um zwei und zwei zusammenzuzählen. Tut mir leid, aber ich kann Ihnen nicht helfen. Ich habe das Mädchen kaum gekannt.« Aber sie schloß die Tür nicht. Irgend etwas – Neugier? – hielt sie dort fest.

»Sie kennen sie auf jeden Fall besser als ich, Mrs. Hopwood.«

»Aber ich habe auch nicht vor, ein Buch über sie zu schreiben, junge Frau. Und ich täte es auch nicht.«

»Auch nicht, wenn Sie sie für unschuldig hielten?«

Mrs. Hopwood antwortete nicht.

»Angenommen, sie hat es nicht getan? An diese Möglichkeit haben Sie doch gedacht, nicht wahr?«

»Das ist nicht meine Angelegenheit.« Sie machte Anstalten, die Tür zu schließen.

»Wessen Angelegenheit ist es denn dann, um Gottes willen?« fragte Roz plötzlich zornig. »Ihre Tochter hat mir zwei Schwestern geschildert, die beide so unsicher waren, daß die eine gelogen und betrogen hat, um sich ein gewisses Ansehen zu verschaffen, und die andere sich nicht getraut hat, nein zu sagen, weil sie Angst hatte, man würde sie dann nicht mögen. Was zum Teufel war bei diesen Mädchen zu Hause los, daß sie so geworden sind? Wo waren Sie damals, Mrs. Hopwood? Wo waren alle anderen? Der einzige richtige Freund, den die beiden hatten, war die eigene Schwester.« Sie sah die schmal zusammengepreßten Lippen der Frau an der Tür und schüttelte voller Verachtung den Kopf. »Ihre Tochter hat mich irregeführt. Einer Bemerkung, die sie machte, glaubte ich entnehmen zu können, daß Sie eine Samariterin sind.« Sie lächelte kalt. »Aber nun sehe ich, daß Sie doch eine Pharisäerin sind. Leben Sie wohl, Mrs. Hopwood.«

Die Frau schnalzte ungeduldig mit der Zunge. »Dann kommen Sie schon herein, aber ich warne Sie – ich verlange ein schriftliches Protokoll dieses Gesprächs. Ich lasse mir nicht hinterher Worte in den Mund legen, die ich nie gesagt habe, nur damit das sentimentale Bild, das Sie von Olive haben, bestätigt wird.«

Roz nahm ihren Recorder heraus. »Ich zeichne alles auf. Wenn Sie einen Recorder haben, können Sie das Gespräch gleichzeitig aufnehmen, oder ich schicke Ihnen eine Kopie meiner Aufnahme.«

Mrs. Hopwood nickte zustimmend. Dann hakte sie die Kette auf und öffnete die Haustür. »Wir haben selbst einen Recorder. Mein Mann kann ihn aufstellen. Ich mache uns inzwischen eine Tasse Tee. Kommen Sie herein, und putzen Sie sich bitte die Schuhe ab.«

Zehn Minuten später waren sie bereit. Mrs. Hopwood übernahm ganz natürlich die Führung. »Am einfachsten ist es, ich erzähle Ihnen alles, woran ich mich erinnere. Wenn ich fertig bin, können Sie mir Fragen stellen. Einverstanden?«

»Einverstanden.«

»Ich sagte vorhin, daß ich Olive kaum gekannt hatte. Das stimmt. Sie war insgesamt vielleicht fünf- oder sechsmal bei uns, zweimal zu Geraldines Geburtstag und drei- oder viermal zum Tee. Ich habe sie nicht gemocht. Sie war ein tolpatschiges Ding, schwerfällig und wortkarg. Sie hatte keinen Humor und war, um offen zu sein, ausgesprochen unattraktiv. Das klingt vielleicht hart und herzlos, aber so ist es nun einmal – man kann nicht Gefühle vortäuschen, die man nicht hat. Ich war nicht traurig, als ihre Freundschaft mit Geraldine eines natürlichen Todes gestorben ist.« Sie machte eine Pause, um ihre Gedanken zu ordnen.

»Danach hatte ich wirklich kaum noch Kontakt mit ihr. Sie ist nie wieder in dieses Haus gekommen. Ich hörte natürlich Geschichten über sie, von Geraldine und ihren Freunden. Der Eindruck, den ich gewann, entsprach ziemlich genau dem Bild, das Sie vorhin gezeichnet haben – ein trauriges, ungeliebtes und unliebenswürdiges Kind, das sich in Prahlereien und Lügen über Ferienreisen, die sie nie gemacht hatte, und Freunde, die sie gar nicht hatte, flüchtete, um sich für ihr unglückliches Zuhause zu entschädigen. Das Schummeln und Betrügen war meiner Ansicht nach die Folge des permanenten Drucks von seiten der Mutter, in allem gut zu sein. Das gleiche gilt für das zwanghafte Essen. Sie war immer dick, aber in der Pubertät wurde das Essen bei ihr zur Sucht. Geraldine hat mir erzählt, daß sie oft aus der Schulküche Essen stahl und sich dann alles auf einmal in den Mund stopfte, als hätte sie Angst, man würde es ihr wegnehmen, ehe sie aufgegessen hatte.«

Sie sah Roz fragend an. »Sie würden dieses Verhalten sicher als Symptom eines unglücklichen Familienlebens auslegen?« Roz nickte. »Ja, da stimme ich wohl mit Ihnen überein. Es war genauso unnatürlich wie Ambers Unterwürfigkeit. Ich muß allerdings betonen, daß ich keines der beiden Mädchen je in Aktion gesehen habe, um es einmal so auszudrücken. Ich berichte nur, was ich von Geraldine und ihren Freundinnen gehört habe. Wie dem auch sei, es hat mich sehr wohl beschäftigt, zumal ich Gwen und Robert Martin einige Male begegnet war, wenn ich Geraldine nach einem Besuch bei Olive dort abgeholt habe. Sie waren ein merkwürdiges

Paar. Sie haben kaum miteinander gesprochen. Er wohnte in einem Zimmer im Erdgeschoß, im rückwärtigen Teil des Hauses, und sie und die beiden Mädchen wohnten vorn. Soweit ich sehen konnte, lief praktisch aller Kontakt zwischen den beiden über Olive und Amber.« Als sie Roz' Gesicht sah, hielt sie inne. »Das hat Ihnen noch niemand erzählt?«

Roz schüttete den Kopf.

»Ich weiß nicht, wem es alles aufgefallen ist. Sie wahrte natürlich nach außen den Schein, und wenn Geraldine mir nicht erzählt hätte, daß sie in Mr. Martins Arbeitszimmer ein Bett gesehen hatte, hätte ich sicher auch nicht geahnt, was los war.« Sie krauste die Stirn. »Aber so ist es immer, nicht wahr? Wenn man erst einmal Verdacht geschöpft hat, bestätigt alles, was man sieht, diesen Verdacht. Man sah sie nie zusammen, außer vielleicht an den Elternabenden, und da war stets eine dritte Person bei ihnen, gewöhnlich eine der Lehrerinnen.« Sie lächelte verlegen. »Ich habe sie beobachtet, ich gebe es ehrlich zu. Nicht aus Klatschsucht – das kann Ihnen mein Mann bestätigen –, sondern weil ich mir beweisen wollte, daß ich mich irrte.« Sie schüttelte den Kopf. »Ich kam zu dem Schluß, daß die beiden einander nicht ausstehen konnten. Es war nicht nur so, daß sie nicht miteinander sprachen – es hat *überhaupt* keine Kommunikation zwischen ihnen stattgefunden – weder durch Blicke noch durch Berührungen – gar nichts. Ergibt das einen Sinn für Sie?«

»O ja«, antwortete Roz mit Nachdruck. »Der Haß spricht eine genauso deutliche Sprache wie die Liebe.«

»Meiner Ansicht nach war sie diejenige, von der das alles ausging. Ich habe immer angenommen, daß er vielleicht einmal einen Seitensprung gemacht hat und sie dahintergekommen ist. Ich muß aber betonen, daß das nur eine Vermutung ist. Er war ein gutaussehender Mann, sehr umgänglich, und durch seine Arbeit ist er natürlich herumgekommen. Sie hingegen hatte, soweit ich feststellen konnte, überhaupt keine Freundinnen, höchstens vielleicht ein paar Bekannte, aber man traf sie nie auf irgendwelchen gesellschaftlichen Veranstaltungen. Sie war eine sehr kontrollierte Person, kalt und emotionslos. Eigentlich ziemlich unangenehm. Ganz sicher keine Frau, für die man sich erwärmen konnte.« Sie schwieg einen Moment. »Olive kam ganz auf sie, sowohl dem Aussehen als auch dem Wesen nach, Amber mehr auf ihn. Die arme Olive«, sagte sie mit echtem Mitgefühl. »Es gab nicht viel, das für sie sprach.«

Mrs. Hopwood sah Roz an und seufzte tief. »Sie haben mich vorhin gefragt, wo ich gewesen bin, als das alles sich abspielte. Ich habe meine eigenen Kinder großgezogen, Miss Leigh, und wenn Sie selbst welche haben, werden Sie wissen, daß es schwierig genug ist, mit den eigenen fertigzuwerden, ohne sich auch noch um die anderer Leute zu kümmern. Trotzdem tut es mir heute leid, daß ich damals nichts gesagt habe, aber was hätte ich denn wirklich tun können? Ich war im übrigen der Meinung, es sei eine Angelegenheit der Schule.« Sie breitete die Hände aus. »Tja, so ist das immer – hinterher ist man immer klüger. Aber wer hätte ahnen können, daß Olive so etwas tun würde? Ich glaube nicht, daß irgend jemand sich klargemacht hat, wie gestört sie wirklich war.« Sie ließ ihre Hände in den Schoß sinken und warf ihrem Mann einen ratlosen Blick zu.

Mr. Hopwood überlegte einen Moment. »Trotzdem«, sagte er langsam, »hat es keinen Sinn so zu tun, als hätten wir je daran geglaubt, daß sie Amber getötet hat. Ich bin deswegen extra zur Polizei gegangen, wissen Sie; um diesen Leuten zu sagen, daß ich das für sehr unwahrscheinlich hielte. Sie meinten, mein Unbehagen begründe sich auf überholten Informationen.« Er schwieg einen Moment. »Das stimmte natürlich. Wir hatten ungefähr fünf Jahre lang keinen Kontakt mehr zu der Familie gehabt. In so einer Zeitspanne kann sich vermutlich durchaus ein Haß zwischen den Schwestern entwickelt haben.« Er schwieg.

»Aber wenn Olive Amber nicht getötet hat«, hakte Roz ein, »wer hat es dann getan?«

»Gwen«, antwortete er so erstaunt über ihre Frage, als verstünde sich die Antwort von selbst. Er strich sich über das weiße Haar. »Wir glauben, daß Olive ihre Mutter dabei überraschte, wie sie Amber prügelte. Das hätte sicher ausgereicht, um sie völlig außer sich geraten zu lassen, immer vorausgesetzt natürlich, die starke Zuneigung zwischen den Schwestern bestand noch.«

»War Gwen Martin denn fähig, so etwas zu tun?«

Die beiden sahen sich an. »Wir sind davon überzeugt«, sagte Mrs. Hopwood. »Sie war Amber gegenüber sehr feindselig, wahrscheinlich weil das Kind so starke Ähnlichkeit mit seinem Vater hatte.«

»Und was meinte die Polizei?« fragte Roz.

»Wenn ich recht unterrichtet bin, hatte Robert Martin bereits die gleiche Vermutung geäußert. Sie fragten Olive danach, aber die bestritt es.«

Roz starrte ihn an. »Sie sagen, Olives Vater hat der Polizei erklärt, daß er glaube, seine Frau habe seine jüngere Tochter totgeprügelt und Olive habe daraufhin ihre Mutter getötet?«

Er nickte.

»Mein Gott!« sagte sie kaum hörbar. »Davon hat mir sein Anwalt keinen Ton gesagt.« Sie überlegte einen Moment. »Das heißt doch, daß Gwen das Kind schon früher geschlagen hat. Kein Mann würde eine solche Beschuldigung vorbringen, wenn er nicht Gründe dafür hätte, nicht wahr?«

»Vielleicht hat er nur wie wir nicht glauben können, daß Olive ihre Schwester umgebracht hat.«

Den Blick zu Boden gesenkt, kaute Roz auf ihrem Daumennagel. »In ihrer Aussage behauptet sie, sie hätte zu ihrer Schwester nie eine enge Beziehung gehabt. Das könnte ich glauben, wenn sie sich in den Jahren nach der Schule auseinandergelebt hätten; aber ich kann es nicht glauben, wenn ich höre, daß ihr eigener Vater überzeugt war, die beiden seien einander so nahe gewesen, daß Olive jemand töten würde, um die Schwester zu rächen.« Sie schüttelte den Kopf. »Ich bin ziemlich sicher, daß Olives Verteidiger davon nie etwas gehört hat. Der arme Mann hat versucht, sich eine Verteidigung aus den Fingern zu saugen.« Sie blickte auf. »Warum hat Robert Martin das auf sich beruhen lassen? Warum hat er zugelassen, daß sie sich schuldig bekannte? Sie behauptete, sie habe es getan, um ihm die Qualen eines langen Prozesses zu ersparen.«

Mr. Hopwood schüttelte den Kopf. »Das kann ich wirklich nicht sagen. Wir haben ihn nie wiedergesehen. Vermutlich hat ihn irgend etwas dann doch von ihrer Schuld überzeugt.« Er massierte seine arthritischen Finger. »Die Schwierigkeit für uns alle ist doch zu akzeptieren, daß ein Mensch, den wir kennen, fähig ist, etwas so Grauenvolles zu tun; vielleicht weil es zeigt, wie fehlbar wir in unserem Urteil sind. Wir haben sie gekannt, bevor es passiert ist. Sie, nehme ich an, haben sie nachher kennengelernt. Und beide haben wir nicht den Makel in ihrem Charakter gesehen, der dazu führte, daß sie ihre Mutter und ihre Schwester tötete. Darum suchen wir nun nach Entschuldigungen. Letztendlich aber, denke ich, wird es keine geben. Es ist ja nicht so, als hätte die Polizei das Geständnis aus ihr herausprügeln müssen. Soweit ich weiß, war es sogar die Polizei, die darauf bestanden hat, daß sie mit ihrer Aussage wartete, bis ihr Anwalt eingetroffen war.«

Roz runzelte die Stirn. »Aber es beschäftigt Sie heute noch.«

Er lächelte leicht. »Nur wenn plötzlich jemand erscheint und alles wieder aufrührt. Im großen und ganzen denken wir selten daran. Man kommt ja nicht an der Tatsache vorbei, daß sie ein Geständnis unterzeichnet hat.«

»Es kommt oft vor, daß Leute Verbrechen gestehen, die sie gar nicht begangen haben«, sagte Roz. »Timothy Evans wurde auf Grund seines Geständnisses gehängt, während Christie weiterhin seine Opfer unter den Dielenbrettern verscharrte. Schwester Bridget sagte mir, Olive habe ständig gelogen; Sie haben mir von den Lügen berichtet, die sie immer wieder erzählt hat. Wieso glauben Sie, daß sie in diesem Fall die Wahrheit gesagt hat?«

Sie sagten kein Wort.

»Bitte, verzeihen Sie«, sagte Roz mit einem entschuldigenden Lächeln. »Ich möchte Sie wirklich nicht bedrängen. Ich möchte nur so gern verstehen, was eigentlich vorgefallen ist. Es gibt so viele Widersprüche. Warum zum Beispiel ist Robert Martin nach den Morden in dem Haus wohnen geblieben? Man hätte doch erwarten sollen, daß er Himmel und Hölle in Bewegung setzen würde, um da wegzukommen.«

»Sie müssen mit der Polizei sprechen«, sagte Mr. Hopwood. »Die wissen mehr darüber als jeder andere.«

»Ja«, sagte Roz ruhig. »Da haben Sie recht.« Sie hob ihre Tasse und Untertasse vom Boden auf und stellte sie auf den Tisch. »Darf ich Sie noch drei Dinge fragen? Dann lasse ich Sie in Frieden. Erstens: Gibt es Ihres Wissens nach jemand, der mir helfen könnte?«

Mrs. Hopwood schüttelte den Kopf. »Ich habe sie, nachdem sie von der Schule abgegangen war, praktisch aus den Augen verloren und weiß aus dieser Zeit kaum etwas von ihr. Sie sollten die Leute ausfindig machen, die mit ihr zusammengearbeitet haben.«

»Gut. Zweite Frage: Haben Sie gewußt, daß Amber, als sie dreizehn war, ein Kind bekommen hat?« Sie sah die Verblüffung in ihren Gesichtern.

»Mein Gott!« sagte Mrs. Hopwood.

»Ja. Drittens...« Sie machte eine Pause, als sie sich an Graham Deedes' belustigte Reaktion erinnerte. War es fair, Olive zum Gegenstand der allgemeinen Erheiterung zu machen? »Drittens«, wiederholte sie entschlossen, »hat Gwen Olive zu einer Abtreibung überredet. Wissen Sie darüber etwas?«

Mrs. Hopwood machte ein nachdenkliches Gesicht. »Könnte das Anfang siebenundachtzig gewesen sein?«

Roz wußte nicht, wie sie darauf antworten sollte, und nickte.

»Ich hatte selbst meine Probleme, weil meine Menstruation überfällig war«, sagte Mrs. Hopwood nüchtern. »Ich traf Olive und Gwen zufällig im Krankenhaus. Das war das letztemal, daß ich die beiden gesehen habe. Gwen war sehr nervös. Sie versuchte so zu tun, als wäre sie in eigener Sache da, aber es war ganz klar, daß sie Olives wegen da waren. Das arme Kind war in Tränen aufgelöst.« Sie schnalzte zornig mit der Zunge. »Warum haben sie ihr das Kind nicht gelassen! Das erklärt natürlich die Morde. Sie müssen etwa um die Zeit verübt worden sein, zu der das Kind zur Welt gekommen wäre. Kein Wunder, daß sie verstört war.«

Roz fuhr zurück in die Leven Road. Diesmal stand die Tür von Haus Nummer 22 offen, und eine junge Frau war damit beschäftigt, die niedrige Hecke zu stutzen, die den Vorgarten einfaßte. Roz fuhr ihren Wagen an den Bordstein und stieg aus.

»Hallo«, sagte sie und bot der jungen Frau die Hand. Sofortiger freundlicher Kontakt, hoffte sie, würde die Frau davon abhalten, ihr die Tür vor der Nase zuzuschlagen, wie ihre Nachbarin es getan hatte. »Ich bin Rosalind Leigh. Ich war neulich schon einmal hier, aber da waren Sie nicht zu Hause. Ich sehe, daß Sie viel zu tun haben, darum möchte ich Sie gar nicht stören. Aber vielleicht können wir uns unterhalten, während Sie arbeiten.«

Die junge Frau zuckte die Achseln. »Wenn Sie etwas verkaufen wollen, und dazu gehört auch Religion, verschwenden Sie hier Ihre Zeit.«

»Ich möchte mit Ihnen über Ihr Haus sprechen.«

»Ach, Mensch!« sagte die andere angeekelt. »Manchmal wünsche ich wirklich, wir hätten den verdammten Kasten nie gekauft. Was sind Sie denn wieder für eine? Parapsychologische Forschung? Das sind doch lauter Verrückte. Die scheinen sich einzubilden, daß die ganze Küche von Ektoplasma oder sonst was trieft.«

»Nein, nein, weit prosaischer. Ich schreibe einen Bericht im Rahmen einer Nachuntersuchung des Falls Olive Martin.«

»Warum?«

»Weil es einige offene Fragen gibt. Zum Beispiel: Warum ist Robert Martin nach den Morden hier im Haus geblieben?«

»Und Sie erwarten von mir, daß ich das beantworte?« Sie prustete verächtlich. »Ich habe den Mann nie kennengelernt. Er war lange tot, als wir eingezogen sind. Sie sollten mit dem alten Hayes reden.« Sie wies mit einer ruckhaften Kopfbewegung zu den anschließenden Garagen. »Er ist der einzige, der die Familie kannte.«

»Mit dem habe ich schon gesprochen. Er weiß es auch nicht.« Sie warf einen Blick zur offenen Haustür, konnte aber nichts sehen, außer einem Stück pfirsichfarbener Wand und einem Dreieck rostbraunen Teppichs. »Wie ich gehört habe, ist das Haus innen renoviert worden. Haben Sie das selbst machen lassen, oder haben Sie es so gekauft?«

»Das haben wir machen lassen. Mein Mann ist in der Baubranche. Oder besser gesagt, da war er mal«, korrigierte sie sich. »Vor ungefähr einem Jahr hat er seine Stellung verloren. Wir haben Glück gehabt. Wir konnten unser altes Haus ganz gut verkaufen und haben das hier für kleines Geld bekommen. Wir haben keine Hypothek aufgenommen und brauchen uns jetzt nicht abzustrampeln wie manche andere.«

»Hat er eine andere Arbeit gefunden?« fragte Roz teilnahmsvoll.

Die junge Frau schüttelte den Kopf. »Wohl kaum. Das Baugeschäft ist das einzige, wovon er was versteht, und da läuft im Moment gar nichts. Aber er bemüht sich. Mehr kann man nicht tun, nicht wahr?« Sie senkte die Gartenschere. »Sie wollen wahrscheinlich wissen, ob wir was gefunden haben, als wir das Haus ausgeschlachtet haben.«

Roz nickte. »So ungefähr.«

»Wenn wir was gefunden hätten, hätten wir es gemeldet.«

»Natürlich, aber ich dachte gar nicht an irgendwelche belastenden Beweismittel, sondern eher an bestimmte Eindrücke. Zum Beispiel, ob das Haus so wirkte, als sei es geliebt worden. Ob das der Grund war, weshalb er geblieben ist. Weil er es geliebt hat.«

Die junge Frau schüttelte den Kopf. »Mich erinnerte es eher an ein Gefängnis. Ich kann's natürlich nicht beschwören, weil ich es nicht mit Sicherheit weiß, aber ich hatte den Eindruck, daß er nur einen einzigen Raum bewohnt hat, und das war das Zimmer unten im Erdgeschoß, das nach hinten rausging, das neben der Küche und der Garderobe mit der eigenen Gartentür. Vielleicht ist er ab und zu in die Küche gegangen, um sich was zu kochen, aber ich bezweifle es. Die Verbindungstür war abgeschlossen, und den Schlüssel haben wir nie gefunden. Außerdem war in dem Zimmer noch eine alte Kochplatte, und ich vermute, daß er nur darauf gekocht hat. Der Garten war hübsch. Ich glaube, er lebte in dem einen Zimmer und dem Garten und hat die übrigen Räume des Hauses überhaupt nicht betreten.«

»Weil die Tür abgeschlossen war?«

»Nein, wegen des Nikotins. Die Fenster waren so voll mit Nikotin, daß das Glas gelb war. Und die Decke«, sie zog ein Gesicht, »war dunkelbraun. Der Gestank nach kaltem Rauch war fürchterlich. Er muß da drinnen eine nach der anderen geraucht haben. Es war ekelhaft. In keinem der anderen Räume im Haus war auch nur der kleinste Nikotinfleck. Wenn er je durch die Verbindungstür gegangen ist, dann kann es nicht sehr lange gewesen sein.«

Roz nickte. »Er ist an einem Herzinfarkt gestorben.«

»Das wundert mich nicht.«

»Hätten Sie was dagegen, wenn ich mal einen Blick hineinwerfe?«

»Das wäre sinnlos. Es ist alles ganz anders. Wir haben alle Wände, die keine tragenden Wände waren, herausgerissen und den ganzen Grundriß unten geändert. Wenn Sie wissen möchten, wie das Haus ausgesehen hat, als er noch hier wohnte, zeichne ich Ihnen gern einen Plan. Aber hinein kommen Sie mir nicht. Wenn ich Sie hineinlasse, geht das ewig so weiter. Dann kommen Hinz und Kunz an und wollen sich das Haus ansehen.«

»Verstanden. Aber ein Plan wäre auf jeden Fall nützlich.« Sie holte Block und Stift aus dem Wagen.

»Es ist jetzt viel schöner«, sagte die selbstbewußte junge Frau, während sie mit schnellen Strichen zeichnete. »Wir haben die Zimmer offener gemacht und ihnen ein bißchen Farbe gegeben. Diese Mrs. Martin hatte ja keine Ahnung. Ich habe das Gefühl, sie war eine ganz langweilige Person. So.« Sie reichte den Block zurück. »Besser kann ich's nicht.«

»Vielen Dank«, sagte Roz, während sie den Plan studierte. »Warum glauben Sie, daß Mrs. Martin langweilig war?«

»Weil alles – die Wände, die Türen, die Decken, einfach alles – weiß gestrichen war. Es war so kalt und steril wie in einem Operationssaal. Nirgends ein Farbklecks. Und Bilder hatte sie auch keine aufgehängt. Jedenfalls waren an den Wänden keine helleren Stellen.« Sie schauderte. »Ich finde solche Häuser schlimm. Sie wirken immer unbewohnt.«

Roz lächelte, als sie an der roten Backsteinfassade emporsah. »Es freut mich, daß Sie das Haus gekauft haben. Ich kann mir vorstellen, daß es jetzt bewohnt und lebendig wirkt. Ich glaube auch nicht an Gespenster.«

»Sagen wir mal so – wenn man Gespenster sehen will, dann sieht man sie auch. Wenn nicht, dann nicht.« Sie tippte sich an den Kopf. »Es ist alles hier drinnen. Mein Vater hat rosarote Elefanten gesehen, aber keiner hat gedacht, daß es in *seinem* Haus spukt.«

Roz lachte, als sie davonfuhr.

6

Der Parkplatz vor dem *Poacher* war so verlassen wie zuvor, aber diesmal war es drei Uhr nachmittags, die Mittagszeit war vorüber, und die Tür war abgeschlossen. Roz klopfte an die Fensterscheibe, und als sich nichts rührte, ging sie um das Haus herum zur Küchentür. Sie war angelehnt, und von drinnen war Gesang zu hören.

»Hallo!« rief sie. »Sergeant Hawksley?« Sie legte die Hand gegen die Tür, um sie weiter aufzustoßen, und hätte beinahe das Gleichgewicht verloren, als sie von innen mit Schwung aufgezogen wurde. »Das haben Sie mit Absicht gemacht!« fuhr sie ihn zornig an. »Ich hätte mir den Arm brechen können.«

»Mein Gott, Weib«, sagte er mit gespieltem Ärger, »können Sie denn nicht *einmal* den Mund aufmachen, ohne zu nörgeln? Ich glaube langsam, ich habe meiner Ex-Frau Unrecht getan.« Er verschränkte die Arme. Von der einen Hand baumelte ein Fischfilet herab. »Was wollen Sie dieses Mal?«

Er hatte eine besondere Begabung dafür, sie in die Defensive zu drängen. Sie schluckte eine zornige Erwiderung hinunter. »Tut mir leid«, sagte sie statt dessen. »Ich wäre nur beinahe hingefallen. Wie ist es, haben Sie zu tun, oder kann ich hereinkommen und mit Ihnen sprechen?« Mißtrauisch forschte sie in seinem Gesicht nach Anzeichen weiterer Schäden, aber es gab nichts zu sehen, was nicht schon vorher da gewesen war.

»Ich habe zu tun.«

»Und wenn ich in einer Stunde wiederkomme? Könnten Sie dann mit mir sprechen?«

»Vielleicht.«

Sie lächelte schief. »Ich versuch's um vier noch mal.«

Er sah ihr nach, als sie wegging. »Und was tun Sie in der einen Stunde?« rief er ihr nach.

Sie drehte sich herum. »Ich setze mich solange in meinen Wagen, denke ich. Ich habe ein paar Notizen, an denen ich arbeiten muß.«

Er schwang das Fischfilet. »Ich mache gerade Pfeffersteak mit leicht gedünstetem Gemüse und Butterkartoffeln.«

»Freut mich für Sie«, gab sie zurück.

»Es reicht für zwei.«

Sie lächelte. »Ist das eine Einladung oder eine elegante Form der Folter?«

»Das ist eine Einladung.«

Sie kam langsam zurück. »Tatsache ist, daß ich kurz vorm Verhungern bin.«

Ein leichtes Lächeln wärmte sein Gesicht. »Und was gibt's sonst Neues?« Er führte sie in die Küche und zog einen Stuhl am Tisch heraus. Er musterte sie kritisch, während er das Gas unter einigen simmernden Pfannen höher stellte. »Sie sehen aus, als hätten sie seit Tagen keine anständige Mahlzeit mehr gehabt.«

»Stimmt.« Sie erinnerte sich, was der junge Constable gesagt hatte. »Sind Sie ein guter Koch?«

Er kehrte ihr den Rücken, ohne zu antworten, und sie bedauerte die Frage. Mit Hawksley zu sprechen verlangte beinahe soviel Fingerspitzengefühl, wie mit Olive zu sprechen. Sie konnte, so schien es, keine zwei Sätze sagen, ohne einen Nerv zu treffen. Abgesehen von einem gedämpften Dankeschön, als er ihr ein Glas Wein einschenkte, hüllte sie sich fünf Minuten lang in unbehagliches Schweigen und fragte sich, wie sie das Gespräch beginnen sollte. Sie bezweifelte stark, daß er ihr Vorhaben, ein Buch über Olive zu schreiben, mit Begeisterung aufnehmen würde.

Er legte die Steaks auf vorgewärmte Teller, umgab sie mit ganzen gebratenen Kartoffeln, gedünsteten Zuckererbsen und jungen Karotten und gab den Bratensaft aus der Pfanne dazu.

»So«, sagte er und stellte Roz einen Teller hin, augenscheinlich ohne ihr Unbehagen zu bemerken. »Das zaubert ein bißchen Farbe auf Ihre Wangen.« Er setzte sich und begann zu essen. »Nun kommen Sie schon, worauf warten Sie noch?«

»Auf Messer und Gabel.«

»Ach so!« Er zog eine Schublade im Tisch auf und schob ihr Besteck hin. »So, jetzt schlagen Sie zu und quasseln Sie beim Essen nicht. Essen soll man immer mit ungeteilter Aufmerksamkeit genießen.«

Sie brauchte keine weitere Aufforderung.

»Köstlich«, sagte sie endlich und schob ihren leeren Teller mit einem Aufatmen der Befriedigung auf die Seite. »Absolut köstlich.«

Er zog spöttisch eine Augenbraue hoch. »Wie lautet also das Urteil? Kann ich kochen oder kann ich kochen?«

Sie lachte. »Sie können kochen. Darf ich Sie was fragen?«

Er füllte ihr leeres Glas. »Wenn es sein muß.«

»Wenn ich nicht gekommen wäre, hätten Sie das alles dann allein gegessen?«

»Ich hätte vielleicht bei einem Steak die Grenze gezogen.« Er schwieg. »Vielleicht aber auch nicht. Ich habe keine Reservierungen für heute abend, und das Fleisch hält sich nicht. Ich hätte sie wahrscheinlich beide gegessen.«

Sie hörte einen Anflug von Bitterkeit in seiner Stimme. »Wie lange können Sie ohne Gäste das Lokal noch offenhalten?« fragte sie unbedacht.

Er ignorierte die Frage. »Sie haben gesagt, Sie wollten mit mir reden«, erinnerte er sie. »Worüber?«

Sie nickte. Anscheinend legte er so wenig Wert darauf wie sie, in der Öffentlichkeit seine Wunden zu lecken. »Über Olive Martin«, sagte sie. »Ich schreibe ein Buch über sie. Soviel ich weiß, waren Sie einer der Beamten, die sie verhaftet haben.«

Er antwortete nicht gleich, sondern sah sie über den Rand seines Glases hinweg stumm an. »Warum ausgerechnet über Olive Martin?«

»Sie interessiert mich.« Es war unmöglich, seine Reaktion zu erkennen.

»Natürlich.« Er zuckte die Achseln. »Sie hat etwas vollkommen Grauenhaftes getan. Man müßte schon sehr unnatürlich sein, wenn man sie nicht interessant fände. Haben Sie sie kennengelernt?«

Sie nickte.

»Und?«

»Sie gefällt mir.«

»Nur weil Sie naiv sind.« Er streckte seine Arme zur Decke, daß die Schultergelenke knackten. »Sie hatten sich innerlich gewappnet, in die Kloake hinabzusteigen, um ein Monster hochzuziehen, und haben statt dessen etwas relativ Angenehmes gefunden. In der Hinsicht ist Olive nicht ungewöhnlich. Die meisten Verbrecher sind die meiste Zeit ganz angenehm. Da können Sie jeden Vollzugsbeamten fragen. Die wissen besser als jeder sonst, daß das Strafvollzugssystem beinahe ganz auf dem guten Willen der Häftlinge beruht.« Er kniff die Augen zusammen. »Aber Olive hat zwei absolut unschuldige Frauen zu Tode gehackt. Die Tatsache, daß sie Ihnen jetzt ein menschliches Gesicht zeigt, macht das, was sie getan hat, nicht weniger schrecklich.«

»Habe ich das behauptet?«

»Sie schreiben ein Buch über sie. Selbst wenn Sie sie verurteilen, machen Sie sie zu einer Art Berühmtheit.« Er neigte sich zu ihr, und sein Ton war unfreundlich. »Aber was ist mit der Mutter und der Schwester? Worin liegt die Gerechtigkeit diesen beiden gegenüber, wenn Sie ihrer Mörderin zu der Genugtuung und dem Geld verhelfen, die es bringt, wenn über einen geschrieben wird?«

Roz senkte den Blick. »Diese Frage macht mir auch zu schaffen«, bekannte sie. »Nein, das stimmt nicht.« Sie sah auf. »Sie *hat* mir zu schaffen gemacht. Jetzt bin ich mir meiner Richtung etwas sicherer. Aber das, was Sie über die Opfer sagen, ist natürlich richtig. Es ist leicht, sich auf Olive zu konzentrieren. Sie lebt, und die beiden anderen sind tot, und die Toten wiederzuerschaffen ist schwierig. Man muß sich auf das verlassen, was andere einem erzählen, und geradeso wie ihre Wahrnehmungen zur fraglichen Zeit nicht immer zutreffend waren, sind es heute ihre Erinnerungen.« Sie seufzte. »Ich habe immer noch gewisse Vorbehalte – es hat gar keinen Sinn, etwas anderes behaupten zu wollen –, aber ich muß verstehen, was da geschehen ist, ehe ich eine Entscheidung treffen kann.« Sie drehte ihr Weinglas. »Es kann durchaus sein, daß ich naiv bin, aber man muß mich erst davon überzeugen, daß das etwas Schlechtes ist. Ich könnte mit einiger Berechtigung dagegenhalten, daß keiner, der regelmäßig in die Kloaken steigt, unbeeindruckt wieder hochkommt.«

»Was soll das heißen?« Er war belustigt.

Sie sah ihn wieder an. »Das, was Olive getan hat, schockiert Sie, aber es überrascht Sie nicht. Sie haben andere gekannt oder von anderen gewußt, die ähnliches getan haben.«

»Und?«

»Und deshalb hat es Sie nie interessiert, *warum* sie es getan hat. Wohingegen ich in meiner Naivität« – sie hielt seinem Blick stand – »nicht nur schockiert bin, sondern auch verwundert und wissen möchte, warum sie es getan hat.«

Er runzelte die Stirn. »Das steht doch alles im Protokoll. Ich kann mich jetzt nicht an die genauen Details erinnern, aber sie war wütend, weil man ihren Geburtstag nicht gefeiert hatte, glaube ich, und drehte durch, als ihre Mutter am nächsten Tag böse wurde, weil sie ihre Schwester überreden wollte, blau zu machen. Häusliche Gewalt kommt oft wegen der trivialsten Dinge zum Ausbruch. Olives Motive waren um einiges handfester als einige andere, von denen ich weiß.«

Roz bückte sich, um ihre Aktentasche zu öffnen. »Ich habe hier eine Kopie ihrer Aussage.« Sie reichte sie ihm über den Tisch und wartete, während er sie durchlas.

»Ich sehe da Ihr Problem nicht«, sagte er endlich. »Sie sagt doch klipp und klar, warum sie es getan hat. Sie wurde wütend, hat zugeschlagen und wußte dann nicht, wie sie die Leichen verschwinden lassen sollte.«

»Das sagt sie, ja, aber das heißt nicht, daß es wahr ist. In dieser Aussage gibt es mindestens eine eklatante Lüge, vielleicht sogar zwei.« Sie klopfte mit ihrem Stift auf den Tisch. »Im ersten Absatz sagt sie, daß sie zu ihrer Mutter und ihrer Schwester nie eine enge Beziehung hatte, aber jeder, mit dem ich bisher gesprochen habe, hat das genaue Gegenteil gesagt. Sie behaupten alle, sie habe Amber abgöttisch geliebt.«

Wieder runzelte er die Stirn. »Und die andere Lüge?«

Sie beugte sich mit ihrem Stift über den Tisch und zog bei einem der mittleren Absätze eine Linie. »Sie sagt, sie habe ihnen einen Spiegel vor den Mund gehalten, um zu sehen, ob er beschlagen würde. Sie behauptet, er sei klar geblieben, und daraufhin habe sie angefangen, die Leichen zu zerstückeln.« Sie blätterte um. »Hier steht aber, daß sich Mrs. Martin, dem Pathologen zufolge, gewehrt hat, ehe ihr die Kehle durchgeschnitten wurde. Davon sagt Olive in ihrer Aussage kein Wort.«

Er schüttelte den Kopf. »Das bedeutet gar nichts. Entweder

wollte sie die ganze Geschichte aus verspätetem Schamgefühl ein bißchen schönfärben, oder sie hat die Details, die sie am wenigsten akzeptieren konnte, in ihrem Schock einfach verdrängt.«

»Und was ist mit ihrer Lüge über ihre Beziehung zu Amber? Wie wollen Sie die wegerklären?«

»Muß ich sie denn wegerklären? Ihr Geständnis war absolut freiwillig. Wir haben sie sogar warten lassen, bis ihr Anwalt kam, um jedem Verdacht, sie könnte von der Polizei genötigt worden sein, vorzubeugen.« Er leerte sein Glas. »Und Sie wollen doch nicht etwa argumentieren, daß eine Unschuldige sich zu einem solchen Verbrechen bekennen würde!«

»So etwas ist schon vorgekommen.«

»Nur, wenn tagelange polizeiliche Verhöre vorausgegangen waren. Und jedesmal behaupten sie dann, sobald es zum Prozeß kommt, unschuldig zu sein und widerrufen ihre Aussage. Olive hat das nicht getan.« Er machte ein erheitertes Gesicht. »Glauben Sie mir, sie war so erleichtert, es sich alles von der Seele reden zu können, daß sie gar nicht schnell genug gestehen konnte.«

»Wie denn? Hat sie einen Monolog gehalten, oder mußten Sie Fragen stellen?«

Er verschränkte seine Hände im Nacken. »Wenn Olive Martin sich nicht grundlegend geändert hat, werden Sie, denke ich, bereits gemerkt haben, daß sie freiwillig kaum etwas preisgibt.« Er neigte fragend den Kopf zur Seite. »Wir mußten Fragen stellen, aber sie hat sie sehr bereitwillig beantwortet.« Er machte ein nachdenkliches Gesicht. »Die meiste Zeit saß sie da und starrte uns an, als wollte sie sich unsere Gesichter auf alle Ewigkeit einprägen. Ehrlich gesagt, ich lebe in Angst und Schrecken vor dem Tag, an dem sie rauskommt und mit mir das gleiche anstellt, was sie mit ihren Angehörigen gemacht hat.«

»Vorhin haben Sie sie als relativ angenehm beschrieben.«

Er rieb sich das Kinn. »Relativ angenehm, soweit es *Sie* angeht«, korrigierte er sie. »Aber Sie haben ein völlig unmenschliches Wesen erwartet, und deshalb fällt es Ihnen schwer, objektiv zu sein.«

Roz wollte sich nicht wieder in diese Sackgasse ziehen lassen. Sie nahm statt dessen ihren Recorder aus der Aktentasche und stellte ihn auf den Tisch. »Kann ich dieses Gespräch aufzeichnen?«

»Ich habe mich noch gar nicht einverstanden erklärt, mit Ihnen zu sprechen.« Er stand plötzlich auf und füllte den Kessel mit Wasser. »Es wäre gescheiter«, sagte er, »Sie würden Sergeant Wyatt anrufen. Er war dabei, als sie ihre Aussage gemacht hat, und er ist jetzt noch bei der Truppe. Kaffee?«

»Ja, bitte.« Er wählte einen dunklen Arabica und gab mehrere Löffel in die Kaffeekanne. »Ich möchte aber lieber mit Ihnen sprechen«, entgegnete sie ruhig. »Polizeibeamte sind berüchtigt dafür, daß man sie nie erwischt. Ich würde vielleicht Wochen brauchen, um mit ihm reden zu können. Ich werde Sie nicht zitieren, ich werde nicht einmal Ihren Namen nennen, wenn Sie es nicht wollen, und Sie können das Manuskript lesen, ehe es in Druck geht.« Sie lachte ironisch. »Immer vorausgesetzt, es kommt überhaupt so weit. Vielleicht wird mich das, was Sie zu sagen haben, davon überzeugen, daß es besser ist, das Buch nicht zu schreiben.«

Er sah sie geistesabwesend an und kratzte sich dabei an der Brust, dann entschloß er sich. »Also gut. Ich erzähle Ihnen, was ich noch in Erinnerung habe, aber Sie müssen alles überprüfen. Es ist lange her, und ich kann für mein Gedächtnis keine Garantie übernehmen. Womit fangen wir an?«

»Mit Olives Anruf bei der Polizei.«

Er wartete, bis das Wasser im Kessel kochte, dann füllte er die Kaffeekanne und stellte sie auf den Tisch. »Es war kein Notruf. Sie hat die Nummer im Telefonbuch nachgeschlagen und das Revier angerufen.« Er schüttelte den Kopf bei der Erinnerung. »Anfangs war es die reinste Farce, weil der diensthabende Sergeant aus dem, was sie sagte, nicht schlau wurde.«

Es war Schichtende, und er zog gerade sein Jackett über, als der diensthabende Sergeant hereinkam und ihm einen Zettel mit einer Adresse darauf gab. »Tu mir einen Gefallen, Hal, und schau da auf der Heimfahrt mal vorbei. Es ist in der Leven Road. Da kommst du ja praktisch dran vorbei. Mir hat da so eine Verrückte am Telefon was von Hühnerbeinen auf dem Küchenboden vorgeheult.« Er schnitt eine Grimasse. »Sie möchte gern, daß die Polizei sie abholt.« Er grinste. »Wahrscheinlich ist sie Vegetarierin. Und unser kulinarischer Experte bist ja du. Also sei nett und sieh da mal nach dem Rechten.«

Hawksley musterte ihn mißtrauisch. »Du willst mich wohl auf den Arm nehmen?«

»Nein. Ehrenwort.« Der Sergeant lachte. »Die ist offenbar nicht ganz dicht. Diese armen Leute gibt's ja überall, seit der Staat sie auf die Straße gesetzt hat. Das Beste ist, du tust, worum sie bittet, sonst bombardiert sie uns den ganzen Abend mit Anrufen. Für dich ist es doch ein Umweg von höchstens fünf Minuten.«

Mit Augen, die vom Weinen gerötet waren, öffnete ihm Olive Martin die Tür. Sie roch durchdringend nach Schweiß, und ihre massigen Schultern waren in Verzweiflung gekrümmt. Das lose T-Shirt und ihre Hose waren so voller Blut, daß es wie ein abstraktes Muster aussah, und sein Blick registrierte es kaum. Durchaus verständlich. Er hatte ja keine Ahnung von dem Horrorszenario, das ihn erwartete.

»Detective Sergeant Hawksley«, sagte er mit einem ermutigenden Lächeln und zeigte ihr seinen Ausweis. »Sie haben das Polizeirevier angerufen.«

Sie hielt ihm die Tür auf und trat zurück. »Sie sind in der Küche.« Sie wies den Korridor hinunter. »Auf dem Boden.«

»Okay. Wir sehen uns das mal an. Wie heißen Sie denn, Schatz?«

»Olive.«

»Gut, Olive, gehen Sie vor. Schauen wir mal, was Sie so aus der Fassung gebracht hat.«

Wäre es besser gewesen, vorher zu wissen, was ihn da drinnen erwartete? Wahrscheinlich nicht. Er dachte später oft, daß er den Raum niemals hätte betreten können, wenn man ihm vorher gesagt hätte, daß er ein Schlachthaus vorfinden würde, in dem Menschen abgeschlachtet worden waren. Sprachlos vor Entsetzen starrte er zu den zerstückelten Leichen hinunter, auf die Axt, das Blut, das in Strömen über den Boden floß, und war so erschrokken, daß es ihm den Atem raubte. Es war, als drückte eine eiserne Faust auf seinen Brustkorb und quetschte ihm alle Luft aus der Lunge. Der Raum stank nach Blut. Er lehnte sich an den Türpfosten und schnappte krampfhaft ein paarmal nach Luft, die widerlich süß roch, ehe er den Korridor hinunterrannte und sich in dem winzigen Vorgarten immer wieder erbrach.

Olive setzte sich auf die Treppe und sah ihm zu. Ihr dickes Mondgesicht war so weiß wie sein eigenes Gesicht. »Sie hätten einen Freund mitbringen sollen«, sagte sie unglücklich. »Es wäre nicht so schlimm gewesen, wenn Sie zu zweit gewesen wären.«

Er drückte sich das Taschentuch auf den Mund, als er über Funk Verstärkung anforderte. Während er sprach, behielt er sie mißtrauisch im Auge und bemerkte jetzt auch das Blut, das ihre Kleidung bedeckte. Neue Übelkeit stieg in ihm hoch. Lieber Gott! Wie verrückt war diese Frau? Verrückt genug, um auch auf ihn mit einer Axt loszugehen? »Macht bloß schnell«, rief er in das Mikrophon. »Das ist ein Notfall.« Er blieb draußen, zu ängstlich, um wieder hineinzugehen.

Sie sah ihn mit stumpfem Blick an. »Ich tu' Ihnen nichts. Sie brauchen keine Angst zu haben.«

Er wischte sich die Stirn. »Wer ist das, Olive?«

»Meine Mutter und meine Schwester.« Ihr Blick glitt zu ihren Händen. »Wir hatten Krach.«

Sein Mund war trocken vor Angst und Entsetzen. »Am besten sprechen Sie nicht darüber«, sagte er.

Tränen liefen ihr über die dicken Wangen. »Ich wollte es nicht. Wir hatten Streit. Meine Mutter war so böse auf mich. Soll ich jetzt eine Aussage machen?«

Er schüttelte den Kopf. »Das eilt nicht.«

Sie starrte ihn unverwandt an, während die Tränen in schmutzigen Streifen auf ihrem Gesicht trockneten. »Können Sie sie wegbringen, bevor mein Vater nach Hause kommt?« fragte sie ihn nach ein, zwei Minuten. »Ich glaube, das wäre besser.«

Wieder überkam ihn Übelkeit. »Wann erwarten Sie ihn denn zurück?«

»Er hört um drei Uhr auf. Er hat einen Teilzeitjob.«

Hal sah auf seine Uhr, eine automatische Geste. Sein Verstand war betäubt. »Es ist jetzt zwanzig vor.«

Sie war sehr gefaßt. »Dann könnte vielleicht ein Polizist hinfahren und ihm erklären, was passiert ist. Es wäre besser«, sagte sie wieder. Sie hörten das Heulen nahender Sirenen. »Bitte.«

Er nickte. »Ich veranlasse es. Wo arbeitet er?«

»Bei Carters Haulage. Das ist am Hafen.«

Er gab die Meldung gerade weiter, als zwei Fahrzeuge mit jaulenden Sirenen um die Ecke bogen und vor Nummer 22 anhielten. Überall in der Straße flogen die Türen auf, und neugierige Leute schauten heraus. Hal schaltete das Funkgerät aus und sah sie an. »Erledigt«, sagte er. »Sie brauchen sich wegen Ihres Vaters keine Sorgen zu machen.«

Eine Träne rann ihr über das fleckige Gesicht. »Soll ich Tee machen?«

Hal dachte an die Küche. »Lieber nicht.«

Die Sirenen schwiegen, als Polizeibeamte aus den Autos sprangen. »Es tut mir leid, daß ich soviel Umstände mache«, sagte sie in das Schweigen.

Sie sprach danach sehr wenig, aber nur, dachte Hal bei näherer Überlegung, weil niemand mit ihr sprach. Man setzte sie unter Aufsicht einer schockierten Beamtin ins Wohnzimmer, und dort saß sie in stoischer Reglosigkeit und beobachtete durch die offene Tür das Kommen und Gehen. Wenn sie das wachsende Entsetzen um sich herum wahrnahm, so zeigte sie es nicht. Und sie zeigte auch, als die Zeit verging und die Anzeichen seelischer Empfindung aus ihrem Gesicht wichen, keinen Schmerz mehr und keine Reue über das, was sie getan hatte. Angesichts so völliger Gleichgültigkeit waren sich alle einig, daß sie verrückt sein mußte.

»Aber sie hat doch vor Ihnen geweint«, unterbrach Roz. »Haben Sie auch geglaubt, sie sei verrückt?«

»Ich habe zwei Stunden mit dem Pathologen in dieser Küche verbracht und versucht, anhand der Blutspritzer auf dem Boden, dem Tisch und den Küchengeräten eine Chronologie der Ereignisse aufzustellen. Und nachdem der Fotograf dagewesen war, mußten wir wie bei einem grausigen Puzzlespiel herauszubringen versuchen, welches Glied zu welcher Frau gehörte. Natürlich habe ich sie für verrückt gehalten. Ein normaler Mensch hätte so etwas nicht tun können.«

Roz kaute auf ihrem Bleistift. »Sie weichen aus. Sie sagen im Grunde nur, daß die Tat selbst die einer Wahnsinnigen war. Aber ich habe Sie gefragt, ob Sie Olive nach dem, wie Sie sie erlebt hatten, für verrückt gehalten haben.«

»Das ist doch Haarspalterei. Für mich waren Olive Martin und die Tat untrennbar miteinander verknüpft. Ja, ich habe sie für verrückt gehalten. Darum waren wir auch so sorgfältig darauf bedacht, daß ihr Anwalt da war, als sie ihre Aussage zu Protokoll gab. Die Vorstellung, sie könnte auf Grund eines Formfehlers freikommen und dann vielleicht gerade mal zwölf Monate in einer Klinik verbringen, ehe irgendein idiotischer Psychiater sie für so weit gesund erklärte, daß sie auf freien Fuß gesetzt werden konnte, machte uns eine Heidenangst.«

»Hat es Sie dann also überrascht, als sie für prozeßfähig erklärt wurde?«

»Ja«, bekannte er. »Das hat mich überrascht.«

Um sechs Uhr abends etwa wandte sich die Aufmerksamkeit Olive zu. Proben getrockneten Bluts wurden sorgfältig von ihren Armen abgenommen, und jeder ihrer Fingernägel wurde bis ins kleinste gesäubert, ehe sie nach oben gebracht wurde, wo man ihr erlaubte, sich zu baden und umzuziehen. Alles, was sie angehabt hatte, wurde in einzelne Plastiksäcke gepackt und in ein Polizeifahrzeug verladen. Ein Inspector nahm Hal auf die Seite.

»Ich nehme an, sie hat schon zugegeben, daß sie es war.«

Hal nickte. »Mehr oder weniger.«

Wieder unterbrach ihn Roz. »Weniger ist richtig. Wenn das, was Sie vorhin erzählt haben, stimmt, hat sie überhaupt nichts zugegeben. Sie sagte, sie hätten Streit gehabt, ihre Mutter sei sehr böse geworden, und sie habe das nicht gewollt. Sie sagte nicht, sie habe sie getötet.«

Hal stimmte zu. »Das ist richtig. Aber es war doch die logische Folgerung. Darum habe ich ihr ja gesagt, sie sollte nicht darüber sprechen. Ich wollte vermeiden, daß sie hinterher behauptete, sie sei nicht auf ihre Rechte aufmerksam gemacht worden.« Er trank seinen Kaffee. »Außerdem hat sie nicht bestritten, sie getötet zu haben, und das ist doch das erste, was ein Unschuldiger getan hätte, besonders, wenn er von oben bis unten mit ihrem Blut beschmiert gewesen wäre.«

»Aber der springende Punkt ist, daß Sie sie für schuldig gehalten haben, noch ehe Sie wußten, ob sie es tatsächlich war.«

»Sie war natürlich unsere Hauptverdächtige«, sagte er trocken.

Der Inspector wies Hal an, Olive auf die Dienststelle zu bringen. »Aber lassen Sie sie nicht reden, solange wir ihren Anwalt nicht erreicht haben. Wir machen es genau nach Vorschrift.«

Hal nickte wieder. »Sie hat einen Vater. Der wird inzwischen im Revier sein. Ich habe einen Wagen geschickt, um ihn von seiner Arbeitsstelle abholen zu lassen, aber ich weiß nicht, was man ihm gesagt hat.«

»Dann kriegen Sie das mal raus, und Sergeant, wenn er noch nichts weiß, dann bringen Sie es ihm um Gottes willen schonend bei, sonst kriegt der arme Kerl noch einen Herzinfarkt. Stellen Sie fest, ob er einen Anwalt hat und ob er bereit ist, seine Tochter durch ihn vertreten zu lassen.«

Sie legten Olive eine Decke über den Kopf, als sie sie zum Wagen hinausführten. Eine Menge hatte sich angesammelt, angelockt von den Gerüchten über ein grausiges Verbrechen, und Fotografen schlugen sich um den besten Platz, um Aufnahmen zu machen. Olives Erscheinen wurde mit Buhrufen quittiert, und eine Frau lachte höhnisch. »Was nutzt die Decke, Jungs? Um diese fette Kuh zuzudecken, braucht ihr eine verdammte Plane. Die Beine würd' ich überall erkennen. Na, was hast du denn angestellt, Olive?«

Roz unterbrach ihn von neuem, als er in seinem Bericht einen Sprung machte und direkt auf sein Zusammentreffen mit Robert Martin auf dem Polizeirevier zu sprechen kam.

»Augenblick. Hat sie im Auto etwas gesagt?«

Er überlegte einen Moment. »Sie hat mich gefragt, ob mir ihr Kleid gefiele. Ich habe ja gesagt.«

»Aus Höflichkeit?«

»Nein. Es war weit besser als T-Shirt und lange Hose.«

»Weil die mit Blut beschmiert gewesen waren?«

»Wahrscheinlich. Nein«, widersprach er sich und fuhr sich durch das Haar. »Weil ihr das Kleid etwas Form gab, nehme ich an. Sie sah damit weiblicher aus. Spielt das denn eine Rolle?«

Roz ignorierte die letzte Frage. »Hat sie sonst noch etwas gesagt?«

»Ich glaube, sie sagte etwas wie: ›Das ist gut. Es ist mein Lieblingskleid.‹ «

»Aber in ihrer Aussage hat sie doch zu Protokoll gegeben, sie habe nach London fahren wollen. Wieso hatte sie das Kleid nicht an, als sie die Morde beging?«

Er sah sie verständnislos an. »Wahrscheinlich weil sie in Hosen nach London fahren wollte.«

»Nein«, sagte Roz eigensinnig. »Wenn das Kleid ihr Lieblingskleid war, dann hätte sie es für die Fahrt in die Stadt angezogen. Die Reise nach London hatte sie sich selbst zum Geburtstag geschenkt. Wahrscheinlich hat sie davon geträumt, am Waterloo-Bahnhof ihren Märchenprinzen zu treffen. Es wäre ihr gar nicht eingefallen, etwas anderes anzuziehen als ihre besten Sachen. Man muß eine Frau sein, um das zu verstehen.«

Er war erheitert. »Aber ich sehe jeden Tag Hunderte von jungen Frauen in sackähnlichen Hosen und schlabberigen T-Shirts herumlaufen, besonders dicke. Ich finde, sie sehen grotesk aus, aber ihnen selbst scheint es zu gefallen. Wahrscheinlich wollen sie damit demonstrieren, daß sie sich aus den herkömmlichen Schönheitsidealen nichts machen. Weshalb hätte Olive anders sein sollen?«

»Weil sie nicht der rebellische Typ war. Sie stand völlig unter der Fuchtel ihrer Mutter. Sie hat die Stellung angenommen, die ihre Mutter für angemessen hielt, und war anscheinend so wenig daran gewöhnt, allein etwas Größeres zu unternehmen, daß sie ihre Schwester bitten mußte, sie zu begleiten.« Sie trommelte ungeduldig auf den Tisch. »Ich habe recht. Ich weiß es. Wenn das mit der Fahrt nach London nicht gelogen war, hätte sie ihr gutes Kleid anhaben müssen.«

Er war nicht beeindruckt. »Aber sie war rebellisch genug, um ihre Mutter und ihre Schwester umzubringen«, bemerkte er. »Wenn sie das tun konnte, dann konnte sie ganz bestimmt in langen Hosen nach London fahren. Sie spalten schon wieder Haare. Außerdem kann es ja sein, daß sie sich umgezogen hat, um das Kleid nicht schmutzig zu machen.«

»Aber sie hatte bestimmt vor, nach London zu fahren? Haben Sie das nachgeprüft?«

»Sie hatte sich auf jeden Fall den Tag von der Arbeit freigenommen. Wir akzeptierten ihre Aussage, daß sie nach London fahren wollte, weil sie, soweit wir feststellen konnten, keinem Menschen von ihren Plänen erzählt hatte.«

»Nicht einmal ihrem Vater?«

»Wenn sie es getan hat, so konnte er sich nicht erinnern.«

Olive wartete in einem Vernehmungszimmer, während Hal mit ihrem Vater sprach. Es war ein schwieriges Gespräch. Ob es nun eingeübt war oder ein natürliches Verhaltensmuster, Robert Martin reagierte kaum auf das, was ihm gesagt wurde. Er war ein gutaussehender Mann, jedoch in der Art einer griechischen Statue; er forderte Bewunderung heraus, aber es fehlte ihm an Wärme und Ausstrahlung. Sein seltsam unbewegtes Gesicht hatte etwas Faltenloses, Zeitloses, nur seine Hände, von der Arthritis entstellt, zeigten, daß er seine mittleren Jahre hinter sich hatte. Ein-, zweimal strich er sich mit der flachen Hand über sein blondes Haar oder berührte kurz seine Krawatte, aber nach dem Ausdruck seines wie gemeißelt wirkenden Gesichts zu urteilen, hätte Hal ihn ebensogut nach der Tageszeit gefragt haben können. Es war unmöglich von seiner Miene abzulesen, wie tief erschüttert er war, ja, ob er überhaupt erschüttert war.

»War er Ihnen sympathisch?« fragte Roz.

»Nicht besonders. Er erinnerte mich an Olive. Bei Leuten, die ihre Gefühle nicht zeigen, weiß ich nie, woran ich bin. Da fühle ich mich nicht wohl.«

Das konnte Roz verstehen.

Hal beschränkte sich in der Darstellung der Details auf ein Minimum und teilte ihm lediglich mit, daß seine Frau und seine Tochter am Nachmittag tot in der Küche seines Hauses gefunden worden seien. Seine zweite Tochter, Olive, habe der Polizei Anlaß gegeben zu glauben, daß sie die beiden Frauen getötet habe.

Robert Martin schlug die Beine übereinander und faltete seine Hände im Schoß. »Haben Sie sie schon wegen irgend etwas unter Anklage gestellt?«

»Nein. Wir haben sie auch noch nicht vernommen.« Er beobachtete Robert Martin scharf. »Wir sind der Meinung, Sir, daß sie in Anbetracht der schweren Beschuldigungen, die möglicherweise gegen sie erhoben werden, einen Anwalt zur Seite haben sollte.«

»Natürlich. Ich bin sicher, daß mein Anwalt, Peter Crew, sofort kommen wird.« Er zog die Augenbrauen hoch. »Was sieht das Verfahren vor? Soll ich ihn anrufen?«

Die Gefaßtheit des Mannes verwirrte Hal. Er wischte sich mit einer Hand über das Gesicht. »Haben Sie wirklich verstanden, was geschehen ist, Sir?«

»Ich denke ja. Gwen und Amber sind tot, und Sie glauben, daß Olive sie getötet hat.«

»Das ist nicht ganz zutreffend. Olive hat angedeutet, daß sie für ihren Tod verantwortlich ist, aber solange wir ihre Aussage nicht zu Protokoll genommen haben, kann ich nicht sagen, was man ihr genau vorwerfen wird.« Er machte eine kurze Pause. »Ich möchte es ganz klarstellen, Mr. Martin. Der Pathologe, der die Untersuchungen am Tatort gemacht hat, hatte keinen Zweifel daran, daß sowohl vor als auch nach dem Eintreten des Todes mit beträchtlicher Grausamkeit zu Werke gegangen wurde. Ich muß Ihnen leider sagen, daß wir Sie zu gegebener Zeit werden bitten müssen, die Toten zu identifizieren, und wenn Sie sie sehen, werden Sie einem möglichen Verdächtigen gegenüber vielleicht nicht mehr zur Nachsicht geneigt sein. Dies vorausgeschickt, haben Sie irgendwelche Vorbehalte dagegen, daß Ihr Anwalt Ihre Tochter Olive vertritt?«

Martin schüttelte den Kopf. »Es ist mir lieber, mit jemandem zu arbeiten, der mir bekannt ist.«

»Es könnte aber einen Interessenkonflikt geben. Haben Sie das in Betracht gezogen?«

»In welcher Hinsicht?«

»Auf die Gefahr hin, daß ich mich wiederhole, Sir«, sagte Hal kalt, »Ihre Frau und Ihre Tochter sind auf brutale Weise getötet worden. Ich denke, Sie werden doch wollen, daß der Täter strafrechtlich verfolgt wird?« Er zog fragend eine Augenbraue hoch, und Martin nickte. »Dann werden Sie vielleicht einen eigenen Anwalt haben wollen, um sicherzustellen, daß die Staatsanwaltschaft die Sache zu Ihrer Befriedigung vorantreibt. Aber wenn Ihr Anwalt bereits Ihre Tochter vertritt, kann er Sie nicht vertreten, weil sich dann Ihre Interessen mit denen Ihrer Tochter im Konflikt befinden.«

»Aber doch nicht, wenn sie unschuldig ist.« Martin zog die Bügelfalte seines rechten Hosenbeins gerade. »Was Olive möglicherweise angedeutet hat, macht mir nun wirklich keine Sorgen, Sergeant Hawksley. Für mich existiert kein Interessenkonflikt. Ihre Schuldlosigkeit nachzuweisen und mich in meinem Begehren nach einem zügigen Vorgehen der Staatsanwaltschaft zu vertreten, kann von ein und demselben Anwalt erledigt werden. Wenn Sie mir jetzt Ihr Telefon zur Verfügung stellen würden, werde ich gleich Peter Crew anrufen, und danach werden Sie mir vielleicht gestatten, mit meiner Tochter zu sprechen.«

Hal schüttelte den Kopf. »Tut mir leid, Sir, aber das geht erst, wenn wir ihre Aussage zu Protokoll genommen haben. Auch Sie müssen eine Aussage machen. Sie werden vielleicht die Genehmigung erhalten, danach mit ihr zu sprechen, aber im Augenblick kann ich das nicht garantieren.«

»Und das«, sagte er, als er sich an jenen Augenblick erinnerte, »war das einzige Mal, daß er eine Gefühlsregung gezeigt hat. Er sah richtig fassungslos aus, aber ob aus dem Grund, weil ich ihm das Gespräch mit seiner Tochter verweigert hatte oder weil ich ihm gesagt hatte, daß er auch eine Aussage machen müßte, weiß ich nicht.« Er überlegte einen Moment. »Es muß die Verweigerung des Gesprächs gewesen sein. Wir haben jede Minute seines Tagesablaufs unter die Lupe genommen, und er ist aus dieser Prüfung mit einer blütenweißen Weste hervorgegangen. Er saß in einem Großraumbüro mit fünf anderen Personen zusammen, und abgesehen von einem gelegentlichen Ausflug zur Toilette hatte ihn die ganz Zeit jemand im Auge. Es war rein zeitlich gar nicht möglich für ihn, nach Hause zu fahren.«

»Aber Sie haben ihn verdächtigt?«

»Ja.«

Roz sah ihn interessiert an. »Trotz Olives Geständnis?«

Er nickte. »Er war die ganze Zeit so verdammt kaltblütig. Nicht einmal als er die Leichen identifizieren mußte, hat er mit der Wimper gezuckt.«

Roz überlegte einen Moment. »Es gab noch einen anderen Interessenkonflikt, den Sie offenbar nicht in Betracht gezogen haben.« Sie kaute wieder auf ihrem Stift. »Wenn Robert Martin der Mörder war, könnte er sich seines Anwalts bedient haben, um Olive zu einem Geständnis zu bringen. Peter Crew macht kein Geheimnis aus seiner Abneigung gegen sie. Ich glaube, er bedauert es, daß die Todesstrafe abgeschafft worden ist.«

Hal verschränkte die Arme und lächelte amüsiert. »Sie müssen sehr vorsichtig sein, wenn Sie vorhaben sollten, derartige Behauptungen in Ihrem Buch zu bringen, Miss Leigh. Anwälte müssen ihre Mandanten nicht mögen, sie müssen sie nur vertreten. Wie dem auch sei, Robert Martin war sehr schnell aus dem Rennen. Wir zogen die Möglichkeit in Erwägung, daß er Gwen und Amber Martin getötet hatte, bevor er zur Arbeit ging, und Olive dann die Leichen entfernen wollte, um ihn zu schützen, aber diese Rechnung ging nicht auf. Er hatte auch für diese Zeit ein Alibi. Eine Nachbarin hatte ihren Mann, der zur Arbeit ging, wenige Minuten, bevor Martin ebenfalls ging, hinausbegleitet. Amber und Gwen waren zu diesem Zeitpunkt noch am Leben. Sie hat mit ihnen gesprochen. Sie erinnerte sich, Amber gefragt zu haben, wie es ihr bei Glitzy gefiel. Sie winkten, als Robert Martin wegfuhr.«

»Er kann um die Ecke gefahren und zurückgekommen sein.«

»Er ist um halb neun zu Hause weggefahren und war um neun an seinem Arbeitsplatz. Wir haben den Weg abgefahren. Man brauchte eine halbe Stunde.« Er zuckte die Achseln. »Wie ich schon gesagt habe, er hatte eine blütenweiße Weste.«

»Und mittags? Hätte er da vielleicht nach Hause fahren können?«

»Er war mit zwei Männern aus seinem Büro im Pub nebenan und hat ein Bier getrunken und ein Brot gegessen.«

»Okay. Erzählen Sie weiter.« Aber viel mehr gab es nicht zu erzählen. Trotz Crews Empfehlung zu schweigen, erklärte sich Olive bereit, die Fragen der Polizei zu beantworten, und um halb zehn Uhr abends, nachdem sie ihre Erleichterung darüber zum Ausdruck gebracht hatte, sich nun von der Last befreit zu haben, unterzeichnete sie das Protokoll ihrer Aussage und wurde in aller Form des Mordes an ihrer Mutter und ihrer Schwester beschuldigt.

Nachdem sie am folgenden Morgen in Untersuchungshaft genommen worden war, wurde Hal Hawksley und Geoff Wyatt die Aufgabe übertragen, das Beweismaterial, auf das sich die Polizei beim Prozeß stützen wollte, im Detail zu sichten und zu ordnen. Im Grunde ging es nur um ein Kollationieren der pathologischen, forensischen und polizeilichen Befunde, die alle Fakten bestätigten, wie Olive sie in ihrer Aussage zu Protokoll gegeben hatte. Nämlich daß sie, allein handelnd, am Morgen des 9. September 1987 ihre Mutter und ihre Schwester getötet hatte, indem sie ihnen die Kehlen mit einem Tranchiermesser durchgeschnitten hatte.

7

Es blieb lange still. Hal legte seine Hände flach auf den geschrubbten Holztisch und stemmte sich in die Höhe. »Noch einen Kaffee?« Er sah zu ihr hinüber. Sie schrieb eifrig in ihren Block. »Noch einen Kaffee?« wiederholte er.

»Hmm. Schwarz, ohne Zucker.« Ohne aufzublicken, schrieb sie weiter.

»Sehr wohl, gnädige Frau. Lassen Sie sich von mir nur nicht stören, gnädige Frau. Ich bin ja nur der Hausdiener.«

Roz lachte. »Entschuldigen Sie. Ja, bitte. Ich nehme gern noch einen Kaffee. Haben Sie nur noch einen Moment Geduld mit mir. Ich hab' noch ein paar Fragen, aber ich möchte sie schnell aufschreiben, solange ich das hier noch frisch im Gedächtnis habe.«

Er betrachtete sie beim Schreiben. Botticellis *Venus* hatte er beim erstenmal gedacht, als er sie gesehen hatte, aber sie war zu mager für seinen Geschmack; sie wog bestimmt kaum mehr als 45 Kilo und war gut einen Meter fünfundsechzig groß. Ein tolles Mannequin natürlich, aber da war nichts Weiches, an das man sich anschmiegen konnte, nichts Tröstendes an dem straffen, angespannten Körper. Er überlegte, ob ihre Schlankheit gewollt war oder ob sie einfach ein nervöser Typ war. Das letztere, dachte er. Sie war, wenn ihr Feldzug für Olive Martin ein Zeichen war, offenbar eine Frau, die zur Besessenheit neigte. Er stellte ihr eine frische Tasse Kaffee hin, blieb aber selbst stehen, die eigene Tasse in beiden Händen haltend.

»Okay«, sagte sie und blätterte zurück. »Fangen wir mit der Küche an. Sie sagen, die forensischen Befunde decken sich mit Olives Aussage, daß sie allein gehandelt hat. Inwiefern?«

Er dachte zurück. »Sie müssen sich den Raum vorstellen. Es war ein Schlachthaus, und jedesmal, wenn sie sich bewegte, hinterließ sie Fußabdrücke im gerinnenden Blut. Wir haben jeden einzelnen fotografiert, und sie stammten alle von ihr, auch die blutigen Abdrücke der Schuhe auf dem Teppich im Flur.« Er zuckte die Achseln. »Die meisten glatten Flächen waren außerdem voll blutiger Hand- und Fingerabdrücke von ihr. Ich muß zugeben, daß wir auch andere Fingerabdrücke gefunden haben, darunter etwa drei, bei denen wir nie feststellen konnten, von wem sie stammten. Aber so etwas ist in einer Küche zu erwarten. Der Gasmann, der Elektriker, vielleicht der Installateur. Sie waren nicht blutig, deshalb neigten wir zu der Auffassung, daß sie aus der Zeit vor den Morden stammten.«

»Und die Axt und das Messer?« fragte Roz. »Darauf waren wohl nur ihre Abdrücke festzustellen?«

»Nein. Die Waffen waren so blutverschmiert, daß wir überhaupt keine Abdrücke sichern konnten.« Er lachte leise, als er ihr plötzliches Interesse sah. »Sie machen sich Illusionen. Nasses Blut ist glitschiges Zeug. Es wäre sehr erstaunlich gewesen, wenn wir gute Abdrücke gefunden hätten. Auf dem Nudelholz waren drei, alle von ihr.«

Sie machte sich eine Notiz. »Ich wußte gar nicht, daß man sie auf unpoliertem Holz feststellen kann.«

»Es war aus Glas, bestimmt sechzig Zentimeter lang, ein massives Ding. Ich glaube, wenn uns überhaupt etwas gewundert hat, dann die Tatsache, daß die Schläge mit dem Nudelholz Gwen und Amber nicht getötet hatten. Sie waren beide zierliche Frauen. Eigentlich hätten ihre Schädel zertrümmert sein müssen.« Er trank von seinem Kaffee. »Daß es nicht so war, verlieh ihrer Aussage, sie hätte nur leicht zugeschlagen, um die beiden zum Schweigen zu bringen, Glaubwürdigkeit. Wir hatten schon Angst, sie würde das zu ihrer Verteidigung vorbringen, um die Anklage von Mord auf Totschlag zu reduzieren, und behaupten, sie hätte ihnen die Kehlen nur deshalb durchgeschnitten, weil sie glaubte, sie seien schon tot, und in ihrer Panik versuchen wollte, sie zu zerstückeln. Wenn sie dann hätte zeigen können, daß die Schläge mit dem Nudelholz mit sehr wenig Wucht ausgeführt worden waren – nun, dann hätte sie vielleicht die Geschworenen davon überzeugen können, daß die ganze Sache nur ein makabrer Unglücksfall war. Das wäre übrigens ein guter Grund, warum sie die Gegenwehr ihrer Mutter nicht erwähnt hat. Wir haben ihr da ziemlich zugesetzt, aber sie behauptete hartnäckig, der Spiegel sei klar geblieben, und das habe bedeutet, daß sie tot gewesen seien.« Er zog ein Gesicht. »Ich verbrachte also zwei sehr unangenehme Tage mit dem Pathologen und den Leichen, in denen wir Schritt für Schritt rekonstruiert haben, was tatsächlich passiert war. Wir fanden genug Indizien für die Gegenwehr Gwen Martins, um Anklage wegen Mordes zu erheben. Die arme Frau. Ihre Hände und Arme waren buchstäblich in Fetzen geschnitten von den Schlägen, die sie abzuwehren versucht hatte.«

Roz starrte einige Minuten lang schweigend in ihren Kaffee. »Olive war neulich sehr nett zu mir. Ich kann mir nicht vorstellen, daß sie so etwas getan haben soll.«

»Sie haben sie nie in Wut gesehen. Vielleicht würden Sie anders denken, wenn Sie einmal einen Wutanfall miterlebt hätten.«

»Haben Sie denn mal einen miterlebt?«

»Nein«, gab er zu.

»Also, sogar eine solche Vorstellung fällt mir schwer. Ich nehme an, sie hat vor allem in den letzten sechs Jahren stark zugenommen, aber sie war immer schwer und behäbig. Es sind aber die ewig angespannten, ungeduldigen Menschen, die zum Jähzorn neigen.« Sie sah seine Skepsis und lachte. »Ich weiß, ich weiß,

Amateurpsychologie schlimmster Sorte. Nur noch zwei Fragen, dann lasse ich Sie in Frieden. Was ist aus den Kleidern von Gwen und Amber geworden?«

»Sie hat sie in einem dieser zylindrischen Müllbrenner im Garten verbrannt. Wir haben aus der Asche noch ein paar Fetzen gerettet, die Martins Beschreibungen von den Kleidern entsprachen, die die Frauen am Morgen angehabt hatten.«

»Warum hat sie das getan?«

»Vermutlich um sie loszuwerden.«

»Sie haben sie nicht danach gefragt?«

Er runzelte die Stirn. »Doch, ich bin sicher, wir haben gefragt. Aber ich kann mich jetzt nicht mehr erinnern.«

»In ihrer Aussage steht nichts vom Verbrennen der Kleider.«

Er senkte den Kopf, um nachzudenken, und drückte Daumen und Zeigefinger auf seine Augenlider. »Wir haben sie gefragt, warum sie sie ausgezogen hatte«, murmelte er, »und sie sagte, sie hätten nackt sein müssen, weil sie sonst die Gelenke nicht gesehen hätte und die Schnitte nicht an den richtigen Stellen hätte machen können. Ich glaube, Geoff hat sie gefragt, was sie mit den Kleidern getan hat.« Er schwieg.

»Und?«

Er blickte auf und rieb sich nachdenklich das Kinn. »Ich glaube, sie hat gar keine Antwort darauf gegeben. Wenn doch, kann ich mich nicht erinnern. Ich habe das Gefühl, daß die Information von den Kleiderfetzen im Müllbrenner am nächsten Morgen hereinkam, als der Garten gründlich durchsucht wurde.«

»Und da haben Sie sie dann gefragt?«

Er schüttelte den Kopf. »Ich nicht, aber ich könnte mir denken, daß Geoff gefragt hat. Gwen hatte eine geblümte Kittelschürze aus Nylon, die über einem Klumpen Wolle und Baumwolle zusammengeschmolzen war. Wir mußten die Materialien erst auseinanderklauben, aber es war genug da, was noch zu erkennen war. Martin identifizierte die Reste, und die Nachbarin ebenfalls.« Er stach mit einem Finger in die Luft. »Ein paar Knöpfe waren auch noch da. Die erkannte Martin sofort. Sie waren von dem Kleid, das seine Frau angehabt hatte.«

»Aber hat es Sie denn nicht gewundert, daß Olive damit Zeit verschwendet hat, die Kleider zu verbrennen? Sie hätte sie doch einfach zu den Leichen in den Koffer stecken und ins Meer werfen können.«

»Also, am Nachmittag hat der Müllbrenner nicht gebrannt; das wäre uns aufgefallen. Folglich muß sie die Kleider wohl ganz am Anfang verbrannt haben. Da hat sie das sicherlich nicht als Zeitverschwendung gesehen, denn da glaubte sie ja wahrscheinlich noch, das Zerstückeln der beiden Leichen sei eine relativ einfache Angelegenheit. Verstehen Sie doch, sie wollte sich aller belastenden Beweise entledigen. Daß sie dann den Kopf verloren und uns geholt hat, hatte nur einen einzigen Grund: Sie wußte, daß ihr Vater bald nach Hause kommen würde. Wenn die drei Frauen allein in dem Haus gelebt hätten, dann hätte sie ihren Plan ohne weiteres durchführen können, und wir hätten dann schauen können, wie wir ein paar Leichenteile, die irgendwo im Meer vor Southampton aufgetaucht wären, identifizieren. Man hätte ihr vielleicht nie etwas nachweisen können.«

»Das bezweifle ich. Die Nachbarn waren doch nicht dumm. Die wären argwöhnisch geworden, wenn sie Gwen und Amber nicht mehr gesehen hätten.«

»Das ist wahr«, sagte er. »Und was wollten Sie noch fragen?«

»Haben Sie an Olives Händen und Armen viele Kratzer von dem Kampf mit Gwen festgestellt?«

Er schüttelte den Kopf. »Keine. Sie hatte ein paar blaue Flecken, aber keinen einzigen Kratzer.«

Roz starrte ihn an. »Und das fanden Sie nicht merkwürdig? Sie haben gesagt, Gwen habe um ihr Leben gekämpft.«

»Sie hatte nichts, womit sie hätte kratzen können«, erklärte er beinahe entschuldigend. »Ihre Fingernägel waren bis zum Fleisch heruntergebissen. Ich fand das bei einer Frau ihres Alters ziemlich erbärmlich. Sie konnte nur Olives Handgelenke packen und versuchen, das Messer von sich abzuhalten. Daher kamen die blauen Flecke. Tiefe Druckstellen von Fingern. Wir haben sie fotografiert.«

Mit einer abrupten Bewegung schob Roz ihre Papiere zusammen und steckte sie in ihre Aktentasche. »Tja, dann ist für Zweifel nicht viel Platz, nicht wahr?« sagte sie und nahm ihre Kaffeetasse.

»Überhaupt keiner. Und es hätte keinen Unterschied gemacht, wenn sie den Mund gehalten oder behauptet hätte, nicht schuldig zu sein. Sie wäre trotzdem verurteilt worden. Die Beweise gegen sie waren überwältigend. Selbst ihr Vater mußte das schließlich akzeptieren. Er hat mir damals sehr leid getan. Er wurde über Nacht ein alter Mann.«

Roz blickte auf den Recorder hinunter, der immer noch lief. »Hatte er sie sehr gern?«

»Das weiß ich nicht. Er war der verschlossenste Mensch, der mir je begegnet ist. Ich hatte den Eindruck, er hatte keine von ihnen gern«, er zuckte die Achseln, »aber die Tatsache, daß Olive schuldig war, hat ihm offensichtlich sehr zugesetzt.«

Sie trank ihren Kaffee aus. »Die Obduktion hat vermutlich gezeigt, daß Amber im Alter von dreizehn Jahren ein Kind bekommen hatte?«

Er nickte.

»Sind Sie dem nachgegangen? Haben Sie versucht, das Kind ausfindig zu machen?«

»Dazu sahen wir keinen Anlaß. Das war acht Jahre her. Es war wenig wahrscheinlich, daß diese Geschichte mit den Morden etwas zu tun hatte.«

Er wartete, aber sie sagte nichts. »Und nun? Werden Sie an dem Buch weiterarbeiten?«

»O ja«, antwortete sie.

Er machte ein erstauntes Gesicht. »Warum?«

»Weil die Anzahl der Widersprüche jetzt noch größer geworden ist.« Sie hielt ihre Finger in die Höhe und zählte ab. »Warum hat sie so sehr geweint, als sie bei Ihrer Dienststelle anrief, daß der Beamte nicht verstehen konnte, was sie wollte? Warum hat sie die Kleider verbrannt? Warum glaubte ihr Vater, sie sei unschuldig? Warum war er über den Tod seiner Frau und Ambers nicht erschüttert? Warum hat sie gesagt, sie habe Amber nicht gemocht? Warum hat sie von dem Kampf mit ihrer Mutter nichts gesagt, wenn sie sich sowieso schuldig bekennen wollte? Warum waren die Schläge mit dem Nudelholz so relativ leicht? Warum? Warum? Warum?« Sie ließ die Hände sinken. »Kann ja sein, daß das alles Irrlichter sind, denen ich hinterherjage, aber ich werde das Gefühl nicht los, daß da etwas nicht stimmt. Vielleicht kann ich einfach Ihre Überzeugung und die ihres Anwalts, daß sie verrückt war, nicht mit den Beurteilungen von fünf Psychiatern in Einklang bringen, die sie alle für normal erklärt haben.«

Er sah sie ein paar Minuten lang schweigend an. »Sie haben mich eben beschuldigt, von vornherein angenommen zu haben, daß sie schuldig ist, aber Sie tun etwas, das eigentlich noch schlimmer ist. Sie setzen den Tatsachen zum *Trotz* ihre Unschuld voraus. Angenommen, es gelingt Ihnen, mit diesem Buch Unterstützung für sie zu mobilisieren – und so wie unser Rechtssystem im Augenblick wackelt, ist das nicht so unwahrscheinlich, wie es vielleicht sein sollte –, denken Sie sich denn gar nichts dabei, einem Menschen wie ihr zur Rückkehr in die Gesellschaft zu verhelfen?«

»Überhaupt nichts, wenn sie unschuldig ist.«

»Und wenn sie es nicht ist und Sie ihr trotzdem raushelfen?«

»Dann ist das Recht ein Witz.«

»Gut. Wenn sie es nicht war, wer war's dann?«

»Jemand, den sie geliebt hat.« Sie schaltete den Recorder aus. »Alles andere ergibt keinen Sinn.« Sie packte den Recorder ein und stand auf. »Es war sehr nett von Ihnen, sich so lange mit mir zu unterhalten. Vielen Dank und vielen Dank auch für das Mittagessen.« Sie bot ihm die Hand.

Er nahm sie mit ernster Miene. »Es war mir ein Vergnügen, Miss Leigh.« Ihre Finger, die weich und warm in den seinen lagen, zuckten nervös, als er ihre Hand zu lange hielt, und er hatte den Eindruck, daß sie plötzlich Angst vor ihm hatte. Wahrscheinlich war es am besten so. Diese Frau konnte nur Ärger bedeuten.

Sie ging zur Tür. »Auf Wiedersehen, Sergeant Hawksley. Ich hoffe, Ihre Geschäfte gehen bald besser.«

Er antwortete mit einem bitteren Lächeln. »Bestimmt. Das ist nur eine vorübergehende Flaute, da bin ich ganz sicher.«

»Gut.« Sie blieb stehen. »Ach, eine letzte Frage habe ich noch. Robert Martin hat Ihnen doch gesagt, er hielte es für wahrscheinlicher, daß Gwen Amber geschlagen hat und Olive dann, um ihre Schwester zu verteidigen, ihre Mutter getötet habe. Warum haben Sie diese Möglichkeit verworfen?«

»Sie war nicht zu halten. Der Pathologe stellte fest, daß beiden Frauen von derselben Hand die Kehle durchgeschnitten worden war. Größe, Tiefe und Lage der Verletzungen sprachen eindeutig für ein und denselben Täter. Gwen Martin kämpfte nicht nur für sich, wissen Sie, sie hat auch für Amber gekämpft. Olive ist absolut unbarmherzig. Sie wären sehr töricht, wenn Sie das vergessen.« Er lächelte wieder, aber das Lächeln erreichte seine Augen nicht. »Wenn Sie auf mich hören, würden Sie die Sache ad acta legen.«

Roz zuckte die Achseln. »Wissen Sie was, Sergeant«, sie machte eine Geste zum Restaurant hin, »Sie kümmern sich um Ihre Angelegenheiten – und ich mich um meine.«

Er lauschte dem Klappern ihrer Absätze, als sie durch die Gasse hinter dem Haus davonging, dann griff er zum Telefon und wählte. »Geoff«, blaffte er in die Muschel, »komm doch eben vorbei, ja? Wir müssen uns unterhalten.« Sein Blick wurde hart, als er der Stimme am anderen Ende zuhörte. »Was heißt hier, es ist nicht dein Problem! Ich laß mich nicht so einfach zum Sündenbock machen!«

Roz sah auf ihre Uhr, als sie abfuhr. Es war halb fünf. Wenn sie schnell machte, erwischte sie vielleicht Peter Crew noch, ehe er nach Hause ging. Sie fand einen Parkplatz im Zentrum von Southampton und erreichte die Kanzlei genau in dem Moment, als er ging.

»Mr. Crew!« rief sie und lief ihm nach.

Er drehte sich mit seinem falschen Lächeln um und machte ein finsteres Gesicht, als er sah, wer es war. »Ich habe jetzt keine Zeit, mich mit Ihnen zu unterhalten, Miss Leigh. Ich habe einen Termin.«

»Dann lassen Sie mich Sie begleiten«, drängte sie atemlos. »Ich werde Sie nicht aufhalten.«

Er nickte zustimmend und setzte sich wieder in Bewegung. Das Haar seines Toupets wippte im Takt mit seinen Schritten. »Mein Wagen ist nicht weit.«

Roz vergeudete keine Zeit mit Höflichkeitsfloskeln. »Wenn ich recht unterrichtet bin, hat Mr. Martin sein Vermögen Ambers unehelichem Sohn hinterlassen. Man hat mir gesagt«, sie dehnte die Wahrheit wie ein Gummiband, »daß eine Familie namens Brown ihn adoptiert hat, die mittlerweile nach Australien ausgewandert ist. Können Sie mir sagen, ob Sie bei Ihren Bemühungen, ihn zu finden, Fortschritte gemacht haben?«

Peter Crew warf ihr einen gereizten Blick zu. »Woher wissen Sie denn das?« sagte er kurz und ärgerlich. »Hat jemand aus meiner Kanzlei geschwatzt?«

»Nein«, versicherte sie. »Ich habe das aus einer unabhängigen Quelle.«

Er kniff die Augen zusammen. »Es fällt mir schwer, Ihnen das zu glauben, Miss Leigh. Darf ich fragen, wer diese Quelle ist?«

Roz lächelte freundlich. »Jemand, der Amber zu der Zeit kannte, als das Kind zur Welt kam.«

»Woher wußte diese Person den Namen?«

»Ich habe keine Ahnung.«

»Robert hätte gewiß nicht darüber gesprochen«, murmelte er. »Es gibt Vorschriften über die Suche nach adoptierten Kindern, die ihm gut bekannt waren, aber selbst wenn das nicht so gewesen wäre, hätte er auf unbedingte Geheimhaltung gedrungen. Das war ihm ein großes Anliegen. Er wollte keinerlei Publicity, falls das Kind gefunden werden sollte. Dem Jungen hätte sonst das Stigma der Morde sein Leben lang angehaftet.« Er schüttelte den Kopf. »Ich muß Sie dringend bitten, Miss Leigh, diese Information für sich zu behalten. Es wäre unverantwortlich, sie zu veröffentlichen. Es könnte die ganze Zukunft des Jungen ruinieren.«

»Sie haben wirklich einen ganz falschen Eindruck von mir«, sagte Roz milde. »Ich gehe mit größter Sorgfalt an meine Arbeit heran, und es geht mir nicht darum, andere bloßzustellen.«

Er bog um eine Ecke. »Nun, ich warne Sie auf jeden Fall, junge Frau. Ich werde nicht zögern, eine einstweilige Verfügung gegen Ihr Buch zu erwirken, wenn ich das für berechtigt halten sollte.« Ein Windstoß lupfte das Toupet, und er drückte es mit der Hand hinunter wie einen Hut.

Roz, die ein, zwei Schritte hinter ihm war, rannte, um ihn wieder einzuholen. »Einverstanden«, sagte sie, ihr Gelächter unterdrückend. »Könnten Sie dann jetzt auf dieser Basis meine Frage beantworten? Haben Sie ihn schon gefunden? Sind Sie ihm auf der Spur?«

Er marschierte stur weiter. »Ich möchte Sie wirklich nicht vor den Kopf stoßen, Miss Leigh, aber ich sehe nicht, inwiefern diese Information Ihnen von Nutzen sein sollte. Wir sind doch eben übereingekommen, daß Sie sie nicht veröffentlichen werden.«

Sie beschloß, ihm reinen Wein einzuschenken. »Olive weiß alles über ihn. Sie weiß, daß ihr Vater ihm sein Geld hinterlassen hat, und sie weiß, daß Sie ihn suchen.« Sie hob abwehrend die Hände, als sie sein verärgertes Gesicht sah. »Nicht von mir, Mr. Crew. Sie ist sehr scharfsinnig, und das, was sie sich nicht selbst schon zusammengereimt hatte, hat sie durch den Zuchthausklatsch erfahren. Sie sagte, ihr Vater würde sein Vermögen nach Möglichkeit immer jemandem aus der Familie hinterlassen. Es bedurfte also keiner besonderen Kombinationsgabe, sich auszurechnen, daß er versuchen würde, Ambers Kind ausfindig zu machen. Wie dem auch sei, ihr scheint es wichtig zu wissen, ob Sie Erfolg hatten oder nicht. Ich hoffte, Sie würden mir etwas sagen können, das ihr Gewißheit gibt.«

Er blieb abrupt stehen. »Möchte sie denn, daß er gefunden wird?«

»Das weiß ich nicht.«

»Hm. Vielleicht glaubt sie, daß sie das Geld erben wird, wenn der rechtmäßige Erbe nicht gefunden werden kann?«

Roz zeigte ihre Überraschung. »Ich glaube nicht, daß ihr der Gedanke je gekommen ist. Das wäre doch sowieso nicht möglich, nicht wahr? Darauf haben Sie mich doch bereits hingewiesen.«

Crew ging weiter. »Robert wollte gar nicht, daß Olive im unklaren gelassen wird. Seine einzige Anweisung lautete, ihr unnötigen Kummer zu ersparen. Es war vielleicht ein Irrtum, aber ich nahm an, Gewißheit über die Testamentsbedingungen würde ihr in der Tat Kummer bereiten. Aber wenn sie sie bereits kennt – nun, Sie können das mir überlassen. War sonst noch etwas?«

»Ja. Hat Robert Martin seine Tochter je im Zuchthaus besucht?«

»Nein. So leid es mir tut, das sagen zu müssen, er hat, nachdem man sie wegen Mordes unter Anklage gestellt hatte, nie wieder mit ihr gesprochen.«

Roz hielt ihn am Arm fest. »Aber er hielt sie doch für unschuldig«, protestierte sie mit einiger Entrüstung, »und er hat ihre Anwalts- und Prozeßkosten bezahlt. Warum hat er sie nicht besucht? Das war doch sehr grausam, finden Sie nicht?«

Crews Augen blitzten scharf auf. »Sehr grausam, ja«, stimmte er zu, »aber nicht von Robert. Olive hat sich geweigert, ihn zu sehen. Das hat ihn in den Tod getrieben, was meiner Ansicht nach von Anfang an ihre Absicht war.«

Roz runzelte unmutig die Stirn. »Unsere Ansichten über Olive Martin sind sehr unterschiedlich, Mr. Crew. Ich habe sie nur von ihrer freundlichen Seite kennengelernt.« Die Falten auf ihrer Stirn vertieften sich. »Sie hat doch gewußt, daß er sie sehen wollte, nehme ich an.«

»Aber selbstverständlich. Als Zeuge der Anklage mußte er beim Innenministerium eine Sondergenehmigung einholen, obwohl sie seine Tochter war. Wenn Sie sich mit dem Innenministerium in Verbindung setzen, wird man Ihnen das bestätigen.«

Erneut setzt er sich in Bewegung, und wieder mußte Roz laufen, um mit ihm Schritt zu halten.

»Was ist mit den Widersprüchen, die ihre Aussage enthält, Mr. Crew? Haben Sie sie danach je gefragt?«

»Was für Widersprüche?«

»Nun, zum Beispiel die Tatsache, daß sie nirgends den Kampf mit ihrer Mutter erwähnt, sondern behauptet, Gwen und Amber seien schon tot gewesen, ehe sie anfing sie zu zerstückeln.«

Ungeduldig sah er auf seine Uhr. »Sie hat gelogen.«

Wieder faßte Roz ihn beim Arm und zwang ihn stehenzubleiben. »Sie waren ihr Anwalt!« rief sie ärgerlich. »Sie hatten eine Pflicht, ihr zu glauben.«

»Seien Sie nicht naiv, Miss Leigh. Ich hatte die Pflicht, sie zu *vertreten.*« Er schüttelte sich los. »Wenn Rechtsanwälte alles glauben müßten, was ihre Mandanten ihnen erzählen, gäbe es weniger oder keinen Raum mehr für eine Vertretung vor Gericht.« Er kniff die Lippen zusammen. »Aber ich habe ihr geglaubt. Sie sagte, sie habe sie getötet, und das habe ich für bare Münze genommen. Obwohl ich ihr immer wieder riet, nichts zu sagen, bestand sie darauf, ihr Geständnis abzulegen.« Sein Blick bohrte sich in den ihren. »Wollen Sie mir sagen, daß sie die Morde jetzt bestreitet?«

»Nein«, gab Roz zu. »Aber ich glaube nicht, daß die Version, die sie der Polizei aufgetischt hat, die richtige ist.«

Er musterte sie einen Moment. »Haben Sie mit Graham Deedes gesprochen?« Sie nickte. »Und?«

»Er stimmt mit Ihnen überein.«

»Mit der Polizei?«

Sie nickte wieder. »Mit einem der Beamten. Er stimmt ebenfalls mit Ihnen überein.«

»Und sagt Ihnen das gar nichts?«

»Im Grunde nicht, nein. Deedes ist von Ihnen instruiert worden und hat nicht ein einziges Mal mit ihr gesprochen, und die Polizei hat sich schon früher getäuscht.« Sie strich sich eine rote Locke aus dem Gesicht. »Leider besitze ich nicht Ihr Vertrauen in die britische Justiz.«

»Offensichtlich nicht.« Crew lächelte kalt. »Aber Ihre Skepsis ist diesmal fehl am Platz. Guten Tag, Miss Leigh.«

Er eilte durch die windige Straße davon, eine Hand auf das absurde Toupet gedrückt, und seine Mantelzipfel schlugen ihm um die langen Beine. Er war eine komische Figur, aber Roz war nicht zum Lachen zumute. Trotz seiner idiotischen Manieriertheit strahlte er eine gewisse Würde aus.

Von einer öffentlichen Zelle aus rief sie im Kloster St. Angela an, aber es war nach fünf, und die Frau, die sich meldete, teilte ihr mit, Schwester Bridget sei bereits nach Hause gegangen. Sie rief bei der Auskunft an, um sich die Nummer des Referats für Gesundheit und Sozialversicherung in Dawlington geben zu lassen, aber als sie es dort versuchte, meldete sich niemand. Die Behörde hatte wohl bereits geschlossen. Als sie wieder in ihrem Wagen saß, machte sie sich einen provisorischen Plan für den folgenden Vormittag und blieb dann eine Weile mit dem Block auf dem Lenkrad sitzen, um das Gespräch mit Crew noch einmal Revue passieren zu lassen. Doch sie konnte sich nicht konzentrieren. Ihre Gedanken schweiften immer wieder zu Hal Hawksley in der Küche des *Poacher*.

Er hatte eine beunruhigende Art, ihr in die Augen zu sehen, wenn sie es gerade gar nicht erwartete, und jedesmal durchzuckte es sie wie ein Blitz. Sie hatte geglaubt, das Bild von den schwachen Knien sei eine Erfindung der Autorinnen von Liebesromanen. Aber so wie es aussah, würde sie, wenn sie das nächstemal in den *Poacher* ging, Krücken brauchen, um sich auf den Beinen halten zu können. *War sie verrückt geworden?* Der Mann war eine Art Gangster. Wer hatte schon mal von einem Restaurant ohne Gäste gehört? Die Menschen mußten essen, selbst in einer Rezession. Mit einem gereizten Kopfschütteln ließ sie den Motor an und machte sich auf die Rückfahrt nach London. *Was zum Teufel!*

Daß ihr erotische Phantasien den Kopf füllten, wenn sie an ihn dachte, hieß der Perversität der Dinge zufolge wahrscheinlich, daß seine Gedanken an sie (wenn er überhaupt an sie dachte) alles andere als libidinös waren.

In London tobte, als sie ankam, ganz wie es sich für den Donnerstagabend gehörte, der Stoßverkehr.

Eine ältere mütterliche Frau, von den anderen für diese Aufgabe ausgesucht, blieb nervös an der offenen Tür stehen. Die Bildhauerin machte ihr Todesangst, aber, wie die Frauen sagten, sie war die einzige, mit der Olive überhaupt sprach. Du erinnerst sie an ihre Mutter, sagten sie alle. Die Vorstellung erschreckte sie, aber sie war tatsächlich neugierig. Einen Augenblick lang sah sie zu, wie die unförmige, düster dreinblickende Frau sich mit ungeschickten Fingern eine dünne Zigarette drehte, dann begann sie zu sprechen. »He, Bildhauerin! Wer ist die Rothaarige, die dich immer besucht?«

Abgesehen von einem kurzen Zwinkern ignorierte Olive sie.

»Hier, nimm eine von mir.« Sie kramte eine Packung Silk Cut aus ihrer Tasche und bot sie Olive an. Die Reaktion erfolgte augenblicklich. Wie ein konditionierter Hund, der das Scheppern seines Futternapfs hört, schlurfte Olive durch den Raum, nahm sich eine Zigarette und versteckte sie irgendwo in den Falten ihres Kleides.

»Also, wer ist die Rothaarige?« fragte die andere wieder.

»Eine Schriftstellerin. Sie schreibt ein Buch über mich.«

»Herrgott!« sagte die ältere Frau ärgerlich. »Wozu will die denn über dich schreiben? Reingelegt worden bin doch ich.«

Olive starrte sie an. »Ich vielleicht auch.«

»Na klar.« Die andere kicherte. »Wer's glaubt, wird selig.«

Olive lachte pfeifend. »Na, du weißt ja, was man sagt: Manche

Leute kann man immer an der Nase rumführen, und alle Leute kann man manchmal an der Nase rumführen...« Sie machte eine einladende Pause.

»Aber man kann nicht alle Leute immer an der Nase rumführen«, vollendete die andere Frau gehorsam. Sie wackelte mit dem Finger. »Du hast nicht die Spur einer Chance.«

Olive sah sie unverwandt an. »Wer redet denn von Spuren?« Sie tippte sich an die Schläfe. »Man sucht sich eine leichtgläubige Journalistin und gebraucht seinen Grips. Vielleicht erreichst sogar *du* damit was. Sie gehört zu denen, die die öffentliche Meinung machen. Wenn du sie auf den Leim führen kannst, führt sie alle anderen auf den Leim.«

»Nichts als Quatsch!« erklärte die andere Frau unvorsichtig. »Die sind doch immer nur an den verdammten Psychos interessiert. Wir anderen können uns ruhig aufhängen, das ist denen schnurzegal.«

Tief in Olives winzigen Äuglein rührte sich etwas Bedrohliches. »Nennst du mich vielleicht einen Psycho?«

Die Frau lächelte ängstlich und trat einen Schritt zurück. »He, Bildhauerin, das war ein Versprecher.« Sie hob ihre Hände. »Okay? Nichts für ungut.« Sie schwitzte, als sie davonging.

Olive, die mit ihrem gewaltigen Körper das, was sie gerade tat, vor neugierigen Blicken verbarg, nahm die Figur, an der sie arbeitete, aus der untersten Schublade und begann mit ihren feisten Fingern das Kind zu formen, das im Schoß der Mutter lag. Ob es nun Absicht war oder ob sie einfach nicht das Können besaß, es anders zu machen, die roh geformten Hände der Mutter, kaum dem Ton entrissen, schienen aus dem runden Körper des Säuglings das Leben herauszupressen.

Olive summte leise vor sich hin, während sie arbeitete. Hinter der Figur von Mutter und Kind standen wie graue Lebkuchenmänner aufgereiht mehrere Figuren auf dem Tisch. Zwei oder drei hatten keine Köpfe.

Er hockte zusammengesunken auf der Treppe vor dem Haus. Er roch nach Bier und hielt den Kopf in die Hände gestützt. Roz sah ihn mehrere Sekunden lang ausdruckslos an. »Was tust du hier?«

Er hatte geweint, wie sie sah. »Wir müssen miteinander reden«, sagte er. »Du redest nie mit mir.«

Sie machte sich nicht die Mühe, ihm zu antworten. Ihr geschiedener Mann war sehr betrunken. Sie konnten nichts sagen, was nicht schon hundertmal gesagt worden war. Sie war seiner Nachrichten auf dem Anrufbeantworter so müde, seiner Briefe und des Hasses, der sich in ihrem Innern zusammenballte, sobald sie seine Stimme hörte oder seine Handschrift sah.

Er hielt sie am Rockzipfel fest, als sie an ihm vorübergehen wollte. Wie ein Kind. »Bitte, Roz. Ich bin zu blau, um nach Hause zu fahren.«

Aus einem absurden Pflichtgefühl heraus, das der Vergangenheit angehörte, nahm sie ihn mit nach oben. »Aber du kannst nicht bleiben«, sagte sie, als sie ihn auf das Sofa schob. »Ich rufe Jessica an. Sie kann dich abholen.«

»Sam ist krank«, murmelte er. »Sie läßt ihn bestimmt nicht allein.«

Mitleidlos zuckte Roz die Achseln. »Dann rufe ich eben ein Taxi.«

»Nein.« Er bückte sich und riß den Stecker aus der Dose. »Ich bleibe.«

Seine Stimme hatte einen drohenden Unterton, der sie gegebenenfalls hätte warnen müssen, daß er nicht in Stimmung war, mit sich spaßen zu lassen. Aber sie waren zu lange verheiratet gewesen und hatten zu viele schmerzhafte Kämpfe ausgetragen, als daß sie ihm gestattet hätte, ihr Vorschriften zu machen. Sie empfand jetzt nur noch Verachtung für ihn. »Mach was du willst«, sagte sie. »Ich gehe in ein Hotel.«

Er torkelte zur Tür und stellte sich davor. »Es war nicht meine Schuld, Roz. Es war ein Unfall. Herrgott noch mal, willst du nicht endlich aufhören, mich zu bestrafen.«

8

Roz schloß die Augen und sah wieder das zerstörte, bleiche Gesicht ihrer fünfjährigen Tochter, im Tod so häßlich wie sie im Leben schön gewesen war, die Haut von den auseinanderspritzenden Glasstücken der Windschutzscheibe in Fetzen gerissen. Hätte sie es leichter akzeptieren können, fragte sie sich wie sooft schon vorher, wenn Rupert auch gestorben wäre? Hätte sie ihm tot vergeben können, was sie ihm lebend nicht vergeben konnte?

»Ich sehe dich nie«, sagte sie mit einem angespannten Lächeln. »Wie kann ich da strafen. Du bist betrunken, und du bist lächerlich, das eine so normal wie das andere.« Er hatte etwas Ungesundes und Verwahrlostes an sich, was ihrer Verachtung Nahrung gab und sie ungeduldig machte. »Ach, Mensch«, fuhr sie ihn an, »verschwinde endlich. Ich habe keinerlei Gefühle mehr für dich und, um ehrlich zu sein, ich glaube nicht, daß ich je welche hatte.« Aber das war nicht die Wahrheit. »Man kann nicht hassen, was man nie geliebt hat«, hatte Olive gesagt.

Tränen strömten über sein alkoholisiertes Gesicht. »Ich weine jeden Tag um sie.«

»Ach wirklich, Rupert? Ich nicht. Ich habe nicht die Kraft.«

»Dann hast du sie nicht so sehr geliebt wie ich«, behauptete er schluchzend.

Roz kräuselte verächtlich die Lippen. »Tatsächlich? Wieso hattest du es dann so unanständig eilig, einen Ersatz für sie ranzuschaffen? Ich habe es mir nämlich ausgerechnet, weißt du. Du mußt deine heißgeliebte Jessica innerhalb einer Woche geschwängert haben, nachdem du den *Unfall*«, sie würzte das Wort mit beißendem Sarkasmus, »ohne eine Schramme überstanden hattest.

Ist Sam ein guter Ersatz, Rupert? Wickelt er dein Haar um seinen Finger, wie Alice das immer getan hat? Lacht er wie sie? Wartet er an der Tür auf dich und umarmt deine Knie und ruft: ›Mami, Mami, Daddy ist da!‹?« Der Zorn machte ihre Stimme schrill. »Ja, tut er das, Rupert? Ist er wie Alice? Oder hat er nichts mit ihr gemeinsam und mußt du darum jeden Tag um sie weinen?«

»Er ist ein Säugling, verdammt noch mal.« Er ballte die Fäuste, und ihr Haß spiegelte sich in seinen Augen. »Gott, was bist du für ein gemeines Weib, Roz. Es war nie meine Absicht, sie zu ersetzen. Wie hätte ich das können? Alice war Alice. Ich konnte sie nicht zurückbringen.«

Sie wandte sich ab und sah zum Fenster hinaus. »Nein.«

»Warum gibst du dann Sam die Schuld? Es war nicht seine Schuld. Er weiß nicht einmal, daß er eine Halbschwester hatte.«

»Ich gebe Sam keine Schuld.« Sie starrte zu einem Pärchen hinunter, das im orangefarbenen Licht auf der anderen Straßenseite stand. Sie hielten sich zärtlich umfangen, streichelten einander das Haar, die Arme, küßten sich. Wie naiv sie waren. Sie glaubten, die Liebe sei gut. »Ich habe etwas gegen ihn.«

Sie hörte, wie er gegen den Couchtisch stolperte. »Das ist nichts als gemeine Bosheit«, lallte er.

»Ja«, sagte sie leise, mehr zu sich als zu ihm, so dicht am Fenster, daß das Glas von ihrem Atem beschlug, »aber ich sehe nicht ein, warum du glücklich sein sollst, wenn ich es nicht bin. Du hast meine Tochter getötet, aber du bist ungestraft davongekommen, weil das Gesetz der Meinung war, du hättest genug gelitten. Ich habe weit mehr gelitten, und mein einziges Verbrechen war es, meinem ehebrecherischen Ehemann ein Besuchsrecht bei seiner Tochter einzuräumen, weil ich wußte, daß sie ihn liebte, und ich nicht wollte, daß sie unglücklich war.«

»Wenn du nur ein bißchen verständnisvoller gewesen wärst«,

rief er weinend, »wäre es nie passiert. Es war deine Schuld, Roz. In Wahrheit hast du sie getötet.«

Sie hörte ihn nicht kommen. Sie wandte sich vom Fenster ab, als seine Faust sie mitten ins Gesicht traf.

Es war ein schäbiger, schmutziger Kampf. Da, wo die Worte versagten – eben die Vorhersehbarkeit ihrer verbalen Auseinandersetzungen bedeutete ja, daß sie stets gewappnet waren –, schlugen und kratzten sie in einem blindwütigen Verlangen, dem anderen weh zu tun. Es war ein seltsam leidenschaftsloses Beginnen, mehr von Schuldgefühlen motiviert denn von Haß und Rachsucht; denn beide wußten sie im Innern, daß ihre zerrüttete Ehe, der Krieg, den sie miteinander geführt hatten, Rupert dazu verleitet hatten, in Frust und Zorn davonzubrausen, obwohl Alice hinten, auf dem Rücksitz, nicht angeschnallt war. Wer hätte ahnen können, daß plötzlich ein außer Kontrolle geratenes Fahrzeug über den Grünstreifen rasen würde und eine hilflose Fünfjährige unter der Wucht des Aufpralls durch die Windschutzscheibe geschleudert und ihr zartes Köpfchen zertrümmert werden würde? Höhere Gewalt, der Versicherungsgesellschaft zufolge. Für Roz war es das letztemal, daß Gott ihr Gewalt angetan hatte. Er und Alice waren zusammen gestorben.

Rupert hörte zuerst auf, vielleicht weil ihm bewußt wurde, daß es ein ungleicher Kampf war, vielleicht auch einfach, weil er nüchtern geworden war. Er kroch von ihr weg und kauerte sich in einer Ecke des Zimmers zusammen. Roz betastete die schmerzenden Stellen rum um ihren Mund und leckte Blut von ihren Lippen. Dann schloß sie die Augen und blieb einige Minuten ruhig sitzen, in wohltuendem Frieden, von ihrem mörderischen Zorn gereinigt. Sie hätten dies schon vor langer Zeit tun sollen. Zum erstenmal seit Monaten fühlte sie sich mit sich in Frieden, als hätte sie irgendwie ihre eigene Schuld exorziert. Sie wußte, sie hätte an jenem Tag zum Wagen hinausgehen und Alice eigenhändig anschnallen sollen; statt dessen jedoch hatte sie hinter den beiden die Wohnungstür zugeknallt und sich in die Küche zurückgezogen, um ihren gekränkten Stolz bei einer Flasche Gin und einer Fotovernichtungsorgie zu trösten. Vielleicht hatte sie doch auch Strafe gebraucht. Ihre Schuld war nie gesühnt worden. Ihre eigene Buße, ein lautloses Sich-selbst-in-Stücke-Reißen, hatte ihre Zerstörung herbeigeführt und nicht ihre Erlösung.

Es war genug. *»Wir alle sind die Schmiede unseres Schicksals, Roz, auch Sie.«*

Sie stand vorsichtig auf, fand den Stecker und stöpselte ihn wieder ein. Einen Moment lang sah sie zu Rupert hin, dann wählte sie Jessicas Nummer. »Hier spricht Roz«, sagte sie. »Rupert ist hier und muß leider abgeholt werden.« Sie hörte den Seufzer am anderen Ende. »Es ist das letztemal, Jessica, das verspreche ich Ihnen.« Mit dem Anflug eines Lächelns fügte sie hinzu: »Wir haben einen Waffenstillstand geschlossen. Keine gegenseitigen Vorwürfe mehr. Okay, in einer halben Stunde. Er wartet unten auf Sie.« Sie legte auf. »Es ist mir ernst, Rupert. Es ist vorbei. Es war ein Unfall. Hören wir auf, uns gegenseitig Vorwürfe zu machen. Geben wir endlich Ruhe.«

Iris Fieldings dickes Fell war sprichwörtlich, aber selbst sie war entsetzt, als sie am nächsten Tag Roz' zerschundenes Gesicht sah. »Mein Gott, du siehst ja grauenhaft aus«, sagte sie unumwunden, steuerte schnurstracks auf den Barschrank zu und goß zwei Gläser voll Kognak. »Wer war das?«

Roz schloß die Tür und humpelte zum Sofa zurück.

Iris kippte ihren Kognak hinunter. »War es Rupert?« Sie bot Roz das zweite Glas an. Die schüttelte den Kopf.

»Aber nein, natürlich war das nicht Rupert.« Sie ließ sich vorsichtig auf das Sofa sinken und verharrte in halb sitzender, halb liegender Position, während Mrs. Antrobus über ihren Busen marschierte, um sie liebevoll mit dem Kopf unter dem Kinn zu stupsen. »Könntest du Mrs. A füttern, Iris? Im Kühlschrank steht noch eine offene Dose.«

Iris warf Mrs. Antrobus einen finsteren Blick zu. »Du gräßliches verlaustes Vieh, wo warst du denn, als dein Frauchen dich gebraucht hat, hm?« Aber sie verschwand dennoch in der Küche und holte scheppernd eine Untertasse heraus. »War es wirklich nicht Rupert?« fragte sie, als sie zurückkam.

»Aber nein. Das ist überhaupt nicht sein Stil. Unsere Kräche haben sich immer in Worten erschöpft und haben weit tiefere Wunden geschlagen.«

Iris sah sie nachdenklich an. »Aber mir hast du doch immer erzählt, er sei eine solche Stütze.«

»Da habe ich gelogen.«

Iris runzelte die Stirn. »Also, wer war's dann?«

»So ein widerlicher Kerl, den ich in einer Kneipe aufgegabelt habe. Mit seinen Klamotten war er weit attraktiver als ohne, also hab' ich ihm gesagt, er soll abzischen, und das hat er mir übelgenommen.« Sie sah die Frage in Iris' Blick und lächelte zynisch mit ihrer geplatzten Lippe. »Nein, er hat mich nicht vergewaltigt. Meine Tugend ist unversehrt. Ich habe sie mit meinem Gesicht verteidigt.«

»Hm. Mir liegt selbstverständlich jede Kritik fern, meine Liebe, aber wäre es nicht vernünftiger gewesen, du hättest dein Gesicht mit deiner Tugend verteidigt? Ich halte nicht viel davon, für eine verlorene Sache zu kämpfen.« Sie trank Roz' Kognak auch noch. »Hast du die Polizei gerufen?«

»Nein.«

»Einen Arzt?«

»Nein.« Sie legte die Hand auf das Telefon. »Und du wirst auch keinen anrufen.«

Iris zuckte die Achseln. »Und was hast du den ganzen Morgen getrieben?«

»Ich habe überlegt, wie ich über die Runden kommen kann, ohne jemanden anzurufen. Mittags ist mir dann klar geworden, daß ich es nicht schaffe. Ich habe mein ganzes Aspirin verbraucht, ich habe nichts zu essen im Haus, und in dieser Verfassung gehe ich bestimmt nicht auf die Straße.« Sie hob den Blick. Ihre Augen glänzten verdächtig. »Daraufhin habe ich die nervenstärkste und egozentrischste Person angerufen, die ich kenne. Du mußt für mich Einkaufen gehen, Iris. Ich brauche Vorräte für eine Woche.«

Iris war erheitert. »Ich würde niemals bestreiten, daß ich egozentrisch bin, aber warum ist das wichtig?«

Roz lachte. »Weil du so mit dir selbst beschäftigt bist, daß du diese ganze Geschichte schon vergessen haben wirst, ehe du zu Hause ankommst. Außerdem wirst du mich bestimmt nicht drängen, das Rechte zu tun und den miesen kleinen Kerl anzuzeigen. Es würde dem Ansehen deiner Agentur nämlich gar nicht guttun, wenn eine deiner Autorinnen die Gewohnheit hätte, in Kneipen wildfremde Männer aufzulesen, die sie dann verprügeln.« Sie ballte beide Hände über dem Telefon, und Iris sah, wie ihre Knöchel weiß wurden vor Anspannung.

»Stimmt«, bestätigte sie gelassen.

Roz entspannte sich ein wenig. »Weißt du, es wäre wirklich unerträglich für mich, wenn die Geschichte herauskäme, und das passiert bestimmt, wenn Ärzte und die Polizei sich einmischen. Du kennst doch die Dreckspresse so gut wie ich. Denen wäre doch jeder Vorwand recht, um ihre Titelblätter noch einmal mit Bildern von Alice an der Unfallstelle zu pflastern.«

Die arme kleine Alice. Eine boshafte Vorsehung hatte dafür gesorgt, daß ein freiberuflicher Bildreporter an der Schnellstraße gestanden hatte, als sie wie eine Puppe aus Ruperts Wagen geschleudert worden war. Seine dramatischen Aufnahmen – die, wie die Herausgeber der Sensationsblätter behaupteten, nur veröffentlicht worden waren, um andere Familien zu mahnen, ihre Kinder immer anzuschnallen – waren das dauerhafteste Denkmal gewesen, daß man Alice gesetzt hatte.

»Du kannst dir wohl vorstellen, wie die Parallelen aussähen, die sie ziehen würden. MUTTER EBENSO ENTSTELLT WIE TOCHTER. Ein zweites Mal könnte ich das nicht aushalten.« Sie kramte in ihrer Tasche und zog einen Einkaufszettel heraus. »Ich schreibe dir einen Scheck, wenn du zurückkommst. Und vergiß bitte das Aspirin nicht. Ich leide Höllenqualen.«

Iris steckte die Einkaufsliste ein. »Die Schlüssel?« Sie streckte ihre Hand aus. »Du kannst dich ins Bett legen, solange ich weg bin. Ich kann mir selbst die Tür aufmachen.«

Roz wies auf die Schlüssel, die auf einem Bord bei der Tür lagen. »Vielen Dank«, sagte sie, »und, Iris –« Sie sprach nicht weiter.

»Was denn?«

Sie versuchte eine Grimasse zu schneiden, gab es aber gleich auf. Es tat zu weh. »Es tut mir leid.«

»Mir auch, altes Haus.« Sie winkte mit heiterer Unbekümmertheit und ging.

Ein paar Stunden später kam Iris mit den Einkäufen und einem Koffer zurück. »Schau mich nicht so an«, sagte sie streng, während sie Aspirin in einem Glas Wasser auflöste. »Ich werde dich jetzt ein, zwei Tage im Auge behalten, meine Liebe. Selbstverständlich aus rein egoistischen Gründen. Ich muß doch meine Kapitalanlage schützen. Außerdem«, sie kraulte Mrs. Antrobus unter dem Kinn, »muß jemand dieses gräßliche Katzentier füttern. Du fängst doch nur an zu heulen, wenn sie verhungert.«

Roz, deprimiert und sehr einsam, war gerührt.

Sergeant Geoff Wyatt drehte verdrossen sein Weinglas hin und her. Sein Magen machte Ärger, er war sehr müde, es war Samstag, er wäre lieber beim Fußball gewesen, und der Anblick Hals, der sich über ein blutiges Steak hermachte, reizte ihn. »Hör mal zu«, sagte er und bemühte sich, seinen Ärger zu unterdrücken, »ich verstehe dich ja, aber Beweise sind Beweise. Was erwartest du von mir? Daß ich sie zurechtbiege?«

»Von Beweisen kann wohl kaum die Rede sein, wenn sie von Anfang an gezinkt waren«, gab Hal ungeduldig zurück. »Es war ein abgekartetes Spiel, verdammt noch mal.« Er schob seinen Teller weg. »Du hättest auch was essen sollen«, sagte er ätzend. »Das hätte vielleicht deine Stimmung gebessert.«

Wyatt sah weg. »Meine Stimmung ist einwandfrei, und ich habe gegessen, bevor ich hergekommen bin.« Er zündete sich eine Zigarette an und sah zu der Tür hinüber, die in das Restaurant führte. »Ich habe mich nie mehr in einer Küche wohlgefühlt, seit ich diese Frauen bei Olive Martin auf dem Boden hab' liegen sehen. Zu viele Mordwaffen und zuviel blutiges Fleisch in so einer Küche. Können wir nicht nach nebenan gehen?«

»Mach dich nicht lächerlich«, sagte Hal kurz. »Verdammt noch mal, Geoff, du schuldest mir diverse Gefallen.«

Wyatt seufzte. »Und was hilft's dir, wenn ich suspendiert werde, weil ich einem Ex-Bullen unerlaubte Gefälligkeiten erweise?«

»Ich verlange keine unerlaubten Gefälligkeiten. Du solltest nur dafür sorgen, daß sie mir nicht solchen Druck machen. Verschaff mir ein bißchen Luft.«

»Wie denn?«

»Na, du könntest beispielsweise den Inspector überreden, daß er mich in Ruhe läßt.«

»Ach, und das ist nichts Unerlaubtes?« Er zog die Mundwinkel herunter. »Außerdem hab' ich das schon versucht. Er spielt nicht mit. Er ist neu, er ist ehrlich, und er mag keine krummen Touren, schon gar nicht bei Polizeibeamten.« Er schnippte Asche auf den Boden. »Du hättest bei der Polizei bleiben sollen, Hal. Ich hab' dich gewarnt. Draußen ist man verdammt einsam.«

Hal rieb sich das unrasierte Gesicht. »Es wäre alles halb so schlimm, wenn meine einstigen Kollegen mich nicht wie einen Kriminellen behandeln würden.«

Wyatt starrte auf die Reste von Hals Steak. Ihm war ziemlich mulmig. »Du hättest eben nicht so verdammt leichtsinnig sein sollen. Dann brauchten sie das nicht zu tun.«

Hal kniff unfreundlich die Augen zusammen. »Warte nur, du wirst noch mal wünschen, das hättest du nicht gesagt.«

Mit einem Achselzucken drückte Wyatt seine Zigarette an seiner Schuhsohle aus und warf den Stummel ins Spülbecken. »Kann ich mir nicht vorstellen, alter Freund. Ich hab' mir den Hintern wundgeschissen, seit der Inspector dir auf die Schliche gekommen ist. Ich war richtig krank, ehrlich.« Er schob seinen Stuhl zurück. »Warum zum Teufel mußtest du's auf die krumme Tour versuchen, anstatt dich an die Vorschriften zu halten.«

Hal wies mit dem Kopf zur Tür. »Raus«, sagte er, »ehe ich dir eigenhändig den Kragen umdrehe, du falscher Hund.«

»Und was ist mit der Überprüfung, die du haben wolltest?«

Hal zog einen Zettel aus seiner Tasche. »Hier sind ihr Name und ihre Adresse. Sieh mal, ob's da was gibt.«

»Zum Beispiel?«

Hal zuckte die Achseln. »Na, irgendwas, was ich als Druckmittel verwenden könnte. Dieses Buch, das die Frau schreibt, das kommt doch genau zum falschen Zeitpunkt.« Er runzelte die Stirn. »Und ich glaube nicht an Zufälle.«

Zu den wenigen Vorteilen des Dickseins gehörte es, daß man Dinge leichter verstecken konnte. Ein Wulst mehr hier oder dort fiel nicht auf, und die weiche Mulde zwischen Olives Brüsten konnte beinahe alles aufnehmen. Außerdem hatte sie schon sehr früh bemerkt, daß die Beamtinnen es vorzogen, sie nicht allzu gründlich zu durchsuchen, wenn es denn schon mal sein mußte. Anfangs hatte sie angenommen, sie hätten Angst vor ihr, aber sie erkannte bald, daß es ihre Leibesfülle war, die sie hemmte und abstieß. Politisch korrektes Denken innerhalb des Zuchthauses bedeutete, daß sie zwar hinter ihrem Rücken sagen konnten, was sie wollten, in ihrem Beisein jedoch mußten sie ihre Zungen im Zaum halten und sie mit einem Mindestmaß an Respekt behandeln. Die nützliche Folge der Tränen, die sie anfangs aus lauter Qual bei Leibesvisitationen vergossen hatte, wobei ihr ganzer gewaltiger, abstoßender Körper vor Erregung gezittert hatte, war nun ein Widerstreben der Wärterinnen, auch nur einen Handgriff zu tun, der über ein oberflächliches Abtasten ihres Körpers hinausging.

Doch sie hatte Probleme. Ihre kleine Familie von Wachsfiguren mit den bemalten Watteperücken und den Streifen dunklen Stoffs, die sie ihnen wie winzige Anzüge um die Körper gewickelt hatte, wurden unter der Einwirkung ihrer Körperwärme immer wieder weich und verloren die Form. Mit unendlicher Geduld ging sie daran, sie mit ihren plumpen Fingern neu zu modellieren, nachdem sie zuerst die Stecknadeln entfernt hatte, mit denen die Perükken an ihren Köpfen festgespießt waren. Ohne großes Interesse fragte sie sich, ob die Figur, die Roz' Ehemann verkörperte, ihm irgendwie ähnlich sah.

»Die Wohnung ist wirklich scheußlich«, stellte Iris fest, während sie sich von ihrem Platz auf dem Kunststoffsofa aus mit kritischem Blick im tristen Grau von Roz' Wohnung umsah. »Hast du nie das Bedürfnis gehabt, es dir ein bißchen wohnlicher zu machen?«

»Nein. Ich bin ja nur auf der Durchreise hier. Es ist ein Wartezimmer.«

»Du lebst seit zwölf Monaten hier. Ich verstehe nicht, warum du dir nicht mit dem Geld von der Scheidung ein Haus kaufst.«

Roz lehnte ihren Kopf an die Rückenlehne des Sessels. »Ich mag Wartezimmer. In ihnen kann man müßig sein, ohne ein schlechtes Gewissen zu haben. Man kann nichts anderes tun als warten.«

Nachdenklich steckte sich Iris eine Zigarette zwischen die leuchtend roten Lippen. »Und worauf wartest du?«

»Das weiß ich selbst nicht.«

Iris steckte sich mit dem Feuerzeug ihre Zigarette an, während sie Roz mit durchdringendem Blick fixierte. »Eines verstehe ich nicht«, sagte sie. »Wenn es nicht Rupert war, warum hat er dann schon wieder so eine weinerliche Nachricht auf meinem Anrufbeantworter hinterlassen, um mir mitzuteilen, daß er sich schlecht benommen hat.«

»Schon wieder eine?« Roz sah auf ihre Hände hinunter. »Heißt das, daß er das früher schon mal gemacht hat?«

»Mit nervtötender Regelmäßigkeit.«

»Du hast nie etwas davon gesagt.«

»Du hast mich nie gefragt.«

Roz verarbeitete das schweigend, dann seufzte sie lange und tief. »Mir ist in letzter Zeit klar geworden, wie abhängig ich von ihm geworden bin.« Sie berührte ihre aufgeplatzte Lippe. »An seiner Abhängigkeit hat sich natürlich nichts geändert. Die ist so wie immer, eine dauernde Forderung nach Sicherheit und Beschwichtigung. Keine Sorge, Rupert. Es ist nicht deine Schuld, Rupert. Es wird schon alles gut werden, Rupert.« Sie sprach ohne Emphase. »Darum bevorzugt er Frauen. Frauen sind einfühlsamer.« Sie schwieg.

»Und wie macht dich das von ihm abhängig?«

Roz lächelte. »Er hat mich nie so lange in Frieden gelassen, daß ich einen klaren Gedanken fassen konnte. Ich bin seit Monaten nur wütend.« Sie zuckte die Achseln. »Das ist etwas sehr Destruktives. Man kann sich auf nichts konzentrieren, weil die Wut einfach nicht weggeht. Ich zerreiße seine Briefe, ohne sie gelesen zu haben, weil ich weiß, was drinsteht, aber allein beim Anblick seiner Handschrift packt mich die kalte Wut. Wenn ich ihn sehe oder höre, fange ich an zu zittern.« Sie lachte tonlos. »Der Haß kann von einem Besitz ergreifen, glaube ich. Ich hätte schon vor langer Zeit umziehen können, statt dessen bleibe ich hier und warte darauf, daß Rupert mich wütend macht. Insofern bin ich abhängig von ihm. Es ist eine Art Gefängnis.«

Iris klopfte die Asche ihrer Zigarette in den Aschenbecher. Roz sagte ihr nichts, worauf sie nicht schon vor langer Zeit selbst gekommen war, aber sie hatte es niemals aussprechen können, weil Roz es nicht zugelassen hatte. Sie hätte gern gewußt, was geschehen war, das sie dazu gebracht hatte, ihren Stacheldrahtzaun einzureißen. Mit Rupert hatte es offensichtlich überhaupt nichts zu tun, auch wenn Roz das vielleicht glaubte.

»Und wie willst du aus dem Gefängnis herauskommen? Hast du dich da schon entschieden?«

»Noch nicht.«

»Vielleicht solltest du das gleiche tun wie Olive«, sagte Iris milde.

»Was denn?«

»Jemand hineinlassen.«

Olive wartete zwei Stunden lang an ihrer Zellentür. Eine der Beamtinnen, die sich darüber wunderte, blieb stehen und sprach mit ihr. »Alles in Ordnung, Bildhauerin?«

Olive heftete ihre kleinen Augen auf sie. »Was ist heute für ein Tag?« fragte sie.

»Montag.«

»Hab' ich mir doch gedacht.« Es klang wütend.

Die Beamtin sah sie erstaunt an. »Ist auch wirklich alles in Ordnung?«

»Ja, sicher.«

»Haben Sie Besuch erwartet?«

»Nein. Ich hab' Hunger. Was gibt's zum Tee?«

»Pizza.« Beruhigt ging die Beamtin weiter. Ganz logisch. Es gab nur wenige Stunden am Tag, in denen Olive *nicht* hungrig war, und die Drohung, ihr die Mahlzeiten zu entziehen, war oft das einzige Mittel, sie unter Kontrolle zu halten. Ein Arzt hatte einmal versucht, ihr die Vorteile einer Schlankheitskur schmackhaft zu machen. Er hatte tief verunsichert aufgegeben und es nie wieder versucht. Olive war nach Essen süchtig wie andere nach Heroin.

Schließlich blieb Iris eine ganze Woche und füllte das sterile Wartezimmer, das Roz' Leben war, mit dem buntscheckigen Gepäck des ihren. Sie bescherte Roz eine Riesentelefonrechnung, indem sie mit Kunden und Klienten in der ganzen Weltgeschichte telefonierte, sie überhäufte die Tische mit Illustrierten, sie bestreute sämtliche Teppiche mit der Asche ihrer Zigaretten, brachte Arme voll Blumen nach Hause, die sie im Spülbecken liegen ließ, als sie keine Vase fand, ließ das schmutzige Geschirr zu schwankenden Türmen gestapelt in der Küche stehen und unterhielt Roz, wenn sie gerade nichts anderes zu tun hatte, mit einem unerschöpflichen Schatz an Anekdoten.

Roz verabschiedete sich am folgenden Donnerstag nachmittag mit einer gewissen Erleichterung und mehr Bedauern von ihr. Eines hatte Iris ihr gezeigt: Ein Leben in Einsamkeit war für Seele und Geist tödlich. Letztendlich konnte ein einzelner Geist nur ein begrenztes Maß an Dingen umspannen, und wenn Vorstellungen nicht hinterfragt werden, wuchsen fixe Ideen heran.

Olives Zerstörung ihrer Zelle an diesem Abend überraschte alle im Zuchthaus. Es dauerte zehn Minuten, ehe die diensthabende Leiterin alarmiert wurde, und weitere zehn, ehe eine Reaktion möglich war. Acht Beamtinnen waren nötig, um sie zu bändigen. Sie drückten sie mit Gewalt zu Boden und hielten sie mit ihrem vereinten Gewicht dort unten, aber – wie eine von ihnen später bemerkte –, »es war, als wollte man einen Elefantenbullen in die Knie zwingen«.

Sie hatte alles kurz und klein geschlagen. Selbst die Toilettenschüssel war unter einem gewaltigen Schlag mit ihrem Metallstuhl zersprungen. Der Stuhl selbst, verbogen und verbeult, lag wütend hingeworfen inmitten der Porzellanscherben. Die wenigen Besitzstücke, die auf ihrer Kommode gestanden hatten, waren in Trümmern, und alles, was nicht niet- und nagelfest war, hatte sie in ihrer Raserei an die Wände geschleudert. Ein Madonna-Poster lag in Fetzen gerissen auf dem Boden.

Selbst unter Einwirkung eines Beruhigungsmittels hielt ihre Raserei bis tief in die Nacht hinein an, obwohl man sie in eine unmöblierte Zelle gesteckt hatte, die extra dazu gedacht war, widerspenstige Insassinnen zur Räson zu bringen.

»Was zum Teufel ist in sie gefahren?« fragte die diensthabende Leiterin.

»Weiß der Himmel«, antwortete eine erschrockene Wärterin. »Ich habe immer gesagt, sie gehört nach Broadmoor. Es ist mir gleich, was die Psychiater behaupten, sie ist komplett verrückt. Es ist eine Unverschämtheit von ihnen, sie hier zu lassen und von uns zu erwarten, daß wir uns um sie kümmern.«

Sie lauschten den gedämpften Wutschreien hinter der verschlossenen Tür. »MIST-STÜCK! MIST-STÜCK! MIST-STÜCK!«

Die diensthabende Leiterin runzelte die Stirn. »Wen meint sie damit?«

Die Beamtin verzog das Gesicht. »Eine von uns, vermute ich. Ich wollte, wir könnten erreichen, daß sie verlegt wird. Sie macht mir wirklich angst.«

»Morgen wird sie wieder ganz in Ordnung sein.«

»Eben – deshalb macht sie mir ja angst. Bei ihr weiß man nie, woran man ist.« Sie ordnete ihr Haar. »Ist Ihnen aufgefallen, daß keine von den Tonfiguren was abbekommen hatte außer denen, die sie sowieso schon verstümmelt hatte?« Sie lächelte zynisch. »Und haben Sie diese Mutter-und-Kind-Figur gesehen, an der sie arbeitet? Die Mutter ist gerade dabei, das Kind zu erdrosseln. Ich sag's Ihnen, es ist obszön. Wahrscheinlich soll das Maria mit dem Jesuskind sein.« Sie seufzte. »Was soll ich ihr sagen? Kein Frühstück, wenn sie nicht Ruhe gibt.«

»Das hat bis jetzt immer gewirkt. Hoffen wir, daß sich nichts geändert hat.«

9

Am folgenden Morgen, eine Woche später als geplant, wurde Roz zu einem Bürovorsteher des Referats für Gesundheit und Soziales in Dawlington geführt. Der Mann nahm von ihrer verkrusteten Lippe und ihrer dunklen Brille mit nur mäßiger Neugier Notiz, und ihr wurde, klar, daß ihr Aussehen für ihn nichts besonderes war. Sie stellte sich vor und setzte sich. »Ich habe gestern angerufen«, erinnerte sie ihn.

Er nickte. »Eine Sache, die mehr als sechs Jahre zurückliegt, sagten Sie.« Er klopfte mit seinen Zeigefingern auf den Schreibtisch. »Ich muß Ihnen gleich sagen, daß wir Ihnen da wahrscheinlich nicht helfen können. Wir haben mit den laufenden Fällen Arbeit genug, ohne auch noch in alten Akten zu wühlen.«

»Aber Sie waren vor sechs Jahren schon hier?«

»Im Juni werden es sieben Jahre«, erklärte er ohne Enthusiasmus. »Ich fürchte nur, das hilft nichts. Ich erinnere mich weder an Sie noch an Ihren Fall.«

»Das können Sie auch gar nicht.« Sie lächelte entschuldigend. »Ich war am Telefon mit der Wahrheit ein bißchen sparsam. Ich bin keine Klientin. Ich bin Schriftstellerin, und ich schreibe ein Buch über Olive Martin. Ich muß mit jemandem sprechen, der sie kannte, als sie hier gearbeitet hat, und ich wollte mir nicht gleich am Telefon eine Absage einhandeln.«

Er schien erheitert, froh vielleicht, daß ihm eine Jagd nach entgangenen Sozialhilfegeldern erspart blieb. »Sie war die Dicke, die hinten im Korridor gesessen hat. Ich wußte nicht mal ihren Namen. Den habe ich erst erfahren, als er in der Zeitung erschien. Soweit ich mich erinnere, habe ich höchstens zehn Worte mit ihr gewechselt. Sie wissen wahrscheinlich mehr über sie als ich.« Er verschränkte die Arme. »Sie hätten gleich sagen sollen, was Sie wollen. Sie hätten sich die Fahrt sparen können.«

Roz nahm ihren Block heraus. »Das spielt keine Rolle. Was ich brauche, sind Namen. Von Leuten, die näher mit ihr bekannt waren. Gibt es hier sonst noch jemand, der so lange bei dieser Behörde ist wie Sie?«

»Einige, aber mit Olive war niemand befreundet. Als damals die Morde passiert waren, kamen zwei Reporter, und da war hier keiner, der zugegeben hätte, je mehr als einen flüchtigen Gruß mit ihr gewechselt zu haben.«

Roz spürte sein Mißtrauen. »Das kann man ihnen nicht übelnehmen«, sagte sie freundlich. »Wahrscheinlich waren das Leute von irgendeinem Revolverblatt, die auf der Jagd nach einer saftigen Schlagzeile waren. ICH HIELT DIE HAND EINES MONSTERS oder etwas ähnlich Geschmackloses. Nur publicitygeile Leute und Dummköpfe lassen sich von Wapping zur Steigerung der Gewinne ausnutzen.«

»Und Ihr Buch wird keinen Profit machen?« fragte er mit einer gewissen Trockenheit im Ton.

Sie lächelte. »Einen sehr bescheidenen, an Zeitungsmaßstäben gemessen.« Sie schob ihre dunkle Brille hoch und enthüllte ihre gelbumrandeten Augen. »Ich will aufrichtig sein. Ich bin von einer verärgerten Agentin, die unbedingt ein Buch von mir haben wollte, in dieses Projekt hineingetrieben worden. Ich fand das Thema abstoßend und hatte vor, es nach einem Alibi-Gespräch mit Olive Martin *ad acta* zu legen.« Sie sah ihn an. »Aber dann habe ich entdeckt, daß Olive Martin ein Mensch ist und sehr sympathisch dazu, und ich bin doch wieder zu ihr gegangen. Fast jeder, mit dem ich gesprochen habe, hat mir eine ähnliche Antwort gegeben wie Sie. Man habe sie kaum gekannt, nie mit ihr gesprochen, sie war immer nur das dicke Mädchen, das hinten im Flur gesessen hat. Allein über dieses Thema könnte ich ein ganzes Buch schreiben; über gesellschaftliche Ächtung, die ein einsames, ungeliebtes junges Mädchen dazu getrieben hat, sich in einem Anfall rasender Wut gegen die Familie zu wenden, die sie ständig gehänselt hat. Aber das werde ich nicht tun, weil ich nicht glaube, daß es der Wahrheit entspricht. Ich glaube, daß hier ein Justizirrtum vorliegt. Ich glaube, daß Olive Martin unschuldig ist.«

Überrascht sah er sie mit anderen Augen an. »Wir sind hier aus allen Wolken gefallen, als wir hörten, was sie getan hatte.«

»Weil Sie es ihr nicht zugetraut hätten?«

»Niemals.« Er dachte nach. »Sie war eine hervorragende Arbeitskraft, intelligenter als die meisten, und sie schaute nicht dauernd auf die Uhr wie viele andere. Okay, sie war kein Genie, aber sie war zuverlässig und willig, und sie machte keinen Wirbel und kümmerte sich nicht um den Büroklatsch. Sie war ungefähr anderthalb Jahre hier. Es hätte zwar sicher niemand behauptet, dick mit ihr befreundet zu sein, aber sie hat sich auch keine Feinde geschaffen. Sie gehörte zu den Leuten, die einem nur dann einfallen, wenn man irgend etwas erledigt haben möchte. Dann erinnert man sich plötzlich mit Erleichterung an sie, weil man weiß, daß sie es erledigen werden. Kennen Sie den Typ?«

Sie nickte. »Langweilig, aber zuverlässig.«

»Grob gesagt, ja.«

»Hat sie mit Ihnen je über ihr Privatleben gesprochen?«

Er schüttelte den Kopf. »Was ich zu Anfang gesagt habe, stimmt schon. Wir hatten selten miteinander zu tun. Wenn wir Kontakt hatten, bezog er sich immer auf die Arbeit, und selbst dann war er minimal. Was ich Ihnen eben erzählt habe, ist im Grunde eine Synthese der ungläubigen Reaktionen der wenigen Leute, die sie gekannt haben.«

»Können Sie mir ihre Namen nennen?«

»Ich weiß nicht, ob ich die noch im Kopf habe.« Sein Gesicht drückte Zweifel aus. »Olive erinnert sich bestimmt besser als ich. Warum fragen Sie *sie* nicht?«

Weil sie sie mir nicht sagen wird. Weil sie mir überhaupt nichts sagt.

»Weil ich«, antwortete sie statt dessen, »ihr nicht weh tun will.« Sie sah seinen verständnislosen Blick und seufzte. »Nehmen wir an, Olives sogenannte Freunde schlagen mir die Tür vor der Nase zu und zeigen mir die kalte Schulter. Olive würde mich bestimmt fragen, wie es gegangen ist, und was sollte ich ihr dann antworten? Tut mir leid, Olive, für diese Leute sind Sie tot und begraben. Das könnte ich nicht.«

Das sah er ein. »Na schön. Es gibt da jemand, der vielleicht bereit wäre, Ihnen zu helfen, aber ohne die Erlaubnis der Dame möchte ich Ihnen ihren Namen nicht nennen. Sie ist schon älter, inzwischen im Ruhestand, und es könnte ja sein, daß sie nicht hineingezogen werden möchte. Geben Sie mir fünf Minuten, dann rufe ich sie an und frage, ob sie mit Ihnen reden möchte.«

»Hatte sie Olive gern?«

»Sie stand ihr sicher näher als die meisten.«

»Würden Sie ihr dann bitte sagen, daß ich nicht glaube, daß Olive ihre Mutter und ihre Schwester getötet hat, und daß ich deshalb dieses Buch schreibe.« Sie stand auf. »Und bitte machen Sie ihr klar, daß ich unbedingt mit jemandem sprechen muß, der sie damals kannte. Bisher habe ich nur eine frühere Schulfreundin auftreiben können, und eine Lehrerin.« Sie ging zur Tür. »Ich warte draußen.«

Wie versprochen, kam er nach fünf Minuten in den Korridor hinaus und gab ihr einen Zettel mit einem Namen und einer Adresse darauf. »Sie heißt Lily Gainsborough. Sie war in den Tagen vor der Putzkolonne und den Kaffeeautomaten bei uns für das Saubermachen und die Teeküche zuständig. Vor drei Jahren hat sie zu arbeiten aufgehört – siebzig war sie damals – und lebt in einem Heim in der Pryde Street.« Er erklärte ihr den Weg. »Sie erwartet Sie.«

Roz dankte ihm.

»Grüßen Sie Olive von mir, wenn Sie sie sehen«, sagte er, als er ihr zum Abschied die Hand gab. »Ich hatte vor sechs Jahren noch mehr Haare und weniger Bauch, da wird eine Beschreibung wahrscheinlich nicht viel helfen, aber sie erinnert sich vielleicht an meinen Namen. Den behalten die meisten Leute.«

Roz kicherte. Er hieß Michael Jackson.

»Natürlich erinnere ich mich an Olive. Ich habe sie immer ›Klöpschen‹ genannt. Und sie nannte mich ›Blume‹. Verstehen Sie? Wegen meines Namens. Lily. Sie hatte nicht einen Funken Gewalttätigkeit in sich. Ich habe nie geglaubt, daß sie getan hat, was man von ihr behauptet. Ich habe ihr das auch geschrieben, als ich hörte, wohin man sie geschickt hatte. Sie hat mir geantwortet und geschrieben, ich täuschte mich, es sei alles ihre Schuld, und sie müßte jetzt eben dafür bezahlen.« Sie sah Roz mit ihren gescheiten alten Augen kurzsichtig an. »Ich habe verstanden, was sie gemeint hat, auch wenn niemand sonst es begriffen hat. Sie hat es nicht getan, aber es wäre nicht passiert, wenn sie nicht etwas getan hätte, was sie nicht hätte tun dürfen. Noch etwas Tee, meine Liebe?«

»Danke.« Roz hielt ihre Tasse hin und wartete, während die gebrechliche alte Frau die große Teekanne aus rostfreiem Stahl hob. Ein Überbleibsel von ihren täglichen Rundgängen mit dem Teewagen? Der Tee war sehr stark und bitter, und Roz brachte ihn kaum hinunter. Mit Todesverachtung nahm sie sich noch eines der unverdaulichen Brötchen.

»Was hat sie denn so Schlimmes getan?«

»Sie hat ihrer Mutter Kummer gemacht. Sie hat mit einem von den O'Brien-Jungs was angefangen.«

»Mit welchem?«

»Tja, da bin ich mir nicht so sicher. Ich hab' immer gedacht, es sei der Jüngste, Gary – aber ich muß dazusagen, daß ich die beiden nur einmal zusammen gesehen habe, diese Jungs sehen einer aus wie der andere. Es hätte jeder der Brüder sein können.«

»Wie viele sind es denn?«

»Gute Frage.« Lily schürzte die faltigen alten Lippen. »Es ist eine Riesenfamilie, da kommt man mit dem Zählen gar nicht mehr nach. Die Mutter ist bestimmt schon zwanzigmal Großmutter, und ich glaube, die ist noch nicht mal sechzig. Gauner, meine Liebe. Lauter faule Äpfel. Die sitzen so regelmäßig im Gefängnis, daß man meinen könnte, der Laden gehörte ihnen. Einschließlich der Mutter. Die hat ihnen das Stehlen beigebracht, sobald sie laufen konnten. Man hat ihr die Kinder natürlich immer wieder weggenommen, aber nie für sehr lange. Irgendwie kamen sie immer wieder nach Hause. Gary, den Jüngsten, haben sie in ein Internat gesteckt. Soviel ich weiß, hat er sich da sogar ganz gut gemacht.« Sie zerkrümelte ein Brötchen auf ihrem Teller. »Bis er wieder nach Hause kam. Sie hatte ihn schneller wieder beim Stehlen, als man Dieb sagen kann.«

Roz überlegte einen Moment. »Hat Olive Ihnen erzählt, daß sie mit einem der O'Briens befreundet sei?«

»Nicht direkt.« Sie tippte sich an die Stirn. »Ich hab' halt zwei und zwei zusammengezählt. Sie hat immer so zufrieden ausgeschaut, sie hat abgenommen, hat sich in der Boutique, in der ihre Schwester gearbeitet hat, ein paar Kleider gekauft und sogar angefangen, sich zu schminken. Sie hat sich richtig aufgetakelt, könnte man sagen. Na, da war mir klar, daß da nur ein Mann dahinterstecken kann. Einmal hab' ich sie gefragt, wer's ist, aber da hat sie nur gelächelt und gesagt: ›Den Namen behalt' ich lieber für mich, Blume. Meine Mutter würde nämlich einen Tobsuchtsanfall bekommen, wenn sie es erführe.‹ Und zwei oder drei Tage später hab' ich sie zufällig mit einem von den O'Briens gesehen. Ihr Gesicht hat sie verraten. Sie hat gestrahlt wie die Sonne selbst. Das war er schon – der, in den sie sich verguckt hatte, meine ich –, aber er hat sich weggedreht, als ich vorbeigekommen bin, und darum hab' ich nie erfahren, welcher O'Brien es nun eigentlich war.«

»Aber wie kamen Sie denn darauf, daß es überhaupt einer der O'Brien-Brüder war?«

»Wegen der Uniform«, antwortete Lily. »Sie hatten alle die gleiche Uniform an.«

»Sie waren beim Militär?« fragte Roz überrascht.

»Nein, diese Lederkluft.«

»Ach so. Sie waren Motorradfahrer.«

»Genau. Hell's Angels.«

Roz zog verblüfft die Brauen zusammen. Sie hatte Hal Hawksley mit absoluter Überzeugung erklärt, Olive sei keine Rebellin. Aber die Hell's Angels, du meine Güte! Konnte eine Klosterschülerin heftiger rebellieren?

»Sind Sie da ganz sicher, Lily?«

»Tja, ich muß ehrlich sagen, daß ich mir heute bei gar nichts mehr sicher bin. Es gab mal eine Zeit, da war ich sicher, daß die Regierung besser weiß als ich, wie der Hase läuft. Aber diese Sicherheit hab' ich heute nicht mehr. Es gab auch mal eine Zeit, da war ich sicher, daß es da oben im Himmel einen Gott gibt, der es auf der Welt schon richten wird. Aber das glaub' ich jetzt auch nicht mehr. Wenn es Gott gibt, mein Kind, dann ist er blind, stumm und taub, wenn Sie mich fragen. Aber ja, ich bin sicher, mein armes Klöpschen hatte sich in einen von den O'Briens verguckt. Man brauchte ihr nur ins Gesicht zu sehen, um zu erkennen, daß sie bis über beide Ohren in den Burschen verliebt war.« Sie preßte ihre Lippen aufeinander. »Schlimme Geschichte. Schlimme Geschichte.«

Roz trank einen Schluck von dem bitteren Tee. »Und Sie glauben, dieser O'Brien hat Olives Mutter und Schwester getötet?«

»Muß er doch. Wie ich schon gesagt habe, meine Liebe, faule Äpfel.«

»Haben Sie davon was der Polizei gesagt?« fragte Roz neugierig.

»Ich hätt's vielleicht getan, wenn sie gefragt hätten, aber ich hab' nicht eingesehen, warum ich von mir aus was sagen sollte. Wenn Klöpschen die O'Briens raushalten wollte, dann war das ihre Angelegenheit. Und, ehrlich gesagt, war ich auch nicht scharf darauf, mich mit der Sippschaft anzulegen. Die halten zusammen wie Pech und Schwefel, und mein Frank war erst ein paar Monate vorher gestorben. Ich hätte überhaupt keine Chance gehabt, wenn die mir auf den Pelz gerückt wären.«

»Wo wohnen diese Leute?«

»Auf dem Barrow Estate, hinter der High Street, in den Sozialwohnungen dort. Die Stadt hat sie gern alle auf einem Haufen, da sind sie leichter zu beaufsichtigen. Ein richtiges Glasscherbenviertel. Nicht eine einzige ehrliche Familie wohnt dort. Das reinste Diebesnest.«

Roz sah sie fragend an. »Erlauben Sie mir, diese Informationen zu verwenden, Lily? Sie wissen wohl, wenn da etwas dran ist, könnte es Olive helfen.«

»Natürlich weiß ich das, mein Kind. Hätte ich es Ihnen sonst erzählt?«

»Die Polizei würde sich einschalten. Sie würde mit Ihnen sprechen wollen.«

»Das weiß ich.«

»Und dann käme Ihr Name heraus, und die O'Briens könnten Ihnen immer noch auf den Pelz rücken.«

Die alte Frau musterte sie mit durchdringendem Blick. »Sie sind selbst nur ein zartes Ding und haben, wie's scheint, eine Tracht Prügel erlebt. Dann werd' ich das wohl auch schaffen. Ganz gleich«, fuhr sie entschlossen fort, »ich habe mir sechs Jahre lang Vorwürfe gemacht, weil ich nichts gesagt habe damals. Ich war richtig froh, als Mick angerufen und mir gesagt hat, daß Sie kommen wollen. Tun Sie, was Sie für richtig halten, Kind, und nehmen Sie keine Rücksicht auf mich. Hier bin ich sowieso sicherer als in unserem alten Haus. Das hätten die anzünden können, und ich wär' tot gewesen, lange ehe jemand eingefallen wäre, Hilfe zu holen.«

Wenn Roz erwartet hatte, ein Geschwader Hell's Angels durch Barrow Estate brausen zu sehen, wurde sie enttäuscht. An einem Freitagmittag gab es dort nichts Ungewöhnliches zu hören und zu sehen. Hier und dort bellte ein Hund, und junge Frauen fuhren allein oder zu zweit ihre Säuglinge in Kinderwagen spazieren, auf denen sich die Wochenendeinkäufe stapelten. Die Siedlung wirkte wie allzu viele ihrer Art kahl und ungepflegt, wohl ein Zeichen dafür, daß sie den Bewohnern nicht das bot, was sie gern gehabt hätten. Wenn es zwischen diesen eintönigen, tristen grauen Mauern überhaupt so etwas wie Individualität gab, so verbarg sie sich irgendwo im Innern, den Blicken Außenstehender entzogen. Doch Roz zweifelte an ihrem Vorhandensein. Sie hatte den Eindruck von leeren Räumen, in denen Menschen die Zeit totschlugen, während sie darauf warteten, daß jemand anders ihnen ein besseres Angebot machte. Wie ich, dachte sie. Wie meine Wohnung.

Als sie wieder wegfuhr, kam sie an einer großen Schule vorbei.

Ein vergammeltes Schild neben dem Tor nannte ihren Namen: Parkway-Gesamtschule. Kinder tobten im Hof herum, und der Klang ihrer Stimmen trug weit in der warmen Luft. Roz fuhr langsamer, um sie einen Moment zu beobachten. Sie spielten die gleichen Spiele, die in jeder Schule gespielt wurden, aber ihr war klar, warum Gwen Martin von der Parkway-Gesamtschule nichts hatte wissen wollen und ihre Töchter auf die Klosterschule geschickt hatte. Ihre Nähe zum Barrow Estate hätte selbst die liberalsten Eltern beunruhigt, und zu denen hatte Gwen Martin nun ganz gewiß nicht gehört. Aber welch bittere Ironie, wenn das, was Lily und Mr. Hayes gesagt hatten, stimmte, und beide Töchter Gwen Martins den Reizen dieser anderen Welt erlegen waren. War das wegen oder trotz der Einstellung der Mutter geschehen?

Jetzt, sagte sie sich, brauche ich einen zahmen Polizeibeamten, der mir Insider-Informationen über die O'Briens geben kann, und natürlich führte ihr Weg sie zum *Poacher*. Da es Mittagszeit war, war die Tür unverschlossen, aber die Tische waren so leer wie immer. Sie suchte sich einen in sicherer Entfernung vom Fenster und setzte sich, ohne die dunkle Brille abzunehmen.

»Die brauchen Sie nicht«, sagte Hawksley von der Küchentür her. »Ich habe nicht die Absicht, das Licht anzumachen.«

Sie lächelte, nahm aber die Brille nicht ab. »Ich möchte gern etwas zu essen bestellen.«

»Okay.« Er hielt die Tür auf. »Kommen Sie in die Küche. Da ist es gemütlicher.«

»Nein, ich möchte hier essen.« Sie stand auf. »An dem Tisch am Fenster. Ich möchte die Tür offen haben und«, sie suchte nach Lautsprechern und fand sie, »und dazu laute Musik, am liebsten Jazz. Bringen wir doch ein bißchen Leben in die Bude. Kein Mensch will in einem Leichenschauhaus essen.« Sie setzte sich an das Fenster.

»Nein«, entgegnete er mit einem seltsamen Ton in der Stimme. »Wenn Sie mittagessen wollen, dann essen Sie hier drinnen bei mir. Sonst gehen Sie woandershin.«

Sie musterte ihn forschend. »Das hat mit der Rezession nichts zu tun, nicht wahr?«

»Was?«

»Ihre nicht vorhandenen Gäste.«

Er wies zur Küche. »Gehen Sie oder bleiben Sie?«

»Ich bleibe.« Sie stand wieder auf. Was geht hier eigentlich vor? fragte sie sich.

»Das ist wirklich nicht Ihre Sache, Miss Leigh«, bemerkte er, als hätte er ihre Gedanken gelesen. »Ich schlage vor, Sie bleiben bei Ihrem Leisten und lassen mich meine Angelegenheit auf meine Weise erledigen.«

Geoff hatte ihm am vergangenen Montag die Ergebnisse seiner Überprüfung durchtelefoniert. »Sie ist koscher«, hatte er gesagt. »Autorin mit Wohnsitz in London. Geschieden. Hatte eine Tochter, die bei einem Autounfall ums Leben gekommen ist. Keine früheren Verbindungen zu irgend jemand hier in der Gegend. Tut mir leid, Hal.«

»Okay«, sagte Roz nachgiebig, »aber Sie müssen zugeben, daß es einen neugierig machen kann. Als ich auf Ihrer ehemaligen Dienststelle war, um herauszubekommen, wo Sie zu finden sind, hat mich ein Beamter davor gewarnt, hier etwas zu essen. Seitdem mache ich mir so meine Gedanken. Bei solchen Freunden braucht man gar keine Feinde, nicht wahr?«

Sein Lächeln erreichte die Augen nicht. »Dann ist es aber sehr mutig von Ihnen, meine Gastfreundschaft ein zweites Mal zu akzeptieren.« Er zog die Tür noch ein Stück weiter auf.

Sie ging an ihm vorbei in die Küche. »Das ist nicht Mut, das ist Gefräßigkeit«, sagte sie. »Sie kochen weit besser als ich. Aber ich habe vor, für mein Essen zu bezahlen, es sei denn«, auch ihr Lächeln erreichte ihre Augen nicht, »das hier ist gar kein Restaurant, sondern nur eine Fassade, hinter der sich etwas ganz anderes verbirgt.«

Das fand er erheiternd. »Sie haben eine blühende Phantasie.« Er stellte ihr einen Stuhl zurecht.

»Vielleicht.« Sie setzte sich. »Aber ich bin auch noch nie einem Gastwirt begegnet, der sich hinter Eisengittern verbarrikadiert, einen Speisesaal voll leerer Tische hat, kein Personal und plötzlich mit einem Gesicht aus dem Dunkeln auftaucht, als hätte man ihn durch die Mangel gedreht.« Sie zog die Brauen hoch. »Wenn Sie nicht so gut kochten, wäre ich noch stärker geneigt zu glauben, daß dies hier gar kein Restaurant ist.«

Er beugte sich unvermittelt vor und nahm ihr die dunkle Brille ab. Er klappte sie zusammen und legte sie auf den Tisch. »Und was soll ich daraus schließen«, sagte er, unerwartet erschüttert von der Entstellung ihrer schönen Augen. »Soll ich annehmen, daß Sie gar keine Schriftstellerin sind, nur weil jemand die Spuren seiner Hände in Ihrem Gesicht hinterlassen hat?« Er runzelte plötzlich die Stirn. »Es war doch nicht Olive?«

»Aber nein, natürlich nicht«, antwortete sie erstaunt.

»Wer war es dann?«

Sie senkte den Blick. »Niemand. Es ist nicht wichtig.«

Er wartete einen Moment. »Jemand, der Ihnen etwas bedeutet?«

»Nein.« Sie faltete ihre Hände lose auf dem Tisch. »Eher das Gegenteil. Es war jemand, der mir nichts bedeutet.« Sie sah mit einem halben Lächeln auf. »Und wer hat Sie verprügelt, Sergeant? Jemand, der *Ihnen* etwas bedeutet?«

Er zog die Kühlschranktür auf und inspizierte seine Vorräte. »Irgendwann wird Ihre Vorliebe dafür, Ihre Nase in anderer Leute

Angelegenheiten zu stecken, Sie in Teufels Küche bringen. Worauf haben Sie Lust? Lamm?«

»Ich bin eigentlich gekommen, weil ich Sie noch ein bißchen ausfragen wollte«, sagte sie beim Kaffee.

Die Lachfältchen um seine Augen vertieften sich. Er war wirklich ungewöhnlich attraktiv, dachte sie mit einer gewissen Wehmut, da sie sich bewußt war, daß die Anziehung gänzlich einseitig war. Das Mittagessen war freundlich, aber distanziert verlaufen, mit einem großen Schild zwischen ihnen auf dem Tisch, das sagte: Bis hierher und nicht weiter.

»Na, dann fragen Sie ruhig.«

»Kennen Sie die Familie O'Brien? Auf dem Barrow Estate?«

»Jeder kennt die O'Briens.« Er sah sie stirnrunzelnd an. »Aber wenn es zwischen denen und Olive Martin eine Verbindung gibt, freß ich einen Besen.«

»Na, da werden Sie die nächsten Tage ganz schöne Verdauungsschwierigkeiten haben«, sagte sie bissig. »Ich habe mir erzählen lassen, daß sie zur Zeit der Morde mit einem der Söhne befreundet war. Wahrscheinlich mit Gary, dem jüngsten. Was ist er für einer? Kennen Sie ihn?«

Er verschränkte die Hände hinter dem Kopf. »Ich glaube, da will Sie jemand verladen«, murmelte er. »Gary ist vielleicht eine Spur heller als die anderen, aber intellektuell hat er allenfalls das Niveau eines Vierzehnjährigen, würde ich sagen. Diese Leute sind die unnützeste Bande von Stümpern, die mir je über den Weg gelaufen sind. Das einzige, wovon die was verstehen, ist Diebstahl, und nicht mal darin sind sie besonders gut. Es gibt Ma O'Brien und ungefähr neun Kinder, die meisten davon Jungen, inzwischen alle erwachsen, und wenn sie nicht im Gefängnis sind, hausen sie alle in einem Vierzimmer-Haus in der Siedlung.«

»Ist denn keiner von ihnen verheiratet?«

»Immer nur vorübergehend. Scheidungen kommen in dieser Familie häufiger vor als Heiraten. Die Frauen suchen sich meistens was anderes, während ihre Ehemänner im Knast sitzen. Aber sie setzen anscheinend einen Haufen Kinder in die Welt; inzwischen erscheinen nämlich schon die O'Briens der dritten Generation regelmäßig vor dem Jugendgericht.« Er schüttelte den Kopf. »Da will jemand Sie verladen«, sagte er wieder. »Olive mag alles mögliche getan haben, aber dumm war sie nicht, und sie hätte schon hirntot sein müssen, um sich in einen Trottel wie Gary O'Brien zu verlieben.«

»Sind diese Leute denn wirklich so schlimm?« fragte sie. »Oder ist das die Feindseligkeit der Polizei?«

Er lächelte. »Ich gehöre nicht mehr zur Polizei, falls Sie das vergessen haben sollten. Aber sie sind wirklich so schlimm«, versicherte er. »In jedem Revier gibt es Familien wie die O'Briens, und wenn man richtiges Pech hat, erwischt man gleich eine ganze Siedlung voll ihrer Sorte, wie das beim Barrow Estate der Fall ist. Da hat die Gemeinde beschlossen, ihre faulen Äpfel alle in einen Korb zu werfen, und erwartet dann von der Polizei, daß sie einen Kordon darum zieht.« Er lachte bitter. »Das ist einer der Gründe, weshalb ich bei der Polizei aufgehört habe. Ich hatte es restlos satt, dauernd losgeschickt zu werden, um den Schweinestall der Gesellschaft zu säubern. Nicht die Polizei schafft diese Ghettos. Sie werden von den Gemeinden und vom Staat und letztendlich von der Gesellschaft selbst geschaffen.«

»Klingt einleuchtend«, sagte sie. »Aber warum verachten Sie dann die O'Briens so tief? Die scheinen doch eher Hilfe und Unterstützung zu brauchen als Verurteilung.«

Er zuckte die Achseln. »Wahrscheinlich, weil sie schon mehr Hilfe und Unterstützung erhalten haben, als man Ihnen oder mir je anbieten wird. Sie nehmen alles, was die Gesellschaft ihnen gibt, und verlangen immer mehr. Bei diesen Leuten gibt es kein Quidproquo. Sie bringen nichts ein für das, was sie herausgeholt haben. Die Gesellschaft schuldet ihnen ein anständiges Leben, und sie sorgen dafür, daß die Gesellschaft zahlt, darauf können Sie sich verlassen, meistens zahlt sie in Gestalt irgendeiner armen alten Frau, der alle ihre Ersparnisse gestohlen werden.« Seine Lippen wurden schmal. »Wenn Sie diese wertlosen Scheißkerle sooft verhaftet hätten wie ich, würden Sie sie auch verachten. Ich bestreite nicht, daß sie die Vertreter einer Unterklasse sind, die die Gesellschaft geschaffen hat, aber ich nehme ihnen übel, daß sie nicht einmal versuchen wollen, sich selbst aus der Situation zu befreien.« Er sah ihre skeptische Miene. »Sie sehen sehr finster drein. Habe ich Ihr liberales Feingefühl verletzt?«

»Nein, überhaupt nicht«, antwortete sie mit einem erheiterten Blitzen im Auge. »Ich habe mir nur gerade gedacht, daß Sie reden wie Mr. Hayes. Erinnern Sie sich an den? ›Tja, was soll ich sagen?‹ «, machte sie den alten Mann nach. » ›Man sollte sie alle am nächsten Laternenpfahl aufknüpfen und erschießen.‹ « Sie lächelte, als er lachte.

»Mein Mitgefühl mit den Kriminellen ist im Augenblick etwas dünn«, sagte er nach einer kleinen Pause. »Genauer gesagt, mein Mitgefühl ist überhaupt sehr dünn.«

»Klassische Symptome von Streß«, sagte sie leichthin und beobachtete ihn dabei. »Unter seelischer Belastung heben wir uns unser Mitgefühl immer für uns selbst auf.«

Er antwortete nicht.

»Sie sagten eben, die O'Briens seien Stümper«, hakte Roz nach. »Aber vielleicht sind sie einfach nicht fähig, sich aus ihrer Situation zu befreien.«

»Das habe ich auch mal geglaubt«, bekannte er. »Als ich gerade bei der Polizei angefangen hatte. Aber man muß schon sehr naiv sein, um sich diesen Glauben zu bewahren. Sie sind professionelle Diebe, die ganz einfach nicht an dieselben Werte glauben wie wir. Es ist keine Frage von nicht *können,* sondern von nicht *wollen.* Das ist etwas ganz anderes.« Er lächelte sie an. »Und wenn man sich als Polizeibeamter das Fünkchen Menschlichkeit, das einem noch geblieben ist, bewahren will, muß man ausscheiden, sobald einem das bewußt wird. Sonst ist man am Ende genauso prinzipienlos wie die Leute, die man täglich festnimmt.«

Das wird ja immer seltsamer, dachte Roz. Er hatte also auch für die Polizei kaum noch etwas übrig. Er wirkte wie ein Mann unter Belagerung, isoliert und zornig innerhalb seiner Festungsmauern. Aber weshalb sollten seine Freunde bei der Polizei ihn im Stich gelassen haben? Er hatte doch vermutlich welche.

»Ist von den O'Briens schon einmal jemand wegen Mordes oder schwerer Körperverletzung belangt worden?«

»Nein. Ich habe es Ihnen ja schon gesagt, das sind Diebe. Ladendiebstahl, Taschendiebstahl, kleine Einbrüche, Autodiebstahl, das ist ihr Repertoire. Ma O'Brien macht die Hehlerin, wenn sie gestohlene Waren in die Finger bekommt, aber gewalttätig sind die nicht.«

»Ich habe gehört, sie seien alle bei den Hell's Angels.«

Er warf ihr einen erheiterten Blick zu. »Wo haben Sie denn diesen Quatsch nur her? Glauben Sie vielleicht, Gary habe die Morde begangen und Olive war so vernarrt in ihn, daß sie sich für ihn geopfert hat?«

»Klingt nicht sehr plausibel, wie?«

»Ungefähr genauso plausibel wie kleine grüne Männchen auf dem Mars. Abgesehen von allem anderen hat Gary vor seinem eigenen Schatten Angst. Er wurde einmal bei einem Einbruch ertappt – er glaubte, es sei niemand im Haus –, und da hat er zu heulen angefangen. Der hätte einer um sich schlagenden Gwen Martin die Kehle ebensowenig durchschneiden können wie Sie oder ich. Oder seine Brüder. Das sind magere kleine Füchse, keine reißenden Wölfe. Mit wem um alles in der Welt haben Sie sich eigentlich unterhalten? Offensichtlich jemand mit Sinn für Humor.«

Sie zuckte plötzlich gereizt die Achseln. »Das ist unwichtig. Wissen Sie vielleicht die Adresse der O'Briens? Dann brauchte ich sie nicht erst nachzuschlagen.«

Er grinste. »Sie wollen da doch nicht etwa hingehen?«

»Aber natürlich«, entgegnete sie verärgert. »Es ist der verheißungsvollste Anhaltspunkt, den ich bisher aufgetan habe. Und jetzt, da ich weiß, daß sie keine äxteschwingenden Hell's Angels sind, bin ich nicht sonderlich besorgt. Also, wissen Sie die Adresse?«

»Ich komme mit.«

»Da täuschen Sie sich gewaltig, Goldjunge«, sagte sie trocken. »Ich lasse mir doch nicht von Ihnen die Tour vermasseln. Also, geben Sie mir jetzt die Adresse oder muß ich sie selber nachschlagen?«

»Baytree Avenue Nummer sieben. Sie können es gar nicht verfehlen. Es ist das einzige Haus in der Straße mit einer Satellitenschüssel. Garantiert geklaut.«

»Danke.« Sie griff nach ihrer Handtasche. »So, und wenn wir jetzt noch kurz abrechnen, kann ich Sie in Frieden lassen.«

Er stand auf und ging zu ihr, um ihren Stuhl zurückzuziehen. »Das geht aufs Haus«, sagte er.

Sie stand ebenfalls auf, sah ihn ernst an. »Aber ich würde gern bezahlen. Ich bin nicht extra mittags gekommen, um bei Ihnen zu schmarotzen. Und überhaupt«, sie lächelte, »wie kann ich sonst meine Würdigung Ihrer Kochkünste beweisen? Geld spricht eine deutlichere Sprache als alle Worte. Ich kann sagen, es war phantastisch, wie das letztemal, aber es könnte ja auch sein, daß ich nur höflich bin.«

Er hob eine Hand, als wollte er sie berühren, senkte dann aber den Arm unvermittelt wieder. »Ich bringe Sie hinaus«, war alles, was er sagte.

10

Roz fuhr dreimal an dem Haus vorbei, ehe sie den Mut aufbrachte, auszusteigen und an der Haustür zu klopfen. Schließlich war es ihr Stolz, der sie den kurzen Weg hinaufführte. Hals Erheiterung hatte sie herausgefordert. Ein Motorrad unter einer Plane stand ordentlich geparkt auf einem Fleckchen Rasen neben dem Zaun.

Die Tür wurde von einer knochigen kleinen Frau mit scharfem, mißtrauischem Gesicht geöffnet. »Ja?« sagte sie kurz und unwirsch.

»Mrs. O'Brien?«

»Und wer sind Sie?«

Roz nahm eine Karte heraus. »Mein Name ist Rosalind Leigh.« Irgendwo dröhnte ein Fernsehapparat.

Die Frau sah auf die Karte hinunter, nahm sie jedoch nicht. »Gut, und was wolln Sie? Wenn's um die Miete geht, die hab' ich gestern in 'n Kasten gesteckt.« Sie verschränkte die Arme über der mageren Brust und sah Roz mit herausforderndem Blick an.

»Ich komme nicht von der Gemeinde, Mrs. O'Brien.« Sie begriff plötzlich, daß die Frau nicht lesen konnte. Abgesehen von Telefonnummer und Adresse standen auf Roz' Karte nur ihr Name und ihr Beruf. Schriftstellerin, hieß es klar und deutlich.

Sie spielte va banque. »Ich arbeite für eine kleine unabhängige Fernsehgesellschaft«, erklärte sie strahlend munter, während sie krampfhaft überlegte, wie sie die Frau am ehesten locken konnte. »Wir machen gerade eine Studie über die Probleme alleinerziehender Eltern mit großen Familien. Im besonderen sind wir daran interessiert, uns mit Müttern zu unterhalten, die Schwierigkeiten haben, ihre Söhne auf dem rechten Weg zu halten. Die Gesellschaft ist in solchen Fällen ja immer schnell mit Schuldzuweisungen bei der Hand, und wir finden, daß es an der Zeit ist, das Bild ein wenig zurechtzurücken.« Sie sah eine gewisse Verständnislosigkeit auf dem Gesicht der Frau. »Wir möchten einer solchen Mutter die Chance geben, ihre Version der Geschichte zu erzählen«, erläuterte sie. »Es scheint da ein allgemeines Muster von Einmischung und Schikane durch die Behörden zu geben – Jugendamt, Gemeinde, Polizei. Die meisten Mütter, mit denen wir gesprochen haben, sind der Ansicht, daß sie diese Probleme nicht gehabt hätten, wenn man sie in Ruhe gelassen hätte.«

Ein Funke von Interesse glomm in Ma O'Briens Augen auf. »Das stimmt.«

»Wären Sie bereit, bei der Sendung mitzumachen?«

»Vielleicht. Wer hat Sie'n geschickt?«

»Wir haben hier bei den Gerichten recherchiert«, antwortete Roz geschickt, »und sind relativ häufig auf Ihren Namen gestoßen.«

»Das wundert mich nicht. Krieg' ich Geld dafür?«

»Aber natürlich. Ich müßte mich jetzt erst einmal ungefähr eine Stunde mit Ihnen unterhalten, um mir eine grobe Vorstellung von Ihren Ansichten machen zu können. Dafür erhalten Sie eine sofortige Bezahlung von fünfzig Pfund.« Alles, was darunter lag, dachte sie, würde Ma naserümpfend ablehnen. »Wenn wir Ihren Beitrag dann für brauchbar halten und Sie bereit sind, sich filmen zu lassen, werden wir Ihnen den gleichen Stundensatz bezahlen, solange die Kameras hier sind.«

Ma O'Brien spitzte den dünnlippigen Mund und sagte: »Hundert. Für hundert mach' ich's.«

Roz schüttelte den Kopf. Mehr als fünfzig hatte sie gar nicht dabei. »Tut mir leid. Das ist ein fester Tarif. Ich kann Ihnen nicht mehr bezahlen.« Sie zuckte die Achseln. »Schade. Trotzdem vielen Dank, daß Sie mir zugehört haben, Mrs. O'Brien. Ich habe noch drei andere Familien auf meiner Liste. Eine davon wird diese Chance, den Behörden endlich mal die Meinung zu sagen und dabei noch Geld zu verdienen, sicherlich ergreifen.« Sie wandte sich ab. »Sehen Sie sich die Sendung an«, rief sie über die Schulter zurück. »Wahrscheinlich werden Sie einige Ihrer Nachbarn darin sehen.«

»Nicht so hastig, Miss. Hab' ich vielleicht nein gesagt? Keine Spur. Aber ich wär' doch blöd, wenn ich nich versuchen würde, 'n bißchen mehr rauszuschlagen. Kommen Sie rein. Kommen Sie rein. Wie heißen Sie gleich wieder?«

»Rosalind Leigh.« Sie folgte Ma in ein Wohnzimmer und setzte sich in einen Sessel, während die Frau das Fernsehgerät ausschaltete und geistesabwesend ein paar imaginäre Stäubchen von dem Apparat wischte.

»Das ist ein hübsches Zimmer«, sagte Roz und achtete darauf, sich ihre Überraschung nicht anmerken zu lassen. Auf einem hellen chinesischen Teppich in Rosa und Grau stand eine Couchgarnitur guter Qualität in burgunderrotem Leder.

»Alles ehrlich gekauft und bezahlt«, sagte Ma schnippisch.

Roz zweifelte keinen Augenblick daran. Wenn die Polizei bei ihr so häufig zu Gast war, wie Hal angedeutet hatte, würde sie ihr Haus kaum mit gestohlenen Sachen möblieren. Roz nahm ihr Tonbandgerät heraus.

»Haben Sie etwas dagegen, wenn ich unser Gespräch aufnehme? Es wäre für unseren Toningenieur eine gute Möglichkeit, gleich ein paar Messungen zu machen. Aber wenn das Mikrophon Sie stört, mache ich mir statt dessen gern Notizen.«

»Ach, lassen Sie's ruhig stehn«, sagte sie und setzte sich auf das Sofa. »Ich hab' keine Angst vor Mikrophonen. Wir ham ein Karaoke nebenan. Wollen Sie Fragen stellen, oder wie läuft das jetzt?«

»Das ist wahrscheinlich das Einfachste, nicht wahr? Fangen wir doch mal bei der Zeit an, als Sie hier eingezogen sind.«

»Hm, ja, das Haus ist vor ungefähr zwanzig Jahren gebaut worden, und wir waren hier die erste Familie. Wir waren zu sechst, mit meinem Mann, aber der ist kurz danach eingebuchtet worden, und wir ham ihn nie wieder gesehen. Der Schweinehund ist abgehaun, als sie ihn rausgelassen ham.«

»Sie hatten also vier Kinder?«

»Vier zu Hause, fünf in Pflege. Verdammte Einmischung, genau wie Sie gesagt ham. Dauernd ham sie mir die kleinen Würmer weggenommen. Da kann man echt zuviel kriegen. Die wollten doch ihre Mutter und nich irgendeine gottverdammte Pflegemutter, die's nur für Geld gemacht hat.« Sie schlang beide Arme um ihren Oberkörper. »Aber ich hab' sie immer zurückgekriegt, das könn' Sie mir glauben. Auf einmal ham sie wieder vor der Tür gestanden, so sicher wie's Amen in der Kirche, ganz gleich, wie oft sie sie mir weggenommen ham. Die Gemeinde hat uns auseinanderreißen wollen, sogar mit einer Ein-Zimmer-Wohnung ham sie mir gedroht.« Sie rümpfte die Nase. »Schikane, da ham Sie ganz recht. Ich weiß noch, einmal...«

Sie ließ sich nicht lange bitten, ihre Geschichte zu erzählen, sondern legte gleich mit bemerkenswerter Redegewandtheit los und unterhielt Roz, die völlig fasziniert war, fast eine Dreiviertelstunde lang. Roz machte etwa fünfzig Prozent Abstriche von dem, was ihr aufgetischt wurde, vor allem, weil Ma O'Brien so tat, als seien ihre Söhne immer nur die unschuldigen Opfer polizeilicher Machenschaften gewesen. Selbst dem Leichtgläubigsten wäre es schwergefallen, das zu schlucken. Dennoch, in ihrem Ton schwang immer, wenn sie von ihrer Familie sprach, eine trotzige

Zuneigung mit, und Roz fragte sich, ob sie wirklich so gefühllos und roh war, wie Lily sie gezeichnet hatte. Sie selbst jedenfalls stellte sich als unglückliches Opfer von Umständen dar, über die sie keine Kontrolle hatte, wobei Roz allerdings nicht hätte sagen können, ob sie das wirklich glaubte oder es nur sagte, weil sie vermutete, daß Roz das hören wollte. Auf jeden Fall war Ma O'Brien um einiges schlauer, als sie sich anmerken ließ.

»Gut, Mrs. O'Brien, mal sehen, ob ich das richtig mitbekommen habe«, sagte sie schließlich, den Redestrom unterbrechend. »Sie haben zwei Töchter, die beide genau wie Sie alleinerziehende Mütter sind und von Sozialhilfe leben. Sie haben sieben Söhne. Drei sind zur Zeit im Gefängnis, einer lebt mit seiner Freundin zusammen, und die anderen drei wohnen hier. Ihr ältestes Kind ist Peter, der jetzt sechsunddreißig ist, und ihr Jüngster ist Gary, jetzt fünfundzwanzig.« Sie pfiff durch die Zähne. »Das ist wirklich allerhand. Neun Kinder in elf Jahren.«

»Mittendrin zweimal Zwillinge. Jedesmal ein Junge und ein Mädchen. Aber es war schon hart.«

Eine einzige Plackerei, dachte Roz. »Wollten Sie die Kinder haben?« fragte sie neugierig. »Ich kann mir kaum etwas Schlimmeres vorstellen als neun Kinder zu haben.«

»Ich konnt's mir nich aussuchen, meine Liebe. Zu meiner Zeit gab's keine Abtreibung.«

»Haben Sie keine Verhütungsmittel genommen?«

Zu ihrer Überraschung wurde die alte Frau rot. »Ich hab' nie kapiert, wie die funktionieren«, sagte sie kurz. »Mein Mann hat's mal mit 'nem Gummi versucht, aber das Ding hat ihn gestört, und da hat er nie wieder einen genommen. Der alte Mistkerl. Ihm hat's nix ausgemacht, wenn's mich immer wieder erwischt hat.«

Es lag Roz auf der Zunge, Ma O'Brien zu fragen, warum sie denn nie kapiert habe, wie das mit den Verhütungsmitteln funktionierte, als der Groschen bei ihr fiel: Wenn sie nicht lesen konnte und es ihr zu peinlich gewesen war zu fragen, wie man sie anwendete, mußten sie für sie nutzlos gewesen sein. Guter Gott, dachte sie, ein bißchen Schulbildung hätte dem Staat im Fall dieser Familie ein Vermögen gespart.

»Typisch Mann«, sagte sie leichthin. »Ich habe draußen ein Motorrad stehen sehen. Gehört das einem Ihrer Söhne?«

»Ehrlich gekauft und bezahlt«, kam der angriffslustige Refrain. »Es ist Garys. Der spinnt echt mit seinem Motorrad. 'ne Zeitlang hatten mal drei von den Jungs Motorräder, jetzt isses nur noch Gary. Sie ham alle für so einen Kurierdienst gearbeitet, bis die verdammten Bullen da aufgekreuzt sind und dafür gesorgt ham, daß sie gefeuert worden sind. Schikane, nichts als Schikane. Wie soll ein Mensch denn arbeiten, wenn ständig die Bullen daherkommen und dem Chef das Strafregister unter die Nase halten? Und natürlich ham die Jungs die Motorräder wieder hergeben müssen. Sie hatten sie auf Raten gekauft, und dann konnten sie natürlich nich mehr zahlen.«

Roz schnalzte teilnahmsvoll mit der Zunge. »Wann war denn das? Vor kurzem erst?«

»In dem Jahr, in dem wir die schweren Stürme hatten. Ich weiß noch, der Strom war weg, als die Jungs gekommen sind und erzählt ham, daß sie sie rausgeschmissen hatten. Und wir hatten nur eine einzige Kerze!« Ihre Lippen strafften sich. »Es war eine fürchterliche Nacht. Deprimierend.«

Roz bemühte sich, ein möglichst neutrales Gesicht zu machen. Hatte Lily doch recht und Hal unrecht? »Ach ja, die Stürme von siebenundachtzig«, sagte sie. »Die ersten.«

»Genau. Und zwei Jahre später hatten wir das gleiche noch mal. Da ham wir gleich eine Woche lang keinen Strom gehabt, und wir ham nich mal 'ne Entschädigung gekriegt. Ich hab's versucht, aber die Kerle ham mir einfach erklärt, wenn ich nich zahle, was ich schulde, dann drehen sie mir den Strom ganz ab.«

»Hat die Polizei Ihnen einen Grund dafür angegeben, daß Ihre Söhne an die Luft gesetzt wurden?« erkundigte sich Roz.

»Ha!« prustete Ma O'Brien verächtlich. »Die geben eim doch nie für irgendwas Gründe an. Es war die reine Schikane, wie ich schon gesagt hab'.«

»Haben sie lange für den Kurierdienst gearbeitet?«

Die Frau musterte sie argwöhnisch. »Das interessiert Sie aber plötzlich mächtig, was?«

Roz lächelte unschuldig. »Nur weil wir hier eine Situation haben, als drei Ihrer Söhne versucht haben, ein ordentliches Leben zu führen. Das würde sich in der Sendung gut machen, wenn wir zeigen könnten, daß ihnen diese Möglichkeit durch polizeiliche Schikane genommen worden ist. Es war wohl ein Unternehmen hier am Ort, für das sie gearbeitet haben?«

»In Southampton.« Ma O'Brien zog die Mundwinkel weit herab. »Und so einen blöden Namen hatte die Firma. Wells-Fargo. Na ja, der Chef war ja auch der reinste Cowboy, da war der Name vielleicht doch nich so blöd.«

Roz unterdrückte ein Lächeln. »Gibt es die Firma noch?«

»Soviel ich weiß, ja. So, Schluß jetzt. Die Stunde ist um.«

»Ich danke Ihnen, Mrs. O'Brien.« Sie klopfte auf den Recorder. »Wenn den Produzenten gefällt, was wir hier drauf haben, muß ich vielleicht noch einmal wiederkommen und mit Ihren Söhnen sprechen. Wäre das möglich?«

»Warum nich? Für fünfzig Eier pro Nase haben die bestimmt nix dagegen.« Ma O'Brien hielt Roz die offene Hand hin.

Pflichtschuldig nahm Roz zwei Zwanzig-Pfund-Noten und einen Zehner aus ihrer Brieftasche und legte die Scheine in die runzlige Hand. Dann fing sie an, ihre Sachen zu packen.

»Wie ich höre, ist Dawlington ja richtig berühmt«, bemerkte sie im Plauderton.

»Ach ja?«

»Man hat mir erzählt, daß ungefähr eine halbe Meile von hier Olive Martin ihre Mutter und ihre Schwester umgebracht hat.«

»Ach die«, sagte Ma O'Brien wegwerfend und stand auf. »Komisches Mädchen. Ich hab' sie mal ganz gut gekannt. Ich hab' für ihre Mutter geputzt, als sie und ihre Schwester noch kleine Würmer waren. Sie war ganz verrückt nach meinem Gary. Sie hat ihn immer wie ihre Puppe behandelt, wenn ich ihn mitgenommen hab'. Die beiden waren nur drei Jahre auseinander, aber sie war fast doppelt so groß wie mein magerer kleiner Wicht. Komisches Mädchen.«

Roz räumte umständlich ihre Aktentasche ein. »Da muß es für Sie ja ein ziemlicher Schock gewesen sein, von den Morden zu hören. Wenn Sie die Familie gekannt haben, meine ich.«

»Ich muß sagen, ich hab' da nich weiter drüber nachgedacht. Ich war ja auch nur 'n halbes Jahr dort. *Sie* hab' ich nie gemocht. Die hat mich nur aus Angeberei genommen, aber kaum hat sie gehört, daß mein Mann im Knast sitzt, hat sie mich gefeuert.«

»Was war Olive denn für ein Kind? War sie Ihrem Gary gegenüber gewalttätig?«

Ma O'Brien lachte. »Sie hat ihm immer die Sachen von ihrer Schwester angezogen. Mein Gott, hat er da ausgesehen! Wie ich gesagt hab', sie hat ihn behandelt, als wär' er ihre Puppe.«

Roz drückte die Schlösser ihrer Aktentasche zu und stand auf. »Waren Sie überrascht, als Sie hörten, was sie getan hatte?«

»Nich mehr als über manches andere. Die Menschen sind ja wirklich das Verrückteste, was es gibt.« Sie begleitete Roz zur Haustür und wartete, die Arme in die Hüften gestemmt, daß sie nun endlich gehen würde.

»Das wäre vielleicht eine originelle Einführung in die Sendung«, sagte Roz nachdenklich. »Daß Gary früher einmal einer berüchtigten Mörderin als Puppe gedient hat. Erinnert er sich noch an sie?«

Ma O'Brien lachte wieder. »Na klar erinnert er sich. Er hat doch immer die Briefe zwischen ihr und ihrem Liebhaber hin und her getragen, als sie noch beim Sozialdienst gearbeitet hat.«

Rosalind fuhr so schnell es ging zur nächsten Telefonzelle. Ma O'Brien hatte ihrer aufregenden letzten Bemerkung nichts hinzufügen können oder wollen und hatte Roz unvermittelt die Haustür vor der Nase zugeschlagen, als sie Näheres über Garys derzeitigen Verbleib wissen wollte. Nun ließ Roz sich von der Auskunft die Nummer der Firma Wells-Fargo in Southampton geben und rief mit ihren letzten fünfzig Pence dort an. Eine Frau nannte ihr gelangweilt die genaue Adresse ihrer Firma und erklärte ihr den Weg dorthin. »Wir schließen in vierzig Minuten«, sagte sie zum Abschied.

Roz parkte im Halteverbot, ohne sich um den drohenden Strafzettel zu kümmern, und schaffte es, Wells-Fargo noch zehn Minuten vor Geschäftsschluß zu erreichen. Es war ein schäbiges kleines Büro, eine Treppe hoch, mit dem Eingang zwischen zwei Läden. Zwei anämische Fleißige Lieschen und ein uralter Pirelli-Kalender waren die einzigen Farbtupfer an der vergilbten Wand. Die Frau mit der gelangweilten Stimme hatte ein ebenso gelangweilt wirkendes Gesicht. Sie war mittleren Alters und zählte offensichtlich die Minuten bis zum Beginn ihres Wochenendes.

»Wir sehen unsere Kunden fast nie«, bemerkte sie, während sie ruhig weiter ihre Nägel feilte. »Ich meine, wenn sie ihr Paket selbst hierherbringen, können sie es eigentlich genausogut selbst liefern.« Es klang wie eine Anklage; als sei sie der Ansicht, Roz vergeude die Zeit der Firma. Sie vernachlässigte einen Moment ihre Fingernägel und streckte die Hand aus. »Was ist es, und wo geht es hin?«

»Ich bin keine Kundin«, sagte Roz. »Ich bin Schriftstellerin und hoffe, Sie können mir einige Auskünfte für ein Buch geben, an dem ich schreibe.« Erwachendes Interesse belebte das Gesicht der Frau. Also nahm Roz sich einen Stuhl und setzte sich. »Wie lange arbeiten Sie schon hier?«

»Zu lange. Was ist das für ein Buch?«

Roz beobachtete sie scharf. »Erinnern Sie sich an Olive Martin? Sie hat vor sechs Jahren in Dawlington ihre Mutter und ihre Schwester ermordet.« Sie sah den Blitz des Erkennens im Blick der Frau. »Ich schreibe ein Buch über sie.«

Die Frau wandte sich wieder ihren Nägeln zu, ohne etwas zu sagen.

»Haben Sie sie gekannt?«

»Guter Gott, nein.«

»Hatten Sie schon von ihr gehört? Vor den Morden, meine ich. Soviel ich weiß, hat einer Ihrer Kuriere ihr Briefe überbracht.« Das stimmte, nur wußte sie nicht, ob Gary zu der Zeit, als er die Briefe befördert hatte, überhaupt noch für Wells-Fargo gearbeitet hatte.

Die Verbindungstür zu einem Nachbarbüro öffnete sich, und ein Mann kam heraus. Er musterte Roz. »Wollte diese Dame zu mir, Marnie?« Ohne es zu merken, ließ er die Finger an seiner Krawatte auf und ab laufen, als spiele er eine Klarinette.

Die Nagelfeile verschwand. »Nein, Mr. Wheelan. Das ist eine Freundin von mir. Sie ist auf einen Sprung vorbeigekommen, weil sie wissen wollte, ob ich Zeit habe, ein Glas mit ihr trinken zu gehen, ehe ich nach Hause fahre.« Sie fixierte Roz mit Unterstützung heischendem Blick. Eine merkwürdige Vertraulichkeit lag in ihrem Ausdruck, als teilten sie und Roz bereits ein Geheimnis.

Roz lächelte liebenswürdig und sah auf ihre Uhr. »Es ist ja fast sechs«, sagte sie. »Eine halbe Stunde ist doch okay, oder?«

Der Mann machte eine scheuchende Bewegung mit den Händen. »Dann gehen Sie nur, Sie beide. Heute abend sperre ich ab.« An der Tür blieb er noch einmal stehen und drehte sich mit besorgt gerunzelter Stirn herum. »Sie haben nicht vergessen, jemanden zu Hasler zu schicken, nicht wahr?«

»Nein, Mr. Wheelan. Eddy ist schon vor zwei Stunden gefahren.«

»Gut, gut. Also dann, ein schönes Wochenende. Und Prestwick?«

»Alles erledigt, Mr. Wheelan. Wir sind auf dem laufenden.« Marnie verdrehte die Augen zum Himmel, als er die Tür hinter sich schloß. »Der Mann macht mich noch wahnsinnig. Was der immer für einen Streß macht! Kommen Sie, schnell, eh er sich's anders überlegt. Freitag abends ist es immer am schlimmsten.« Sie war schon auf dem Weg zur Tür. »Er haßt das Wochenende, wissen Sie«, erklärte sie, während sie die Treppe hinuntereilte. »Er hat jedesmal Angst, daß die Firma zusammenbricht, weil zwei Tage hintereinander ohne Aufträge vergehen. Er leidet unter Verfolgungswahn. Letztes Jahr mußte ich jeden Samstag vormittag arbeiten, bis er endlich gemerkt hat, daß wir nur rumgesessen und Däumchen gedreht haben, weil die Firmen, mit denen wir zusammenarbeiten, alle am Samstag gar nicht offen hatten.« Sie stieß die Tür zur Straße auf und trat ins Freie. »Den Drink können wir vergessen. Ich möchte ausnahmsweise mal zu einer menschlichen Zeit nach Hause kommen.« Sie wartete mit prüfendem Blick auf Roz' Reaktion.

Roz zuckte die Achseln. »In Ordnung. Dann unterhalte ich mich eben mit Mr. Wheelan über Olive Martin. Er scheint es ja nicht eilig zu haben.«

Marnie stampfte ungeduldig mit dem Fuß. »Sie wollen wohl, daß ich rausfliege?«

»Ja, dann reden Sie doch mit mir.«

Marnie sagte eine Weile nichts, sondern schien zu überlegen, was für Alternativen sie hatte. »Na schön, ich sag' Ihnen, was ich weiß, aber Sie müssen es für sich behalten«, sagte sie schließlich. »Abgemacht? Es wird Ihnen sowieso nicht weiterhelfen. Für das Buch können Sie's ja doch nicht gebrauchen.«

»Ist mir recht«, sagte Roz.

»Wir können auf dem Weg zum Bahnhof reden. Da runter. Wenn wir uns beeilen, erwisch' ich vielleicht den Zug um halb sieben noch.«

Roz hielt sie am Arm fest. »Da drüben steht mein Wagen«, sagte sie. »Ich fahre Sie hin.« Sie ging mit Marnie über die Straße und sperrte ihren Wagen auf. »Okay«, sagte sie, als sie beide im Auto saßen und sie den Motor angelassen hatte. »Erzählen Sie.«

»Ich habe tatsächlich schon von ihr gehört, oder zumindest von einer Olive Martin. Ich kann nicht beschwören, daß es ein und dieselbe ist, weil ich sie nie gesehen habe, aber die Beschreibung klang zutreffend, als ich damals von ihr in der Zeitung gelesen habe. Ich habe immer angenommen, daß es sich um dieselbe Person handelt.«

»Wer hat Ihnen die Beschreibung gegeben?« fragte Roz. Sie bog in die Hauptstraße ein.

»Es ist besser, Sie stellen jetzt keine Fragen«, sagte Marnie ungehalten. »Dann dauert alles nur länger. Lassen Sie mich einfach erzählen.« Sie sammelte sich einen Moment. »Ich habe vorhin gesagt, daß wir unsere Kunden selten zu Gesicht bekommen. Manchmal kommt jemand vorbei, um zu sehen, was für eine Firma wir sind, aber normalerweise wird alles über Telefon erledigt. Wenn jemand etwas expedieren lassen will, ruft er an, und wir schicken dann einen Kurier. So einfach ist das. Na ja, einmal mittags, als Wheelan sich was zum Essen besorgte, kam ein Mann ins Büro. Er hatte einen Brief dabei, der noch am Nachmittag an eine Miss Olive Martin geliefert werden sollte. Er war bereit, über Tarif zu bezahlen, wenn der Kurier vor ihrer Arbeitsstelle wartete, bis sie herauskam, und ihr den Brief dann unauffällig geben würde. Auf keinen Fall sollte der Brief drinnen abgegeben werden. Er sagte, ich verstünde gewiß, warum.«

Roz vergaß ihre Abmachung. »Und haben Sie es verstanden?«

»Ich nahm an, die beiden hätten ein Verhältnis miteinander und wollten auf keinen Fall auffallen. Kurz und gut, er hat mir für den einen Brief zwanzig Pfund gegeben – und das war vor sechs Jahren, wohlgemerkt! – und dazu eine sehr gute Beschreibung von Olive Martin. Er konnte mir sogar sagen, was für ein Kleid sie an dem Tag anhatte. Na, ich dachte, das wäre eine einmalige Sache, und da Wheelan, der alte Geizkragen, immer schon schlecht gezahlt hat, hab' ich das Geld eingesteckt und den Vorgang nicht eingetragen. Statt dessen habe ich einen von unseren Kurieren, der in Dawlington wohnte, den Auftrag nebenbei auf seinem Heimweg erledigen lassen. Er hat zehn Pfund dafür bekommen, daß er praktisch nichts getan hat, und den Rest habe ich eingesteckt.« Sie hob einen Arm nach rechts. »Sie biegen an der Ampel rechts ab und dann beim Kreisverkehr gleich wieder rechts.«

Roz schaltete den Blinker ein. »Und der Kurier war Gary O'Brien?«

Marnie nickte. »Der kleine Scheißer hat wohl gequasselt?«

»So in der Richtung«, erwiderte Roz, eine direkte Antwort vermeidend. »Hat Gary den Mann je gesehen?«

»Nein, nur Olive. Es stellte sich heraus, daß er sie von früher kannte – sie hat auf ihn aufgepaßt, als er noch klein war oder so was –, da hat er sie natürlich ohne Mühe erkannt, und den Auftrag nicht vermasselt, indem er den Brief der Falschen gegeben hat. Davor hatte ich nämlich Angst. Er war ein fürchterlicher Trottel. Sie können gleich hier halten.«

Sie sah auf die Uhr, als Roz abbremste.

»Wunderbar. Okay, das Ende vom Lied war, daß Olives Kerl regelmäßig seine Briefe von uns befördern ließ. Alles in allem müssen wir in den sechs Monaten vor den Morden an die zehn Briefe überbracht haben. Ich glaube, er hat gemerkt, daß wir's schwarz gemacht haben, weil er immer mittags kam, wenn Wheelan weg war. Ich vermute, er hat gewartet, bis er den Alten weggehen sah.« Sie zuckte die Achseln. »Nach den Morden war Schluß, und ich hab' ihn nie wieder gesehen. Das ist alles, was ich Ihnen sagen kann, außer daß Gary es schon schön mit der Angst zu tun kriegte, als Olive verhaftet wurde. Er meinte, wir sollten am besten den Mund halten, sonst würde uns die Polizei nur die Hölle heiß machen. Na ja, ich war sowieso nicht scharf darauf, was zu sagen, weniger wegen der Polizei als wegen Wheelan. Der hätte einen Tobsuchtsanfall gekriegt, wenn er rausbekommen hätte, daß wir hinter seinem Rücken Privatgeschäfte gemacht hatten.«

»Aber ist die Polizei denn nicht etwa einen Monat später sowieso vorbeigekommen, um Wheelan vor den Brüdern O'Brien zu warnen?«

Marnie machte ein erstauntes Gesicht. »Wer hat Ihnen denn das erzählt?«

»Garys Mutter.«

»Das höre ich das erstemal. Soviel ich weiß, hatten die einfach keinen Bock mehr. Bei Gary war's nicht so schlimm, der war ganz heiß auf sein Motorrad, aber die anderen beiden waren die arbeitsscheusten Vögel, die mir je untergekommen sind. Am Schluß haben sie praktisch überhaupt nichts mehr getan. Wheelan hat sie schließlich rausgeschmissen. Das ist so ziemlich die einzige Entscheidung von ihm, mit der ich einverstanden war. Gott, waren die unzuverlässig.« Sie sah wieder auf ihre Uhr. »Ehrlich gesagt, ich war platt, daß Gary Olive die Briefe so brav überbracht hat. Ich weiß noch, daß ich überlegt hab', ob er vielleicht selbst ein Auge auf sie hatte.« Sie öffnete die Autotür. »Ich muß jetzt los.«

»Moment«, sagte Roz scharf. »Wer war der Mann?«

»Keine Ahnung. Er hat bar bezahlt und seinen Namen nie genannt.«

»Wie hat er ausgesehen?«

»Ich verpass' meinen Zug.«

Roz neigte sich zur anderen Seite hinüber und zog die Tür zu. »Sie haben noch zehn Minuten, und wenn Sie mir nicht eine anständige Beschreibung geben, fahre ich direkt zu Ihrer Firma zurück und rede mit Ihrem Chef.«

Marnie runzelte ärgerlich die Stirn. »Er war so um die Fünfzig, alt genug um ihr Vater sein zu können, wenn das Alter, das in der Zeitung für sie angegeben wurde, richtig war. Er hat nicht übel ausgesehen, auf so eine geschniegelte Art, sehr ordentlich und konservativ. Drückte sich sehr kultiviert aus. Er hat geraucht. Er trug immer einen Anzug mit Krawatte. Er war ungefähr eins achtzig groß und hatte blondes Haar. Er hat nie viel gesprochen, sondern irgendwie immer nur gewartet, bis ich was gesagt habe. Gelächelt hat er nie, war immer ganz gelassen. An seine Augen erinnere ich mich genau, weil sie nicht zu seiner Haarfarbe gepaßt haben. Sie waren dunkelbraun. Und das ist alles«, sagte sie mit Entschiedenheit. »Mehr weiß ich nicht über ihn, und über sie weiß ich überhaupt nichts.«

»Würden Sie ihn auf einer Fotografie erkennen?«

»Wahrscheinlich. Kennen Sie ihn denn?«

Roz trommelte mit ihren Fingern auf das Lenkrad. »Es ist verrückt, aber es hört sich genauso an, als sei es ihr Vater gewesen.«

11

Als Roz am folgenden Montag ins Zuchthaus kam, suchte der Beamte am Tor ihren Namen auf einer Liste, und griff dann zum Telefon. »Die Direktorin möchte Sie sprechen«, sagte er, während er wählte.

»Wozu denn das?«

»Keine Ahnung, Miss.« Er sprach ins Telefon. »Miss Leigh ist hier, für Miss Martin. Ich habe hier eine Notiz, daß sie zuerst zur Direktorin soll. Ja. In Ordnung.« Er machte mit seinem Bleistift eine Bewegung. »Geradeaus durch das erste Tor. Auf der anderen Seite holt Sie jemand ab.«

Es erinnerte sie auf schreckliche Weise daran, wie sie zur Schuldirektorin zitiert worden war. Sie überlegte, ob sie gegen irgendwelche Vorschriften verstoßen hatte. *Sie bringen nichts mit herein und nehmen nichts mit hinaus. Sie dürfen weder Botschaften überbringen, noch dürfen Sie für sie welche weitergeben.* Aber genau das hatte sie natürlich getan, als sie mit Crew über das Testament gesprochen hatte. Diese schleimige Kröte mußte sie verpfiffen haben!

»Sie können jetzt hineingehen«, sagte die Sekretärin zu ihr.

Die Direktorin wies auf einen Sessel. »Nehmen Sie Platz, Miss Leigh.«

Roz setzte sich und hoffte, daß man ihr nicht ansah, was für ein schlechtes Gewissen sie hatte. »Ich war auf dieses Gespräch mit Ihnen nicht vorbereitet.«

»Nein.« Die Direktorin musterte Roz einen Moment lang schweigend, dann schien sie einen Entschluß gefaßt zu haben. »Wir wollen nicht lange um den heißen Brei herumreden. Olive mußten alle Privilegien vorübergehend entzogen werden, und wir glauben, daß Sie die indirekte Ursache dafür waren. Sie haben sie letzte Woche nicht besucht, und man sagte mir, daß Olive darüber sehr erregt war. Drei Tage später hat sie ihre Zelle zerstört und mußte ruhiggestellt werden.« Sie sah Roz' Überraschung. »Seitdem ist sie sehr labil, und ich möchte Sie eigentlich unter diesen Umständen lieber nicht zu ihr lassen. Ich denke, ich muß das erst mit dem Innenministerium besprechen.«

Lieber Gott! Die arme Olive! Warum bin ich nicht auf den Gedanken gekommen anzurufen? Roz faltete die Hände im Schoß und sammelte rasch ihre Gedanken. »Wenn drei Tage vergangen sind, ehe sie etwas unternommen hat, was veranlaßt Sie dann zu glauben, daß mein Ausbleiben daran schuld war? Hat sie Ihnen das gesagt?«

»Nein, aber eine andere Erklärung haben wir nicht, und ich bin nicht bereit, Ihre Sicherheit aufs Spiel zu setzen.«

Roz ließ sich das einen Moment durch den Kopf gehen. »Nehmen wir einmal an, Sie hätten recht – was ich nicht glaube, das möchte ich betonen –, wird es Olive dann nicht in noch größere Erregung versetzen, wenn ich wieder nicht komme?« Sie beugte sich vor. »Es wäre doch auf jeden Fall vernünftiger, mich mit ihr sprechen zu lassen. Wenn ihr Wutanfall tatsächlich mit meinem Nichterscheinen zu tun hat, kann ich sie beruhigen und ihr neue Sicherheit geben; wenn er *nicht* damit zu tun hatte, sehe ich nicht ein, warum ich mit bürokratischen Verzögerungen und vergeblichen Fahrten hierher bestraft werden soll.«

Die Direktorin lächelte dünn. »Sie sind sehr von sich überzeugt.«

»Ich habe keinen Grund, es nicht zu sein.«

»Hm.« Die Anstaltsleiterin sah Roz eine Zeitlang schweigend an. »Wir wollen doch einmal klarstellen«, sagte sie schließlich,

»was für eine Frau Olive tatsächlich ist. Ich habe Ihnen schon bei Ihrem ersten Besuch hier gesagt, daß ein psychiatrischer Befund, in dem sie als Psychopathin bezeichnet wird, nicht vorliegt. Und so ist es auch. Das heißt aber, daß Olive, als sie ihre Mutter und ihre Schwester tötete, völlig bei Verstand war. Sie wußte genau, was sie tat, sie war imstande, die Folgen ihrer Handlung zu begreifen und sie war dennoch bereit, die Handlung zu vollziehen. Es heißt ferner – und das ist nun insbesondere für Sie relevant –, daß sie nicht geheilt werden kann, weil es nichts zu heilen gibt. Unter ähnlichen Umständen – bei Depressionen, schlechtem Selbstwertgefühl, Verrat, mit anderen Worten bei allem, was ihre Wut auslöst – würde sie das gleiche wieder tun, und zwar mit der gleichen Mißachtung den Folgen gegenüber, weil sie, schlicht gesagt, der Ansicht wäre, daß die Tat den Preis wert ist. Ich möchte hinzufügen, und das geht wiederum besonders Sie an, daß die Folgen für sie jetzt noch weniger abschreckend sind, als sie es vielleicht vor sechs Jahren waren. Im großen und ganzen fühlt Olive sich nämlich hier in der Anstalt wohl. Sie hat Geborgenheit, sie hat Respekt, und sie hat Leute, mit denen sie sprechen kann. Draußen hatte sie das alles nicht. Und das weiß sie.«

Es war tatsächlich wie früher vor ihrer alten Schuldirektorin. Die selbstsichere Stimme der Autorität. »Mit anderen Worten, sie würde sich überhaupt nichts dabei denken, über mich herzufallen, weil eine weitere Strafe ja nur einen längeren Aufenthalt hier bedeuten würde? Und das wäre ihr nur recht?«

»Im Endeffekt, ja.«

»Sie täuschen sich«, entgegnete Roz scharf. »Nicht in bezug auf ihre geistige Gesundheit. Da stimme ich mit Ihnen überein, sie ist geistig so gesund wie Sie und ich. Aber Sie täuschen sich in Ihrer Sorge, daß sie mir gefährlich werden könnte. Ich schreibe ein Buch über sie, und sie möchte, daß dieses Buch geschrieben wird. Wenn sie wirklich auf mich wütend ist, und ich betone noch einmal, daß ich das nicht glaube, dann hat sie mein Nichterscheinen in der letzten Woche vielleicht als ein Zeichen dafür ausgelegt, daß ich das Interesse verloren habe, und es wäre psychologisch nicht gut, sie in diesem Glauben zu lassen.« Sie überlegte, was sie als nächstes sagen sollte. »Am Eingangstor zu dieser Anstalt hängt ein Schild – eine Art Grundsatzerklärung. Wenn ich mich recht erinnere, besagt sie unter anderem, daß den Häftlingen geholfen werden soll, sowohl hier in der Anstalt als auch draußen in der Gesellschaft ein Leben im Einklang mit den Gesetzen zu führen. Wenn diese Erklärung auch nur etwas zu bedeuten hat und nicht nur ein Dekorationsstück zur Beschwichtigung der Reformer ist, wie können Sie es dann rechtfertigen, weitere strafbare Ausbrüche Olives zu provozieren, indem Sie ihr diese Besuche verweigern, die das Innenministerium bereits genehmigt hat?« Sie schwieg aus Sorge, bereits zu viel gesagt zu haben. Diese Frau mochte noch so vernünftig sein, sie konnte es sich nicht leisten, ihre Autorität in Frage stellen zu lassen. Wenige Menschen konnten das.

»Warum möchte Olive, daß dieses Buch geschrieben wird?« fragte die Direktorin milde. »Sie hat doch bisher kein öffentliches Aufsehen gewollt, und Sie sind nicht die erste Autorin, die an ihr Interesse zeigt. Wir hatten hier in den ersten Jahren mehrere Anträge. Sie hat sie alle abgelehnt.«

»Ich weiß es nicht«, antwortete Roz aufrichtig. »Vielleicht hat es mit dem Tod ihres Vaters zu tun. Sie behauptet ja, einer der Gründe, weshalb sie sich schuldig bekannte, sei gewesen, daß sie ihm die Qualen eines Prozesses ersparen wollte.« Sie zuckte die Achseln. »Vermutlich hat sie angenommen, ein Buch wäre genauso schlimm für ihn, und hat deshalb bis nach seinem Tod gewartet.«

Die Direktorin war zynischer. »Es gibt auch noch eine weitere

Möglichkeit: Solange ihr Vater lebte, hätte er ihre Behauptungen anfechten können; jetzt, da er tot ist, kann er das nicht mehr. Doch das ist nicht meine Angelegenheit. Meine Angelegenheit ist der reibungslose Betrieb dieser Anstalt.« Sie trommelte mit den Fingern ungeduldig auf den Schreibtisch. Sie hatte nicht das geringste Verlangen danach, in eine Auseinandersetzung mit dem Innenministerium und Roz verwickelt zu werden, doch ein aufwendiger und umständlicher Briefwechsel mit der Behörde war dem Mord an einer Zivilistin in ihrer Anstalt immer noch bei weitem vorzuziehen. Sie hatte gehofft, Roz dazu bringen zu können, daß sie aus freien Stücken auf ihren Besuch verzichtete. Daß sie das nicht geschafft hatte, überraschte sie und machte sie, wenn sie ehrlich war, neugierig. *Was machte Rosalind Leigh in ihrer Beziehung zu Olive Martin richtig, das alle anderen offenbar falsch machten?*

»Sie können eine halbe Stunde mit ihr sprechen«, sagte sie abrupt. »Im Anwaltszimmer. Das ist größer als der andere Raum, in dem Sie sonst sind. Während des ganzen Gesprächs werden zwei männliche Vollzugsbeamte zugegen sein. Sollten Sie und Olive gegen die Vorschriften dieser Anstalt verstoßen, werden Ihre Besuche ab sofort untersagt, und ich werde persönlich dafür sorgen, daß eine neue Genehmigung nicht erteilt wird. Haben wir uns verstanden, Miss Leigh?«

»Ja.«

Die Direktorin nickte. »Ich bin neugierig: Machen Sie ihr Hoffnungen, indem Sie ihr erzählen, durch Ihr Buch werde sie freikommen?«

»Nein. Abgesehen von allem anderen hat sie sich bisher geweigert, mit mir über die Morde zu sprechen.« Roz griff nach ihrer Aktentasche.

»Warum sind Sie dann so sicher, daß Sie von ihr nichts zu befürchten haben?«

»Weil ich von allen Außenstehenden, mit denen sie bisher zu tun hatte, die einzige bin, die keine Angst vor ihr hat.«

Insgeheim zog sie diese Behauptung zurück, als Olive von zwei riesigen Vollzugsbeamten ins Anwaltszimmer geführt wurde, die sich dann zur Tür hinter Olives Rücken zurückzogen und rechts und links von ihr Aufstellung nahmen. Olives Abneigung war erschreckend deutlich spürbar, und Roz erinnerte sich, daß Hal ihr gesagt hatte, sie würde ihre Meinung über Olive möglicherweise ändern, wenn sie sie einmal wütend erlebt hatte.

»Hallo.« Sie wich Olives Blick nicht aus. »Die Direktorin hat mir erlaubt, Sie zu besuchen, aber wir sind beide auf Probe. Wenn wir uns heute daneben benehmen, werden meine Besuche in Zukunft nicht mehr erlaubt. Haben Sie das verstanden?«

MISTSTÜCK, sagte Olive lautlos und von den Beamten unbemerkt. VERDAMMTES MISTSTÜCK. Doch meinte sie damit Roz oder die Direktorin? Roz konnte es nicht sagen.

»Es tut mir leid, daß ich es letzten Montag nicht geschafft habe.« Sie berührte ihre Lippe, an der noch die häßliche Kruste zu sehen war. »Ich bin von meinem erbärmlichen Ehemann verprügelt worden.« Sie zwang sich zu einem Lächeln. »Ich konnte eine Woche lang nicht unter die Leute gehen, Olive, nicht einmal Ihnen zuliebe. Ich habe auch meinen Stolz, wissen Sie.«

Olive musterte sie ein, zwei Sekunden lang unbewegt, dann senkte sie den Blick zu der Zigarettenpackung auf dem Tisch. Gierig zog sie eine Zigarette heraus und steckte sie zwischen ihre wulstigen Lippen. »Die haben mich fertiggemacht«, sagte sie, während sie ein Streichholz anriß und die Flamme an die Zigarette hielt. »Die Schweine haben mich nicht rauchen lassen. Und zu essen haben sie mir auch nichts gegeben.« Sie warf einen wütenden Blick nach rückwärts. »Schweine! Haben Sie ihn umgebracht?«

Roz folgte ihrem Blick. Jedes Wort, das sie und Olive sprachen, würde weitergegeben werden. »Natürlich nicht.«

Mit der Hand, die die Zigarette hielt, strich sich Olive das strähnige, fettige Haar aus der Stirn. »Das hab' ich mir gedacht«, sagte sie verächtlich. »Es ist nicht so leicht, wie's im Fernsehen aussieht. Sie haben gehört, was ich getan habe?«

»Ja.«

»Wieso hat man Sie dann zu mir gelassen?«

»Weil ich der Direktorin gesagt habe, daß das, was Sie getan haben, mit mir nichts zu tun hatte. Das stimmt doch, nicht wahr?« Sie trat Olive unter dem Tisch auf den Fuß. »Ich vermute, daß etwas ganz anderes Sie in Wut gebracht hat.«

»Der verdammte Kaplan«, sagte Olive finster. Ein wimpernloses Augenlid zwinkerte. »Der hat mir allen Ernstes erzählt, Gott würde im Himmel Rock 'n' Roll tanzen, wenn ich mich hinknie und sage: ›Halleluja, ich bereue.‹ So ein Idiot. Der bildet sich ein, damit kann er den schwachsinnigen Kriminellen von heute die Religion schmackhaft machen. Wir kriegen nicht gerafft ›Also wird große Freude im Himmel sein über einen Sünder, der Buße tut‹, und deshalb werden wir damit abgespeist, daß Gott statt dessen den verfluchten Rock 'n' Roll tanzt.« Sie lauschte mit einiger Genugtuung dem unterdrückten Gelächter an der Tür, dann kniff sie die Augen zusammen und sagte lautlos zu Roz: ICH HABE IHNEN VERTRAUT.

Roz nickte. »Ich habe mir schon gedacht, daß es so etwas war.« Sie starrte auf Olives feiste Finger, die mit der winzigen Zigarette spielten. »Aber es war unhöflich von mir, nicht hier anzurufen und zu bitten, daß man Ihnen Bescheid sagt. Ich hatte fast die ganze letzte Woche lang die gräßlichsten Kopfschmerzen. Schieben Sie es bitte darauf.«

»Das mit den Kopfschmerzen weiß ich.«

Roz runzelte die Stirn. »Wieso?«

Mit flinken Fingern kniff Olive das glühende Ende der Zigarette ab und ließ es in einen Aschenbecher auf dem Tisch fallen. »Ganz einfach, mein lieber Watson. Ihr Ex hat Ihnen zwei Veilchen verpaßt – oder sind die gelben Flecken um Ihre Augen vielleicht eine schräge Art Make-up? – und Veilchen werden im allgemeinen von Kopfschmerzen begleitet.« Aber das Thema schien sie zu langweilen, und sie kramte plötzlich einen Briefumschlag aus ihrer Tasche. Sie hielt ihn über ihrem Kopf in die Höhe. »Mr. Allenby, Sir. Erlauben Sie, daß ich den Brief Miss Leigh zeige?«

»Was ist das für ein Brief?« fragte einer der Männer und kam näher.

»Von meinem Anwalt.«

Er nahm ihn ihr aus der erhobenen Hand, ignorierte den zweifingrigen Gruß, den sie ihm erwies, und überflog ihn. »Ich habe nichts dagegen«, sagte er, legte ihn auf den Tisch und kehrte an seinen Platz neben der Tür zurück.

Olive schob den Brief Roz hin. »Lesen Sie ihn. Er schreibt, die Chancen, meinen Neffen zu finden, seien praktisch gleich Null.« Sie griff nach einer weiteren Zigarette, ohne ihren Blick von Roz zu wenden. Er hatte etwas merkwürdig Wissendes, das Roz beunruhigend fand. Olive, so schien es, hatte jetzt in dieser unnatürlichen Glashaus-Beziehung, die zwischen ihnen bestand, die Initiative ergriffen, aber warum und wann sie das getan hatte, wußte Roz nicht. Sie war doch diejenige gewesen – oder nicht? –, die diese Zusammenkunft allen Widrigkeiten zum Trotz durchgesetzt hatte!

Sie sah überrascht, daß Crew den Brief mit der Hand geschrieben hatte, in einer ordentlichen, schrägen Schrift, und sie konnte nur vermuten, daß er ihn außerhalb der Bürostunden abgefaßt und beschlossen hatte, Zeit und Geld der Kanzlei nicht dadurch zu verschwenden, daß er ihn abtippen ließ. Sie fand das seltsam ärgerlich.

›Liebe Olive,
Wie ich von Miss Rosalind Leigh hörte, sind Ihnen die Bedingungen des Testaments Ihres verstorbenen Vaters teilweise bekannt, insbesondere jene, die Ambers unehelichen Sohn betreffen. Er hat den Großteil seines Vermögens diesem Kind hinterlassen, hat allerdings für den Fall, daß der Junge nicht gefunden werden sollte, alternative Verfügungen getroffen. Bisher haben meine Leute bei ihren Bemühungen, den Jungen zu finden, wenig Erfolg gehabt, und es ist wohl angemessen zu sagen, daß wir die Chancen, das Kind zu finden, immer pessimistischer beurteilen. Wir haben festgestellt, daß Ihr Neffe vor zwölf Jahren, als er kaum mehr als ein Säugling war, mit seiner Familie nach Australien emigriert ist, doch mit dem Umzug der Familie aus einer Mietwohnung in Sydney, in der sie während der ersten sechs Monate lebte, verliert sich ihre Spur. Unglücklicherweise haben die Adoptiveltern des Jungen einen häufig vorkommenden Familiennamen, und wir haben keine Garantie dafür, daß die Familie mit dem Jungen überhaupt in Australien geblieben ist. Wir können außerdem die Möglichkeit nicht ausschließen, daß die Familie ihren Namen durch einen Zusatz verändert oder vielleicht geändert hat. Sorgfältig abgefaßte Inserate in mehreren australischen Zeitungen haben keinerlei Reaktion zur Folge gehabt.
Ihr Vater bat uns ausdrücklich, bei der Suche nach

dem Kind mit größter Umsicht zu Werke zu gehen. Er fürchtete – eine Ansicht, der ich rückhaltlos beipflichte –, es könnte großer Schaden angerichtet werden, falls Details dieser letztwilligen Verfügung in die Medien und durch sie an die Öffentlichkeit gelangen sollten. Er war sich dessen bewußt, was für einen Schock es für seinen Enkel bedeuten würde, wenn er durch eine rücksichtslose Medienkampagne von seiner tragischen Verbindung zur Familie Martin erfahren sollte. Aus diesem Grund haben wir den Namen Ihres Neffen bisher streng geheimgehalten und werden das auch in Zukunft tun. Wir setzen unsere Nachforschungen fort, aber da Ihr Vater für die Suche eine begrenzte Zeitspanne angesetzt hat, besteht die Wahrscheinlichkeit, daß ich, als Testamentsvollstrecker, gezwungen sein werde, die Alternativ-Verfügungen zu erfüllen. Es geht dabei um eine Anzahl von Spenden an Krankenhäuser und wohltätige Organisationen, die sich ausschließlich um die Bedürfnisse und das Wohl von Kindern kümmern.
Ihr Vater hat mir zwar niemals die Anweisung gegeben, Ihnen seine letztwilligen Verfügungen vorzuenthalten, es war ihm jedoch sehr daran gelegen, Sie durch sie nicht unnötig zu bekümmern. Aus diesem Grund hielt ich es für geraten, Sie über seine Absichten nicht zu unterrichten. Hätte ich gewußt, daß Ihnen die Tatsachen zum Teil bereits bekannt waren, so hätte ich eher geschrieben.
In der Hoffnung, daß Sie bei guter Gesundheit sind, bin ich Ihr ergebener Peter Crew.

Roz faltete den Brief wieder zusammen und schob ihn über den Tisch zurück. »Sie sagten beim letzten Mal, es wäre Ihnen wichtig zu wissen, ob Ihr Neffe gefunden worden ist, aber Sie haben nicht erklärt, warum.« Sie warf einen Blick zu den beiden Beamten, aber die zeigten kaum Interesse an dem Gespräch. Sie beugte sich vor und senkte die Stimme. »Wollen Sie jetzt mit mir darüber sprechen?«

Olive stieß die Zigarette ärgerlich in den Aschenbecher. Sie bemühte sich gar nicht, leise zu sprechen. »Mein Vater war ein furchtbarer MANN.« Selbst das gesprochene Wort klang, als sei es mit Großbuchstaben geschrieben. »Ich hab's damals nicht gemerkt, aber inzwischen habe ich Jahre zum Nachdenken gehabt, und jetzt sehe ich es ganz klar.« Sie wies mit dem Kopf zu dem Brief. »Sein Gewissen hat ihn geplagt. Deshalb hat er dieses Testament gemacht. Um nach dem Schrecklichen, was er angerichtet hatte, mit sich selbst wieder ins reine zu kommen. Das war seine Art. Weshalb sonst hätte er sein Geld Ambers Kind hinterlassen, wo er sich doch nie einen Dreck um Amber geschert hat?«

Roz starrte sie neugierig an. »Wollen Sie sagen, daß Ihr Vater die Morde verübt hat?« fragte sie leise.

Olive prustete verächtlich. »Ich sagte, warum benutzte er Ambers Kind, um sich reinzuwaschen?«

»Was hat er denn getan, daß er sich reinwaschen mußte?«

Aber Olive antwortete nicht.

Roz wartete einen Moment, dann versuchte sie es anders. »Sie haben gesagt, Ihr Vater würde sein Geld, wenn irgend möglich, immer einem Familienmitglied hinterlassen. Heißt das, daß es noch andere Familienmitglieder gibt, denen er es hätte hinterlassen können? Oder haben Sie gehofft, er würde es Ihnen hinterlassen?«

Olive schüttelte den Kopf. »Es gibt niemand. Meine Eltern waren beide Einzelkinder. Und mir konnte er das Geld ja wohl nicht hinterlassen.« Sie schlug mit der Faust krachend auf den Tisch, und ihre Stimme schwoll wütend an. »Sonst würde ja jeder seine Scheißfamilie umbringen.« Das große häßliche Gesicht funkelte Roz höhnisch grinsend an. SIE DOCH AUCH, sagten die wulstigen Lippen lautlos.

»Bißchen leiser, wenn ich bitten darf, Bildhauerin«, sagte Mr. Allenby milde, »sonst ist der Besuch jetzt beendet.«

Roz drückte Finger und Daumen auf ihre Augenlider. Die Kopfschmerzen, die sie so lange geplagt hatten, kehrten zurück. *Olive Martin mit dem Beile* – sie versuchte, den Gedanken an den Reim zu vertreiben, aber es gelang ihr nicht – *hackt ihre Mutter in zehn Teile.*

»Ich verstehe nicht, warum das Testament Sie so zornig macht«, sagte sie, bemüht, in ruhigem Ton zu sprechen. »Wenn die Familie ihm wichtig war, wen gibt es dann außer seinem Enkel noch?«

Mit aggressiv vorgeschobenem Kinn starrte Olive auf den Tisch hinunter. »Es ist das Prinzip«, murmelte sie. »Mein Vater ist tot. Was spielt es jetzt noch für eine Rolle, was die Leute denken.«

Roz fiel etwas ein, was Mrs. Hopwood gesagt hatte. *Ich habe immer angenommen, daß er ein Verhältnis gehabt hat...* Sie wagte eine Vermutung. »Haben Sie vielleicht irgendwo eine Halbschwester oder einen Halbbruder? Ist es das, was Sie mir zu sagen versuchen?«

Das fand Olive komisch. »Wohl kaum. Dafür hätte er schon eine Geliebte haben müssen, und er hat Frauen nicht gemocht.« Sie lachte mit bissigem Hohn. »Aber MÄNNER hat er gemocht.« Wieder dieser seltsame Nachdruck auf dem einen Wort.

Roz war schockiert. »Soll das heißen, daß er homosexuell war?«

»Das soll heißen«, erklärte Olive in übertrieben geduldigem Ton, »daß das Gesicht meines Vaters nur aufgeleuchtet hat, wenn unser Nachbar von nebenan, Mr. Clarke, auf der Bildfläche erschien. Mein Vater wurde immer richtig ausgelassen, wenn der in der Nähe war.« Sie zündete sich bereits die nächste Zigarette an. »Ich fand das damals irgendwie süß, aber nur weil ich zu blöd war, um zwei Schwule zu erkennen, wenn ich sie vor mir sah. Jetzt find' ich's nur krank. Kein Wunder, daß meine Mutter die Clarkes gehaßt hat.«

»Sie sind nach den Morden umgezogen«, sagte Roz gedankenvoll. »Eines Morgens waren sie verschwunden, ohne eine neue Adresse zu hinterlassen. Kein Mensch weiß, was aus ihnen geworden ist, wohin sie gezogen sind.«

»Wundert mich gar nicht. Ich vermute, da steckte *sie* dahinter.«

»Mrs. Clarke?«

»Sie hat's nie gemocht, wenn er zu uns rübergekommen ist. Er ist immer hinten über den Zaun gesprungen, und dann haben mein Vater und er sich im Zimmer meines Vaters eingesperrt und sind stundenlang nicht mehr rausgekommen. Ich kann mir denken, daß die Blut geschwitzt hat, als mein Vater nach den Morden ganz allein im Haus war.«

Erinnerungen an Bemerkungen, die Roz im Lauf der letzten Tage gehört hatte, meldeten sich. Robert Martins Eitelkeit und seine Peter-Pan-Erscheinung; die enge Freundschaft zwischen ihm und Ted Clarke, die sich so nahe »wie Brüder« gewesen waren; das Zimmer im rückwärtigen Teil des Hauses mit dem Bett darin; Gwen, die den Schein wahrte; ihr kühles Zurückweichen vor ihrem Mann; das Geheimnis, das gewahrt werden mußte. Das alles ergab jetzt einen Sinn, aber hatte es eine Bedeutung, wenn Olive es damals gar nicht gewußt hatte?

»War Mr. Clarke sein einziger Liebhaber, was glauben Sie?«

»Woher soll ich das wissen? Wahrscheinlich nicht«, fuhr sie fort, sich sofort widersprechend. »Er hatte ja seinen eigenen Ein- und Ausgang. Er kann jede Nacht losgezogen sein und sich Strichjungen geholt haben, wir hätten nichts gemerkt. Ich hasse ihn.« Sie machte ein Gesicht, als wollte sie gleich wieder explodieren, aber Roz' erschrockener Blick brachte sie zur Besinnung. »Ich habe ihn gehaßt«, sagte sie noch einmal, ehe sie in Schweigen versank.

»Weil er Gwen und Amber getötet hat?« fragte Roz zum zweitenmal.

Aber darauf ging Olive nicht ein. »Er war doch den ganzen Tag im Büro. Das weiß jeder.«

Olive Martin mit dem Beile ... Machen Sie ihr Hoffnung, indem Sie ihr sagen, sie werde durch Ihr Buch freikommen?

»Hat Ihr Geliebter sie getötet?« Sie fand sich plump und ungeschickt, hatte das deutliche Gefühl, die falschen Fragen auf die falsche Weise und zur falschen Zeit zu stellen.

Olive kicherte. »Wie kommen Sie denn auf die Idee, daß ich einen Geliebten hatte?«

»Jemand hat Sie doch geschwängert.«

»Ach, das«, sagte sie wegwerfend. »Das mit der Abtreibung hab' ich erfunden. Ich wollte nur, daß die Frauen hier glauben, ich sei auch mal attraktiv gewesen.« Sie sprach laut, als sei es ihre Absicht, die Beamten alles hören zu lassen.

Eine eisige Faust der Gewißheit drückte Roz das Herz ab. Genau davor hatte Deedes sie vor vier Wochen gewarnt. »Wer war dann der Mann, der Ihnen durch Gary O'Brien Briefe geschickt hat?« fragte sie. »War das nicht Ihr Geliebter?«

Olives Augen glitzerten wie die einer Schlange. »Das war Ambers Freund.«

Roz starrte sie sprachlos an. »Aber wieso hat er die Briefe dann an Sie geschickt?«

»Weil Amber Angst hatte, sie selbst in Empfang zu nehmen. Sie war feige.« Es folgte eine kurze Pause. »Wie mein Vater.«

»Wovor hatte sie Angst?«

»Vor meiner Mutter.«

»Und wovor hatte Ihr Vater Angst?«

»Vor meiner Mutter.«

»Und hatten Sie auch Angst vor Ihrer Mutter?«

»Nein.«

»Wer war Ambers Freund?«

»Das weiß ich nicht. Sie hat es mir nie gesagt.«

»Was stand in den Briefen?«

»Liebesbriefe werden's gewesen sein. Amber haben ja alle geliebt.«

»Sie auch?«

»O ja.«

»Und Ihre Mutter? Hat die Amber auch geliebt?«

»Natürlich.«

»Mrs. Hopwood hat mir was anderes erzählt.«

Olive zuckte mit den Achseln. »Was weiß denn die schon? Die hat uns ja kaum gekannt. Die war doch immer nur mit ihrer heißgeliebten Geraldine beschäftigt.« Ein hinterhältiges Lächeln stahl sich auf ihre Lippen und machte ihr Gesicht häßlich. »Wen gibt es denn jetzt außer mir noch, der überhaupt was darüber weiß?«

Wie Schuppen fiel es Roz in diesem Moment niederschmetternder Desillusionierung von den Augen. »Haben Sie deshalb bis nach dem Tod Ihres Vaters gewartet, ehe Sie mit jemand reden wollten? Damit niemand mehr Ihnen widersprechen kann?«

Olive starrte sie plötzlich mit unverhüllter Abneigung an und zog dann mit einer beiläufigen Geste – den Beamten verborgen, Roz jedoch nur allzu sichtbar – eine kleine Tonfigur aus ihrer Tasche. Langsam drehte sie die lange Nadel, die im Kopf der Puppe steckte. Rotes Haar. Grünes Kleid. Roz brauchte keine besondere Phantasie, um der Tonfigur einen Namen zu geben. Sie lachte tonlos.

»Ich bin eine Skeptikerin, Olive. Es ist wie mit der Religion. So was wirkt nur, wenn man daran glaubt.«

»Ich glaube daran.«

»Um so dümmer.« Sie stand abrupt auf und ging zur Tür, bat Mr. Allenby mit einem Nicken, ihr aufzusperren. Was hatte sie dazu verleitet, je zu glauben, diese Frau sei unschuldig? Und warum, um Gottes willen, hatte sie sich eine gottverdammte Mörderin ausgesucht, um die Leere zu füllen, die Alice in ihrem Herzen hinterlassen hatte?

Bei einer Telefonzelle hielt sie an und rief im St.-Angela-Kloster an. Schwester Bridget selbst meldete sich. »Wie kann ich Ihnen helfen?« fragte sie in ihrem angenehmen weichen Singsang.

Roz lächelte schwach den Hörer an. »Sie können sagen: ›Kommen Sie vorbei, Roz, und schütten Sie mir Ihr Herz aus‹.«

Schwester Bridget lachte leise. Es klang warm. »Kommen Sie vorbei, mein Kind. Ich habe einen ganzen Abend frei, und mir wäre nichts lieber, als daß Sie mir Ihr Herz ausschütten. Ist es denn so schlimm?«

»Ja. Ich glaube, Olive ist es gewesen.«

»So schlimm ist das doch gar nicht. Sie sind nicht übler dran als an dem Tag, an dem Sie angefangen haben. Ich wohne in dem Haus neben der Schule. Es heißt Donegal. Total unangemessen, aber sehr hübsch. Kommen Sie, sobald Sie können. Wir essen zusammen.«

Roz' Stimme hatte einen gepreßten Unterton. »Glauben Sie an schwarze Magie, Schwester?«

»Sollte ich denn?«

»Olive spickt ein Tonabbild von mir mit Nadeln.«

»Du meine Güte!«

»Und ich habe Kopfschmerzen.«

»Das wundert mich nicht. Wenn man mir gerade meinen Glauben an einen anderen Menschen zertrümmert hätte, hätte ich auch Kopfschmerzen. Sie ist schon ein absurdes Geschöpf. Vermutlich ist das ihre Art zu versuchen, wenigstens einen Hauch von Kontrolle wiederzugewinnen. Das Gefängnis ist in dieser Hinsicht zerstörerisch.« Sie schnalzte verärgert mit der Zunge. »Wirklich sehr absurd, und ich hatte immer solche Hochachtung vor Olives Intellekt. Also bis später, mein Kind.«

Roz wartete das Knacken am anderen Ende der Leitung ab, dann drückte sie den Hörer an die Brust. *Gott sei Dank für Schwester Bridget*... Sie hängte den Hörer mit zitternden Händen ein. *Lieber Gott, lieber Gott!* GOTT SEI DANK FÜR SCHWESTER BRIDGET...

Das Abendessen war eine einfache Angelegenheit mit Suppe, Rührei auf Toast, frischem Obst und Käse. Roz stiftete einen leichten Schaumwein dazu. Sie aßen im Eßzimmer mit Blick auf den kleinen, von einer Mauer umgebenen Garten, über die das frische Grün der Rankenpflanzen in glänzenden Kaskaden herabfiel. Roz brauchte zwei Stunden, um ihre gesamten Aufzeichnungen durchzugehen und Schwester Bridget einen vollständigen Abriß all dessen zu geben, was sie bisher herausgefunden hatte.

Schwester Bridget, deren Wangen um einiges rosiger waren als sonst, saß, nachdem Roz geendet hatte, lange in kontemplativem Schweigen da. Sicher waren ihr die Schwellungen in Roz' Gesicht aufgefallen, aber sie sagte nichts dazu.

»Wissen Sie, mein Kind«, sagte sie endlich, »wenn mich etwas überrascht, dann Ihre plötzliche Gewißheit, daß Olive schuldig ist. Ich sehe in dem, was sie gesagt hat, nichts, was Ihnen Anlaß geben müßte, Ihre frühere Überzeugung von ihrer Unschuld umzustürzen.« Sie hob in leichter Frage die Brauen.

»Es war die durchtriebene Art, wie sie gelächelt hat, als sie erwähnte, daß sie jetzt die einzige ist, die Bescheid weiß«, sagte Roz müde. »Das hatte so etwas unangenehm Wissendes. Können Sie das verstehen?«

»Eigentlich nicht. Die Olive, die ich vor mir sehe, hat immer einen durchtriebenen Blick. Ich wünschte, sie könnte zu mir so offen sein, wie sie zu Ihnen gewesen zu sein scheint, aber ich fürchte, in mir wird sie immer nur den Moralapostel sehen. Das macht es ihr schwerer, ehrlich zu sein.« Sie dachte einen Moment nach. »Sind Sie sicher, daß Sie nicht einfach auf ihre Feindseligkeit reagieren? Es ist so viel leichter, Gutes von den Menschen zu glauben, die uns mögen, und Olive hat ja bei Ihren zwei früheren Besuchen kein Geheimnis aus ihrer Sympathie gemacht.«

»Wahrscheinlich.« Roz seufzte. »Aber das heißt doch nur, daß ich genauso naiv bin, wie jeder mir vorhält.«

Die meisten Kriminellen sind die meiste Zeit angenehm, hatte Hal gesagt.

»Ja, Sie sind wahrscheinlich tatsächlich naiv«, meinte Schwester Bridget, »und nur deshalb haben Sie Dinge ans Licht gebracht, die keinen der zynischen Profis überhaupt interessiert haben. Die Naivität hat ihren guten Sinn, genau wie alles andere.«

»Aber nicht, wenn sie einen veranlaßt, Lügengeschichten zu glauben«, widersprach Roz heftig. »Ich war so sicher, daß sie mir die Wahrheit über die Abtreibung gesagt hatte. Das hat bei mir überhaupt erst die Zweifel an ihrer Schuld ausgelöst. Ein geheimer Liebhaber, sogar ein Vergewaltiger« – sie zuckte die Achseln –, »beides hätte einen Riesenunterschied gemacht. Auch wenn er die Morde nicht selbst begangen hätte, hätte er sie doch leicht irgendwie herausgefordert haben können. Diesen Nährboden des Zweifels hat sie mir entzogen, als sie mir erklärte, die Geschichte von der Abtreibung sei gelogen gewesen.«

Schwester Bridget sah sie einen Moment lang scharf an. »Aber wann hat sie denn nun gelogen? Als sie Ihnen von der Abtreibung erzählte, oder heute, als sie sie leugnete?«

»Nicht heute«, erklärte Roz entschieden. »Das Dementi heute klang so wahr. Dieser Klang hat der Geschichte vorher gefehlt.«

»Wer weiß. Vergessen Sie nicht, daß Sie gleich beim erstenmal geneigt waren, ihr zu glauben. Seither hat jeder außer Geraldines Mutter diese Idee verworfen. Sie wurden, ohne es zu merken, langsam dazu konditioniert, die Vorstellung, Olive könnte mit einem Mann sexuelle Beziehungen gehabt haben, zurückzuweisen. Dadurch waren Sie sehr schnell bereit, das als die Wahrheit zu akzeptieren, was sie Ihnen heute erzählt hat.«

»Nur weil es einleuchtender ist.«

Schwester Bridget lachte. »Es ist einleuchtender zu glauben, daß Olives Geständnis wahr war, aber Sie haben zu viele Widersprüche aufgedeckt, um es noch für bare Münze nehmen zu können. Sie lügt, das wissen Sie. Jetzt kommt es darauf an, Lüge und Wahrheit zu trennen.«

»Aber warum lügt sie?« fragte Roz mit plötzlicher Gereiztheit. »Was hilft ihr das?«

»Wenn wir das wüßten, hätten wir die Antwort auf alles. Sie hat als Kind gelogen, um das Bild zu stützen, das sie von sich vermitteln wollte, und um sich und Amber vor der wütenden Enttäuschung ihrer Mutter zu schützen. Sie hatte Angst vor Zurückweisung. Das ist schließlich bei den meisten von uns der Grund dafür, daß wir lügen. Vielleicht lügt sie heute noch aus den gleichen Gründen.«

»Aber ihre Mutter und Amber sind tot«, sagte Roz. »Und tut es ihrem Image nicht Abbruch, wenn sie bestreitet, einen Geliebten gehabt zu haben?«

Schwester Bridget nahm einen Schluck von ihrem Wein. Sie antwortete nicht direkt. »Es kann natürlich sein, daß sie es getan hat, um sich zu revanchieren. Ich nehme an, das haben Sie bedacht. Ich kann mich des Gefühls nicht erwehren, daß Sie für sie eine Art Ersatz für Amber oder Gwen sind.«

»Ja, und sehen Sie sich an, was mit den beiden passiert ist.« Roz zog ein Gesicht. »Und wofür hat sie sich revanchieren wollen?«

»Daß Sie nicht gekommen sind. Sie haben doch gesagt, daß sie darüber verärgert war.«

»Aber ich hatte doch einen triftigen Grund.«

»Das glaube ich Ihnen.« Der gütige Blick ruhte auf den Spuren des Kampfes. »Aber das heißt nicht, daß Olive Ihnen glaubte. Und selbst wenn sie Ihnen geglaubt hat, läßt sich eine Woche Groll und Wut nicht so leicht abschütteln. Es kann sein, daß sie Ihnen auf die einzige Art, die ihr möglich war, eins auswischen wollte: Indem sie Sie verletzte. Und das ist ihr ja gelungen. Sie *sind* verletzt.«

»Ja«, bekannte Roz. »Das bin ich. Ich habe an sie geglaubt. Aber jetzt fühle ich mich zurückgewiesen. Nicht Olive.«

»Natürlich. Genau das wollte sie ja erreichen.«

»Selbst auf die Gefahr hin, daß ich einfach gehe und nicht wiederkomme?«

»Trotz ist selten vernünftig, Roz.« Sie schüttelte den Kopf. »Das arme Ding. Sie muß im Augenblick wirklich ziemlich verzweifelt sein, wenn sie zu Tonfiguren und Tobsuchtsanfällen Zuflucht nimmt. Ich würde wirklich gern wissen, was das ausgelöst hat. Sie war auch mit mir in den letzten Monaten ziemlich empfindlich und gereizt.«

»Der Tod ihres Vaters«, sagte Roz. »Etwas anderes kann es nicht sein.«

Schwester Bridget seufzte. »Ein tragisches Leben hatte dieser Mann! Man fragt sich, womit er das verdient hatte.« Sie schwieg. »Ich kann nicht recht glauben«, fuhr sie nach einer kleinen Pause fort, »daß der Mann, der die Briefe geschrieben hat, Ambers Geliebter war. Ich glaube, ich habe Ihnen erzählt, daß ich eines Tages kurz vor den Morden Olive zufällig begegnet bin. Ich war erstaunt, wie hübsch sie aussah. Sie war natürlich immer noch sehr dick, aber sie hatte sich mit ihrem Äußeren große Mühe gegeben, so daß sie richtig attraktiv aussah. Ein ganz anderes Mädchen als das, das ich aus der Schule kannte. Solche Veränderungen geschehen nie ohne Grund. Und meiner Erfahrung nach ist der Grund meistens ein Mann. Außerdem müssen wir Ambers Charakter berücksichtigen. Sie war nie so intelligent wie ihre Schwester, und ihr fehlten Olives Selbständigkeit und Reife. Es würde mich sehr überraschen, wenn sie mit einundzwanzig Jahren fähig gewesen wäre, eine Beziehung über sechs Monate aufrechtzuerhalten.«

»Aber Sie haben doch eben selbst gesagt, daß Männer erstaunliche Veränderungen in Gang bringen können. Vielleicht hat sie sich unter dem Einfluß dieses Mannes so verändert.«

»Das kann ich natürlich nicht bestreiten, aber wenn er Ambers Liebhaber war, dann hat Olive Ihnen auf jeden Fall *eine* dicke Lüge erzählt. Sie hätte genau gewußt, was die Briefe enthielten; entweder nämlich hätte Amber es ihr erzählt, oder sie hätte die Briefe heimlich geöffnet. Sie hat immer in Dingen gekramt, die sie nichts angingen. Es klingt kleinlich und gemein, das jetzt zu sagen, aber wir mußten immer alle sehr gut auf unsere persönlichen Dinge achten, solange Olive auf der Schule war. Adreßbücher und Tagebücher insbesondere haben sie angezogen wie Magneten.«

»Diese Marnie bei Wells-Fargo meinte, Gary O'Brien habe sich für Olive interessiert. Vielleicht war er der Mann, für den sie sich schön gemacht hat.«

»Vielleicht.«

Eine Zeitlang saßen sie schweigend beieinander, während es draußen langsam dunkel wurde. Schwester Bridgets Katze, eine getigerte Dame fortgeschrittenen Alters, lag zusammengerollt auf Roz' Schoß, und sie streichelte sie mechanisch im Takt mit ihrem Schnurren, streichelte sie mit der gleichen unbekümmerten Zärtlichkeit, die sie Mrs. Antrobus angedeihen ließ.

»Ich wollte«, sagte sie schließlich leise, »es gäbe eine Möglichkeit, auf objektive Weise festzustellen, ob sie einen Schwangerschaftsabbruch hinter sich hat, aber ihre Krankengeschichte würde man mich natürlich niemals einsehen lassen. Schon gar nicht ohne ihre Zustimmung.«

»Und wenn sich herausstellt, daß sie nie einen Schwangerschaftsabbruch gemacht hat? Würde Ihnen das etwas sagen? Würde das bedeuten, daß es in ihrem Leben keinen Mann gab?«

»Nein«, stimmte Roz zu, »aber wenn sie andererseits tatsächlich einen Schwangerschaftsabbruch hatte, dann kann kein Zweifel mehr bestehen, daß es einen Mann gegeben hat. Ich würde mich bei meinen Recherchen auf weit sichererem Boden fühlen, wenn ich wüßte, daß ein Liebhaber existiert hat.«

Schwester Bridget betrachtete sie so lange, daß ihr unbehaglich wurde. »Und Sie würden sich auch auf viel sichererem Boden fühlen, die Sache fallenzulassen, wenn Sie überzeugt wären, daß es keinen Mann gegeben hat. Ich finde, mein Kind, Sie sollten mehr Vertrauen in Ihre eigene Menschenkenntnis haben. Der Instinkt ist ein ebenso guter Führer wie ein schriftlicher Beweis.«

»Aber im Augenblick sagt mir mein Instinkt, daß sie so schuldig ist wie nur was.«

»Oh, das glaube ich nicht.« Das helle Lachen ihrer Gefährtin erfüllte das Zimmer. »Wenn das wirklich so wäre, hätten Sie nicht den weiten Weg hierher gemacht, um mit mir zu sprechen. Sie hätten zu Ihrem Freund und Helfer, dem Polizeibeamten, gehen können. Ihre Sinnesänderung hätte bestimmt seinen Beifall gefunden.« Ihre Augen blitzten. »Ich andererseits bin der einzige Mensch, von dem Sie wußten, daß er für Olive eintreten würde.«

Roz lächelte. »Heißt das, daß Sie jetzt glauben, sie hat es nicht getan?«

Schwester Bridget sah zum Fenster hinaus. »Nein«, sagte sie aufrichtig. »Ich bin immer noch unschlüssig.«

»Danke«, sagte Roz ironisch, »und von mir verlangen Sie Vertrauen. Das ist ein bißchen wie doppelte Moral, finden Sie nicht?«

»Sicher. Aber Sie sind auserwählt, Roz. Ich bin es nicht.«

Als Roz gegen Mitternacht die Tür zu ihrer Wohnung aufsperrte, läutete das Telefon. Nach drei- oder viermaligem Läuten schaltete sich der Anrufbeantworter ein. Iris, dachte sie. Niemand sonst würde es wagen, zu dieser gottlosen Zeit anzurufen, nicht einmal Rupert. Sie hatte keinerlei Absicht, mit ihr zu sprechen, aber aus Neugier schaltete sie das Gerät um, damit sie Iris hören konnte.

»Ich möchte gern wissen, wo Sie sind.« Es war Hals Stimme, schleppend von Alkohol und Müdigkeit. »Ich rufe seit Stunden an. Ich bin voll wie eine Strandhaubitze, und das ist Ihre Schuld. Sie sind viel zu dünn, aber was zum Teufel.« Er lachte kurz. »Ich versinke hier in der Scheiße, Roz. Ich und Olive, alle beide. Verrückt, schlecht und gefährlich, wissen Sie.« Er seufzte.

»*Von dem Ost bis zu den Inden, Ist kein Juwel gleich Rosalinden.* Wer sind Sie überhaupt? Nemesis? Sie haben mich angelogen. Sie haben gesagt, Sie würden mich in Frieden lassen.« Ein Krachen und Poltern folgte. »Verdammt noch mal«, brüllte er ins Telefon. »Jetzt ist mir die blöde Flasche runtergefallen.« Dann wurde aufgelegt.

Roz fragte sich, ob ihr Lächeln so idiotisch aussah, wie es sich anfühlte. Sie schaltete das Gerät wieder auf Automatic und ging zu Bett. Sie schlief fast augenblicklich ein.

Um neun Uhr am folgenden Morgen klingelte das Telefon wieder. »Roz?« fragte seine Stimme, diesmal nüchtern und zurückhaltend.

»Ja, ich bin's.«

»Hal Hawksley hier.«

»Oh, hallo«, sagte sie vergnügt. »Ich wußte gar nicht, daß Sie meine Nummer haben.«

»Sie haben mir doch Ihre Karte gegeben.«

»Ach ja. Was kann ich für Sie tun?«

»Ich hab' gestern schon versucht, Sie anzurufen. Ich habe eine Nachricht auf Ihrem Anrufbeantworter hinterlassen.«

Sie lächelte den Hörer an. »Tut mir leid«, sagte sie, »das Ding funktioniert schon seit Tagen nicht. Ich habe es nur Krachen und Pfeifen gehört, daß es mir beinahe das Trommelfell zerrissen hat. Ist denn was passiert?«

Seine Erleichterung war deutlich herauszuhören. »Nein.« Er schwieg einen Moment. »Ich wollte eigentlich nur wissen, wie Sie mit den O'Briens zurechtgekommen sind.«

»Ich war bei Ma. Es hat mich fünfzig Pfund gekostet, aber das war es wert. Haben Sie heute zu tun, oder kann ich vorbeikommen und Ihnen mal wieder die Ohren vollblasen? Ich wollte Sie um zwei Gefallen bitten. Können Sie mir ein Foto von Olives Vater besorgen und Einsicht in ihre Krankenakte?«

Er war froh, mit ihr über Details reden zu können. »Keine Chance, was das letztere angeht«, sagte er. »Olive kann Einsicht verlangen, aber sie würden sich eher zu Parkhurst Zugang verschaffen können als zu den Akten des Gesundheitsamts. Das Foto von Olives Vater kann ich Ihnen besorgen, wenn ich Geoff Wyatt überreden kann, eine Fotokopie von dem zu machen, das wir bei den Akten haben.«

»Und könnte ich vielleicht auch Bilder von Gwen und Amber haben?«

»Da brauchen Sie aber einen starken Magen. Soweit ich mich erinnere, hatten wir nur die Polizeiaufnahmen. Wenn Sie Fotos von den beiden zu Lebzeiten haben wollen, müssen Sie sich an Martins Testamentsvollstrecker wenden.«

»Okay, aber ich würde die Polizeifotos trotzdem gern sehen, wenn es möglich ist. Ich werde sie nicht ohne die entsprechende Genehmigung veröffentlichen«, versprach sie.

»Da hätten Sie einiges zu tun. Die Fotokopien der Polizei sind bekanntermaßen die schlechtesten, die es gibt. Wenn Ihr Verleger da ein anständiges Negativ draus machen könnte, würde er einen Orden verdienen. Ich werde mal sehen, was ich tun kann. Wann wollen Sie herkommen?«

»Am frühen Nachmittag? Ich habe vorher noch etwas zu erledigen. Könnten Sie mir auch eine Kopie von einem Foto Olives besorgen?«

»Wahrscheinlich.« Wieder schwieg er einen Moment. »Krachen und Pfeifen, hm? War das auch wirklich alles, was Sie gehört haben?«

12

Die Immobilienfirma Peterson in der High Street von Dawlington bemühte sich tapfer, mit Glanzfotos, die sich verführerisch im Schaufenster drehten, und hellen Lichtern, die die Interessenten einluden einzutreten, den Schein zu wahren. Aber wie bei den Immobilienfirmen in Southampton hatte auch hier die Rezession ihren Tribut gefordert: Ein einziger adretter junger Mann verwaltete in dem trostlosen Wissen, daß wieder ein Tag ohne einen einzigen Verkauf verstreichen würde, vier Schreibtische. Er sprang mit roboterhafter Herzlichkeit auf, als die Tür sich öffnete, und verzog den Mund zu einem strahlenden Vertreterlächeln.

Roz schüttelte gleich den Kopf, um keine falschen Hoffnungen aufkommen zu lassen. »Tut mir leid«, sagte sie entschuldigend, »aber ich möchte nichts kaufen.«

Er lachte. »Na ja. Verkaufen vielleicht?«

»Auch nicht.«

»Sehr klug.« Er zog ihr einen Stuhl heraus. »Die Preise sind immer noch ganz unten. Augenblicklich sollte man wirklich nur verkaufen, wenn man unbedingt muß.« Er setzte sich wieder in den Sessel auf der anderen Seite des Schreibtischs. »Womit kann ich Ihnen dienen?«

Roz gab ihm ihre Karte. »Ich versuche ein Ehepaar namens Clarke ausfindig zu machen. Die Leute haben vor drei oder vier Jahren ihr Haus über Ihre Agentur verkauft und sind weggezogen. Keiner der Nachbarn weiß, wohin. Ich hatte gehofft, Sie könnten es mir vielleicht sagen.«

Er zog ein Gesicht. »Das war leider vor meiner Zeit. Wie war denn die Adresse?«

»Leven Road Nummer zwanzig.«

»Ich könnte ja mal nachsehen. Die Akte ist hinten, wenn sie nicht schon abgelegt worden ist.« Sein Blick wanderte über die leeren Schreibtische. »Leider ist niemand da, der mich hier vertreten könnte. Ich kann deshalb vor heute abend nichts machen. Es sei denn –« Er warf einen zweiten Blick auf Roz' Karte. »Ich sehe, Sie leben in London. Haben Sie schon mal daran gedacht, sich ein Zweithaus an der Südküste zuzulegen, Mrs. Leigh? Wir haben da unten viele Schriftsteller. Sie flüchten gern in die Ruhe und den Frieden des Landlebens.«

Um ihren Mund zuckte es. »Miss Leigh. Und ich besitze nicht einmal ein ›Ersthaus‹. Ich wohne zur Miete.«

Er drehte seinen Sessel und zog im Aktenschrank hinter sich eine Schublade auf. »Dann möchte ich Ihnen ein Geschäft vorschlagen, das für beide Seiten von Vorteil ist.« Seine Finger flogen routiniert über die Hefter, und er zog mehrere bedruckte Blätter heraus. »Sie lesen das hier, während ich die Informationen, die Sie brauchen, für Sie heraussuche. Wenn ein Kunde kommen sollte, bieten Sie ihm einen Platz an und rufen mich. Ebenso, wenn das Telefon läutet.« Er wies mit dem Kopf zur Hintertür. »Die lasse ich offen. Rufen Sie einfach ›Matt‹, ich höre Sie dann schon. Einverstanden?«

»Mir soll es recht sein«, antwortete sie, »aber ich habe wirklich nicht vor, etwas zu kaufen.«

»Das ist schon in Ordnung.« Er ging nach hinten. »Obwohl da ein Haus drin ist, das wie für Sie gemacht ist. Es heißt *Bayview,* aber lassen Sie sich von dem Namen nicht abschrecken. Ich bin gleich wieder da.«

Roz blätterte widerstrebend die Beschreibungen durch, als hätte sie Angst, allein die Berührung könnte sie dazu verleiten, sich von ihrem Geld zu trennen. Er besaß die sanfte Heimtücke eines

Versicherungsvertreters. Aber, sagte sie sich mit einiger Erheiterung, in einem Haus namens *Bayview* könnte ich sowieso nicht leben. Der Name beschwor augenblicklich Bilder von Pensionen mit geblümten Vorhängen und hakennasigen Wirtinnen in Nylonkitteln herauf, von tristen Schildern mit der Aufschrift IMMER FREI hinter den Fenstern im Erdgeschoß.

Sie fand es schließlich auf dem Grund des Stapels, und die Realität sah natürlich ganz anders aus. Ein kleines weißgetünchtes Cottage der Küstenwache, das letzte in einer Reihe von vier, auf einem Felsplateau in der Nähe von Swanage auf der Insel Purbeck. Zwei Zimmer oben, zwei unten. Unprätentiös. Malerisch. Direkt am Meer. Sie sah sich den Preis an.

»Nun?« fragte Matt, als er ein paar Minuten später mit einem Hefter unter dem Arm zurückkam. »Was halten Sie davon?«

»Immer vorausgesetzt, ich könnte es mir leisten, was nicht der Fall ist, so würde ich, denke ich, im Winter in den Stürmen, die vom Meer hereinbrausen, erfrieren, und im Sommer von den Touristenströmen auf dem Küstenweg an den Rand des Wahnsinns getrieben werden. Wie aus dem Prospekt hervorgeht, führt er nur wenige Meter entfernt am Zaun vorbei. Ganz abgesehen von alledem hätte ich tagein, tagaus engsten Kontakt mit den Nachbarn und müßte ständig mit der beängstigenden Gewißheit leben, daß eines Tages früher oder später ein Erdrutsch mein kostspieliges Häuschen ins Meer befördern wird.«

Er lachte gutmütig. »Ich wußte ja, daß es Ihnen gefallen würde. Ich hätte es sofort selbst gekauft, wenn es nicht jeden Tag so eine weite Fahrt wäre. Das Haus am anderen Ende gehört einem alten Ehepaar im Ruhestand, beide in den Siebzigern, und die zwei in der Mitte sind Wochenendhäuser. Sie stehen mitten auf einem kleinen Kap, ein ganzes Stück vom Rand entfernt, und ich bin sicher, daß die Häuser lange vor dem Fundament zerfallen. Was die

Stürme und die Touristen angeht, kann ich nur sagen, daß das Haus im Osten von Swanage steht, also gegen die vorherrschenden Winde gut geschützt, und daß die Sorte von Touristen, die auf diesem Weg wandern, Ihren Frieden ganz bestimmt nicht stören werden. Es gibt keinen öffentlichen Zugang zu den Häusern. Der nächste ist vier Meilen entfernt, und schreiende Kinder und grölende Biertouristen wagen sich auf den Weg bestimmt nicht hinaus. Bleibt also« – sein jungenhaftes Gesicht verzog sich zu einem unbekümmerten Lächeln – »die Kostenfrage.«

Roz lachte. »Sagen Sie's nicht. Die Eigentümer wollen es so dringend loswerden, daß sie bereit sind, es zu verschenken.«

»So ist es tatsächlich fast. Sie haben Liquiditätsprobleme in ihrem Geschäft, und das Haus ist für sie nur ein Wochenendhaus. Sie sind bereit, einen Verlust von zwanzigtausend hinzunehmen, wenn jemand bar zahlen kann. Können Sie das?«

Roz schloß die Augen und dachte an ihren fünfzigprozentigen Anteil am Erlös der Scheidung, der auf der Bank lag. Ja, dachte sie, das kann ich.

»Das ist ja absurd«, sagte sie ungeduldig. »Ich bin nicht hergekommen, weil ich ein Haus kaufen wollte. Es würde mir überhaupt nicht gefallen. Es wäre viel zu klein. Und wieso haben Sie es überhaupt hier bei Ihren Angeboten? Es ist doch meilenweit weg.«

»Wir haben ein Abkommen auf Gegenseitigkeit mit unseren anderen Filialen.« Er hatte seinen Fisch an der Angel. Jetzt ließ er sie ein bißchen schwimmen. »Schauen wir mal, was hier in der Akte steht.« Er zog sie zu sich heran und schlug sie auf. »›Leven Road Nummer zwanzig. Eigentümer: Mr. und Mrs. Clarke. Anweisungen: Schneller Verkauf erwünscht; Teppiche und Vorhänge im Preis eingeschlossen. Erworben von Mr. und Mrs. Blair. Vertragsabschluß am fünfundzwanzigsten Februar neunundachtzig.‹« Er sah überrascht auf. »Die haben ja nicht viel dafür bezahlt.«

»Es stand ein Jahr leer«, sagte Roz. »Das erklärt wahrscheinlich den niedrigen Preis. Steht die neue Adresse der Clarkes dabei?«

Er las weiter: »Hier steht: ›Verkäufer bitten ausdrücklich, keinerlei Informationen über ihren neuen Wohnort preiszugeben.‹ Hm, warum wohl?«

»Sie hatten sich mit den Nachbarn zerstritten«, sagte Roz, wie immer sparsam mit der Wahrheit. »Aber sie müssen doch eine Adresse angegeben haben, wo sie zu erreichen sind«, fügte sie hinzu, »sonst hätten sie nicht darum gebeten, sie unter Verschluß zu halten.«

Er blätterte ein paar Seiten um, dann schloß er die Akte, ließ aber den Finger gleichsam als Lesezeichen zwischen den Blättern. »Das ist eine Frage des Berufsethos, Miss Leigh. Ich bin Angestellter der Firma Peterson, und die Firma wurde gebeten, die Daten der Clarkes vertraulich zu behandeln. Es wäre nicht richtig, das Vertrauen eines Kunden zu mißbrauchen.«

Roz überlegte einen Moment.

»Liegt denn eine schriftliche Erklärung von Peterson vor, in der sie sich verpflichten, dem Wunsch der Clarkes Folge zu leisten?«

»Nein.«

»Dann sind Sie doch durch nichts gebunden. Mündlich getroffene vertrauliche Abmachungen können nicht vererbt werden. Wenn das möglich wäre, wären sie nicht mehr vertraulich.«

Er lächelte. »Das ist eine sehr feine Unterscheidung.«

»Ja.« Sie nahm das Blatt mit der Beschreibung von Bayview. »Angenommen, ich sage Ihnen, daß ich das Haus gern heute nachmittag um drei besichtigen würde? Könnten Sie für mich einen Termin vereinbaren – da drüben«, sie wies mit dem Kopf zu dem am weitesten entfernt stehenden Schreibtisch, »an dem Telefon, während ich hier warte und mir inzwischen die anderen Beschreibungen ansehe.«

»Das könnte ich, aber ich würde es sehr übelnehmen, wenn Sie den Termin dann nicht einhalten würden.«

»Sie können sich auf mein Wort verlassen«, versicherte sie. »Wenn ich sage, daß ich etwas tun werde, dann tue ich es auch.«

Er stand auf und ließ dabei die Akte, die auf dem Tisch lag, auseinanderfallen. »Dann rufe ich jetzt unsere Filiale in Swanage an«, sagte er. »Sie müssen den Schlüssel dort abholen.«

»Danke.« Sie wartete, bis er ihr den Rücken gekehrt hatte, dann drehte sie den Hefter herum und notiere sich die Adresse der Clarkes. Salisbury, stellte sie fest.

Wenige Minuten später nahm Matt seinen Platz wieder ein und reichte ihr einen Plan von Swanage, auf dem das Büro der Firma Peterson mit einem Kreuz eingezeichnet war. »Mr. Richards erwartet Sie um drei.« Mit einer lässigen Handbewegung schloß er die Akte Clarke. »Ich hoffe, Ihre Verhandlungen mit ihm werden genauso zu Ihrer gegenseitigen Zufriedenheit ausfallen wie die mit mir.«

Roz lachte. »Und ich hoffe das nicht, sonst bin ich heute abend womöglich beträchtlich ärmer.«

Roz hielt vor dem *Poacher*, ging hinten herum und klopfte an die Küchentür.

»Sie sind früh dran«, sagte Hal, als er öffnete.

»Ich weiß, aber ich muß um drei in Swanage sein, und wenn ich nicht bald losfahre, schaffe ich das nicht. Haben Sie Gäste?«

Er antwortete mit einem müden Lächeln. »Ich hab' gar nicht erst aufgemacht.«

Sie ignorierte den Sarkasmus. »Dann kommen Sie doch mit«, schlug sie vor. »Vergessen Sie das Restaurant einmal zwei Stunden lang.«

Er war nicht gerade hellauf begeistert. »Was ist in Swanage?«

Sie reichte ihm die Beschreibung des Hauses. »Ein ›bez. Cottage‹ mit Blick aufs Meer. Ich habe mich breitschlagen lassen, es mir anzusehen, und ich könnte moralische Unterstützung gebrauchen, sonst kaufe ich das verflixte Ding am Ende noch.«

»Dann fahren Sie doch einfach nicht hin.«

»Ich muß. Ich bin quasi dazu verpflichtet«, sagte sie etwas dunkel. »Kommen Sie doch mit«, drängte sie, »und sagen Sie nein, sobald ich ein Gesicht mache, als wollte ich ja sagen. Ich bin so leicht einzuwickeln, wenn die Methoden nicht aggressiv sind, und ich wollte immer schon hoch oben auf den Felsen über dem Meer wohnen und einen Hund haben und lange Strandspaziergänge machen.«

Er sah sich den Preis an. »Können Sie es sich denn leisten?« fragte er neugierig.

»Mit Müh und Not.«

»Reiche Frau«, sagte er. »Die Schriftstellerei ist offensichtlich lukrativ.«

»Wohl kaum. Das war eine Abfindung.«

»Eine Abfindung? Wofür?« fragte er. Seine Augen verrieten nichts.

»Das ist nicht wichtig.«

»In Ihrem Leben scheint gar nichts wichtig zu sein.«

Sie zuckte die Achseln. »Sie wollen also nicht mitkommen? Na ja, es war nur so eine Idee. Dann fahre ich eben allein.« Sie sah plötzlich einsam aus.

Er warf einen Blick zurück zum Restaurant, dann nahm er unvermittelt seine Jacke vom Haken an der Tür. »Ich komme mit«, sagte er, »aber ich sag' bestimmt nicht nein. Es hört sich an wie das Paradies, und der zweitbeste Rat, den meine Mutter mir je gegeben hat, war, daß man sich nie zwischen eine Frau und das stellen soll, was sie haben will.« Er zog die Tür zu und schloß ab.

»Und was war der beste Rat?«

Er legte ihr wie selbstverständlich den Arm um die Schultern – *konnte sie wirklich so einsam sein, wie sie aussah? Der Gedanke machte ihn traurig* – und ging mir ihr durch die Gasse. »Daß das Glück nicht zum Lachen ist.«

Sie lachte kehlig. »Was soll das denn heißen?«

»Das heißt, meine Liebe, daß das Streben nach Glück ernste Überlegung verdient. Es ist das A und O aller Existenz. Worin liegt der Sinn des Lebens, wenn man es nicht genießt?«

»Darin, daß man sich Pluspunkte fürs Jenseits verdient, da ja Leiden gut für die Seele ist und so weiter und so fort.«

»Wenn Sie meinen«, sagte er vergnügt. »Sollen wir meinen Wagen nehmen? Da bekommen Sie gleich Gelegenheit, Ihre Theorie auf die Probe zu stellen.« Er führte sie zu einem alten Ford Cortina Kombi, sperrte die Beifahrertür auf und zog sie auf kreischenden Scharnieren halb auf.

»Was für eine Theorie?« fragte sie, und zwängte sich unelegant durch den Spalt.

Er drückte die Tür zu. »Das werden Sie gleich erfahren«, murmelte er.

Sie waren eine halbe Stunde zu früh. Hal hielt auf einem Parkplatz am Meer und rieb sich die Hände. »Holen wir uns eine Portion Fish and Chips. Wir sind vor ungefähr hundert Metern an einem Stand vorbeigekommen, und ich habe einen Bärenhunger. Das liegt an der frischen Luft.«

Roz schob wie eine Schildkröte ihren Kopf aus dem hochgeschlagenen Mantelkragen und fixierte ihn mit durchbohrendem Blick. »Ist diese Schrottkiste überhaupt zugelassen?« knirschte sie.

»Aber natürlich.« Er schlug auf das Lenkrad. »Der Wagen ist

total in Ordnung bis auf die ein, zwei Fenster, die fehlen. Daran gewöhnt man sich nach einer Weile.«

»Ein, zwei Fenster!« rief sie entrüstet. »Soweit ich sehen kann, ist außer der Windschutzscheibe kein einziges Fenster vorhanden. Ich glaube, ich habe mir eine Lungenentzündung geholt.«

»Manchen Frauen kann man es einfach nicht recht machen. Sie würden bestimmt nicht so jammern, wenn ich Sie an einem schönen sonnigen Tag in einem offenen Kabrio ans Meer gefahren hätte. Sie rümpfen die Nase, weil es ein Cortina ist, das ist der ganze Witz.« Er lachte verschmitzt. »Und da erzählen Sie mir, Leiden sei gut für die Seele? Ihrer hat's überhaupt nicht gut getan, Verehrteste.«

Sie drückte die quietschende Tür auf, so weit es ging, und kroch heraus. »Zu Ihrer Information, Hawksley, es ist *kein* schöner, sonniger Tag« – sie kicherte –, »im Gegenteil, es ist wahrscheinlich der kälteste Maitag des ganzen Jahrhunderts. Und wäre dies ein Kabrio gewesen, hätten wir anhalten und das Verdeck hochklappen können. Wie dem auch sei, warum gibt es keine Fenster?«

Er legte den Arm um sie, und sie machten sich auf den Weg zum Fish-and-Chips-Stand. »Jemand hat sie eingeschlagen«, sagte er sachlich. »Ich habe sie nicht in Ordnung bringen lassen, weil damit zu rechnen ist, daß es wieder passiert.«

Sie rieb sich die Nasenspitze, um den Kreislauf wieder in Gang zu bringen. »Sie sind wohl einem Wucherer in die Klauen gefallen?«

»Und wenn?«

Sie dachte an das Geld auf der Bank, unberührt, zu nichts gut. »Vielleicht könnte ich Ihnen aus den Schwierigkeiten heraushelfen«, sagte sie zaghaft.

Er runzelte die Stirn. »Ist das Wohltätigkeit, Roz, oder ein Verhandlungsangebot?«

»Wohltätigkeit ist es bestimmt nicht«, versicherte sie. »Mein Steuerberater würde einen Anfall bekommen, wenn ich anfinge, gute Werke zu tun.«

Er ließ abrupt seinen Arm herabfallen. »Warum wollen Sie mir helfen? Sie wissen doch überhaupt nichts von mir.« Seine Stimme klang zornig.

Sie zuckte die Achseln. »Ich weiß, daß Sie ganz tief in der Scheiße sitzen, Hawksley. Ich biete Ihnen an, Ihnen da herauszuhelfen. Ist das so schlimm?« Sie ging weiter.

Hal, der ein, zwei Schritte zurückblieb, verfluchte sich. Wie konnte man so blöd sein und Vertrauen fassen, nur weil eine Frau einsam aussah? Aber Einsamkeit war natürlich genau das, was garantiert eine Saite anschlug. Es hatte sicher einmal Zeiten gegeben, in denen er nicht einsam gewesen war, aber im Moment konnte er sich beim besten Willen nicht daran erinnern.

Roz' Entzücken über das Häuschen, das sie hinter einem wenig überzeugenden Lächeln gelangweilter Indifferenz zu verbergen suchte, zeigte sich unverhüllt, als sie mit großen Augen den großartigen Blick bewunderte, die Doppelfenster registrierte, widerstrebend eingestand, ja, ein offener Kamin wäre schon immer ihr Wunsch gewesen, und ja, die Größe der Zimmer sei eine ziemliche Überraschung für sie. Sie hatte wirklich erwartet, sie wären kleiner. Eine ganze Weile spazierte sie im Garten mit Terrasse herum, sagte, es sei schade, daß es kein Gewächshaus gäbe, versteckte ihre Begeisterung recht verspätet hinter einer dunklen Brille, um ein kleines von Rosen überwachsenes Nebengebäude zu besichtigen, das die derzeitigen Hauseigentümer als drittes Gästezimmer benutzten, das aber im Notfall, sagte sie sich, auch als Arbeitszimmer und Bibliothek genutzt werden konnte.

Hal und Mr. Richards saßen auf schmiedeeisernen Stühlen vor

der Terrassentür, plauderten müßig über dies und das und beobachteten sie. Mr. Richards, den Hals brüske, einsilbige Antworten gründlich einschüchterten, witterte einen Verkauf, hielt aber seine Erregung besser im Zaum als Roz.

Er stand auf, als Roz ihre Inspektion abgeschlossen hatte, und bot ihr mit einem entwaffnenden Lächeln seinen Stuhl an. »Ich hätte vielleicht erwähnen sollen, Miss Leigh, daß die derzeitigen Eigentümer nicht abgeneigt sind, die Möbel zusammen mit dem Haus zu verkaufen, wenn man sich auf einen befriedigenden Preis einigen kann. Die Sachen sind, soweit ich unterrichtet bin, alle nicht älter als vier Jahre, und die Abnutzung war minimal, da das Haus ja nur an den Wochenenden bewohnt war.« Er sah auf seine Uhr. »Vielleicht ist es am besten, ich lasse Ihnen jetzt eine Viertelstunde Zeit, damit Sie es besprechen können. Ich mache inzwischen einen kleinen Spaziergang.« Er verschwand taktvoll durch die Terrassentür, und einen Augenblick später hörten sie die Haustür zufallen.

Roz nahm ihre Brille ab und sah Hal an. Ihre Augen hatten etwas Kindliches in ihrer Begeisterung. »Was meinen Sie? Und die Möbel auch noch. Ist das nicht fabelhaft?«

Seine Lippen zuckten. *Konnte das Theater sein?* Wenn ja, war es verdammt gutes Theater. »Es kommt darauf an, wozu Sie es haben wollen.«

»Um darin zu leben«, sagte sie. »Es wäre eine Wonne, hier zu arbeiten.« Sie sah zum Meer hinaus. »Ich habe das Geräusch der Wellen immer schon geliebt.« Sie drehte sich nach ihm um. »Was meinen Sie? Soll ich es kaufen?«

Er war neugierig. »Spielt meine Meinung denn eine Rolle?«

»Wahrscheinlich.«

»Wieso?«

»Weil mir mein gesunder Menschenverstand sagt, daß es verrückt wäre, es zu kaufen. Es ist total abgelegen, und für das, was es tatsächlich ist, ein popliges kleines Vierzimmer-Haus, ist es teuer. Es gibt bestimmt bessere Möglichkeiten, sein Geld anzulegen.«

Sie musterte sein starres Gesicht und fragte sich, wieso ihr früheres Angebot, ihm zu helfen, solche Feindseligkeit hervorgerufen hatte. Er war ein merkwürdiger Mensch. So offen und zugänglich, solange man es vermied, über das Restaurant zu sprechen.

Er sah an ihr vorbei zum Felsgipfel, auf dem jetzt Mr. Richards zu sehen war, der auf einem großen Stein saß und in aller Ruhe eine Zigarette rauchte. »Kaufen Sie es«, sagte er. »Sie können es sich leisten.« Sein dunkles Gesicht wurde von einem Lächeln erhellt. »Leben Sie gefährlich. Tun Sie, was Sie schon immer tun wollten. Wie hat John Masefield gesagt? ›Ich muß wieder ans Meer, denn der Ruf der heranstürmenden Flut / Ist ein wilder und klarer Ruf, den man nicht überhören darf.‹ Also, wohnen Sie auf den Felsen über dem Meer und machen Sie mit Ihrem Hund lange Strandspaziergänge. Ich hab' ja schon gesagt, es hört sich paradiesisch an.«

Sie erwiderte sein Lächeln. »Aber der Haken am Paradies war, daß es dort langweilig war und Eva deshalb, als die einäugige Hosenschlange erschien, so unheimlich scharf darauf war, in den Apfel der Erkenntnis zu beißen.«

Er war ein anderer Mensch, wenn er lachte. Sie erhaschte einen flüchtigen Blick auf jenen Hal Hawksley, Freund und Kumpel, mit dem man Pferde stehlen konnte, der, wenn seine Tische je voll sein sollten, mit selbstsicherer Großzügigkeit seine Gäste bewirten würde. Sie schlug alle Vorsicht in den Wind.

»Erlauben Sie mir doch, Ihnen zu helfen. Ich wäre einsam hier draußen. Und was hat es für einen Sinn, einen Haufen Geld dafür zu bezahlen, daß man einsam auf einer Felsklippe über dem Meer sitzt?«

Sein Blick verhüllte sich abrupt. »Sie sind wirklich sehr freigebig mit Ihrem Geld, nicht? Was genau schlagen Sie vor? Eine Übernahme? Eine Partnerschaft? Oder was?«

Gott, war der Mann empfindlich. Und genau das hatte er ihr einmal vorgeworfen. »Ist das so wichtig? Ich biete Ihnen an, Ihnen aus Ihren Schwierigkeiten herauszuhelfen.«

Seine Augen verengten sich. »Das einzige, was Sie mit Sicherheit von mir wissen, Roz, ist, daß mein Restaurant ein Reinfall ist. Was kann eine intelligente Frau veranlassen, ihr gutes Geld in ein bankrottes Unternehmen zu stecken?«

Ja, was? Niemals würde sie es ihrem Steuerberater erklären können, der unter einem vernünftigen Lebensstil ein Leben ohne Risiko, mit ausgeglichenen Bilanzen und einer steuerbegünstigten Altersversorgung verstand. Wie sollte sie auch nur anfangen? »Ich kenne da diesen Mann, Charles, bei dem ich jedesmal dahinschmelze, wenn ich ihn nur sehe. Er ist ein hervorragender Koch und liebt sein Restaurant, und es gibt überhaupt keinen logischen Grund dafür, warum das Lokal nicht laufen sollte. Ich versuche dauernd, ihm Geld zu leihen, aber jedesmal schmeißt er's mir vor die Füße.« Charles würde sie für unmündig erklären lassen. Sie schwang ihre Umhängetasche über die Schulter. »Vergessen Sie's«, sagte sie. »Es ist offensichtlich ein wunder Punkt, wenn mir auch schleierhaft ist, warum.«

Sie wollte aufstehen, aber er packte sie beim Handgelenk und hielt sie auf ihrem Platz fest. »Ist das auch wieder so eine abgekartete Sache, Roz?«

Sie starrte ihn an. »Sie tun mir weh.« Er ließ sie los. »Wovon sprechen Sie?« fragte sie und massierte ihr Handgelenk.

»Sie sind wiedergekommen«, sagte er. Er rieb sich das Gesicht mit beiden Händen so heftig, als hätte er Schmerzen. »Warum zum Teufel kommen Sie immer wieder?«

Sie war wütend. »Weil Sie angerufen haben«, antwortete sie. »Ich wäre nicht gekommen, wenn Sie nicht angerufen hätten. Gott, sind Sie arrogant. In London gibt's Ihresgleichen wie Sand am Meer, falls Sie das nicht wissen sollten.«

Er kniff drohend die Augen zusammen. »Dann bieten Sie doch denen Ihr Geld an«, sagte er, »und ersparen Sie mir Ihre Gönnerhaftigkeit.«

Mit falschen Versprechungen, am folgenden Tag anzurufen, verabschiedeten sie sich verdrossen von Mr. Richards und fuhren die schmale Küstenstraße hinauf in Richtung Wareham. Hal, der sich der dunkler werdenden Wolken nur allzu bewußt und dem klar war, wie sehr ihn eine nasse Straße behindern würde, konzentrierte sich aufs Fahren. Roz, niedergeschmettert von seiner Feindseligkeit, die wie ein tropisches Gewitter auf sie heruntergeprasselt war, hüllte sich in Schweigen. Hal war unnötig grausam gewesen und wußte es, aber er war völlig im Bann seiner Überzeugung, daß diese Fahrt nur arrangiert worden war, um ihn von seinem Restaurant wegzubekommen. Und das mußte man Roz lassen, sie war verdammt gut. Sie hatte wirklich alles zu bieten. Schönheit, Humor, Intelligenz und gerade so viel Verletzlichkeit, daß sie seinen törichten Hang zur Ritterlichkeit ansprach. Aber angerufen hatte *er. Schön dumm, Hawksley.* Sie wäre sowieso wiedergekommen. Irgend jemand mußte ihm ja das beschissene Geld anbieten. Schei-ße! Er schlug mit der Faust auf das Lenkrad.

»Warum wollten Sie eigentlich, daß ich mitkomme?« fragte er in das Schweigen.

»Sie sind Ihr eigener Herr«, entgegnete sie beißend. »Sie brauchten nicht mitzukommen.«

Als sie Wareham erreichten, fing es zu regnen an, in Strömen, die der Wind durch die offenen Fenster hereintrieb.

»Na wunderbar!« rief Roz und zog ihre Jacke am Hals zusammen. »Der vollkommene Abschluß eines vollkommenen Tages. Ich werde hier klatschnaß. Ich hätte allein in meinem eigenen Wagen fahren sollen. Weniger lustig hätte es kaum werden können.«

»Warum sind Sie dann nicht allein gefahren? Warum mußten Sie mich unbedingt mitschleppen?«

»Ob Sie's glauben oder nicht«, sagte sie eisig, »ich wollte Ihnen etwas Gutes tun. Ich dachte, es täte Ihnen gut, mal ein paar Stunden rauszukommen. Aber da habe ich mich offensichtlich getäuscht. Außerhalb Ihrer Kneipe sind Sie noch empfindlicher als drinnen.«

Er nahm die nächste Kurve zu schnell. Sie wurde gegen die Tür geschleudert, und ihre Lederjacke rieb über die geriffelte Chromleiste unter dem Fenster. »Herrgott noch mal!« rief sie ärgerlich. »Die Jacke hat mich ein Vermögen gekostet.«

Er fuhr an den Straßenrand und hielt mit quietschenden Reifen an. »Okay«, sagte er, »sehen wir mal, was wir für die teure Jacke tun können.« Er griff an ihr vorbei, um aus dem Handschuhfach eine Straßenkarte zu holen.

»Was soll das denn nützen?«

»Da kann ich sehen, wo der nächste Bahnhof ist.« Er blätterte in dem Buch. »In Wareham gibt's einen. Mit direkter Verbindung nach Southampton. Da können Sie sich ein Taxi zu Ihrem Auto nehmen.« Er kramte seine Brieftasche heraus. »Das müßte eigentlich reichen.« Damit ließ er ihr einen Zwanzig-Pfund-Schein in den Schoß fallen und lenkte den Wagen wieder auf die Straße hinaus. »Er ist am nächsten Kreisverkehr rechts.«

»Sie sind ein echter Schatz, Hawksley. Hat Ihre Mutter Ihnen neben den reizenden Aphorismen über die Frauen und das Leben eigentlich keine Manieren beigebracht?«

»Treiben Sie's nicht zu weit«, knurrte er. »Mein Geduldsfaden ist im Moment ausgesprochen kurz. Es braucht nicht viel, um mich auf Hundert zu bringen. Ich habe mich in meiner Ehe fünf Jahre lang für alles und jedes kritisieren lassen müssen, was ich getan habe. Es fällt mir nicht ein, mir so was noch mal anzutun.« Er hielt vor dem Bahnhof an. »Fahren Sie nach Hause«, sagte er und strich sich mit einer Hand müde über das feuchte Gesicht. »Ich tue Ihnen einen Gefallen.«

Sie legte den Geldschein auf das Armaturenbrett. »Ja«, sagte sie, »das glaube ich auch. Wenn Ihre Frau es fünf Jahre lang mit Ihnen ausgehalten hat, muß sie eine Heilige gewesen sein.« Sie stieß die quietschende Tür auf, zwängte sich durch den Spalt nach draußen, bückte sich dann, um durch das offene Fenster in den Wagen hineinzusehen. Sie stieß den Mittelfinger in die Höhe. »Ficken Sie sich selbst, Sergeant. Das ist vermutlich das einzige, was Ihnen Spaß macht. Sonst ist doch keiner gut genug.«

»Wie recht Sie haben, Miss Leigh.« Er nickte ihr kurz zu und kurbelte am Lenkrad, um zu wenden. Als er davonfuhr, flatterte die Zwanzig-Pfund-Note wie ein bitterer Vorwurf aus dem Fenster und fiel mit dem Regen in den Rinnstein.

Hal war naß und durchgefroren, als er endlich Dawlington erreichte, und seine finstere Stimmung besserte sich nicht, als er sah, daß ihr Wagen immer noch am Anfang der Gasse stand, wo sie ihn geparkt hatte. Er blickte an ihm vorbei zwischen den Häusern hindurch und bemerkte, daß die Hintertür des *Poacher* angelehnt war, ihr Holz gesplittert von einem Stemmeisen, mit dem sie aus dem Rahmen gehoben worden war. *Verdammt!* Es war *weiß Gott* ein abgekartetes Spiel gewesen, bei dem sie den Lockvogel gemacht hatte. Einen Moment lang stürzte er in bodenlose Verzweiflung – er war nicht so immun, wie er sich eingebildet hatte –, ehe der Drang zu handeln die Oberhand gewann.

Er war zu wütend, um vernünftig zu denken, zu wütend, auch nur elementare Vorsichtsmaßnahmen zu ergreifen. Er rannte leichtfüßig los, stieß die Tür weit auf und stürmte mit fliegenden Fäusten hinein, schlug und trat, krallte und kratzte, ohne der Schläge zu achten, die ihn auf Arme und Schultern trafen, einzig darauf konzentriert, diesen Schweinehunden, die ihn vernichten wollten, größtmöglichen Schaden zuzufügen.

Roz, die zwanzig Minuten später mit Hals durchweichter Zwanzig-Pfund-Note in der einen Hand und einem bitteren Beschwerdebrief in der andren ankam, traute bei dem Anblick, der sich ihr bot, ihren Augen nicht. Die Küche sah aus wie Beirut nach dem Krieg – leer und verwüstet. Der umgekippte Tisch hing schief am Herd. Zwei seiner Beine fehlten. Zertrümmerte Stühle lagen zwischen Geschirr- und Glasscherben. Und aus dem Kühlschrank, der nach vorn gekippt auf seiner offenen Tür ruhte, hatte sich neben Strömen von Milch und geliertem Suppenfond der gesamte Inhalt über den gefliesten Boden ergossen. Sie drückte eine zitternde Hand auf ihre Lippen. Hier und dort hatten frische rote Blutspritzer die sich ausbreitende Milchpfütze rosarot gefärbt.

Sie spähte die Gasse hinauf. Nirgends eine Menschenseele. *Was sollte sie tun?* »Hal«, rief sie, aber ihre Stimme war kaum mehr als ein Flüstern. »Hal!« Diesmal schnappte sie ihr über, und in der Stille, die folgte, glaubte sie von jenseits der Schwingtür zum Restaurant ein Geräusch zu hören. Sie stopfte Brief und Geldschein in ihre Taschen und griff nach einem der Tischbeine. »Ich habe schon die Polizei gerufen«, schrie sie mit vor Furcht heiserer Stimme. »Sie sind auf dem Weg.«

Die Tür schwang auf, und Hal erschien mit einer Flasche Wein. Er wies mit dem Kopf auf das Tischbein. »Was wollen Sie denn damit?«

Sie senkte ihren Arm. »Sind Sie völlig verrückt geworden? Haben Sie das alles getan?«

»Sehe ich etwa so aus?«

»Olive hat's ja auch getan.« Sie sah sich um. »Genau das hat Olive getan. Sie hat einen Tobsuchtsanfall bekommen und ihre Zelle kurz und klein geschlagen. Daraufhin wurden ihr alle Privilegien gesperrt.«

»Sie reden Quatsch.« Aus einem Einbauschrank, der unversehrt geblieben war, holte er zwei Gläser und füllte sie mit Wein aus der Flasche. »Hier.« Er beobachtete sie scharf. »Haben Sie wirklich die Polizei gerufen?«

»Nein.« Ihre Zähne schlugen gegen das Weinglas. »Ich dachte, wenn Sie ein Einbrecher wären, würden Sie abhauen. Ihre Hand blutet.«

»Ich weiß.« Er nahm ihr das Tischbein weg und legte es auf den Herd. Dann zog er hinter der Tür den einzigen noch heilen Stuhl hervor und drückte sie darauf nieder. »Was hätten Sie denn getan, wenn der Einbrecher hier herausgekommen wäre?«

»Ich hätte wahrscheinlich zugeschlagen.« Ihre Furcht begann nachzulassen. »Ist das die abgekarterte Sache, bei der ich mitgemacht haben soll?«

»Ja.«

»Mein Gott.« Sie wußte nicht, was sie anderes sagen sollte. Stumm sah sie zu, wie er einen Besen nahm und die ganze Bescherung in eine Ecke fegte. »Sollten Sie das nicht lassen?«

»Wozu?«

»Für die Polizei?«

Er sah sie neugierig an. »Sie haben doch gesagt, daß Sie sie gar nicht gerufen haben.«

Sie brauchte ein paar Sekunden, um das zu verdauen, dann stellte sie ihr Glas neben sich auf den Boden. »Das ist alles ein bißchen viel für mich.« Sie zog die Zwanzig-Pfund-Note aus ihrer Tasche, doch den Brief ließ sie drinnen. »Ich bin nur noch mal hergekommen, um Ihnen das Geld zu bringen.« Sie hielt ihm den Schein hin und stand auf. »Es tut mir leid«, sagte sie mit einem entschuldigenden Lächeln.

»Was denn?«

»Daß ich Sie wütend gemacht habe. Ich scheine zur Zeit ein Talent dafür zu haben, andere in Rage zu bringen.«

Er ging auf sie zu, um das Geld zu nehmen, blieb aber abrupt stehen, als er ihr erschrockenes Gesicht sah.

»Herrgott noch mal, glauben Sie im Ernst, *ich* hätte diese Bescherung hier angerichtet?«

Aber er sprach ins Nichts. Roz rannte die Gasse hinunter, und die Zwanzig-Pfund-Note flatterte wieder einmal zu Boden.

13

Roz schlief unruhig in dieser Nacht, immer wieder von turbulenten Träumen gequält. Olive mit einer Axt, wie sie Küchentische in Stücke schlug. *Das hab' ich mir gedacht... Es ist nicht so einfach, wie's im Fernsehen aussieht...* Hals Finger an ihrem Handgelenk, jedoch sein Gesicht das schadenfrohe ihres Bruders, wenn er ihr als Kind »Brennesseln« auf den Arm gemacht hatte. *Herrgott noch mal, glauben Sie im Ernst, ich hätte diese Bescherung angerichtet...* Olive am Galgen, ihr Gesicht schleimig grau wie feuchter Ton. *Beunruhigt es Sie denn nicht, jemandem wie ihr wieder zur Freiheit zu verhelfen...* Ein Priester mit den Augen Schwester Bridgets. *Es ist schade, daß Sie keine Katholikin sind... Sie könnten zur Beichte gehen, und gleich würden Sie sich besser fühlen... Dauernd bieten Sie mir Geld an... Das Gesetz ist ein Witz... Haben Sie die Polizei gerufen...*

Am Morgen weckte sie das Läuten des Telefons, das im Wohnzimmer stand. Ihr Kopf drohte zu zerspringen. Sie hob nur ab, um dem Lärm ein Ende zu machen. »Ja, wer ist dran?«

»Das ist ja eine reizende Begrüßung«, bemerkte Iris. »Was ist denn mit dir los?«

»Nichts. Was willst du?«

»Soll ich auflegen«, fragte Iris zuckersüß, »und in einer halben Stunde noch mal anrufen, wenn du fähig bist, dich daran zu erinnern, daß ich deine Freundin bin und nicht ein Stück Hundedreck, das du dir gerade von der Schuhsohle gekratzt hast?«

»Entschuldige. Du hast mich geweckt. Ich habe ziemlich schlecht geschlafen.«

»Aha. Also, ich habe gerade deinen Verleger am Telefon gehabt. Er drängt nach einem Termin – und es handelt sich nicht um eine Einladung zum Abendessen, das brauche ich dir wohl nicht zu sagen. Er möchte wenigstens ungefähr wissen, wann das Buch soweit ist.«

Roz schnitt eine Grimasse. »Ich habe noch nicht mal mit dem Schreiben angefangen.«

»Dann mach dich mal lieber an die Arbeit, Schätzchen. Ich habe ihm nämlich gesagt, daß es bis Weihnachten fertig ist.«

»Mensch, Iris! Das sind doch nur noch sechs Monate, und ich bin jetzt noch nicht weiter als das letztemal, als ich mit dir gesprochen habe. Olive macht die Schotten dicht, sobald wir auf die Morde kommen. Ich weiß wirklich –«

»Sieben Monate«, unterbrach Iris. »Knöpf dir diesen hinterhältigen Bullen noch mal vor. Der hört sich echt fürchterlich an. Ich wette, der hat Olive reingelegt. Das tun sie alle. Weil dann ihre Erfolgsquote steigt. Das Schlüsselwort heißt Produktivität, Schätzchen, ein Wort, das aus deinem Vokabular vorübergehend verschwunden zu sein scheint.«

Mrs. Clarke hörte sich Roz' einleitende Worte über ihr Buch über Olive mit Entsetzensmiene an. »Wie haben Sie uns gefunden?« fragte sie mit zitternder Stimme. Aus unerfindlichen Gründen hatte Roz sich vorgestellt, sie müßte in den Fünfzigern oder Anfang Sechzig sein. Sie war nicht vorbereitet auf diese alte Frau, die im Alter Mr. Hayes näher war als Robert und Gwen Martin, wenn sie noch am Leben gewesen wären.

»Es war nicht so schwierig«, antwortete sie ausweichend.

»Ich hatte die ganze Zeit solche Angst.«

Das war eine seltsame Reaktion, aber Roz ging nicht darauf ein. »Darf ich einen Moment hereinkommen? Ich werde Sie nicht lange aufhalten, das verspreche ich.«

»Ich kann unmöglich mit Ihnen sprechen. Ich bin allein. Edward ist einkaufen.«

»Bitte, Mrs. Clarke«, bat sie, und ihre Stimme war stumpf vor Müdigkeit. Sie hatte zweieinhalb Stunden gebraucht, um nach Salisbury zu fahren und das Haus der Clarkes zu finden. »Ich bin so weit gefahren, um mit Ihnen zu sprechen.«

Die Frau lächelte plötzlich und öffnete die Tür. »Komm rein. Komm rein. Edward hat extra Kuchen gebacken. Er wird ganz aus dem Häuschen sein, wenn er hört, daß du uns gefunden hast.«

Verwirrt runzelte Roz die Stirn und trat ins Haus.

»Du erinnerst dich natürlich an Pussy«, sie zeigte auf eine alte Katze, die unter einem Heizkörper lag, »oder ist sie erst nach deiner Zeit gekommen? Ich bin so vergeßlich geworden, weißt du. Komm, setzen wir uns ins Wohnzimmer. Edward«, rief sie, »Mary ist hier.«

Niemand antwortete. »Edward ist einkaufen gegangen«, sagte Roz.

»Ach ja, natürlich.« Sie starrte Roz verwirrt an. »Kenne ich Sie?«

»Ich bin eine Freundin von Olive.«

»Ich bin eine Freundin von Olive«, echote die alte Frau. »Ich bin eine Freundin von Olive.« Sie ließ sich auf das Sofa nieder. »Setzen Sie sich. Edward hat extra Kuchen gebacken. Ich erinnere mich an Olive. Wir waren zusammen in der Schule. Die Jungen haben sie immer an ihren langen Zöpfen gezogen. Frechdachse waren das. Was wohl aus ihnen geworden ist?« Wieder starrte sie Roz an. »Kenne ich Sie?«

Roz, die voll Unbehagen in einem Sessel saß, fragte sich, ob Anstand und Moral es erlaubten, eine verletzliche alte Frau, die an Altersschwachsinn litt, auszufragen. »Ich bin eine Freundin von Olive Martin«, sagte sie, um nachzuhelfen. »Der Tochter von

Gwen und Robert Martin.« Sie beobachtete forschend die leeren blauen Augen, aber die zeigten keine Reaktion. Sie war erleichtert. Anstand und Moral wurden belanglos, wenn Fragen stellen nur Unsinn war. Sie lächelte aufmunternd. »Erzählen Sie mir von Salisbury. Leben Sie gern hier?«

Das Gespräch war anstrengend, von langen Schweigepausen unterbrochen und voller in eintönigem Singsang vorgetragenen Wiederholungen und befremdlichen Anspielungen, die es Roz sehr schwer machten, den Faden nicht zu verlieren. Zweimal mußte sie Mrs. Clarke von der plötzlichen Erkenntnis ablenken, daß sie eine Fremde war; sie fürchtete, wenn sie jetzt ging, würde sie später nicht wieder ins Haus kommen, um mit Edward sprechen zu können. Im stillen fragte sie sich, wie er das schaffte. Konnte man eine leere Hülle lieben, die Liebe weder erwiderte noch zu schätzen wußte? Konnte es genug lichte Momente geben, um einen Ausgleich für das einsame Geschäft der Fürsorge zu schaffen?

Wieder und wieder wanderte ihr Blick zu dem Hochzeitsfoto über dem Kaminsims. Sie hatten verhältnismäßig spät geheiratet, dachte sie. Er sah aus, als sei er in den Vierzigern gewesen, fast schon kahl. Sie wirkte etwas älter. Aber sie standen Seite an Seite und lachten miteinander, zwei glückliche, gesunde Menschen, sorglos und unbekümmert, ohne zu ahnen – wie hätten sie auch? –, daß sie den Keim des Altersschwachsinns in sich trug. Es war grausam, einen Vergleich zu ziehen, aber Roz konnte es nicht lassen. Neben der Frau im Foto, die so lebendig und lebhaft, so konkret war, erschien die echte Mrs. Clarke farblos wie ein zitternder Schatten. War dies der Grund, fragte sich Roz, weshalb Edward Clarke und Robert Martin ein Liebespaar geworden waren? Sie fand die ganze Atmosphäre zutiefst deprimierend, und als sie endlich einen Schlüssel im Schloß knirschen hörte, war sie so froh wie bei einem Regenschauer nach langer Dürre.

»Mary ist zu Besuch gekommen«, sagte Mrs. Clarke strahlend, als ihr Mann ins Zimmer trat. »Wir warten schon auf den Kuchen.«

Roz stand auf und reichte Mr. Clarke eine ihrer Karten. »Ich habe ihr erklärt, wer ich bin«, sagte sie leise, »aber es erschien mir menschlicher, sie in dem Glauben zu lassen, ich sei Mary.«

Er war so alt wie seine Frau und inzwischen ganz kahl, aber er hielt sich immer noch kerzengerade, mit straffen Schultern. Groß und bedrohlich stand er vor der Frau auf dem Sofa, die in plötzlicher Furcht vor ihm zurückwich und dabei etwas vor sich hin nuschelte. Roz fragte sich, ob er ihr gegenüber je die Fassung verlor.

»Ich lasse sie wirklich nur selten allein«, antwortete er, als müßte er sich verteidigen, »aber die Einkäufe müssen nun einmal erledigt werden. Jeder hat soviel zu tun, und man kann nicht ständig die Nachbarn bitten.« Er strich sich mit einer Hand über den kahlen Schädel, während er die Karte las. »Ich dachte, Sie seien von der Sozialfürsorge«, sagte er in anklagendem Ton. »Schriftstellerin sind Sie? Wir brauchen keine Schriftstellerin. Was kann eine Schriftstellerin für uns tun.«

»Ich hoffte eigentlich, Sie können mir helfen.«

»Ich habe von der Schriftstellerei überhaupt keine Ahnung. Wer hat Ihnen meinen Namen gegeben?«

»Olive«, sagte Mrs. Clarke. »Sie ist eine Freundin von Olive.«

Er war entsetzt. »Nein!« rief er. »Nein, nein, nein! Am besten gehen Sie gleich wieder. Ich werde nicht zulassen, daß das wieder aufgerührt wird. Es ist ein Schande. Wie haben Sie unsere Adresse bekommen?«

»Nein, nein, nein«, rief seine Frau im Singsang. »Es ist eine Schande. Nein, nein, nein.«

Roz hielt den Atem an und zählte bis zehn. Sie war nicht sicher, ob ihre Beherrschung oder ihre Vernunft sie zuerst verlassen würde. »Wie um Gottes willen schaffen Sie das?« Die Frage sprudelte ihr so unwillkürlich über die Lippen wie Mrs. Clarke ihre Worte. »Entschuldigen Sie.« Sie sah die Spannung in seinem Gesicht. »Das war taktlos.«

»Wenn wir allein sind, ist es nicht so schlimm. Da schalte ich einfach ab.« Er seufzte. »Warum sind Sie hergekommen? Ich dachte, wir hätten das alles hinter uns gelassen. Ich kann für Olive nichts tun. Robert hat damals versucht, ihr zu helfen, aber sie hat es gar nicht zugelassen. Warum hat sie Sie hierher geschickt?«

»Es ist eine Schande«, murmelte die alte Frau.

»Sie hat mich nicht geschickt. Ich bin auf eigene Faust gekommen. Gibt es eine Möglichkeit«, fragte sie mit einem Blick zu Mrs. Clarke, »Sie einen Moment unter vier Augen zu sprechen?«

»Ich habe mit Ihnen nichts zu sprechen.«

»Doch«, widersprach sie. »Sie waren ein Freund von Robert Martin. Sie müssen die Familie besser gekannt haben als jeder andere. Ich schreibe ein Buch«, ihr war verspätet eingefallen, daß sie ja nur Mrs. Clarke erklärt hatte, worum es ging, »und ich bringe nichts zustande, wenn niemand mir etwas von Gwen und Robert Martin erzählen will.«

Sie hatte ihn schon wieder geschockt. »Sensationsjournalismus!« sagte er empört. »Damit will ich nichts zu tun haben. Gehen Sie jetzt endlich, sonst hole ich die Polizei.«

Mrs. Clarke ließ ein furchtsames Wimmern hören. »Keine Polizei. Nein, nein, nein. Ich habe Angst vor der Polizei.« Sie starrte die Fremde an. »Ich habe Angst vor der Polizei.«

Mit Recht, dachte Roz, die sich fragte, ob die Demenz durch den Schock über die Morde zum Ausbruch gekommen war. War das der Grund, warum sie umgezogen waren? Sie nahm Aktentasche und Handtasche. »Ich bin keine Sensationsjournalistin, Mr. Clarke. Ich versuche, Olive zu helfen.«

»Für Olive gibt es keine Hilfe. Für keinen von uns gibt es Hilfe.« Er sah seine Frau an. »Olive hat alles zerstört.«

»Da bin ich anderer Meinung.«

»Bitte gehen Sie.«

Die dünne, brüchige Stimme der alten Frau unterbrach sie. »Ich habe Gwen und Amber an dem Tag gar nicht gesehen!« rief sie quengelig. »Ich habe gelogen. Ich habe gelogen, Edward.«

Er schloß die Augen. »O Gott«, murmelte er, »womit habe ich das verdient?« In seiner Stimme schwang unterdrückter Zorn.

»An welchem Tag?« hakte Roz nach.

Doch der lichte Moment, wenn es dann einer gewesen war, war schon vorüber. »Wir warten auf den Kuchen.«

Gereiztheit und etwas anderes – Erleichterung? – flog über sein Gesicht. »Sie ist senil«, erklärte er. »Ihr Verstand funktioniert nicht mehr. Man kann sich auf nichts verlassen, was sie sagt. Ich bringe Sie hinaus.«

Roz rührte sich nicht von der Stelle. »An welchem Tag, Mrs. Clarke?« fragte sie sanft.

»An dem Tag, an dem die Polizei da war. Ich hab' gesagt, ich hätte sie gesehen, aber das war gar nicht wahr.« Sie runzelte perplex die Stirn. »Kenne ich Sie?«

Edward Clarke packte Roz grob beim Arm und zog sie mit sich zur Haustür. »Verschwinden Sie aus meinem Haus!« fuhr er sie wütend an. »Haben wir durch diese Familie nicht schon genug gelitten?« Er stieß sie hinaus und schlug krachend die Tür hinter ihr zu.

Roz rieb sich nachdenklich den Arm. Edward Clarke war trotz seines Alters um einiges kräftiger, als er aussah.

Sie wälzte das Problem auf der langen Fahrt nach Hause. Das Dilemma war das gleiche, in das Olive sie immer wieder hineinstürzte – sollte sie glauben oder nicht? Hatte Mrs. Clarke die Wahrheit gesagt? Hatte sie wirklich an dem Tag, an dem die Polizei gekommen war, gelogen, oder spielte ihr seniles Gedächtnis ihr Streiche? Und wenn sie wirklich gelogen hatte, machte das dann einen Unterschied?

Roz sah sich in der Küche das *Poacher* sitzen, hörte Hal von Robert Martin erzählen. »Wir zogen die Möglichkeit in Erwägung, daß er Gwen und Amber Martin getötet habe, bevor er zur Arbeit ging, und Olive dann die Leichen entfernen wollte, um ihn zu schützen, aber diese Rechnung ging nicht auf. Er hatte auch für diese Zeit ein Alibi. Eine Nachbarin hatte ihren Mann, der zur Arbeit ging, wenige Minuten, bevor Martin ebenfalls ging, hinausbegleitet. Amber und Gwen waren zu dem Zeitpunkt noch am Leben. Sie hat mit ihnen gesprochen. Sie erinnerte sich, Amber gefragt zu haben, wie es ihr bei Glitzy gefiel. Sie winkten, als Robert Martin wegfuhr.«

Die Nachbarin konnte nur Mrs. Clarke gewesen sein, sagte sich Roz. Aber wie nachlässig von ihr, diese Aussage nicht schon früher in Frage gestellt zu haben! War es denn wahrscheinlich, daß Gwen und Amber Robert Martin zum Abschied gewinkt hatten, wenn zwischen Mann und Frau soviel kalte Distanz war? Ein Satz aus Olives Aussage durchdrang messerscharf ihre Gedanken. ›*Wir hatten beim Frühstück Streit, und mein Vater ist mittendrin zur Arbeit gegangen.*‹

Mrs. Clarke hatte also gelogen. Aber warum? Warum hatte sie Robert Martin ein Alibi gegeben, wenn sie ihn, wie Olive behauptet hatte, als Bedrohung sah?

›*Eine Nachbarin hatte ihren Mann, der zur Arbeit ging, wenige Minuten, bevor Martin ebenfalls ging, hinausbegleitet …*‹

Du lieber Gott, wie hatte sie so blind sein können! Das Alibi war für Edward.

Fiebernd vor Erregung rief sie von einer Zelle aus Iris an. »Ich habe die Nuß geknackt, altes Haus. Ich weiß jetzt, wer's war, und Olive war es nicht.«

»Na bitte, da hast du's. Man soll sich eben immer auf den Instinkt seiner Agentin verlassen. Ich habe mit Gerry um einen Fünfer gewettet. Der wird schön sauer sein, wenn er hört, daß er verloren hat. Also, wer war's?«

»Der Nachbar, Edward Clarke. Er war Robert Martins Liebhaber. Ich glaube, er hat Gwen und Amber aus Eifersucht getötet.« Atemlos rasselte sie ihre Story herunter. »Ich muß allerdings noch einen Weg finden, das alles zu beweisen.«

Am anderen Ende der Leitung kam es zu einem ausgedehnten Schweigen.

»Bist du noch da?«

»Ja. Ich habe gerade um meine fünf Pfund getrauert. Ich weiß, daß du aufgeregt bist, Schätzchen, aber du solltest lieber schnell wieder nüchtern werden und ein bißchen gründlicher nachdenken. Wenn dieser Edward Gwen und Amber zerstückelt hat, bevor Robert zur Arbeit ging, hätte dann Robert nicht die Teile in der Küche gefunden?«

»Vielleicht haben sie's zusammen getan.«

»Warum haben sie dann nicht auch gleich Olive umgebracht? Ganz zu schweigen von der dummen Frage, warum, um alles in der Welt, sie das Bedürfnis gehabt haben sollte, den homosexuellen Liebhaber ihres Vaters zu decken. Es wäre viel einleuchtender, wenn Mrs. Clarke gelogen hat, um Robert ein Alibi zu geben.«

»Wieso?«

»Weil die beiden eine wilde Affäre hatten«, erklärte Iris. »Mrs. C. erriet, daß Robert seine Frau um die Ecke gebracht hatte, um für sie frei zu sein, und hat gelogen wie gedruckt, um ihn zu schützen. Du weißt ja nicht mit Sicherheit, ob er homosexuell war. Die

Mutter der Schulfreundin glaubte es offensichtlich nicht. Ist Mrs. C. attraktiv?«

»Jetzt nicht mehr. Aber sie war's mal.«

»Na also.«

»Aber warum hat Robert Amber getötet?«

»Weil sie da war«, antwortete Iris prompt. »Sie ist wahrscheinlich aufgewacht, als sie den Streit hörte, und kam hinunter. Robert wird keine Wahl behabt haben, als sie auch zu töten. Dann hat er sich aus dem Staub gemacht, und die arme Olive, die das alles verschlafen hatte, mußte es büßen.«

Einigermaßen widerstrebend ging Roz zu Olive.

»Ich habe Sie gar nicht mehr erwartet. Nicht nachdem...« Olive ließ den Rest des Satzes unausgesprochen. »Sie wissen schon.«

Sie waren wieder in ihrem alten Zimmer, ohne Aufsicht. Die Bedenken der Anstaltsdirektorin hatten sich, so schien es, zusammen mit Olives Feindseligkeit verflüchtigt. Wirklich, dachte Roz, das Strafvollzugssystem überrascht einen doch immer wieder. Sie hatte mit riesigen Problemen gerechnet, zumal es Mittwoch war, also nicht ihr normaler Besuchstag, doch es hatte keinerlei Schwierigkeiten gegeben. Olive durfte wieder jederzeit Besuch empfangen.

Sie schob ihr die Zigarettenpackung hin. »Sie scheinen wieder *persona grata* zu sein«, sagte sie.

Olive nahm sich eine Zigarette. »Bei Ihnen auch?«

Roz zog eine Augenbraue hoch. »Es ging mir besser, als meine Kopfschmerzen weg waren.« Sie sah den Schmerz in dem dicken Gesicht. »Ich scherze nur«, sagte sie freundlich. »Und es war sowieso meine Schuld. Ich hätte anrufen sollen. Sie genießen jetzt wieder alle Rechte?«

»Ja. Sie behandeln einen wirklich ganz anständig, wenn man sich ruhig verhält.«

»Gut.« Roz schaltete den Kassettenrecorder ein. »Ich war bei Ihren früheren Nachbarn, den Clarkes.«

Olive musterte sie durch das Flämmchen des Streichholzes, ehe sie es nachdenklich an das Ende ihrer Zigarette hielt. »Und?«

»Mrs. Clarke hat gelogen, als sie sagte, sie hätte Ihre Mutter und Ihre Schwester an dem fraglichen Morgen gesehen.«

»Woher wissen Sie das?«

»Sie hat es mir gesagt.«

Olive klemmte die Zigarette fest zwischen ihre Lippen und sog den Rauch tief ein. »Mrs. Clarke ist seit Jahren senil«, sagte sie unverblümt. »Sie hatte eine Heidenangst vor Bazillen. Jeden Morgen ist sie rumgerast und hat Möbel mit Domestos abgewischt und im ganzen Haus wie eine Wilde gestaubsaugt. Leute, die die Clarkes nicht kannten, dachten immer, sie sei die Putzfrau. Mich hat sie immer Mary genannt. So hieß ihre Mutter. Ich vermute, sie ist inzwischen total weggetreten.«

Roz schüttelte frustriert den Kopf. »Ja, das stimmt, aber ich schwöre, sie war bei Sinnen, als sie zugab, daß sie damals gelogen hat. Und sie hat Angst vor ihrem Mann.«

Das schien Olive zu überraschen. »Früher hat sie nie Angst vor ihm gehabt. Da hatte schon eher er vor ihr Angst. Wie hat er denn reagiert, als sie sagte, sie habe gelogen?«

»Er hat mich praktisch aus dem Haus geworfen.« Sie lächelte schief. »Es fing schon schlecht an. Er glaubte nämlich, ich sei von der Fürsorge und wollte ihm nachspionieren.«

Aus den Tiefen von Olives Brustkorb kam ein amüsiertes Keuchen. »Der arme Mr. Clarke.«

»Sie haben mir erzählt, daß Ihr Vater ihn gemocht hat. Mochten Sie ihn auch?«

Sie zuckte gleichgültig die Achseln. »Ich habe ihn nicht gut genug gekannt, um ihn zu mögen oder nicht zu mögen. Mir hat er eher leid getan, wegen seiner Frau. Er mußte vorzeitig in den Ruhestand gehen, um sie pflegen zu können.«

Roz ließ sich das durch den Kopf gehen. »Aber zur Zeit, als die Morde geschahen, hat er noch gearbeitet?«

»Er hat von zu Hause aus als Steuerberater gearbeitet und den Leuten ihre Steuererklärungen gemacht.« Sie schnippte Asche auf den Boden. »Mrs. Clarke hat mal das Wohnzimmer in Brand gesteckt. Danach hatte er Angst, sie allein zu lassen. Sie hat große Ansprüche gestellt, aber meine Mutter hat immer gesagt, das meiste sei nur Theater, um ihn an sich zu ketten.«

»Und was glauben Sie? Stimmte das?«

»Wahrscheinlich.« Sie stellte den Zigarettenstummel aufrecht hin, wie das ihre Gewohnheit war, und nahm sich eine neue Zigarette. »Meine Mutter hatte meistens recht.«

»Hatten die Clarkes Kinder?«

Olive schüttelte den Kopf. »Ich glaube nicht. Ich habe jedenfalls nie welche gesehen.« Sie schob die Unterlippe vor. »Das Kind war er. Manchmal war es richtig komisch, ihm zuzuschauen, wie er herumwieselte und ganz brav tat, was sie ihm befahl, und immer Entschuldigung sagte, wenn er was falsch gemacht hatte. Amber hat ihn immer Trauerpfützler genannt, weil er so ein Schwächling war und so kreuzunglücklich.« Sie lachte ein wenig. »Das hatte ich ganz vergessen. Damals hat es zu ihm gepaßt. Paßt es jetzt auch noch?«

Roz dachte nach, wie er sie gepackt hatte. »Als Schwächling habe ich ihn nicht empfunden«, sagte sie. »Als unglücklich, ja.«

Olive musterte sie mit seltsam eindringlichem Blick. »Warum sind Sie wiedergekommen?« fragte sie leise. »Am Montag hatten Sie das doch nicht vor?«

»Wie kommen Sie darauf?«

»Ich hab's Ihnen angesehen. Sie hielten mich für schuldig.«

»Ja.«

Olive nickte. »Das hat mich sehr mitgenommen. Mir war bis dahin gar nicht klar gewesen, was es ausmacht zu wissen, daß es jemand gibt, der mir glaubt, daß ich es nicht getan habe.« Roz sah die Nässe an den blassen, dünnen Wimpern. »Man gewöhnt sich daran, als Ungeheuer betrachtet zu werden. Manchmal habe ich es selbst geglaubt.« Sie legte eine ihrer unproportionierten Hände zwischen ihre gewaltigen Brüste. »Ich dachte, mir würde das Herz brechen, als Sie gingen. Blöd, nicht?« Die Tränen schossen ihr in die Augen. »Ich kann mich nicht erinnern, daß ich je so unglücklich war.«

Roz wartete einen Moment, aber Olive sagte nichts mehr. »Schwester Bridget hat mich zur Vernunft gebracht«, sagte sie.

Ein Leuchten wie von einer emporschießenden Kerzenflamme erhellte Olives Gesicht. »Schwester Bridget?« wiederholte sie erstaunt. »Glaubt sie, daß ich es nicht getan habe? Das hätte ich nie gedacht. Ich dachte immer, sie käme mich nur aus heiliger Christenpflicht besuchen.«

Ach, zum Teufel, dachte Roz, was zählt schon eine kleine Lüge? »Natürlich glaubt sie, daß Sie es nicht getan haben. Warum würde sie mich sonst so antreiben?« Zaghafte Freude verlieh der erschreckenden Häßlichkeit Olives eine Art Schönheit, und Roz dachte, so, jetzt habe ich alle Brücken hinter mir abgebrochen. Nie wieder werde ich sie fragen können, ob sie schuldig ist, oder ob sie mir die Wahrheit sagt, denn wenn ich das tue, wird ihr wirklich ihr armes Herz brechen.

»Ich hab's nicht getan«, sagte Olive, sie fest ansehend.

Roz beugte sich vor. »Wer hat es dann getan?«

»Das weiß ich nicht. Jetzt nicht mehr. Damals glaubte ich, es zu wissen.« Sie stellte ihren zweiten Stummel neben den ersten, und sah zu, wie die Glut erstarb. »Damals war alles ganz einleuchtend«, murmelte sie, in Gedanken in der Vergangenheit.

»Wer, glaubten Sie denn, habe es getan?« fragte Roz nach einer Weile. »Jemand, den Sie geliebt haben?«

Doch Olive schüttelte den Kopf. »Ich könnte es nicht ertragen, ausgelacht zu werden. In vieler Hinsicht ist es besser, gefürchtet zu werden. Wenigstens weiß man dann, daß die Leute einen respektieren.« Sie sah Roz an. »Ich bin eigentlich ganz glücklich hier. Können Sie das verstehen?«

»Ja«, antwortete Roz langsam, die daran dachte, was die Anstaltsleiterin gesagt hatte. »Merkwürdigerweise kann ich das.«

»Wenn Sie nicht gekommen wären, hätte ich überleben können. Ich bin in eine Institution eingebunden. Eine Existenz ohne Anstrengung. Ich weiß wirklich nicht, ob ich draußen zurechtkäme.« Sie strich sich mit beiden Händen über ihre massigen Oberschenkel. »Die Leute werden lachen, Roz.«

Es war mehr eine Frage als eine Feststellung, und Roz hatte keine Antwort darauf oder jedenfalls nicht die beschwichtigende Antwort, die Olive gern gehabt hätte. Ja, die Leute würden tatsächlich lachen, dachte sie. Die Vorstellung, daß diese groteske Frau einen anderen Menschen so tief liebte, daß sie sich zur Mörderin hatte stempeln lassen, um ihn zu decken, hatte etwas Absurdes an sich.

»Ich werde jetzt nicht aufgeben«, sagte sie fest. »Eine Legebatteriehenne wird geboren, um zu existieren. Sie sind geboren worden, um zu leben.« Sie zeigte mit ihrem Stift auf Olive. »Und wenn Sie den Unterschied zwischen Existieren und Leben nicht wissen, dann lesen Sie die Unabhängigkeitserklärung. Leben heißt Freiheit und das Streben nach Glück. Sie verwehren sich beides, indem Sie hier bleiben.«

»Aber wohin sollte ich denn gehen? Was sollte ich tun? Mein Leben lang habe ich nie allein gelebt. Ich könnte es jetzt nicht aushalten, gerade jetzt nicht, noch dazu, wenn alle Bescheid wüßten.«

»Worüber?«

Wieder schüttelte Olive den Kopf.

»Warum können Sie es mir nicht sagen?«

»Weil Sie es mir nicht glauben würden«, antwortete Olive dumpf. »Keiner glaubt mir, wenn ich die Wahrheit sage.« Sie klopfte an das Glas, um die Aufmerksamkeit einer Beamtin auf sich zu ziehen. »Sie müssen es selbst herausbekommen. Nur dann werden Sie es je wirklich wissen.«

»Und wenn ich es nicht schaffe?«

»Dann bin ich nicht schlechter dran als vorher. Ich kann mit mir selbst leben, und das ist alles, was wirklich zählt.«

Ja, dachte Roz, am Ende des Tages war das wahrscheinlich wirklich das einzige, was zählte. »Sagen Sie mir nur eines, Olive. Haben Sie mich belogen?«

»Ja.«

»Warum?«

Die Tür wurde geöffnet, und Olive hievte sich wie immer mit einem Ruck von hinten in die Höhe. »Manchmal ist es sicherer.«

Das Telefon läutete, als sie die Wohnungstür aufmachte. »Hallo«, sagte sie, den Hörer unter ihr Kinn klemmend, um ihre Jacke auszuziehen. »Rosalind Leigh.« Lieber Gott, hoffentlich war es nicht Rupert.

»Hal hier. Den ganzen Tag versuche ich schon, Sie zu erreichen. Wo zum Teufel sind Sie gewesen?« Seine Stimme klang besorgt.

»Auf der Jagd nach neuen Erkenntnissen.« Sie lehnte sich an die Wand. »Was interessiert Sie das überhaupt?«

»Ich bin nicht psychotisch, Roz.«

»Na, gestern haben Sie sich aber ganz so verhalten.«

»Nur weil ich nicht die Polizei geholt habe?«

»Auch. Das würde jeder normale Mensch tun, dem man das Haus auseinandergenommen hat. Es sei denn, er hat es selbst auseinandergenommen.«

»Was heißt auch?«

»Sie waren einfach ekelhaft. Dabei wollte ich Ihnen nur helfen.«

Er lachte leise. »Ich sehe Sie dauernd mit erhobenem Tischbein in der Hand an meiner Tür stehen. Sie haben wirklich Mumm. Sie hatten offensichtlich eine Heidenangst, aber Ihr Mut war noch größer. Ich habe übrigens die gewünschten Fotos für Sie. Wollen Sie die noch haben?«

»Ja.«

»Haben Sie Mut, sie abzuholen, oder soll ich sie mit der Post schicken?«

»Mut ist da nicht nötig, Hawksley, sondern ein verdammt dikkes Fell. Ich laß mich nicht gern herumstoßen.« Edward Clarke fiel ihr ein, und sie sagte: »War es übrigens Mrs. Clarke, die behauptete, Gwen und Amber seien noch am Leben gewesen, nachdem Robert zur Arbeit gegangen war?«

Es blieb einen Moment still, während er nach der Gedankenverbindung suchte. Er fand sie nicht. »Ja, wenn sie die Frau in der anderen Hälfte des Doppelhauses war.«

»Sie hat gelogen. Sie sagt jetzt, sie habe ihn gar nicht gesehen. Das heißt, daß Robert Martins Alibi nichts wert ist. Er kann es getan haben, bevor er zur Arbeit gefahren ist.«

»Weshalb hätte sie Robert Martin ein Alibi geben sollen?«

»Das weiß ich nicht. Aber ich versuche, dahinterzukommen. Zuerst glaubte ich, es sei ihr darum gegangen, ihrem Mann ein Alibi zu geben, aber das läßt sich nicht halten. Abgesehen von allem anderen sagte mir Olive, daß er damals schon im Ruhestand war, also gar nicht zur Arbeit gegangen wäre. Können Sie sich erinnern, ob Sie Mrs. Clarkes Aussage überprüft haben?«

»War Clarke der Steuerberater? Ja?« Er überlegte einen Moment. »Richtig, er hat meistens zu Hause gearbeitet, aber er hatte auch mehrere Kunden, deren Bücher er regelmäßig nachgesehen hat. In der fraglichen Woche hat er bei einem Heizungsinstallateur in Portswood die Bücher geprüft. Er war den ganzen Tag dort. Das haben wir nachgeprüft. Er kam erst nach Hause, als wir schon alles abgeriegelt hatten. Ich erinnere mich, wie er sich aufgeregt hat, weil er seinen Wagen am anderen Straßenende parken mußte. Ein älterer Mann mit Glatze und Brille. Ist er das?«

»Ja«, antwortete sie. »Aber was er und Robert tagsüber getan haben ist irrelevant, wenn Gwen und Amber schon tot waren, bevor die beiden Männer zur Arbeit gingen.«

»Wie zuverlässig ist Mrs. Clarke?«

»Nicht besonders«, bekannte sie. »Was war nach Meinung des Pathologen die früheste Todeszeit?«

Er war ungewöhnlich ausweichend. »Ich kann mich im Moment nicht erinnern.«

»Versuchen Sie es«, drängte sie. »Sie haben doch Robert immerhin so ernsthaft verdächtigt, daß Sie sein Alibi überprüft haben, folglich kann ihn der forensische Befund nicht automatisch freigesprochen haben.«

»Ich kann mich nicht erinnern«, sagte er wieder. »Aber wenn Robert es wirklich getan hat, warum hat er dann nicht auch Olive getötet? Und warum hat sie nicht versucht, ihn daran zu hindern? Das muß doch eine Riesenszene gewesen sein. Unmöglich, daß sie da nichts gehört hat. So groß ist das Haus nicht.«

»Vielleicht war sie nicht da.«

Der Kaplan stattete Olive seinen wöchentlichen Besuch ab. »Das ist gut«, sagte er, während er zusah, wie sie mit dem Ende eines Streichholzes der Mutterfigur Locken legte. »Sind das Maria und das Jesuskind?«

Sie sah ihn belustigt an. »Die Mutter erdrosselt gerade ihr Kind«, entgegnete sie grob. »Halten Sie es da für wahrscheinlich, daß es sich um Maria und das Jesuskind handelt?«

Er zuckte die Achseln. »Ich habe schon merkwürdigere Dinge gesehen, die sich als religiöse Kunst ausgaben. Wer ist es denn?«

»Es ist das Weib«, antwortete Olive. »Eva mit all ihren Gesichtern.«

Er war interessiert. »Aber Sie haben ihr ja gar kein Gesicht gegeben.«

Olive drehte die Figur auf ihrem Sockel, und er sah, daß das, was er für Locken gehalten hatte, in Wirklichkeit grob modellierte Gesichtszüge waren – Augen, Nase und Mund. Sie drehte die Figur nach der anderen Seite, und wieder sah er ein grob gezeichnetes Gesicht vor sich. »Doppelgesichtig«, sagte Olive, »und unfähig, einem ins Auge zu schauen« Sie nahm einen Bleistift und stieß ihn der Mutter zwischen die Oberschenkel. »Aber das macht nichts aus. Jedenfalls dem MANN nicht.« Sie grinste unangenehm schlüpfrig. »Der MANN schaut sich den Kaminsims nicht an, wenn er das Feuer schürt.«

Er hatte die Hintertür und den Küchentisch repariert. Der Tisch stand wieder an seinem gewohnten Platz in der Mitte des Raums, der Boden war geschrubbt, die Hängeschränke in Ordnung gebracht, der Kühlschrank aufgestellt, selbst einige Stühle hatte er aus dem Restaurant geholt und um den Tisch gruppiert. Er selbst sah total erschöpft aus.

»Haben Sie überhaupt geschlafen?« fragte sie ihn.

»Nicht viel. Ich habe rund um die Uhr gearbeitet.«

»Also wirklich, Sie haben das reinste Wunder vollbracht.« Sie sah sich um. »Und wer kommt zum Abendessen? Die Königin? Sie könnte wahrhaftig vom Boden essen.«

Zu ihrer Überraschung faßte er ihre Hand und zog sie an seine Lippen, wo er sie umdrehte, um ihre Handfläche zu küssen. Es war eine unerwartet zarte Geste von einem so harten Mann. »Danke.«

Sie war verwirrt. »Wofür?« fragte sie ratlos.

Er ließ ihre Hand mit einem Lächeln los. »Dafür, daß Sie das Richtige sagen.« Einen Moment lang glaubte sie, er würde es ihr näher erklären, aber er sagte lediglich: »Die Fotos liegen auf dem Tisch.«

Das von Olive war ein Polizeifoto, hart und brutal in seiner Ungeschminktheit. Die Aufnahmen von Gwen und Amber entsetzten sie, wie er es vorausgesagt hatte. Es waren alptraumhafte Bilder, und zum erstenmal verstand sie, warum alle behauptet hatten, Olive sei eine Psychopathin. Sie drehte sie herum und konzentrierte sich auf die Porträtaufnahme von Robert Martin. In seinen Augen und seinem Mund fand sie Olive wieder, und sie hatte einen flüchtigen Eindruck davon, was unter den Fettschichten zum Vorschein kommen würde, wenn Olive je die Willenskraft aufbringen sollte, sie abzubauen. Ihr Vater war ein sehr gutaussehender Mann gewesen.

»Was wollen Sie mit ihnen machen?«

Sie erzählte ihm von dem Mann, der Olive Briefe geschrieben hatte. »Die Beschreibung paßt auf den Vater«, sagte sie. »Die Frau von Wells-Fargo hat gesagt, sie würde ihn auf einem Foto wiedererkennen.«

»Weshalb, um alles in der Welt, sollte ihr Vater ihr heimlich geschrieben haben?«

»Um sie zum Sündenbock für die Morde zu machen.«

Er war skeptisch. »Sie greifen nach Strohhalmen. Und was ist mit den Fotos von Gwen und Amber?«

»Ich weiß noch nicht. Ich bin versucht, sie Olive zu zeigen, um sie aus ihrer Apathie zu reißen.«

Er zog eine Augenbraue hoch. »Das würde ich mir an Ihrer Stelle zweimal überlegen. Sie ist eine unbekannte Größe, und Sie kennen sie vielleicht noch nicht so gut, wie Sie sich einbilden. Sie könnte leicht unangenehm werden, wenn Sie ihr ihrer Hände Arbeit vor Augen halten.«

Sie lächelte flüchtig. »Ich kenne sie besser, als ich Sie kenne.« Sie steckte die Fotografien ein und trat in die Gasse hinaus. »Das Merkwürdige ist, daß Sie sehr viel Ähnlichkeit miteinander haben, Sie und Olive. Sie verlangen Vertrauen, sind aber selbst nicht bereit, es zu geben.«

Er rieb sich müde das stoppelige Kinn. »Vertrauen ist ein zweischneidiges Schwert, Roz. Es kann einen äußerst verletzlich machen. Ich wollte, Sie würden das von Zeit zu Zeit bedenken.«

14

Marnie studierte das Foto von Robert Martin mehrere Sekunden lang, dann schüttelte sie den Kopf. »Nein«, sagte sie. »Das war nicht der Mann. Er hat nicht so gut ausgesehen, und sein Haar war auch anders, dicker, nicht zurückgekämmt, mehr auf die Seite. Außerdem habe ich Ihnen ja gesagt, er hatte braune Augen, sehr dunkel, fast schwarz. Die Augen hier sind hell. Ist das ihr Vater?«

Roz nickte.

Marnie reichte die Fotografie zurück. »Meine Mutter hat immer gesagt, traue niemals einem Mann, dessen Ohrläppchen tiefer sind als sein Mund. Das ist ein Zeichen für einen Verbrecher. Da, sehen Sie sich seine an.«

Roz sah sie sich an. Es war ihr vorher nicht aufgefallen, weil er das Haar darüber gekämmt trug, aber bei Martin stimmte das Verhältnis der Ohren zum Rest des Gesichts überhaupt nicht.

»Hat Ihre Mutter Verbrecher gekannt?«

Marnie lachte. »Natürlich nicht. Das ist doch nur so ein Ammenmärchen.« Sie neigte den Kopf ein wenig zur Seite und sah sich das Bild noch einmal an. »Also, wenn an der Sache was dran wäre, dann wäre er jedenfalls Kategorie A.«

»Er ist tot.«

»Vielleicht hat er das Gen seiner Tochter vererbt. Die ist eindeutig Kategorie A.« Sie holte wieder ihre Nagelfeile heraus. »Nur mal interessehalber, woher haben Sie das Foto?«

»Warum fragen Sie?«

Marnie tippte mit ihrer Feile auf die obere rechte Ecke. »Ich weiß, wo es aufgenommen ist.«

Roz sah zu der Stelle, auf die sie hinwies. Im Hintergrund, hinter

Martins Kopf, war der Teil eines Lampenschirms zu sehen, der am unteren Rand ein Muster von auf dem Kopf stehenden Ypsilons hatte. »In seinem Haus vermutlich.«

»Das bezweifle ich. Schauen Sie sich die Zeichen unten am Lampenschirm an. Es gibt hier in der Nähe nur einen Ort mit diesen Lampenschirmen.«

Die Ypsilons waren Lambdas, wie Roz jetzt erkannte, das internationale Symbol für Homosexualität. »Wo?«

»Es ist ein Pub unten beim Hafen. Eine Schwulenkneipe«, sagte Marnie kichernd.

»Und wie heißt sie?«

Marnie kicherte wieder. »The White Cook.«

Der Wirt erkannte den Mann auf dem Foto sofort. »Mark Agnew«, sagte er. »Der kam viel her. Aber seit ungefähr einem Jahr habe ich ihn nicht mehr gesehen. Was ist aus ihm geworden?«

»Er ist gestorben.«

Der Wirt machte ein langes Gesicht. »Ich werd' mich bald umstellen müssen«, sagte er mit verdrießlichem Galgenhumor. »Vor lauter Aids und Rezession hab' ich kaum noch Kunden.«

Roz lächelte teilnehmend. »Wenn es Ihnen ein Trost ist, ich glaube nicht, daß er an Aids gestorben ist.«

»Doch, ein kleiner Trost ist es, Miss. Der ist nämlich ganz schön herumgekommen, der gute Mark, wissen Sie.«

Mrs. O'Brien betrachtete sie mit tiefem Mißvergnügen. Die Zeit und ihr von Natur aus argwöhnisches Wesen hatten sie überzeugt, daß Roz mit dem Fernsehen nicht das geringste zu tun hatte, sondern lediglich gekommen war, um ihr Informationen über ihre Söhne aus der Nase zu ziehen.

»Sie sind ganz schön dreist, das muß ich sagen.«

»Oh«, erwiderte Roz mit offensichtlicher Enttäuschung, »haben Sie es sich doch anders überlegt? Wollen Sie bei der Sendung nicht mitmachen?« Lügen, dachte sie, wurden geglaubt, wenn man sie nur oft genug wiederholte.

»Sendung, von wegen! Sie wollen doch nur rumschnüffeln. Wohinter sind Sie her? Das möcht' ich wirklich gern wissen.«

Roz nahm Peter Crews Brief aus ihrer Aktentasche und reichte ihn der Frau. »Ich habe es Ihnen letztes Mal erklärt, so gut ich konnte. Das hier ist mein Vertrag mit der Fernsehgesellschaft. Wenn Sie ihn lesen, werden Sie sehen, daß er klar und deutlich Sinn und Ziel der Sendung erläutert, die die Gesellschaft machen will.« Sie deutete auf Crews Unterschrift. »Dieser Mann ist der Regisseur. Er hat sich das Band angehört, das wir aufgenommen haben, und es hat ihm gefallen. Er wird sehr enttäuscht sein, wenn Sie jetzt einen Rückzieher machen.«

Die schriftlichen Beweismittel beeindruckten Ma O'Brien. Mit professoral gerunzelter Stirn blickte sie auf die Worte, die sie nicht entziffern konnte. »Ach so«, sagte sie, »ein Vertrag. Das ist natürlich was andres. Den hätten Sie mir gleich zeigen sollen.« Sie faltete ihn, um ihn einzustecken.

Roz lächelte. »Tut mir leid«, sagte sie und entriß Ma das Papier, »aber das ist die einzige Kopie, die ich besitze, und ich brauche sie für die Steuer und für den Fall, daß es rechtliche Schwierigkeiten gibt. Wenn sie verlorengeht, wird keiner von uns bezahlt. Darf ich also hereinkommen?«

Ma O'Brien kniff die Lippen zusammen. »Na schön, wenn's sein muß.« Der Argwohn legte sich nicht so leicht. »Aber ich beantworte keine Fragen, die mir komisch vorkommen, das sag' ich Ihnen.«

»Das verlangt ja auch niemand.« Roz ging ins Wohnzimmer. »Ist von Ihren Kindern jemand zu Hause? Ich würde sie gern mit einbeziehen, wenn das möglich ist. Je abgerundeter das Bild, desto besser.«

Ma ließ sich das durch den Kopf gehen. *»Mike!«* schrie sie plötzlich. »Komm runter. Hier ist eine Dame, die mit dir reden will. *Stiftel!* Runter ins Wohnzimmer.«

Roz, die einzig an einem Gespräch mit Gary interessiert war, sah die Fünfzig-Pfund-Scheine schon in Ladungen zum Fenster hinausflattern. Sie lächelte resigniert, als zwei magere junge Burschen sich zu ihrer Mutter aufs Sofa setzten.

»Hallo«, sagte sie mit gezwungener Munterkeit. »Mein Name ist Rosalind Leigh. Ich komme von einer Fernsehgesellschaft, die ein Programm über soziale Benachteiligung –«

»Das hab' ich ihnen schon erklärt«, fiel Ma ihr ins Wort. »Das Gerede können Sie sich sparen. Fünfzig Eier pro Kopf. Richtig?«

»Wenn ich den Gegenwert für mein Geld bekomme. Ich brauche eine weitere Stunde Gespräch, und bin eigentlich nur bereit, fünfzig pro Person zu zahlen, wenn ich mit Ihrem ältesten Sohn Peter und Ihrem jüngsten, Gary, sprechen kann. Auf diese Weise bekomme ich den umfassendsten Einblick. Ich möchte gern wissen, inwieweit es für Ihre älteren Kinder einen Unterschied gemacht hat, bei Pflegeeltern untergebracht zu werden.«

»Gary ham wir hier«, sagte Ma und puffte den unscheinbaren jungen Mann zu ihrer Linken. »Unser Stiftel. Pete sitzt zur Zeit, da müssen Sie schon Mike nehmen. Er ist Nummer drei und hat genausolange bei Pflegeeltern gelebt wie Pete.«

»Gut, dann fangen wir am besten gleich an.« Sie entfaltete ihre Liste sorgfältig vorbereiteter Fragen und schaltete den Recorder ein. Die beiden ›Jungs‹ hatten, wie sie bemerkte, vollkommen proportionierte Ohren.

In der ersten halben Stunde unterhielt sie sich mit Mike, ermunterte ihn, von seiner Kindheit bei verschiedenen Pflegeeltern zu erzählen, seiner Schulbildung (genauer gesagt, dem akuten Mangel daran aufgrund ständigen Schulschwänzens), von seinen ersten Zusammenstößen mit der Polizei. Er war ein wortkarger Mann, dem selbst die grundlegenden Umgangsformen fehlten und dem es schwerfiel, sich zu artikulieren. Er machte einen denkbar schlechten Eindruck, und Roz, die ihre Ungeduld hinter einem gezwungenen Lächeln versteckte, fragte sich, ob er sich überhaupt noch negativer hätte entwickeln können, wenn das Jugendamt ihn bei seiner Mutter gelassen hätte. Sie bezweifelte es. Ma mochte ihre Schwächen haben, aber sie liebte ihn, und geliebt zu werden, war ein Eckpfeiler des Vertrauens.

Einigermaßen erleichtert wandte sie sich schließlich Gary zu, der dem Gespräch mit lebhaftem Interesse gefolgt war. »Wie ich hörte, sind Sie erst mit zwölf von Ihrer Familie getrennt worden«, sagte sie mit einem Blick auf ihre Notizen, »als Sie auf ein Internat kamen. Was war der Grund dafür?«

Er grinste. »Schuleschwänzen, Klauen, das gleiche wie bei meinen Brüdern, nur haben die in der Gesamtschule gesagt, ich wär' noch schlimmer, und haben dafür gesorgt, daß ich ins Chapman House gekommen bin. War eigentlich ganz okay. Ich hab' ein bißchen was gelernt. Hab' zwei gute Zeugnisse gekriegt. Aber dann hab' ich's geschmissen.«

Sie nahm an, daß das genaue Gegenteil richtig war, daß man ihn an der Parkway-Gesamtschule für intelligenter als seine Brüder gehalten und gedacht habe, er sei es wert, daß man sich etwas mehr Mühe mit ihm gäbe.

»Das ist gut. Haben die Zeugnisse bei der Arbeitssuche geholfen?«

Er sah sie an, als hätte sie von einer Reise zum Mond gesprochen. »Das hab' ich nie ausprobiert. Uns ist es ja ganz gut gegangen.«

Ihr fiel etwas ein, was Hal gesagt hatte. »Sie haben einfach nicht die gleichen Werte wie der Rest der Gesellschaft.«

»Sie wollten gar keine Arbeit?« fragte sie neugierig.

Er schüttelte den Kopf. »Haben Sie eine gewollt, als Sie aus der Schule gekommen sind?«

»Ja«, antwortete sie, von der Frage überrascht. »Ich konnte es nicht erwarten, zu Hause auszuziehen.«

Er zuckte die Achseln, so perplex über ihren Ehrgeiz wie sie über seinen Mangel daran. »Wir haben immer zusammengehalten«, sagte er. »Die Sozialhilfe reicht viel weiter, wenn alle zusammenlegen. Sie haben sich wohl mit Ihren Eltern nicht vertragen?«

»Jedenfalls nicht so gut, daß ich weiterhin mit ihnen zusammenleben wollte.«

»Na ja«, sagte er teilnahmsvoll, »das erklärt's natürlich.«

Es war absurd, aber Roz ertappte sich dabei, daß sie ihn beneidete. »Ihre Mutter hat mir erzählt, daß Sie eine Zeitlang als Kurier gearbeitet haben. Mit dem Motorrad. Hat Ihnen das Spaß gemacht?«

»Es geht so. Am Anfang war's ganz okay, aber auf die Dauer macht's keinen Spaß, mit dem Motorrad in der Stadt rumzufahren, und wir hatten immer nur in der Stadt zu tun. Es wäre nicht so schlimm gewesen, wenn der Mistkerl, dem die Firma gehört hat, uns wenigstens so viel bezahlt hätte, daß wir die Rate fürs Motorrad hätten zahlen können.« Er schüttelte den Kopf. »Das war ein mieser Knacker. Nach sechs Monaten haben sie uns die Dinger weggenommen, und das war's dann. Kein Motorrad, keine Arbeit.«

Roz hatte nunmehr drei verschiedene Versionen darüber gehört, wie die O'Briens die Arbeit bei Wells-Fargo verloren hatten.

War eine von ihnen wahr, fragte sie sich, oder war es so, daß sie alle wahr waren, nur aus verschiedenen Perspektiven gesehen? Die Wahrheit war nichts Absolutes, wie sie es einmal geglaubt hatte.

»Ihre Mutter hat mir erzählt«, bemerkte sie mit einem unschuldigen Lächeln, »daß Sie bei dieser Arbeit sogar mal mit einer Mörderin zu tun hatten.«

»Sie meinen Olive Martin?« Alle Bedenken, die er vielleicht früher einmal im Zusammenhang mit dieser Geschichte gehabt hatte, schienen verflogen zu sein. »Das war 'ne komische Geschichte, sag' ich Ihnen. Ich habe ihr jeden Freitag 'nen Brief von irgend so 'nem Kerl gebracht, in den sie verknallt war, und dann – peng! – hat sie ihre Mutter und ihre Schwester umgebracht. Ich war total von den Socken, ehrlich. Ich hatte keine Ahnung, daß bei der 'ne Schraube locker war.«

»Aber das muß ja wohl der Fall gewesen sein, wenn sie ihre Mutter und ihre Schwester mit der Axt zerstückelt hat.«

»Ja.« Er machte ein nachdenkliches Gesicht. »Trotzdem hab' ich's nie verstanden. Sie war in Ordnung. Ich hab' sie als Kind gekannt. Da war sie in Ordnung. Die Mutter war der Besen, und die eingebildete Schwester, Mann, die war ein widerliches kleines Biest.«

Roz verbarg ihre Überraschung. *Jeder hat Amber geliebt.* Wie oft hatte sie das zu hören bekommen? »Vielleicht hatte Olive genug und ist eines Tages einfach durchgedreht. So was kommt ja vor.«

»Oh«, sagte er mit einem wegwerfenden Achselzucken, »das ist nicht der Teil, den ich nicht verstehe. Was ich nicht kapiere ist, warum sie nicht einfach mit ihrem Macker abgehauen ist. Ich meine, auch wenn er verheiratet war, hätt' er ihr doch irgendwo 'ne Wohnung mieten können. An Kohle hat's ihm bestimmt nicht gefehlt, wenn man danach geht, was er für die Lieferungen von den Briefen bezahlt hat. Zwanzig Eier jedesmal. Der muß im Geld geschwommen sein.«

Sie kaute auf ihrem Bleistift. »Vielleicht hat sie es gar nicht getan«, sagte sie nachdenklich. »Vielleicht hat die Polizei die Falsche eingesperrt. Ich meine, das wäre ja nicht das erstemal, daß so etwas passiert.«

Ma preßte die Lippen aufeinander. »Die sind doch alle korrupt«, sagte sie. »Die buchten dich heutzutage für jede Kleinigkeit ein. Ire darf man hier in diesem Land sowieso nich sein. Wenn man 'n Ire ist, hat man überhaupt keine Chance.«

»Trotzdem«, sagte Roz und sah Gary an, »wenn Olive es nicht getan hat, wer war's dann?«

»Ich sag' ja gar nicht, daß sie's nicht getan hat«, sagte er scharf. »Sie hat gestanden, also muß sie's auch getan haben. Ich sag' nur, sie hätt's nicht tun brauchen.«

Roz zuckte achtlos mit den Achseln. »Sie hat einen Wutanfall bekommen und nicht nachgedacht. Wahrscheinlich hat die Schwester sie provoziert. Sie haben ja gesagt, daß sie ganz fürchterlich war.«

Überraschenderweise schaltete sich jetzt Mike ein. »Nach außen hui, nach innen pfui«, sagte er. »Wie unsere Tracey.«

Roz sah ihn lächelnd an. »Was meinen Sie damit?«

Ma erläuterte: »Bei der eigenen Familie 'n Biest, bei allen andern zuckersüß. Aber unsere Tracey ist nich halb so schlimm wie Amber Martin war. Ich hab' immer gesagt, die Kleine würde noch mal schwer auf die Nase fallen, und recht hab' ich gehabt. Man kann nicht sein Leben lang falsch sein und glauben, daß man auf Dauer damit durchkommt.«

Roz zeigte jetzt ihre Neugier. »Sie haben die Familie wohl wirklich gut gekannt? Ich dachte, Sie hätten nur kurze Zeit dort gearbeitet.«

»Das stimmt schon, aber Amber hat sich später in einen von den Jungs vergafft.« Sie machte eine Pause. »Ich weiß jetzt bloß nich mehr, welcher 's war. Na so was! Warst du's, Stiftel?«

Gary schüttelte den Kopf.

»Chris«, sagte Mike.

»Genau«, stimmte Ma zu. »Die hat sich so richtig in ihn verknallt, und er sich in sie. Sie hat immer hier im Zimmer rumgehockt und ihn angeschmachtet, und dabei war sie bestimmt nich älter als zwölf oder dreizehn. Er war – Moment mal – fünfzehn, sechzehn. Aber in dem Alter ist man natürlich geschmeichelt, wenn man angehimmelt wird, und sie war 'n hübsches Ding, das muß man ihr lassen. Und älter ausgesehn hat sie auch. Na jedenfalls, da ham wir die wahre Amber zu sehen gekriegt. Chris hat sie behandelt wie den King und uns wie den letzten Dreck. Und 'n Mundwerk hatte die, so was hab ich mein Lebtag nich gehört. Die ganze Zeit hat sie nur gemeckert.« Sie sah ehrlich entrüstet aus. »Ich weiß gar nich, wie ich's geschafft hab', ihr keine runterzuhauen, aber ich hab's geschafft, Chris zuliebe. Der war ja total hin und weg, der arme Kerl. Ihre Mutter hatte natürlich keine Ahnung. Sobald sie's rausgekriegt hat, hat sie die Sache gestoppt.«

Roz konnte nur hoffen, daß ihr Gesicht nichts verriet. War somit Chris O'Brien der Vater von Ambers unehelichem Kind? Das erschien einleuchtend. Mr. Hayes hatte behauptet, ein Junge von der Parkway-Gesamtschule sei dafür verantwortlich gewesen, und wenn Gwen der Beziehung ein Ende bereitet hatte, dann hatte sie zweifellos gewußt, wem die Schuld zu geben war, als sich ein Kind ankündigte. Damit wäre auch erklärt, warum Robert Martin bei den Nachforschungen nach seinem Enkel so großen Wert auf absolute Geheimhaltung legte. Vermutlich hatten die O'Briens keine Ahnung, daß Chris einen Sohn gezeugt hatte und dieser Sohn, wenn er gefunden würde, eine halbe Million Pfund wert war.

»Das ist wirklich faszinierend«, murmelte sie, verzweifelt auf der Suche nach Worten. »Ich habe noch nie jemanden kennengelernt, der so nahe mit einem Mord zu tun hatte. War Chris sehr unglücklich, als Amber getötet wurde?«

»Nein«, antwortete Ma. »Er hat sie ja seit Jahren nich mehr gesehen gehabt. Gary hat's viel mehr mitgenommen, als er's gehört hat. Wegen Olive, stimmt's, Kleiner?«

Er beobachtete Roz scharf. »Nein, eigentlich nicht«, antwortete er unumwunden. »Ich hatte Angst, daß die Bullen mich holen. Ich meine, ich hatte sie doch ziemlich häufig gesehen. Und da hab' ich mir gedacht, daß die Bullen bestimmt alle zusammentrommeln, die sie gekannt haben, und richtig in die Zange nehmen.« Er schüttelte den Kopf. »Ihr Kerl ist gut davongekommen. Den hätten sie sich bestimmt geschnappt, wenn sie ein paar Namen genannt hätte, um freizukommen.«

»Haben Sie ihn einmal getroffen?«

»Nein.« Sein Gesicht nahm plötzlich einen durchtriebenen Ausdruck an, und er starrte Roz mit einem Blick an, der besagte, daß er sie durchschaute. »Aber ich weiß, wo er's immer mit ihr getrieben hat.« Er lächelte verschwörerisch. »Was ist Ihnen das wert?«

Sie erwiderte ruhig seinen Blick. »Woher wissen Sie das?«

»Der Blödmann hat immer selbstklebende Umschläge benutzt. Die aufzumachen ist 'n Kinderspiel. Ich hab' einen von den Briefen gelesen.«

»Hat er ihn unterzeichnet? Wissen Sie seinen Namen?«

Gary schüttelte den Kopf. »Irgendwas, das mit P angefangen hat. ›In Liebe, P.‹ stand drunter.«

Roz bemühte sich gar nicht mehr, den Schein aufrechtzuerhalten. »Noch einmal fünfzig Pfund«, sagte sie, »zu den hundertfünfzig dazu, die ich Ihnen versprochen habe. Aber das ist dann wirklich alles. Dann bin ich blank.«

»Okay.« Er hielt ihr die Hand hin – wie zuvor seine Mutter. »Geld im voraus.«

Sie nahm ihre Brieftasche heraus und leerte sie. »Zweihundert Pfund.« Sie zählte ihm das Geld auf die Hand.

»Ich hab' doch gleich gewußt, daß Sie nich vom Fernsehen sind«, sagte Ma verärgert. »Ich hab's gewußt.«

»Also?« sagte Roz zu Gary.

»Er hatte sich mit ihr für Sonntag im Belvedere Hotel in der Farraday Street verabredet. ›In Liebe, P.‹ Das ist die Farraday Street in Southampton, falls Sie's nicht wissen sollten.«

Die Straße nach Southampton führte Roz durch die Dawlington High Street. Sie war an der Boutique vorbei, noch ehe ihr Hirn den Namen Glitzy registriert hatte, und hätte beinahe eine Massenkarambolage verursacht, als sie mitten auf der Straße auf die Bremse trat. Sie bedachte den wütenden Mann hinter ihr, der lauthals auf die Frauen am Steuer schimpfte, mit einem freundlichen Winken und bog in die nächste Seitenstraße ab, um sich einen Parkplatz zu suchen.

Der Name Glitzy, dachte sie, als sie die Tür zu dem Laden aufstieß, war irreführend. Sie hatte Designer Mode erwartet oder mindestens Klamotten der höheren Preisklasse. Aber sie war eben Londoner Verhältnisse gewöhnt. Glitzy hatte eindeutig die billigere Ware auf Lager, wohl in der weisen Erkenntnis, daß die Kundinnen hier vorwiegend Teenager sein würden, die weder das Geld noch die fahrbaren Untersätze hatten, um zum Shopping in die eleganteren Viertel Southamptons zu fahren.

Roz wandte sich direkt an die Geschäftsführerin, eine Frau in den Dreißigern, blond, mit einer prachtvollen hochtoupierten Frisur. Sie gab ihr eine ihrer Karten und ihre übliche Erläuterung über das geplante Buch über Olive Martin. »Ich versuche, Leute zu finden, die ihre Schwester Amber kannten«, sagte sie, »und ich habe gehört, daß sie in dem Monat vor ihrem Tod hier gearbeitet hat. Waren Sie zu der Zeit schon hier? Oder kennen Sie vielleicht jemanden, der hier war?«

»Nein, tut mir leid. In so einem Laden wechselt das Personal ständig, meistens sind es junge Dinger, die nur so lange bleiben, bis sich etwas Besseres bietet. Ich weiß nicht einmal, wer zu der Zeit hier Geschäftsführerin war. Da müßten Sie sich an die Eigentümer wenden. Ich kann Ihnen die Adresse geben«, schloß sie freundlich.

»Danke. Ja, es ist wahrscheinlich einen Versuch wert.«

Die Frau ging mit ihr zur Kasse und sah einen Karteikasten durch. »Komisch, ich erinnere mich an die Morde, aber ich habe die Verbindung nie hergestellt. Ich meine, daß die Schwester hier gearbeitet hat.«

»Sie war ja nicht sehr lange hier, und ich bin nicht sicher, ob die Zeitungen das überhaupt berichtet haben. Die Presse hat sich mehr für Olive interessiert als für Amber.«

»Ja.« Sie nahm eine Karte aus dem Kasten. »Aber so häufig kommt der Name gar nicht vor, oder?«

»Nein, vermutlich nicht. Aber es war eigentlich auch nur ein Spitzname. In Wirklichkeit hieß sie Alison.«

Die Frau nickte. »Ich bin seit drei Jahren hier, und seit drei Jahren dränge ich darauf, daß die Personaltoilette renoviert wird. Als Entschuldigung dafür, daß nichts gemacht wird, muß natürlich die Rezession herhalten, genau wie für so viele Mißstände, von den Gehaltskürzungen bis zur billigen Importware, die nicht mal richtig genäht ist. Kurz und gut, die Toilette ist gekachelt, und es ist offenbar eine teure Angelegenheit, die alten Kacheln herauszuhauen und neue legen zu lassen.«

Roz lächelte höflich.

»Haben Sie nur einen Moment Geduld, Miss Leigh, die Geschichte gehört zur Sache, und ich komme gleich zum springenden Punkt. Ich möchte nämlich neue Kacheln haben, weil irgend jemand die alten mit einem Meißel oder so was Ähnlichem total ruiniert hat. Die haben da in die Kacheln was eingekratzt und die Kratzer dann mit so einer schwarzen unlöschbaren Tinte gefüllt. Ich habe alles versucht, um sie wegzukriegen – Bleiche, Backofenreiniger, Terpentin, alles, was man sich vorstellen kann.« Sie schüttelte den Kopf. »Es ist nichts zu machen. Und warum? Weil die Kerben so tief sind, daß sie bis auf den Porzellanton darunter gehen, der immer noch mehr Schmutz und Staub aufnimmt. Jedesmal wenn ich es sehe, krieg ich 'ne Gänsehaut. Es ist der reine Haß.«

»Was steht auf den Kacheln?«

»Ich zeig's Ihnen. Es ist hinten.« Sie führte Roz nach hinten, öffnete die Tür und trat zur Seite, um Roz vorbeizulassen. »Da! Es springt einem sofort ins Auge, nicht? Ich habe mich jahrelang gefragt, wer diese Amber war. Aber es muß die Schwester sein, nicht wahr? Wie ich schon sagte, Amber ist schließlich nicht so häufig.«

Es waren nur zwei Wörter, immer dieselben, die sich zehn-, elfmal wiederholten, eine Art gewalttätiger Umkehrung der an Toilettenwänden üblichen Herzen und Pfeile. *HASST AMBER... HASST AMBER... HASST AMBER.*

»Wer mag das gewesen sein?« murmelte Roz.

»Bestimmt jemand, der ernste Probleme hatte. Und der nicht wollte, daß Amber seinen Namen erfährt, sonst hätte er ihn ja davorgesetzt.«

»Das kommt darauf an, wie man es liest«, sagte Roz nachdenklich. »Wenn man die Wörter im Kreis anordnet, würde es bis in alle Unendlichkeit Amber haßt Amber haßt Amber heißen.«

Das Belvedere war ein bescheidenes Hotel in einer Seitenstraße, typisch in seiner Art, mit einer Vortreppe und einem von Säulen flankierten Portal. Es wirkte vernachlässigt, als seien seine Gäste – zum größten Teil Handelsvertreter – geflohen. Roz läutete am Empfang und wartete.

Eine Frau von gut fünfzig Jahren kam aus einem Zimmer im hinteren Teil und lächelte strahlend. »Ah, guten Tag, Madam. Willkommen im Belvedere.« Sie zog das Register zu sich heran. »Möchten Sie ein Zimmer?«

Was war doch eine Rezession für eine schreckliche Sache, dachte Roz. Wie lange konnten die Menschen noch an dieser traurigen Maske selbstsicheren Optimismus festhalten, wenn die Auftragsbücher in Wirklichkeit leer waren?

»Tut mir leid«, sagte sie, »aber ich suche kein Zimmer.« Sie reichte der Frau eine ihrer Karten. »Ich bin selbständige Journalistin und glaube, daß eine Person, über die ich schreibe, einmal hier gewohnt hat. Ich hoffte, Sie könnten sie vielleicht anhand einer Fotografie identifizieren.«

Die Frau schob das Buch weg. »Und wird das, was Sie schreiben, veröffentlicht werden?«

Roz nickte.

»Und das Belvedere wird namentlich erwähnt, wenn diese Person, über die Sie schreiben, tatsächlich hier gewohnt hat?«

»Nur, wenn Sie nichts dagegen haben.«

»Ach Gott, Sie scheinen sich im Hotelgewerbe wirklich nicht auszukennen. Im Augenblick wäre uns jede Art der Publicity recht.«

Roz lachte und legte die Fotografie von Olive auf den Empfangstisch. »Wenn sie hier war, dann im Sommer siebenundachtzig. Waren Sie da schon hier?«

»Ja.« In der Stimme der Frau schwang Bedauern mit. »Wir haben sechsundachtzig gekauft, als die Wirtschaft blühte.« Sie zog eine Brille aus ihrer Tasche, setzte sie auf und beugte sich vor, um sich die Fotografie näher anzusehen. »O ja, ich erinnere mich sehr gut an sie. Eine kräftige junge Frau. Sie und ihr Mann kamen im Sommer fast jeden Sonntag. Sie haben das Zimmer immer nur für einen Tag genommen und sind abends nach Hause gefahren.« Sie seufzte. »Es war ein wunderbares Arrangement. Wir konnten das Zimmer dann immer noch ein zweites Mal für die Nacht vermieten. Doppelte Bezahlung in der Zeit von vierundzwanzig Stunden.« Sie seufzte noch einmal. »Ach, wäre so was jetzt schön. Ich wollte, wir könnten verkaufen, wirklich, aber im Augenblick gehen so viele von den kleinen Hotels bankrott, daß wir nicht mal das bekommen würden, was wir bezahlt haben. Da gibt's nur eins, weiter Flagge zeigen.«

Roz lenkte ihre Aufmerksamkeit wieder auf Olive, indem sie auf das Foto tippte. »Welchen Namen haben sie und ihr Mann angegeben?«

Die Frau lächelte. »Wie üblich, würde ich sagen. Smith oder Brown.«

»Haben die beiden sich eingetragen?«

»O ja. Mit dem Register haben wir es immer sehr genau genommen.«

»Könnte ich mir das Buch einmal ansehen?«

»Warum nicht?« Sie öffnete einen Schrank unter dem Empfangstisch und suchte das Register von 1987 heraus. »Also, warten Sie mal. Ah, da haben wir's schon. Mr. und Mrs. Lewis. Hm, sie waren ein bißchen origineller als die meisten.« Sie drehte das Buch, so daß Roz hineinsehen konnte.

Sie blickte auf die saubere Handschrift hinunter und dachte: Jetzt hab' ich dich, du Schwein. »Das ist eine Männerhandschrift.« Sie wußte schon Bescheid.

»O ja«, bestätigte die Frau. »Unterschrieben hat immer er. Sie war wesentlich jünger als er und sehr schüchtern, besonders am Anfang. Mit der Zeit wurde sie ein bißchen selbstsicherer, aber sie hat sich nie vorgewagt. Wer ist sie denn?«

Roz fragte sich, ob die Frau auch noch so hilfsbereit sein würde, wenn sie erst die Wahrheit wußte, aber es wäre unsinnig gewesen, sie ihr zu verheimlichen. Sie würde alle Einzelheiten erfahren, sobald das Buch herauskam. »Sie heißt Olive Martin.«

»Nie von ihr gehört.«

»Sie hat eine lebenslängliche Zuchthausstrafe bekommen, weil sie ihre Mutter und ihre Schwester ermordet hat.«

»Um Gottes willen. Ist das die Frau, die –« Sie machte eine Hackbewegung mit der Hand. Roz nickte. »Du meine Güte.«

»Möchten Sie immer noch, daß das Belvedere erwähnt wird?«

»Das fragen Sie?« Sie strahlte. »Natürlich möchte ich das. Eine Mörderin in unserem Hotel. Man stelle sich das vor! Wir lassen in dem Zimmer, in dem sie gewohnt hat, gleich ein Schild anbringen. Was schreiben Sie eigentlich? Ein Buch? Einen Artikel für eine Zeitschrift? Wir liefern gern Fotos vom Hotel und von dem Zimmer, in dem sie gewohnt hat. Also, wirklich, ich muß schon sagen! Wie aufregend. Wenn ich das nur gewußt hätte!«

Roz lachte. Es war eine kaltblütige Demonstration der Freude über das Unglück eines anderen, aber sie konnte es der Frau nicht verübeln. Nur ein Narr schaute einem geschenkten Gaul ins Maul.

»Freuen Sie sich nicht zu früh«, warnte sie. »Es dauert mindestens noch ein Jahr, ehe das Buch herauskommt, und es soll eine Ehrenrettung für Olive Martin werden, keine neue Verurteilung. Ich halte sie nämlich für unschuldig.«

»Um so besser. Wir legen das Buch im Foyer zum Verkauf aus. Ich habe doch gewußt, daß unser Glück sich irgendwann einmal wendet.« Sie strahlte Roz an. »Sagen Sie Olive, sie kann jederzeit umsonst hier wohnen, solange sie will, wenn sie erst einmal aus dem Gefängnis heraus ist. Wir kümmern uns immer um unsere Stammgäste. Also, Miss Leigh, kann ich Ihnen sonst noch irgendwie behilflich sein?«

»Haben Sie einen Kopierer?«

»Aber ja. Wir haben hier alle modernen Einrichtungen.«

»Kann ich dann eine Kopie dieses Eintrags in das Register haben? Und vielleicht könnten Sie mir auch noch eine Beschreibung von Mr. Lewis geben?«

»Hm.« Sie schob die Unterlippe vor. »Er war nicht gerade der Typ, den man nicht vergißt. Anfang Fünfzig. Blond, hatte immer einen dunklen Anzug an. Und er hat geraucht. Hilft das?«

»Vielleicht. Hat sein Haar natürlich gewirkt? Können Sie sich erinnern?«

Die Frau lachte. »Ach, das hatte ich ganz vergessen. Eines Tages habe ich den beiden den Tee aufs Zimmer gebracht, und da überraschte ich ihn, wie er gerade seine Perücke vor dem Spiegel zurechtzog. Da habe ich wirklich gelacht. Hinterher natürlich. Aber es war eine gute Perücke. Ich hätte nie gesehen, daß seine Haare nicht echt waren. Sie kennen ihn also?«

Roz nickte. »Würden Sie ihn nach einer Fotografie erkennen?«

»Ich kann's versuchen. Im allgemeinen hab' ich ein gutes Gedächtnis für Gesichter.«

»Besuch für Sie, Bildhauerin.« Die Beamtin war im Zimmer, ehe Olive Zeit hatte, zu verbergen, was sie tat. »Na los. Setzen Sie sich in Bewegung.«

Olive fegte die Wachsfiguren zusammen und zerquetschte sie in einer Hand. »Wer ist es?«

»Die Nonne.« Sie sah zu Olives geschlossener Faust hinunter. »Was haben Sie da?«

»Nur Plastilin.« Sie öffnete ihre Finger. Die Wachsfiguren, die sie sorgfältig bemalt und mit bunten Stoffetzchen bekleidet hatte, waren zu einem vielfarbigen Klumpen verschmolzen, der jetzt nicht mehr als die Altarkerze zu erkennen war, aus der er entstanden war.

»Das lassen Sie am besten hier. Die Nonne will mit Ihnen reden und nicht zuschauen, wie Sie mit Plastilin spielen.«

Hal war am Küchentisch eingeschlafen. Mit starr aufgerichtetem Oberkörper saß er da, seine Arme ruhten auf dem Tisch, der Kopf fiel ihm immer wieder zur Brust hinunter. Roz beobachtete ihn einen Moment durch das Fenster, dann klopfte sie leicht an das Glas. Mit einem Schlag riß er die von Erschöpfung rotgeränderten Augen auf und starrte sie an, und sie war erschrocken zu sehen, welch eine Erleichterung sich in ihnen spiegelte, als er sie erkannte.

Er ließ sie herein. »Ich hatte gehofft, Sie würden nicht wiederkommen«, sagte er, mit von Müdigkeit gezeichnetem Gesicht.

»Wovor haben Sie solche Angst?« fragte sie.

Er sah sie mit einem Blick an, der an Verzweiflung erinnerte. »Fahren Sie nach Hause«, sagte er. »Das hier geht Sie nichts an.« Er ging zum Spülbecken, drehte den Kaltwasserhahn auf und hielt seinen Kopf unter den Strahl.

Von oben ertönte plötzliches lautes Gehämmer.

Roz fuhr erschrocken in die Höhe. »Um Gottes willen! Was ist denn das?«

Er packte sie beim Arm und stieß sie zur Tür. »Fahren Sie nach Hause«, befahl er. »Auf der Stelle! Ich möchte Sie nicht zwingen müssen, Roz.«

Aber sie bot ihm Kontra. »Was ist hier los? Was war das für ein Krach?«

»Ich schwöre es«, sagte er grimmig, »ich werde Ihnen noch was antun, wenn Sie nicht auf der Stelle verschwinden.« Doch in völligem Widerspruch zu seinen Worten, legte er plötzlich seine beiden Hände um ihr Gesicht und küßte sie. »Oh, mein Gott«, stöhnte er und strich ihr das wirre Haar aus den Augen. »Ich möchte nicht, daß Sie da hineingezogen werden, Roz.«

Sie wollte gerade etwas erwidern, als sie über seine Schultern hinweg sah, wie die Tür zum Restaurant aufschwang. »Zu spät«, sagte sie und drehte ihn herum. »Wir haben Besuch.«

Hal, total unvorbereitet, verzog den Mund zu einem wölfischen Grinsen. »Ich hab euch schon erwartet«, sagte er träge. Mit besitzergreifender Geste schob er Roz hinter sich und wappnete sich, sein Eigentum zu verteidigen.

Sie waren zu viert, große durch Skimasken unkenntlich gemachte Männer. Sie sprachen kein Wort, sondern droschen sogleich mit Baseballschlägern auf Hal ein. Es ging so schnell, daß Roz, ehe sie sich versah, zur Zuschauerin ihres brutalen Überfalls wurde. Sie selbst, so schien es, war zu unbedeutend, um sie zu interessieren.

Im ersten Zorn hätte sie am liebsten blindlings den nächsten Schlägerarm gepackt, aber die Prügel, die Rupert ihr zwei Wochen zuvor verpaßt hatte, veranlaßten sie, lieber ihren Verstand zu gebrauchen. Mit fliegenden Fingern öffnete sie ihre Handtasche, holte die sieben Zentimeter lange Hutnadel heraus, die sie seit einiger Zeit immer bei sich hatte, und stieß sie dem Mann, der ihr am nächsten war, ins Gesäß. Die Nadel senkte sich bis zu ihrem edlen Jadekopf in das Fleisch des Mannes, der, vor Schreck wie gelähmt, unterdrückt aufstöhnte und den Baseballschläger fallen ließ. Keiner außer ihr merkte etwas.

Mit einem Triumphgeschrei stürzte sie sich auf den Baseballschläger, riß ihn in die Höhe und schlug damit dem Mann voll zwischen die Beine. Der fiel zu Boden und begann zu brüllen.

»Ich hab' einen, Hal!« rief sie keuchend. »Ich hab' eine Keule.«

»Dann benutzen Sie sie, Herrgott noch mal«, brüllte er, als er unter einem Hagel von Schlägen zu Boden ging.

»O Gott.« Beine, dachte sie. Sie ging auf die Knie hinunter, schlug nach dem nächsten Paar Beine und stieß einen Siegesschrei aus, als sie traf. Sie holte zum nächsten Schlag aus, aber da fühlte sie sich plötzlich brutal bei den Haaren gepackt und in die Höhe gerissen. Schreck und Schmerz trieben ihr die Tränen in die Augen.

Hal, der mit eingezogenem Kopf auf allen vieren auf dem Boden kauerte, nahm nur undeutlich wahr, daß das Tempo der Schläge, die auf seinen Rücken niederprasselten, nachgelassen hatte. Sein Hirn war auf das hohe Schreien konzentriert, das, wie er glaubte, aus Roz' Mund quoll. Sein Zorn war ungeheuer, löste einen solchen Adrenalinstoß aus, daß er in alles verzehrender Wut auf die Beine sprang und sich auf den ersten Mann stürzte, der ihm vor die Augen kam. Er drängte ihn an den Herd zurück, auf dem ein Topf mit brodelnder Fischsuppe stand. Ohne den Schlag wahrzunehmen, der mit der Wucht eines Omnibusses seine Schultern traf, drückte er sein Opfer über die Gasringe, packte den Stieltopf und goß die kochende Flüssigkeit über den maskierten Kopf.

Blitzschnell drehte er sich nach dem vierten Mann um und wehrte einen weiteren Schlag mit dem Unterarm ab, ehe er dem anderen den gußeisernen Topf an das ungeschützte Kinn knallte. Die Augen hinter der Maske blitzten in flüchtiger Überraschung auf, dann verdrehten sie sich. Der Mann war bewußtlos, noch ehe er zu Boden schlug.

Erschöpft sah Hal sich nach Roz um. Er brauchte ein, zwei Sekunden, um sie zu finden, so desorientiert war er durch die Schreie, die von allen Seiten die Küche zu füllen schienen. Er schüttelte den Kopf, um ihn aus den Nebeln zu befreien, die ihn einhüllten, und schaute zur Tür hin. Er sah sie beinahe sofort. Ihr Hals war eingeklemmt im abgewinkelten Arm des einzigen Mannes, der noch die Kraft hatte zu kämpfen. Ihre Augen waren geschlossen, und ihr Kopf hing beunruhigend schlaff zur Seite.

»Eine Bewegung«, sagte der Mann keuchend zu Hal, »und ich brech' ihr das Genick.«

Ein Haß von solcher Urgewalt, daß er ihn nicht beherrschen konnte, schoß in Hal empor wie glühende Lava. Er handelte instinktiv. Er senkte den Kopf und griff an.

15

Roz trieb in eine seltsame Dämmerwelt zwischen Vergessen und Bewußtsein empor. Sie wußte, daß sie da war, in diesem Raum, aber sie fühlte sich abgetrennt von ihm, als beobachtete sie alles, was vorging, durch dickes Glas. Alle Geräusche waren gedämpft. Sie hatte eine unbestimmte Erinnerung an den Druck von Fingern, die ihre Kehle umklammerten. Und danach? Sie war nicht sicher. Es war auf jeden Fall sehr friedlich gewesen.

Hals Gesicht neigte sich über sie. »Wie geht es Ihnen?« fragte er aus weiter Ferne.

»Gut«, murmelte sie glücklich.

Er schlug ihr mit der flachen Hand auf die Wange. »So ist es gut«, sagte er mit einer Stimme, die durch Watte gedämpft war. »Kommen Sie! Machen Sie schon. Ich brauche Hilfe.«

Sie sah ihn zornig an. »Ich stehe gleich auf«, sagte sie mit Würde.

Er zog sie auf die Füße. »Jetzt«, sagte er im Befehlston, »sonst sind wir gleich wieder da, wo wir angefangen haben.« Er drückte ihr einen Baseballschläger in die Hand. »Ich fessele die Kerle jetzt, aber Sie müssen mir dabei Rückendeckung geben. Ich möchte nicht von einem dieser Schweinehunde überrascht werden.« Er sah ihr in die glasigen Augen. »Kommen Sie schon, Roz!« rief er und schüttelte sie ungeduldig. »Reißen Sie sich zusammen und zeigen Sie ein bißchen Mumm.«

Sie holte tief Luft. »Hat Ihnen eigentlich schon mal jemand gesagt, was für ein absolut mieses Schwein Sie sind? Ich wäre beinahe gestorben!«

»Sie waren ohnmächtig«, entgegnete er sachlich, aber seine Augen blitzten warm. »Schlagen Sie sofort zu, wenn sich irgendwas bewegt«, befahl er. »Nur den mit dem Kopf unter dem Wasserhahn nicht. Der leidet schon genug.«

Auf Geräuschen – Ächzen, Stöhnen, Plätschern laufenden Wassers – schwirrte die Realität heran. Da war wirklich ein Mann mit dem Kopf unter dem Wasserhahn. Aus dem Augenwinkel fing sie eine Bewegung auf und schwang in einem Reflex des Erschreckens den Baseballschläger, rammte die Hutnadel dem unglücklich Getroffenen, der sie gerade vorsichtig herausziehen wollte, erneut tief ins Fleisch. Seine Schmerzensschreie gingen ihr durch Mark und Bein.

»O Gott!« jammerte sie. »Ich hab' was Schreckliches getan.« Tränen schossen ihr in die Augen.

Hal legte letzte Hand an die Verschnürung des Mannes, der gedroht hatte, Roz zu töten, und den er mit seinem rasenden Angriff bewußtlos geschlagen hatte, und wandte sich dem zweiten bewußtlos Daliegenden zu, dem er mit sicheren Bewegungen Kordel um Handgelenke und Knöchel band. »Was brüllt der Kerl so?« fragte er, während er sein Opfer sicherheitshalber gleich noch an den Tisch fesselte.

»Er hat eine Nadel im Hintern«, sagte Roz, deren Zähne unkontrolliert aufeinanderschlugen.

Hal näherte sich dem Mann vorsichtig. »Was für eine Nadel?«

»Die Hutnadel meiner Mutter.« Sie würgte. »Ich glaube, ich muß mich übergeben.«

Er sah den grünen Schmuckstein, der sich von der Levi's des Mannes abhob und verspürte flüchtiges Mitleid. Aber es war nicht von Dauer. Er ließ die Nadel stecken, während er dem Mann Hände und Füße band und ihn dann, wie seinen Komplizen, an den Tisch fesselte. Erst dann umfaßte er den Jadestein und riß grinsend die Nadel mit einem Ruck aus dem zuckenden Gesäß.

»Du Arschloch«, brummte er vergnügt, während er sich die Nadel vorn in seinen Pullover steckte.

»Mir ist schlecht«, sagte Roz.

»Dann setzen Sie sich.« Er nahm einen Stuhl und drückte sie darauf nieder. Dann ging er zur Hintertür und riß sie auf. »Hinaus!« sagte er zu dem Mann am Spülbecken. »Machen Sie, daß Sie in ein Krankenhaus kommen. Wenn Ihre Freunde auch nur einen Funken Anstand haben, behalten sie Ihren Namen für sich. Wenn nicht –« Er zuckte die Achseln. »Sie haben ungefähr eine halbe Stunde, ehe Ihnen die Polizei auf den Pelz rückt.«

Der Mann brauchte keine weitere Aufforderung. Er stürzte in die Gasse hinaus und rannte davon.

Mit einem Stöhnen völliger Erschöpfung schlug Hal die Tür zu und ließ sich zu Boden gleiten. »Ich brauche eine Verschnaufpause. Tun Sie mir einen Gefallen, Herzchen, und nehmen Sie den Kerlen die Masken ab. Schauen wir mal, wen wir da haben.«

Roz hatte unerträgliche Kopfschmerzen. Ihre Augen funkelten in ihrem bleichen Gesicht, als sie eisig sagte: »Nur zu Ihrer Information, Hawksley, ich bin total fertig. Es ist vielleicht Ihrer Aufmerksamkeit entgangen, aber wenn ich nicht gewesen wäre, hätten Sie jetzt nichts in der Hand.«

Er gähnte herzhaft und zuckte zusammen, als Schmerz ihm durch Brust und Rücken fuhr. Gebrochene Rippen, dachte er müde. »Was ich Ihnen jetzt sage, ist gratis, Roz. Für mich sind Sie die tollste Frau, die Gott je erschaffen hat, und ich heirate Sie auf der Stelle, wenn Sie mich haben wollen.« Er lächelte süß. »Aber im Augenblick bin ich am Ende. Seien Sie nett. Kommen Sie runter von Ihrem hohen Roß und nehmen Sie den Herrschaften die Skimützen ab.«

»Worte, Worte, nichts als Worte«, murmelte sie, tat aber, worum er sie gebeten hatte. Die eine Seite seines Gesichts, wo ihn ein Baseballschläger getroffen hatte, begann schon anzuschwellen. Wie mochte der Rest seines Körpers aussehen? Von Striemen und Schwielen bedeckt wahrscheinlich, wie das letztemal. »Kennen Sie die Kerle?« Sie musterte das schlaffe Gesicht des Bewußtlosen an der Tür. Flüchtig hatte sie den Eindruck, ihn zu kennen, aber dann bewegte er den Kopf, und der Eindruck verflog.

»Nein.« Er hatte ihr Stirnrunzeln des Erkennens gesehen. »Sie?«

»Ich dachte, ich würde den einen kennen«, antwortete sie nachdenklich. »Nur einen Moment lang.« Sie schüttelte den Kopf. »Nein. Wahrscheinlich hat er mich an irgendeinen im Fernsehen erinnert.«

Hal stand mühsam auf und ging zum Spülbecken hinüber. Sein Körper protestierte bei jedem Schritt. Er füllte eine Schüssel mit Wasser und schüttete es dem Mann mit einer Hand in den offenstehenden Mund. Seine Lider flatterten einen Moment, dann öffnete er die Augen. Sein Blick war sogleich auf der Hut, mißtrauisch, vorsichtig, und das alles sagte Hal, daß er mit Fragen bei diesem Mann nichts erreichen würde.

Mit einem resignierten Achselzucken sah er Roz an. »Ich muß Sie um einen Gefallen bitten.«

Sie nickte.

»Ungefähr zweihundert Meter weiter unten an der Hauptstraße ist eine Telefonzelle. Fahren Sie mit Ihrem Auto hin, rufen Sie 999 an und sagen Sie, daß im *Poacher* eingebrochen worden ist. Fahren Sie dann nach Hause. Nennen Sie Ihren Namen nicht. Ich rufe Sie an, sobald ich kann.«

»Ich würde lieber bleiben.«

»Ich weiß.« Sein Gesicht wurde weich. Sie hatte wieder diesen einsamen Blick. Er hob die Hand und strich ihr mit dem Finger über die Wange. »Vertrauen Sie mir. Ich rufe bestimmt an.«

Sie holte tief Luft. »Wieviel Zeit brauchen Sie?«

Er würde sich eines Tages bei ihr revanchieren, dachte er. »Eine Viertelstunde. Warten Sie eine Viertelstunde, bevor Sie anrufen.«

Sie hob ihre Handtasche vom Boden auf. »Eine Viertelstunde«, wiederholte sie, öffnete die Tür und ging hinaus. Einen Moment lang sah sie ihn schweigend an, dann schloß sie die Tür und ging davon.

Hal wartete, bis der Klang ihrer Schritte verhallt war. »Das«, sagte er leise, während er die Hutnadel zur Hand nahm, »wird äußerst schmerzhaft werden.« Er packte den Mann bei den Haaren und drückte ihn abwärts, bis sein Gesicht auf dem Boden auflag. »Für Spielchen habe ich keine Zeit.« Er stemmte dem Mann ein Knie in die Schultern, zog dann mit Gewalt einen Finger der zu Fäusten geballten Hand gerade und schob die Spitze der Hutnadel unter den Nagel. Der Finger zuckte zurück. »Sie haben genau fünf Sekunden Zeit, mir zu sagen, was hier eigentlich vorgeht, ehe ich Ihnen die Nadel reinstoße. Eins. Zwei. Drei. Vier. Fünf.« Er atmete durch die Nase ein, schloß die Augen und stieß zu.

Der Mann brüllte.

Hal hörte noch: »Zwangsvollstreckung. Sie machen die Zwangsvollstreckung verdammt teuer«, dann schlug ein Tonnengewicht auf seinen Hinterkopf.

Schwester Bridget, unerschütterlich wie stets, führte Roz in ihr Wohnzimmer und setzte sie mit einem Glas Cognac in einen Sessel. Roz hatte eindeutig wieder einen Kampf hinter sich. Ihre Kleider waren verschmutzt und in Unordnung, das Haar stand ihr wirr um den Kopf, und die roten Male auf Hals und Gesicht sahen sehr nach Fingerabdrücken aus. Jemand schien sie als Zielscheibe seiner Wut zu benutzen, wobei Schwester Bridget allerdings nicht verstehen konnte, wieso sie sich das gefallen ließ. Mit Dickens'

Nancy hatte Roz bestimmt nichts gemein, und sie war selbständig genug, um das entwürdigende Leben abzulehnen, das ein Bill Sykes zu bieten hatte.

Sie wartete ruhig, während Roz in ihrem Sessel immer wieder in Kichern ausbrach.

»Wollen Sie es mir erzählen?« fragte sie, als Roz sich immerhin so weit gefaßt hatte, daß sie sich die feuchten Augen wischte.

Roz putzte sich die Nase. »Ich glaube, das kann ich nicht«, sagte sie. »Es war überhaupt nicht komisch.« Wieder blitzte Gelächter in ihren Augen auf, und sie drückte sich ein Taschentuch auf den Mund. »Es tut mir leid, daß ich Ihnen zur Last falle, aber ich hatte Angst, ich würde einen Unfall bauen, wenn ich jetzt versuchte nach Hause zu fahren. Ich glaube, man nennt so etwas einen Adrenalinrausch.«

Schwester Bridget hielt es eher für die Nachwirkung eines schweren Schocks. »Ich freue mich, daß Sie zu mir gekommen sind. Erzählen Sie mir, wie Sie in Sachen Olive vorwärtskommen. Ich war heute bei ihr, aber sie war nicht sehr mitteilsam.«

Froh, von ihren Gedanken an das *Poacher* abgelenkt zu werden, berichtete Roz. »Sie hatte wirklich einen Liebhaber. Ich habe das Hotel gefunden, in dem sie sich getroffen haben.« Sie starrte in ihr Cognacglas. »Es war das Belvedere in der Farraday Street. Im Sommer siebenundachtzig waren sie sonntags oft dort.« Sie nahm einen Schluck aus dem Glas, stellte es dann hastig auf den kleinen Tisch neben sich und ließ sich in dem Sessel zurücksinken. »Es tut mir furchtbar leid«, sagte sie, die zitternden Finger an ihre Schläfe gedrückt, »aber es geht mir ziemlich schlecht. Ich habe wahnsinnige Kopfschmerzen.«

»Das kann ich mir vorstellen«, sagte Schwester Bridget trokkener als beabsichtigt.

Roz massierte sich die schmerzenden Schläfen. »Dieser Gorilla hätte mir fast die Haare ausgerissen«, murmelte sie. »Ich glaube, daher kommen die Kopfschmerzen.« Sie drückte versuchsweise eine Hand an ihren Hinterkopf und zuckte zusammen. »In meiner Handtasche sind Codeintabletten. Könnten Sie sie mir vielleicht heraussuchen? Ich habe das Gefühl, mein Kopf explodiert gleich.« Sie kicherte hysterisch. »Wahrscheinlich spickt Olive mich wieder mit Nadeln.«

Voll mütterlicher Besorgnis gab Schwester Bridget ihr drei Tabletten in einem Glas Wasser. »Es tut mir leid, mein Kind«, sagte sie streng, »aber ich muß sagen, ich bin schon sehr schockiert. Ich kann es keinem Mann verzeihen, wenn er eine Frau wie eine Sklavin behandelt, aber es fällt mir beinahe genauso schwer – auch wenn das vielleicht hart klingt –, der Frau zu verzeihen. Es ist doch besser, ganz ohne Mann zu leben, als mit einem Mann, den nur die geistige Erniedrigung interessiert.«

Roz, die das grelle Licht vom Fenster nicht aushalten konnte, blinzelte durch ein halbgeschlossenes Lid. Wie entrüstet Schwester Bridget aussah, aufgeplustert wie eine Kropftaube. Von neuem regte sich die Hysterie. »Sie sind aber plötzlich sehr streng. Ich glaube nicht, daß Olive es als eine Entwürdigung gesehen hat. Eher das Gegenteil, wenn Sie mich fragen.«

»Ich spreche nicht von Olive, mein Kind, ich spreche von Ihnen. Und von diesem Gorilla, wie Sie ihn genannt haben. Er ist es nicht wert. Das müssen Sie doch einsehen!«

Wieder brach Roz in haltloses Gelächter aus. »Entschuldigen Sie vielmals«, sagte sie schließlich. »Sie müssen mich für schrecklich ungezogen halten. Aber ich bin seit Monaten auf einer emotionalen Achterbahn, wissen Sie.« Sie tupfte sich die Augen und putzte sich wieder die Nase. »Schuld daran ist Olive. Sie war ein wahres Gottesgeschenk. Sie hat mir endlich wieder das Gefühl gegeben, zu etwas nütze zu sein.«

Sie sah die Verwirrung in Schwester Bridgets Gesicht und seufzte innerlich. Wirklich, dachte sie, es ist viel einfacher zu lügen. Lügen war eindimensional und unkompliziert. *Danke... es geht mir gut... Alles ist in bester Ordnung... Ich mag Wartezimmer... Rupert war mir eine große Stütze nach Alices Tod... Wir haben uns in aller Freundschaft getrennt...* Das wirre Gespinst der Wahrheit, das tief in den zarten Stoff menschlichen Wesens eingewoben war, machte das Leben schwierig. Sie war jetzt nicht einmal ganz sicher, was wahr und was nicht wahr war. Hatte sie Rupert wirklich so sehr gehaßt? Sie konnte sich nicht vorstellen, woher sie die Kraft dazu genommen hatte. Das einzige eigentlich, woran sie sich erinnern konnte, war, wie erstickend die vergangenen zwölf Monate gewesen waren.

»Ich bin total verliebt«, plapperte sie wild darauf los, als erklärte das alles. »Aber ich habe keine Ahnung, ob meine Gefühle echt sind oder nur eingebildet.« Sie schüttelte den Kopf. »Das weiß man wahrscheinlich nie.«

»Ach, Kind«, mahnte Schwester Bridget, »seien Sie vorsichtig. Die Verliebtheit ist ein ärmlicher Ersatz für die Liebe. Sie ist so schnell vorbei, wie sie kommt. Die Liebe – die wahre Liebe – braucht Zeit, um zu wachsen, und wie kann sie das in einer Atmosphäre der Brutalität?«

»Das ist ja wohl kaum seine Schuld. Ich hätte wahrscheinlich davonlaufen können, ja, aber ich bin froh, daß ich es nicht getan habe. Ich bin sicher, die hätten ihn umgebracht, wenn er allein gewesen wäre.«

Schwester Bridget seufzte. »Ich habe den Eindruck, wir reden aneinander vorbei. Habe ich richtig verstanden, daß dieser Gorilla nicht der Mann ist, in den Sie verliebt sind?«

Roz fragte sich unter Tränen, ob an dem Ausdruck *sich totlachen* wohl etwas Wahres dran war.

»Sie sind sehr mutig«, sagte Schwester Bridget. »Ich hätte angenommen, er führte nichts Gutes im Schilde, und wäre auf und davon gelaufen.«

»Vielleicht stimmt das ja. Aber mit meiner Menschenkenntnis ist es nicht weit her.«

Schwester Bridget lachte leise vor sich hin. »Es klingt jedenfalls alles sehr aufregend«, sagte sie mit einem Anflug von Neid, während sie Roz' Kleid aus dem Wäschetrockner nahm und auf das Bügelbrett legte. »Der einzige Mann, der sich je für mich interessiert hat, war ein Bankangestellter, der drei Häuser von uns entfernt wohnte. Er war zaundürr und hatte einen riesigen Adamsapfel, der wie ein großer rosaroter Käfer an seinem Hals rumhüpfte. Ich konnte den Mann nicht ausstehen. Da war die Kirche weit attraktiver.« Sie befeuchtete einen Finger und tippte damit an das Bügeleisen.

Roz, die in einem alten Flanellnachthemd im Sessel saß, lächelte. »Und ist das immer noch so?«

»Nicht immer. Aber ich wäre kein Mensch, wenn ich nichts bedauerte.«

»Waren Sie mal verliebt?«

»Aber ja. Wahrscheinlich häufiger als Sie. Natürlich immer nur rein platonisch. Ich habe in meinem Beruf mit einigen sehr attraktiven Vätern zu tun.«

Roz lachte. »Welche Sorte Väter? Die in Soutanen oder die, die Hosen anhaben?«

Schwester Bridgets Augen blitzten belustigt. »Sagen Sie's nicht weiter, aber Soutanen fand ich nie besonders anziehend. Bei den vielen Scheidungen heute habe ich mehr mit alleinstehenden Männern zu tun, als für eine Nonne gut ist, wenn ich mal ganz ehrlich bin.«

»Wenn ich mal wieder heiraten sollte«, sagte Roz, »und noch

eine Tochter bekomme, stecke ich sie auf jeden Fall in Ihre Schule.«

»Ich freue mich darauf.«

»Nein. Ich glaube nicht an Wunder. Die Zeiten sind vorbei.«

»Ich bete für Sie«, sagte Schwester Bridget. »Es wird Zeit, daß ich mich so richtig für etwas einsetzen kann. Ich habe für Olive gebetet, und schauen Sie, was Gott mir geschickt hat.«

»Jetzt bringen Sie mich gleich zum Weinen.«

Als sie am Morgen erwachte, lag auf ihrem Gesicht strahlendes Sonnenlicht, das durch eine Ritze zwischen den Vorhängen in Schwester Bridgets Gästezimmer fiel. Es war zu hell, um hineinzusehen, darum kuschelte sie sich wieder in die Wärme des Daunendeckbetts und lauschte lieber. Aus dem Garten schallte das Zwitschern der Vögel, und irgendwo murmelte ein Radio die Nachrichten, aber so gedämpft, daß sie die Worte nicht verstehen konnte. Der Duft von gebratenem Schinkenspeck wehte verlokkend von der Küche herauf und drängte sie aufzustehen. Lebenslust, die sie fast vergessen hatte, durchrann prickelnd ihren Körper, und sie fragte sich, warum sie sich solange untätig dabei zugesehen hatte, wie sie durch den finsteren Nebel ihrer Depression gestolpert war. Das Leben, dachte sie, ist herrlich, und der Wunsch, es zu leben, war zu hartnäckig, um ignoriert zu werden.

Sie winkte Schwester Bridget zum Abschied zu, lenkte ihren Wagen ostwärts in Richtung des *Poacher* und schob eine Pavarotti-Kassette in die Stereoanlage. Es war eine ganz überlegte Handlung, um endlich die Gespenster zur Ruhe zu betten. Die volle Stimme erscholl aus den Lautsprechern, und sie lauschte ihr ohne Bedauern.

Das Restaurant war wie ausgestorben, auf ihr Klopfen rührte

sich nichts, weder vorn noch hinten. Sie fuhr zu der Telefonzelle, die sie am Abend zuvor benutzt hatte, und wählte die Nummer. Sie ließ es lange läuten für den Fall, daß Hal schlief. Als er sich nicht meldete, legte sie auf und kehrte zu ihrem Wagen zurück. Sie war nicht besorgt – Hal konnte um einiges besser auf sich selbst aufpassen als jeder andere Mann, den sie gekannt hatte –, und sie hatte andere, dringendere Sorgen. Aus dem Handschuhfach nahm sie einen teuren automatischen Fotoapparat mit Zoom – ein Vermächtnis ihrer Scheidung – und vergewisserte sich, daß ein Film darin war. Dann ließ sie den Motor an und lenkte den Wagen in den Verkehr hinaus.

Unbequem auf dem Rücksitz ihres Wagens zusammengekauert, mußte sie zwei Stunden warten, aber ihre Geduld wurde belohnt. Als Olives Svengali endlich aus der Tür seines Hauses trat, blieb er ein, zwei Sekunden stehen und bot ihr so Gelegenheit zu einer perfekten Aufnahme seines Gesichts. Durch das Zoom-Objektiv vergrößert, schien der Blick der dunklen Augen sie zu durchbohren, als sie knipste. Dann wandte der Mann sich ab, um die baumbestandene Straße hinunterzublicken und nach entgegenkommenden Autos Ausschau zu halten. Sie spürte, wie die kleinen Härchen in ihrem Nacken sich sträubten. Er konnte sie unmöglich gesehen haben – der Wagen stand mit dem Heck zu ihm, und das lange Objektiv ruhte auf ihrer Handtasche im Rückfenster –, dennoch überrann sie ein Schauder. Die Fotos der verstümmelten Leichen von Gwen und Amber, die neben ihr auf dem Sitz lagen, waren eine schreckliche Mahnung daran, daß sie einem Psychopathen auf der Spur war.

Verschwitzt und müde von der unvorhergesehenen sommerlichen Hitze kam sie in ihre Wohnung zurück. Die winterlich rauhe Atmosphäre von vor drei Tagen hatte sich in einem leuchtend blauen Himmel aufgelöst, der weitere Hitze versprach. Sie öffnete die Fenster der Wohnung und ließ den Lärm des Londoner Verkehrs herein. Er fiel ihr mehr auf als sonst, und sie dachte mit flüchtiger Wehmut an den Frieden und die Schönheit von Bayview.

Sie warf einen Blick auf ihren Anrufbeantworter, während sie sich ein Glas Wasser einschenkte, aber das rote Licht blinkte nicht. Sie rief im *Poacher* an und lauschte, diesmal mit wachsender Unruhe, dem vergeblichen Läuten. Wo konnte er sein? Sie lutschte einen Moment frustriert und ratlos an ihrem Daumen, dann rief sie Iris an.

»Wie würde Gerry reagieren, wenn du ihn sehr nett bitten würdest, seinen Advokatenhut aufzusetzen«, – Gerald Fielding gehörte einer hochrenommierten Londoner Kanzlei an –, »bei der Polizeidienststelle in Dawlington anzurufen und einige diskrete Fragen zu stellen, ehe alles fürs Wochenende dichtmacht?«

Iris, die nie um den heißen Brei herumging, sagte prompt: »Warum?« und »Was springt für mich dabei heraus?«

»Mein Seelenfrieden. Im Augenblick bin ich zu nervös, um auch nur eine Zeile schreiben zu können.«

»Hm. Und warum?«

»Ich mache mir Sorgen um meinen zwielichtigen Polizisten.«

»*Deinen* zwielichtigen Polizisten?« fragte Iris argwöhnisch.

»Ganz recht.«

Iris hörte die Erheiterung in der Stimme der Freundin. »Ach, du lieber Himmel«, sagte sie verärgert, »du hast dich doch nicht etwa in den Kerl vergafft? Der soll doch eine Quelle sein.«

»Ist er auch – endloser erotischer Phantasien.«

Iris stöhnte laut. »Wie kannst du objektiv über korrupte Polizisten schreiben, wenn du auf einen von diesen Kerlen scharf bist.«

»Wer sagt, daß er korrupt ist?«

»Na, muß er doch sein, wenn Olive unschuldig ist. Du hast doch gesagt, daß er ihr Geständnis aufgenommen hat.«

Schade, daß Sie nicht katholisch sind. Da könnten Sie zur Beichte gehen und würden sich sofort viel besser fühlen...

»Bist du noch dran?« fragte Iris scharf.

»Ja. Also, meinst du, Gerry tut mir den Gefallen?«

»Warum kannst du denn nicht selbst anrufen?«

»Weil ich in der Sache drinstecke und sie vielleicht meine Stimme erkennen würden. Ich habe gestern schon unter 999 bei ihnen angerufen.«

Iris stöhnte wieder. »Was, zum Teufel, treibst du eigentlich?«

»Jedenfalls nichts Kriminelles, zumindest glaube ich das nicht.« Sie hörte den Entsetzenslaut am anderen Ende. »Schau mal, Gerry braucht doch nur ein paar harmlose Fragen zu stellen.«

»Muß er auch lügen?«

»Ein, zwei kleine Notlügen vielleicht.«

»Er bekommt einen Anfall. Du kennst doch Gerry. Dem bricht schon der kalte Schweiß aus, wenn von Unehrlichkeit nur die Rede ist.« Sie seufzte laut. »Du bist wirklich eine Strafe Gottes. Ist dir klar, daß ich ihn nur rumkriege, wenn ich ihm verspreche, mich bis in alle Ewigkeit tadellos zu benehmen? Dann hat mein Leben seinen Sinn verloren.«

»Du bist ein Engel. Also, paß auf, hier sind die wenigen Einzelheiten, die Gerry wissen muß. Er versucht, seinen Mandanten, Hal Hawksley vom Restaurant *The Poacher* in der Wenceslas Street in Dawlington, zu erreichen. Er hat Anlaß zu vermuten, daß im *Poacher* eingebrochen worden ist, und möchte wissen, ob die Polizei eine Ahnung hat, wo Hal zu erreichen ist. Okay?«

»Nein, gar nicht okay, aber ich werde sehen, was ich tun kann. Bist du heute abend zu Hause?«

»Ja, ich bleib zu Hause und drehe Däumchen.«

»Dann klopf doch zur Abwechslung lieber mal auf deine Schreibmaschine«, sagte Iris bissig. »Ich hab's satt, die einzige zu sein, die in unserer einseitigen Beziehung sinnvolle Arbeit leistet.«

Sie hatte den Film in einem Expreß-Labor in der Hauptstraße ihres Viertels entwickeln lassen, während sie Einkäufe erledigte. Jetzt verteilte sie die Abzüge auf dem Couchtisch und studierte sie. Die von Svengali, die beiden Großaufnahmen seines Gesichts und einige Ganzfotos, die ihn von hinten beim Weggehen zeigten, legte sie auf die Seite und betrachtete lächelnd die anderen. Sie hatte sie ganz vergessen. Mit Absicht, dachte sie. Sie zeigten Rupert und Alice an Alices Geburtstag, eine Woche vor dem Unfall, beim Spiel im Garten. Sie hatten für diesen Tag einen Waffenstillstand geschlossen, Alice zuliebe. Und sie hatten ihn bis zu einem gewissen Punkt eingehalten, wenn es auch wie immer Roz' Sache gewesen war, sich nicht aus der Reserve locken zu lassen. Solange sie ruhig bleiben und lächeln konnte, während Rupert seine Giftpfeile über Jessica, Jessicas Wohnung und Jessicas Arbeit abschoß, war alles in Butter. Alices Freude darüber, ihre Eltern wieder zusammen zu haben, spiegelte sich in den Fotografien.

Roz schob sie liebevoll zur Seite und kramte in ihrer Einkaufstasche. Sie holte Zellophan heraus, einen Pinsel und drei Tuben Acrylfarbe. Dann biß sie mit Appetit in ein Stück Fleischpastete und machte sich an die Arbeit.

Ab und zu legte sie eine Pause ein und sah lächelnd ihre Tochter an. Sie hätte den Film schon längst entwickeln lassen sollen, vertraute sie Mrs. Antrobus an, die zufrieden in ihrem Schoß lag. Die leblose Puppe aus den Zeitungen war niemals Alice gewesen. *Dies hier* war Alice.

»Er ist getürmt«, sagte Iris unverblümt zwei Stunden später, »und Gerry haben sie mit allen möglichen Gemeinheiten gedroht, wenn er sie nicht über den Verbleib seines Mandanten unterrichtet, sobald er ihn in Erfahrung gebracht hat. Es ist schon ein Haftbefehl gegen den Unglücksraben ergangen. Wo, um alles in der Welt, gräbst du diese schrecklichen Typen nur aus? Du solltest dir mal was Nettes, Anständiges wie Gerry suchen«, sagte sie streng. »Einen, dem es nicht im Traum einfällt, Frauen zu schlagen oder sie in seine kriminellen Aktivitäten zu verwickeln.«

»Ich weiß«, sagte Roz milde, »aber die Netten, Anständigen sind alle schon vergeben. Haben sie gesagt, was Hal vorgeworfen wird?«

»Eine ganze Latte. Brandstiftung, Widerstand gegen die Staatsgewalt, Körperverletzung, Flucht vom Tatort eines Verbrechens. Er hat so ziemlich alles auf dem Kerbholz, was es gibt. Wenn er sich bei dir meldet, dann gib mir lieber nicht Bescheid. Gerry benimmt sich schon jetzt wie der Mann, der die Identität von Jack the Ripper gekannt und geheimgehalten hat. Er bekommt einen Herzinfarkt, wenn er glaubt, ich weiß, wo der Kerl sich aufhält.«

»Ich schweige wie ein Grab«, versprach Roz.

Einen Moment blieb es still. »Es wäre vielleicht besser, du legst gleich auf, wenn er anruft. Im Krankenhaus liegt ein Mann mit schweren Verbrennungen im Gesicht, ein Polizist hat einen ausgerenkten Kiefer, und als sie ankamen und ihn festnehmen wollten, hat er versucht, sein Lokal in Brand zu stecken. Der muß ja wahnsinnig gefährlich sein.«

»Da hast du wahrscheinlich recht«, sagte Roz, während sie sich fragte, was, um alles in der Welt, vorgefallen war, nachdem sie gegangen war. »Und er hat außerdem einen knackigen Hintern. Bin ich nicht ein Glückspilz?«

»Blöde Kuh!«

Roz lachte. »Sag Gerry vielen Dank. Ich weiß seine Nettigkeit zu schätzen, auch wenn du das nicht tust.«

Sie schlief auf dem Sofa, um das Telefon nicht zu überhören, wenn es läuten sollte. Sie dachte, er würde sich vielleicht dem Anrufbeantworter nicht anvertrauen wollen.

Aber das Telefon schwieg hartnäckig das ganze Wochenende.

16

Am Montagmorgen fuhr Roz, erneut das schwarze Untier Depression im Nacken, zum Hotel Belvedere und legte die Fotografie auf den Empfangstisch. »Ist das Mr. Lewis?« fragte sie die Eigentümerin.

Die liebenswürdige Frau setzte ihre Brille auf und sah sich die Aufnahme genau an. Sie schüttelte bedauernd den Kopf. »Nein, tut mir leid. Der Mann ist mir ganz unbekannt.«

»Und jetzt?« Sie legte das Zellophan über die Fotografie.

»Du meine Güte, das ist ja unglaublich! Ja, das ist eindeutig Mr. Lewis.«

Marnie war der gleichen Meinung. »Das ist er, der hinterhältige Kerl.« Sie kniff die Augen zusammen. »Schmeichelt ihm nicht gerade, hm? Ich möchte gern wissen, was ein junges Mädchen an so einem findet?«

»Ich weiß es nicht. Vielleicht kritiklose Zuneigung?«

»Wer ist er?«

»Ein Psychopath«, sagte Roz.

Marnie pfiff durch die Zähne. »Da seien Sie lieber vorsichtig.«

»Ja.«

Marnie klopfte mit ihren rot lackierten Fingern auf den Schreibtisch. »Wollen Sie mir nicht doch lieber sagen, wer der Kerl ist, für den Fall, daß Sie auch in kleinen Stücken auf Ihrem Küchenboden enden?« Sie warf Roz einen taxierenden Blick zu. Vielleicht, dachte sie, war da irgendwo Geld herauszuholen.

Roz sah die Spekulation im Auge der Frau. »Nein, danke«, erwiderte sie kurz. »Diese Information behalte ich lieber für mich.

Ich möchte nicht wissen, was passiert, wenn er erfährt, daß ich ihm auf den Fersen bin.«

»Ich quassle nicht«, versicherte Marnie mit einem Flunsch verletzter Unschuld.

»Das Sicherste ist, ich führe Sie gar nicht erst in Versuchung.« Roz steckte die Fotografie ein. »Alles andere wäre unverantwortlich. Schließlich sind Sie die Hauptbelastungszeugin. Genausogut kann er bei Ihnen aufkreuzen und *Sie* in Stücke hacken.« Sie lächelte kalt. »Das möchte ich wirklich nicht gern auf dem Gewissen haben.«

Zurück in ihrem Wagen blieb Roz ein paar Minuten lang reglos am Steuer sitzen und starrte zum Fenster hinaus. Wenn sie je einen zahmen Ex-Polizisten gebraucht hatte, ihr den Weg durch das Labyrinth rechtlicher Formalitäten zu zeigen, dann jetzt. Sie war eine Amateurin, die allzu leicht einen gravierenden Fehler begehen und alle Chancen auf eine Wiederaufnahme des Verfahrens dadurch zunichte machen konnte. Und was sollte dann aus Olive werden? Sie würde vermutlich im Zuchthaus bleiben, bis ihre Zeit abgelaufen war. Das Urteil konnte nur aufgehoben werden, wenn ein anderer verurteilt wurde. Das Körnchen begründeten Zweifels würde, wenn es nicht gegossen wurde, Jahre brauchen, um so weit zu wachsen, daß das Innenministerium sich genötigt fühlte, etwas zu unternehmen. Wie lange hatten die Sechs von Birmingham auf Gerechtigkeit warten müssen? Die Verantwortung, die sie auf sich genommen hatte, war beängstigend.

Aber, auch wenn sie sich das am liebsten nicht eingestanden hätte, noch schwerer wog das Wissen, daß sie nicht den Mut hatte, das Buch zu schreiben, solange Olives psychopathischer Liebhaber auf freiem Fuß war. Sie mochte sich noch so sehr bemühen, sie konnte das Bild Gwens und Ambers nicht loswerden.

Sie schlug mit der Faust auf das Lenkrad. Wo bist du, Hawksley? *Du Mistkerl!* Ich war immer für dich da.

Graham Deedes, Olives ehemaliger Verteidiger, kehrte nach einem langen Tag bei Gericht in seine Kanzlei zurück und runzelte irritiert die Stirn, als er vor seiner Tür Roz sitzen sah. Er sah demonstrativ auf seine Uhr. »Ich habe es eilig, Miss Leigh.«

Sie stand seufzend von dem harten Stuhl auf. »Nur fünf Minuten«, bat sie. »Ich warte seit zwei Stunden.«

»Nein, tut mir wirklich leid. Wir haben zum Abendessen Gäste, und ich habe meiner Frau versprochen, pünktlich zu sein.« Er öffnete die Tür zu seinem Zimmer und ging hinein. »Rufen Sie an und lassen Sie sich einen Termin geben. In den nächsten drei Tagen habe ich bei Gericht zu tun, aber gegen Ende der Woche ist vielleicht etwas zu machen.« Er wollte die Tür schließen.

Sie lehnte sich mit einer Schulter an den Türpfosten und hielt mit der Hand die Tür auf. »Olive hat wirklich einen Liebhaber gehabt«, sagte sie. »Ich weiß, wer es ist, und ich habe sein Foto von zwei Zeuginnen identifizieren lassen. Die eine ist die Eigentümerin des Hotels, in dem er und Olive im Sommer vor den Morden regelmäßig abgestiegen sind. Ich habe ferner eine Zeugin, deren Aussage sich mit Olives Aussage, sie habe einen Schwangerschaftsabbruch vornehmen lassen, deckt. Nach dem Datum, das sie mir genannt hat, wäre Olives Kind etwa um die Zeit der Morde zur Welt gekommen. Ich habe erfahren, daß zwei Personen, Robert Martin und der Vater einer Freundin von Olive, völlig unabhängig voneinander der Polizei erklärt haben, Olive sei unfähig gewesen, ihre Schwester zu töten. Die beiden meinten, Gwen, die Mutter, habe Amber getötet – sie hat Amber anscheinend nicht gemocht –, und Olive habe daraufhin ihre Mutter getötet. Ich gebe zu, die forensischen Befunde bestätigen das nicht, aber hier haben wir doch den

Beweis, daß selbst zur Zeit der Tat erhebliche Zweifel an Olives Schuld bestanden, die, wie mir scheint, Ihnen gar nicht zur Kenntnis gebracht wurden.«

Sie sah die Ungeduld in seinem Gesicht und sprach eilig weiter. »Aus verschiedenen Gründen, vor allem aber, weil es Olives Geburtstag war, glaube ich nicht, daß Olive am Abend vor den Morden im Haus war, und ich glaube außerdem, daß Gwen und Amber viel früher getötet wurden als zu der Zeit, zu der Olive behauptet, es getan zu haben. Ich glaube, Olive ist irgendwann im Lauf des Morgens oder Nachmittags des Neunten nach Hause gekommen, fand das Blutbad in der Küche vor, wußte sofort, daß ihr Liebhaber das getan hatte, und war so überwältigt von Entsetzen und Bedauern, daß sie sich selbst des Verbrechens bezichtigte. Ich glaube, sie war sehr unsicher und in tiefer Not und wußte nicht, was sie tun sollte, als ihre Mutter, die ihrem Leben einen Halt gegeben hatte, ihr so plötzlich genommen worden war.«

Er nahm ein Bündel Papiere aus seinem Schreibtisch und schob sie in seine Aktentasche. Er hatte schon so viele phantasievolle Verteidigungsplädoyers gehört, daß er ihr mehr aus Höflichkeit als aus Interesse zuhörte.

»Ich nehme an, Sie wollen unterstellen, daß Olive und ihr Liebhaber die Nacht ihres Geburtstags gemeinsam irgendwo in einem Hotel verbrachten.« Roz nickte. »Haben Sie dafür irgendeinen Beweis?«

»Nein. In dem Hotel, in dem sie sich sonst immer getroffen hatten, waren sie nicht eingetragen, aber das ist nicht weiter verwunderlich. Es war ja ein besonderer Anlaß. Vielleicht sind sie sogar nach London gefahren.«

»Wenn das zutrifft, weshalb sollte sie dann annehmen, daß ihr Liebhaber die Tat begangen hatte? Sie wären doch vermutlich gemeinsam zurückgefahren. Selbst wenn er sie in einiger Entfernung von ihrem Haus abgesetzt hätte, hätte er niemals die Zeit gehabt, all das zu tun, was dort getan worden ist.«

»Doch – wenn er gegangen ist«, sagte Roz, »und sie allein im Hotel zurückgelassen hat.«

»Warum hätte er das tun sollen?«

»Weil sie ihm gesagt hat, daß er in diesem Moment stolzer Vater hätte sein können, wären nicht das frühere uneheliche Kind ihrer Schwester und die Angst ihrer Mutter gewesen, daß sich das alles hätte wiederholen können.«

Deedes sah wieder auf seine Uhr. »Welches uneheliche Kind?«

»Das Kind, das Amber zur Welt brachte, als sie dreizehn war. Diese Tatsache ist unbestritten. Das Kind wird in Robert Martins Testament erwähnt. Es gelang Gwen damals, die Sache zu vertuschen, aber sie konnte nicht hoffen, daß ihr das in Olives Fall noch einmal gelingen würde, darum hat sie sie zu einem Schwangerschaftsabbruch überredet.«

Er schnalzte ungeduldig mit der Zunge. »Das ist mir alles viel zu verstiegen, Miss Leigh. Soweit ich sehen kann, haben Sie keinerlei Beweise, um diese Behauptungen zu stützen, und Sie können nicht ein Buch schreiben und irgend jemand des Mordes beschuldigen, wenn Sie nicht entweder klare Beweise haben oder genug Kapital, um ein Vermögen an Schadenersatz wegen Verleumdung zu bezahlen.« Wieder sah er auf seine Uhr, unsicher, ob er gehen oder bleiben sollte. »Nehmen wir einen Moment an, Ihre Hypothese träfe zu. Wo war dann Olives Vater, während Gwen und Amber in der Küche seines Hauses niedergemetzelt wurden? Wenn ich mich recht erinnere, war er in dieser Nacht zu Hause und ist am folgenden Morgen wie immer zur Arbeit gefahren. Wollen Sie behaupten, er habe nicht gewußt, was geschehen war?«

»Ja, genau das behaupte ich.«

Deedes war perplex. »Das ist ja absurd.«

»Es ist nicht absurd, wenn er gar nicht zu Hause war. Die einzigen Personen, die aussagten, er sei zu Hause gewesen, waren Olive, Robert selbst und die Nachbarin von nebenan, und sie erwähnte ihn nur im Zusammenhang mit der Behauptung, Gwen und Amber seien um halb neun Uhr morgens noch am Leben gewesen.«

Er schüttelte völlig verwirrt den Kopf. »Es lügen also alle? Das ist doch lächerlich! Warum hätte die Nachbarin lügen sollen?«

Roz seufzte. »Ich weiß, es fällt schwer, das zu glauben. Ich hatte eine Menge Zeit zum Nachdenken, darum fällt es mir leichter. Robert Martin war ein heimlicher Homosexueller. Ich habe die Schwulenkneipe gefunden, in der er seine Bekanntschaften machte. Er war dort unter dem Namen Mark Agnew gut bekannt. Der Wirt erkannte ihn nach dem Foto sofort. Wenn er in der Mordnacht mit einem Liebhaber zusammen war und von dort aus direkt zu seinem Arbeitsplatz gefahren ist, hat er von den Ereignissen in seinem Haus erst erfahren, als die Polizei ihn informierte.« Sie zog eine Augenbraue hoch. »Und er brauchte niemals aufzuklären, wo er tatsächlich gewesen war, weil Olive, die annahm, er müsse im Haus gewesen sein, in ihrer Aussage behauptete, sie habe ihre Mutter erst angegriffen, nachdem ihr Vater das Haus verlassen hatte.«

»Langsam, langsam«, blaffte Deedes, als hätte er es mit einer schwierigen Zeugin zu tun. »Das ist doch total unlogisch. Eben haben Sie noch behauptet, Olives Liebhaber sei mitten in der Nacht abgehauen, um mit Gwen abzurechnen.« Er strich sich mit der Hand über sein Haar, während er versuchte, seine Gedanken zu ordnen. »Aber als Roberts Leiche nicht in der Küche lag, als sie nach Hause kam – Olive, meine ich –, muß sie doch gewußt haben, daß er gar nicht im Haus gewesen war. Warum hat sie dann in ihrer Aussage behauptet, er sei dagewesen?«

»Weil er hätte dasein müssen. Schauen Sie, es ist völlig nebensächlich, um welche Zeit der Liebhaber gegangen ist – ob mitten in der Nacht oder früh am Morgen –, es ist, soweit es Olive angeht, ohne Belang. Sie hatte kein Auto, sie war wahrscheinlich unglücklich und erregt darüber, verlassen worden zu sein, und sie hatte sich den Tag freigenommen, vermutlich, um ihn mit ihrem Geliebten zu verbringen – es spricht also alles dafür, daß sie erst nach dem Mittagessen nach Hause gekommen ist. Sie muß angenommen haben, ihr Liebhaber habe gewartet, bis Robert zur Arbeit gefahren war, ehe er hineinging, um Gwen und Amber zu überfallen. Es war daher von ihrem Standpunkt aus ganz natürlich, daß sie ihren Vater in ihre Aussage einschloß. Er wohnte und schlief unten in einem Hinterzimmer, aber keine von ihnen, außer vielleicht Gwen, scheint auf den Gedanken gekommen zu sein, er könnte sich nachts heimlich hinausschleichen, um sich Strichjungen zu besorgen.«

Zum drittenmal sah er auf seine Uhr. »Es ist sinnlos. Ich muß jetzt wirklich gehen.« Er griff nach seinem Mantel und legte ihn sich gefaltet auf den Arm. »Sie haben mir nicht erklärt, warum die Nachbarin gelogen hat.« Er schob sie durch die Tür und zog diese hinter sich zu.

Sie sprach über ihre Schulter, während sie die Treppe hinuntergingen. »Ich vermute, weil sie, als die Polizei ihr mitteilte, daß Gwen und Amber ermordet worden waren, automatisch annahm, Robert habe es nach einem Streit über ihren Ehemann getan.« Sie zuckte nur die Achseln zu seinem ungläubigen Prusten. »Sie hat gewußt, wie gespannt die Beziehungen in diesem Haus waren, und sie hat auch gewußt, daß ihr Mann oft stundenlang drüben bei Robert Martin in dem Hinterzimmer war. Bestimmt wußte sie auch, daß Robert Martin homosexuell war, und wird daraus geschlossen haben, daß auch ihr Mann homosexuell sei. Sie muß vor Angst fast gestorben sein, bis sie endlich hörte, daß Olive sich zu den Morden bekannt hatte. Der Skandal, wenn Robert es tatsächlich aus Liebe zu Edward getan hätte, wäre tödlich gewesen, und um ihren Mann aus der Sache herauszuhalten, sagte sie einfach, Gwen und Amber seien noch am Leben gewesen, als er zur Arbeit fuhr.« Sie ging vor ihm her durch das Foyer. »Ihre Aussage wurde nie in Zweifel gezogen, weil sie sich perfekt mit der Olives deckte.«

Sie traten durch das Portal hinaus ins Freie und stiegen die Treppe hinunter. »Zu perfekt, vielleicht?« murmelte er. »Olives Version ist so einfach. Und Ihre ist so kompliziert.«

»Das ist die Wahrheit immer«, sagte sie mit Nachdruck. »Aber Tatsache ist, daß alle drei nur einen ganz normalen Mittwochmorgen beschrieben haben. Es ist also nicht zu perfekt, vielmehr unvermeidlich.«

»Ich muß in diese Richtung«, sagte er und wies zum U-Bahnhof Holborn.

»Das macht nichts. Ich komme mit.« Sie mußte schnell gehen, um mit ihm Schritt halten zu können.

»Ich weiß nicht, warum Sie mir das alles erzählen, Miss Leigh. Sie hätten sich an Olives Anwalt, Mr. Crew, wenden sollen.«

Sie wich einer direkten Antwort aus. »Sie glauben also, daß meine Beweisführung stichhaltig ist?«

Er lächelte gutmütig. Die weißen Zähne blitzten in seinem dunklen Gesicht. »Nein, davon ist sie noch weit entfernt. Es sind vielleicht *Ansätze* zu einer stichhaltigen Beweisführung vorhanden. Legen Sie die Sache Mr. Crew vor.«

»Sie sind der Verteidiger«, beharrte sie eigensinnig. »Wenn Sie Olive verteidigen würden, was brauchten Sie, um ein Gericht von ihrer Unschuld zu überzeugen?«

»Den Beweis, daß sie in der Zeit, als die Morde verübt wurden, nicht im Haus gewesen sein kann.«

»Oder den wahren Mörder?«

»Oder den wahren Mörder«, stimmte er zu. »Aber ich kann mir nicht vorstellen, daß Sie den so leicht präsentieren können.«

»Warum nicht?«

»Weil es keine Beweise gegen ihn gibt. Sie wollen vermutlich vorbringen, daß Olive alle Beweise vertuscht hat, um die Schuld selbst auf sich zu nehmen. Sie hat das mit großem Erfolg getan. Alle Umstände haben sie als die Schuldige bestätigt.« Er ging langsamer, als sie sich der Untergrundbahn näherten. »Wenn also Ihr hypothetischer Mörder nicht freiwillig gesteht und der Polizei beweist, daß er Dinge weiß, die nur der Mörder wissen kann, gibt es keine Möglichkeit, Olives Verurteilung rückgängig zu machen.« Er lächelte bedauernd. »Und ich kann mir nicht vorstellen, daß er das jetzt tun wird. Er hat es ja schon damals nicht getan.«

Sie rief vom U-Bahnhof Holborn im Zuchthaus an und bat darum, Olive mitzuteilen, daß sie heute abend nicht vorbeikäme. Sie hatte das Gefühl, daß ihr der ganze Fall unter den Händen zerfiel, und das Gefühl konzentrierte sich auf Olive.

Es war spät, als sie die Tür zu ihrem Haus aufschloß. Im Treppenhaus war es stockfinster. Sie drückte auf den Lichtschalter und seufzte resigniert, als nichts geschah. Schon wieder kein Strom, dachte sie. Es war ja nicht anders zu erwarten gewesen. Schwarz paßte zu ihrer Stimmung. Sie suchte ihren Wohnungsschlüssel heraus und tastete sich die Treppe hinauf, während sie überlegte, ob sie vom letztenmal noch Kerzen im Haus hatte. Wenn sie Glück hatte, lag eine in der Küchenschublade, sonst würde das ein sehr langer und langweiliger Abend werden.

Auf der Suche nach dem Schloß fummelte sie mit beiden Händen blind an ihrer Tür herum, als etwas vom Boden zu ihren Füßen aufstand und sie streifte. Sie kreischte und begann wie eine Wilde auf das Ding einzuschlagen. Im nächsten Moment wurde sie vom Boden hochgehoben, und eine große Hand verschloß ihr den Mund.

»Sch«, zischte Hal ihr lachend ins Ohr. »Ich bin's doch nur.« Er küßte sie auf die Nasenspitze. *»Au!«* brüllte er im nächsten Moment und ließ sie los, um sich unter Schmerzen zusammenzukrümmen.

»Geschieht Ihnen recht«, sagte sie, während sie auf dem Boden nach ihren Schlüsseln tastete. »Sie können von Glück reden, daß ich meine Hutnadel nicht bei mir habe. Ah, da sind sie ja.« Sie begann wieder nach dem Schloß zu suchen und fand es. »So.« Sie drückte auf den Lichtschalter in ihrer Wohnung, aber es blieb finster. »Kommen Sie«, sagte sie, faßte ihn an der Jacke und zog ihn hinein. »Ich glaube, in der Küche ist eine Kerze.«

»Alles in Ordnung?« ertönte aus dem oberen Stockwerk eine ängstliche Frauenstimme.

»Ja, danke«, rief Roz zurück. »Ich bin nur auf was getreten. Wie lang ist der Strom schon weg?«

»Seit einer halben Stunde. Ich habe angerufen. Irgendwo scheint eine Sicherung durchgebrannt zu sein. Es wird ungefähr drei Stunden dauern, hat man mir gesagt. Ich habe ihnen erklärt, daß ich das nächste Mal meine Rechnung nicht zahle, wenn es länger dauert. Wir sollten wirklich was unternehmen. Finden Sie nicht?«

»Absolut«, stimmte Roz zu und fragte sich, mit wem sie sprach. Mrs. Barrett vielleicht. Sie kannte die Namen von den Briefkästen, aber sie sah selten jemanden. »Wiedersehen.« Sie schloß die Tür. »Ich schau mal, ob ich die Kerze finde«, flüsterte sie.

»Warum flüstern wir?« flüsterte Hal zurück.

Sie kicherte. »Weil man das im Dunkeln immer tut.«

Er stolperte über irgend etwas. »Das ist ja lächerlich. Die Straßenlampen brennen doch, oder? Ihre Vorhänge sind anscheinend zugezogen.«

»Wahrscheinlich.« Sie öffnete die Küchenschublade. »Ich bin heute morgen früh aus dem Haus gegangen.« Sie suchte zwischen Garnrollen und Schraubenziehern. »Ich glaube, ich habe sie gefunden. Haben Sie Streichhölzer?«

»Nein«, sagte er geduldig. »Wenn ich welche hätte, hätte ich längst eines angezündet. Halten Sie übrigens Schlangen?«

»Reden Sie keinen Unsinn. Ich habe eine Katze.«

Aber wo war Mrs. Antrobus? Sie hätte beim Knirschen des Schlüssels eigentlich in begeistertes Begrüßungsmiauen ausbrechen müssen. Roz tastete sich zur Tür zurück und suchte nach ihrer Aktentasche, in der sie die Streichhölzer hatte, die sie immer mit ins Zuchthaus nahm. Sie öffnete die Tasche und kramte zwischen den Papieren. »Wenn Sie das Sofa finden können«, sagte sie zu ihm, »die Vorhänge sind gleich dahinter. Die Schnur ist auf der linken Seite.«

»Ich habe etwas gefunden«, sagte er, »aber ein Sofa ist es bestimmt nicht.«

»Was ist es denn?«

»Das weiß ich nicht«, antwortete er vorsichtig, »aber es ist auf jeden Fall ziemlich unangenehm. Es ist naß und schleimig und hat sich um meinen Hals geschlungen. Halten Sie auch wirklich keine Schlangen?«

Sie lachte nervös. »Seien Sie nicht albern.« Ihre Finger stießen an die Streichholzschachtel, und sie nahm sie erleichtert heraus. Sie riß ein Streichholz an und hielt es hoch. Hal stand in der Mitte des Zimmers, um Kopf und Schulter die feuchte Bluse, die sie am Morgen gewaschen und an einem Bügel an der Lampe aufgehängt hatte. Sie schüttelte sich vor Lachen.

»Sie haben doch gewußt, daß das keine Schlange ist«, sagte sie und hielt die Kerze an das flackernde Streichholzflämmchen.

Er fand die Schnur und zog die Vorhänge auf, um den orangefarbenen Schein der Straßenlampen hereinzulassen. Das Zimmer hob sich aus der Finsternis. Er sah sich um. Handtücher, Kleider, Plastiktüten und Fotografien lagen in Häufchen auf Tischen und Sesseln, ein Federbett hing vom Sofa zum Boden hinunter, schmutzige Tassen und leere Chipstüten tummelten sich auf dem Boden.

»Das ist ja wirklich reizend«, sagte er, während er einen Fuß hob und die Reste einer angebissenen Fleischpastete von seiner Schuhsohle schälte. »Ich weiß gar nicht, wann ich mich das letzte Mal so zu Hause gefühlt habe.«

»Ich habe Sie nicht erwartet«, sagte sie, nahm mit Würde die Fleischpastete und warf sie in den Papierkorb. »Oder mindestens hätten Sie den Anstand haben können, mich mit einem Anruf vor Ihrem Besuch zu warnen.«

Er bückte sich und streichelte die weiche weiße Fellkugel, die sich mit Wohlbehagen in ihrem Nest im Federbett streckte. Mrs. Antrobus leckte ihm freundlich die Hand, ehe sie daran ging, sich gründlich zu putzen.

»Schlafen Sie immer auf dem Sofa?« fragte er Roz.

»Im Schlafzimmer ist kein Telefon.«

Er nickte ernst, sagte aber nichts.

Sie ging zu ihm. »Mein Gott, ich bin so froh, Sie zu sehen. Sie haben ja keine Ahnung! Wo waren Sie? Ich war ganz krank vor Sorge.«

Er senkte den Kopf und drückte seine Stirn in ihr duftendes Haar. »Überall und nirgends«, sagte er, legte seine Handgelenke auf ihre Schultern und zeichnete mit zärtlicher Berührung die Linie ihres Halses nach.

»Gegen Sie läuft ein Haftbefehl«, sagte sie schwach.

»Ich weiß.« Seine Lippen streiften ihre Wangen, jedoch so sachte, daß die Berührung beinahe unerträglich war.

»Gleich stecke ich etwas in Brand«, sagte sie heiser.

Er drückte die Kerze aus. »Das haben Sie schon getan.« Er umschloß mit seinen kräftigen Händen ihr Gesäß und drückte sie gegen seine Erektion. »Die Frage ist«, murmelte er, »soll ich eine kalte Dusche nehmen, ehe es außer Kontrolle gerät?«

»Ist das eine ernstgemeinte Frage?« Konnte er wirklich jetzt aufhören? *Sie* konnte es nicht.

»Nein, nur eine höfliche.«

»Ich leide Qualen.«

»Das sollst du auch«, sagte er, und seine Augen blitzten im orangefarbenen Licht. »Verdammt noch mal, ich leide seit Wochen Qualen.«

Mrs. Antrobus, vom Federbett vertrieben, stakte beleidigt in die Küche.

Später gingen die Lichter wieder an und in ihrer Helligkeit verblaßte das kleine Flämmchen der Kerze, die wieder entzündet auf ihrer Untertasse auf dem Tisch zu flackern begonnen hatte.

Er strich Roz das Haar aus dem Gesicht. »Du bist so ziemlich die schönste Frau, die ich je gesehen habe«, sagte er.

Sie lächelte verschmitzt. »Und ich dachte, ich sei zu dünn.«

Seine dunklen Augen wurden weich. »Ich habe doch gewußt, daß das mit dem kaputten Anrufbeantworter gelogen war.« Er strich mit seinen Händen über ihre weichen Arme, umfaßte sie plötzlich drängend. Er hob sie hoch und setzte sie rittlings auf seinen Schoß. »Davon habe ich geträumt.«

»Waren es schöne Träume?«

»Kein Vergleich mit der Wirklichkeit.«

»Genug«, sagte sie noch später und glitt von ihm weg, um sich anzuziehen. »Was willst du gegen diesen Haftbefehl unternehmen?«

Er ignorierte die Frage und schob die Fotografien auf dem Couchtisch hin und her. »Ist das dein Mann?«

»Ex-Mann.« Sie warf ihm seine Hose zu.

Er zog sie mit einem Seufzer an, nahm dann eine Großaufnahme von Alice zur Hand. »Und das muß deine Tochter sein«, sagte er ruhig. »Sie sieht genau aus wie du.«

»Sah«, korrigierte Roz. »Sie ist tot.«

Sie wartete auf die Entschuldigung und den Themawechsel, aber Hal lächelte nur und berührte das lachende Gesicht leicht mit einem Finger. »Sie ist wunderschön.«

»Ja.«

»Wie hieß sie?«

»Alice.«

Er sah sich das Bild genau an. »Als ich sechs Jahre alt war, habe ich mich in ein kleines Mädchen wie sie verliebt. Ich war sehr unsicher und habe sie jeden Tag gefragt, wie sehr sie mich liebte. Sie antwortete immer auf die gleiche Weise. Sie hielt die Hände auseinander – so« – er hielt die Hände auseinander wie ein Angler, der die Größe des Fischs zeigt – »und sagte: So sehr.«

»Ja«, sagte Roz, sich erinnernd, »Alice hat die Liebe auch immer mit den Händen gemessen. Das hatte ich ganz vergessen.«

Sie wollte ihm das Foto wegnehmen, aber er zog es weg und hielt es ans Licht. »Sie hat einen sehr entschlossenen Blick.«

»Sie hat immer gern ihren Kopf durchgesetzt.«

»Eine vernünftige Frau. Und ist es ihr immer gelungen?«

»Meistens. Sie hatte sehr feste Ansichten. Ich weiß noch, einmal...« Doch sie schwieg und sprach nicht weiter.

Hal schlüpfte in sein Hemd und knöpfte es zu. »Wie die Mutter, so die Tochter. Ich wette, sie konnte dich um den Finger wickeln, noch ehe sie laufen konnte. Das hätte ich gern gesehen, wie jemand dich herumkriegt.«

Roz drückte ein Taschentuch an ihre nassen Augen. »Entschuldige.«

»Was denn?«

»Daß ich dich in Verlegenheit bringe.«

Er zog sie an sich und drückte seine Wange an ihr Haar. Was war das für ein Armutszeugnis für die westliche Gesellschaft, daß eine Mutter vor lauter Furcht, andere in Verlegenheit zu bringen, nicht um ihre tote Tochter weinen durfte!

»Danke.« Sie sah die Frage in seinen Augen. »Fürs Zuhören«, erklärte sie.

»Nicht der Rede wert, Roz.« Er spürte, wie unsicher sie war. »Willst du dir jetzt die ganze Nacht darüber den Kopf zerbrechen und morgen früh beim Aufwachen wünschen, du hättest mir nicht von Alice erzählt?«

Er war viel zu scharfsichtig. Sie wandte sich ab. »Ich hasse es, mich verletzlich zu fühlen.«

»Ja.« Das konnte er verstehen. »Komm.« Er klopfte auf seine Knie. »Laß dir von meinen Verletzlichkeiten erzählen. Du versuchst doch seit Wochen, sie aus mir herauszukitzeln. Jetzt kannst zur Abwechslung mal du über mich lachen.«

»Ich lache bestimmt nicht.«

»Aha«, murmelte er. »Darum geht's also. Du stehst eine Stufe über mir. Ich lache über deine, aber du lachst nicht über meine.«

Sie schlang die Arme um ihn. »Du bist Olive so ähnlich.«

»Hör auf, mich mit der Wahnsinnigen von Dawlington zu vergleichen.«

»Es ist ein Kompliment. Sie ist ein sehr netter Mensch. Genau wie du.«

»Ich bin nicht nett, Roz.« Er umschloß ihr Gesicht mit seinen Händen. »Gegen mich läuft ein Verfahren wegen Verstoßes gegen die staatlichen Gesundheits- und Hygienevorschriften. Im Bericht des Inspektors der Gesundheitsbehörde wird meine Küche als das Schlimmste geschildert, was er je gesehen hat. Fünfundneunzig Prozent des rohen Fleisches im Kühlschrank war so alt, daß es schon voller Maden war. Die trockenen Nahrungsmittel hätten in verschlossenen Behältern aufbewahrt werden müssen, aber statt dessen standen sie offen herum, und in allen wurde Rattenkot gefunden. In der Speisekammer standen unverschnürte Müllbeutel. Das Gemüse war schon so verfault, daß es weggeworfen werden mußte, und unter dem Herd haben sie eine lebende Ratte entdeckt.« Müde zog er eine Augenbraue hoch. »Ich habe deswegen alle meine Gäste verloren, die Sache kommt in sechs Wochen zur Verhandlung, und ich habe überhaupt keine Chance.«

17

Roz sagte erst einmal gar nichts. Alles mögliche hatte sie sich ausgedacht, um eine Erklärung für die Geschehnisse im *Poacher* zu finden, aber dies niemals. Ganz gewiß konnte es das Ausbleiben der Gäste erklären. Wer, der auch nur einen Funken Vernunft besaß, würde in einem Restaurant essen, in dem man das Fleisch voller Maden gefunden hatte? Sie hatte es getan. Zweimal. Aber sie hatte von den Maden nichts gewußt. Es wäre ehrlicher von Hal gewesen, ihr gleich zu Anfang die Wahrheit zu sagen, dachte sie und merkte, wie ihr Magen leise zu protestieren begann. Sie spürte Hals Blick auf sich und unterdrückte entschlossen die verräterischen Regungen.

»Ich verstehe das nicht«, sagte sie bedächtig. »Ist das ein legitimes Verfahren? Ich meine, die scheinen dich ja schon geprüft und verurteilt zu haben. Woher wußten deine Gäste überhaupt, was der Inspektor gefunden hatte, wenn die Sache noch gar nicht vor Gericht war? Und wer sind die Männer mit den Skimasken?« Sie krauste verwirrt die Stirn. »Ich kann mir sowieso nicht vorstellen, daß du so idiotisch wärst, einfach die Hygienevorschriften zu mißachten. Bestimmt nicht auf so eklatante Weise, daß du gleich einen ganzen Kühlschrank voll schlechtem Fleisch und lebendige Ratten zu bieten hättest.« Sie lachte plötzlich erleichtert und gab ihm einen Klaps auf die Brust. »Du Ekel, Hawksley. Du willst mich auf den Arm nehmen.«

Er schüttelte den Kopf. »Ich wollte, es wäre so.«

Sie musterte ihn einen Moment lang nachdenklich, dann rutschte sie von seinem Schoß und ging in die Küche. Er hörte, wie der Korken aus einer Flasche gezogen wurde, Gläser erklangen.

Sie brauchte länger als nötig, und er erinnerte sich, daß seine Frau immer dasselbe getan hatte – in der Küche verschwunden war, wenn sie verletzt oder enttäuscht gewesen war. Er hatte geglaubt, Roz sei anders.

Schließlich kam sie mit einem Tablett wieder ins Zimmer. »Okay«, sagte sie. »Ich habe nachgedacht.«

Er sagte nichts.

»Ich glaube nicht, daß du in einer schmutzigen Küche wirtschaften würdest«, erklärte sie. »Dafür bist du mit viel zuviel Begeisterung bei deiner Arbeit. Der *Poacher* ist die Erfüllung eines Traums, keine Kapitalanlage, die soviel Gewinn wie möglich abwerfen soll.« Sie schenkte ihm ein Glas Wein ein. »Und vor einer Woche hast du zu mir gesagt, ob das auch wieder so eine abgekartete Sache ist. Was bedeuten würde, daß man dich schon einmal reingelegt hat.« Sie schenkte sich das zweite Glas ein. »Folglich waren die Ratte und das schlechte Fleisch eingeschleust. Hab' ich recht?«

»Ja.« Er roch an dem Wein. »Aber dir ist ja klar, daß ich das ohnehin sagen würde, oder?«

Ein sehr wunder Punkt, dachte sie. Kein Wunder, daß er keinem über den Weg traut. Sie hockte sich auf die Sofakante. »Außerdem«, fuhr sie fort, ohne auf seine Bemerkung zu achten, »bist du meines Wissens zweimal verprügelt worden, man hat dir die Autofenster eingeschlagen und ist im *Poacher* eingebrochen?« Sie trank einen Schluck Wein. »Was wollen diese Leute von dir?«

Er lockerte die immer noch von den Schlägen schmerzenden Muskeln in seinem Rücken. »Vermutlich wollen sie mich raus haben, und zwar schnellstens. Aber ich habe keine Ahnung, warum und wer dahintersteckt. Vor sechs Wochen war ich noch ein zufriedener Gastwirt, führte mein gutgehendes kleines Lokal und hatte nicht die geringsten Sorgen. Dann kam ich eines Morgens um zehn vom Markt nach Hause und fand einen Inspektor von der Gesundheitsbehörde vor, der meinen Koch beschimpfte und mir ein Strafverfahren anhängte.« Er fuhr sich durch das Haar. »Das Restaurant wurde drei Tage geschlossen, und ich machte sauber. Mein Personal ist danach nicht zurückgekommen. Meine Gäste, vorwiegend Polizeibeamte mit ihren Familien – was übrigens erklärt, wie der Besuch des Inspektors sich herumgesprochen hat –, sind mir in Scharen davongelaufen, weil sie glaubten, ich wäre nur darauf aus gewesen, mir die Taschen zu füllen, und die Gastwirte am Ort beschuldigten mich, mit meinem Mangel an Berufsethos die ganze Branche in Verruf gebracht zu haben. Die haben mich wirklich total isoliert.«

Roz schüttelte den Kopf. »Aber warum hast du den Einbruch am letzten Dienstag nicht angezeigt?«

Er schüttelte den Kopf. »Was hätte mir das geholfen? Ich hätte ja keine Verbindung zum Besuch des Gesundheitsinspektors herstellen können. Darum habe ich dann beschlossen, lieber mit lebenden Ködern zu arbeiten.« Er sah ihre Verwirrung. »Ich habe zwei von ihnen erwischt, wie sie bei mir alles kurz und klein schlugen. Ich glaube, es war nicht geplant. Sie sahen zufällig, daß das Restaurant leer war, und ergriffen die Gelegenheit beim Schopf.« Er lachte plötzlich. »Ich war so wütend auf dich, daß ich die zwei geknebelt und mit Handschellen oben an die Fenstergitter gekettet hatte, noch ehe die wußten, wie ihnen geschah. Das waren zwei knallharte Burschen«, sagte er mit echter Bewunderung. »Die waren nicht zum Reden zu kriegen.« Er zuckte die Achseln. »Da habe ich eben gewartet, bis jemand kam, um sie rauszuholen.«

Kein Wunder, daß er Angst gehabt hatte. »Und wieso hast du geglaubt, daß sie der Zufall zu deinem Restaurant geführt hat und nicht ich?« fragte sie neugierig. »Ich an deiner Stelle hätte jedesmal mich in Verdacht gehabt.«

Die Lachfältchen um seine Augen vertieften sich. »Du hast dich nicht mit dem Tischbein in der Faust gesehen. Du warst so erschrocken, als die Küchentür aufging, und so erleichtert, als du gesehen hast, daß ich es war, und so verärgert, als ich dir gesagt habe, daß ich die Polizei nicht gerufen hatte. Niemand, aber wirklich niemand, kann so gut schauspielern.« Er trank einen Schluck Wein und genoß ihn einen Moment schweigend. »Ich bin echt in der Klemme. Die Polizei glaubt mir nicht. Sie halten mich für schuldig und haben mich in Verdacht, mich mit Geld oder Beziehungen aus dem Verfahren herauswinden zu wollen. Sogar Geoff Wyatt, der mein Partner war und mich besser kennt als jeder andere, behauptet, daß ihm dauernd übel ist, seit er die Fotos des Inspektors gesehen hat. Sie haben alle regelmäßig bei mir gegessen, zum Teil weil ich ihnen Rabatt gegeben habe, und zum Teil, weil sie's gern gesehen hätten, daß ein Ex-Polizist groß rauskommt.« Er wischte sich müde über den Mund. »Jetzt bin ich bei allen unten durch, und ich kann es ihnen nicht übelnehmen. Sie haben das Gefühl, reingelegt worden zu sein.«

»Weshalb hättest du sie denn reinlegen sollen?«

»Wegen der Rezession.« Er seufzte. »Die kleinen Unternehmen gehen reihenweise bankrott. Es gibt keinen Grund, weshalb mein Laden immun sein sollte. Und was tut ein Gastwirt wahrscheinlich als erstes, wenn die Kohle knapp wird? Er wirft die schlecht gewordenen Lebensmittel nicht weg, sondern serviert sie als Eintopf.«

Da war etwas dran. »Und dein Personal tritt nicht für dich ein?«

Er lächelte bitter. »Die beiden Kellnerinnen haben sich bereit erklärt, für mich auszusagen, aber der einzige, dessen Wort einiges Gewicht hätte, ist mein zweiter Koch, und der hat sich nach Frankreich abgesetzt, soweit zu hören war.« Er streckte seine Arme zur Decke und schnitt, von plötzlichem Schmerz geplagt, eine Grimasse. »Es hätte mir sowieso nichts genützt. Er war bestimmt gekauft. Irgend jemand muß die Leute, die mich reingelegt haben, ja in die Küche gelassen haben, und er war außer mir der einzige, der einen Schlüssel hatte.« Sein Blick wurde hart. »Ich hätte ihm den Kragen umdrehen sollen, als ich die Gelegenheit dazu hatte, aber ich war so perplex, daß ich nicht schnell genug geschaltet habe. Als ich kapiert hatte, was los war, war er schon weg.«

Roz lutschte nachdenklich an ihrem Daumen. »Hat dieser Mann dir denn gar nichts gesagt, nachdem ich gegangen bin? Ich dachte, du würdest ihn mit meiner Hutnadel traktieren.«

Er mußte lächeln über ihre Unverblümtheit. »Das habe ich getan, aber was er sagte, ergibt wenig Sinn. ›Sie machen die Zwangsvollstreckung verdammt teuer.‹ Das ist alles, was er gesagt hat.« Er zog eine Braue hoch. »Kannst du damit etwas anfangen?«

»Nur wenn die Bank vorhat, dir den Teppich unter den Füßen wegzuziehen.«

Er schüttelte den Kopf. »Ich habe mir das absolute Minimum geliehen. Von der Seite gibt es keinen Druck.« Er trommelte mit den Fingern auf den Boden. »Es kann höchstens sein, daß er sich auf die beiden Firmen rechts und links von mir bezogen hat. Die sind beide pleite gegangen, und in beiden Fällen haben die Gläubiger die Zwangsvollstreckung eingeleitet.«

»Na also, da haben wir's doch«, sagte Roz aufgeregt. »Irgend jemand will alle drei Grundstücke haben. Hast du ihn nicht gefragt, wer und warum?«

Er rieb sich in schmerzhafter Erinnerung den Hinterkopf. »Leider habe ich eins auf den Schädel bekommen, ehe ich Gelegenheit dazu hatte. Oben war offenbar ein fünfter Mann, der Dick und Doof vom Fenstergitter befreit hatte. Das war vielleicht das Hämmern, das wir gehört haben. Kurz und gut, als ich schließlich wieder zu Bewußtsein kam, stand auf dem Herd eine Fritierpfanne in

Flammen, die Polizei war in voller Stärke eingetroffen, und ein Nachbar regte sich darüber auf, daß er einen Rettungswagen rufen mußte, weil ich angeblich einen Gast in heißem Fischsud hätte braten wollen.« Er grinste verlegen. »Es war ein einziger Alptraum. Na, da habe ich dem nächsten Bullen eins übergezogen und bin abgehauen. Es war das einzige, was mir einfiel.« Er sah sie an. »Auf jeden Fall war der Gedanke, daß jemand sich den *Poacher* unter den Nagel reißen wollte, der erste, der mir gekommen ist. Ich habe mich über die beiden Nachbargrundstücke schon vor fünf Wochen informiert, aber es gibt nicht einen gemeinsamen Nenner zwischen ihnen. Das eine wurde privat gekauft, von einer kleinen Einzelhandelskette, das andere wurde bei einer Versteigerung an eine Investmentgesellschaft verkauft.«

»Das können doch Strohmänner gewesen sein. Hast du einen Blick ins Handelsregister geworfen?«

»Was glaubst du wohl, was ich in den letzten drei Tagen getrieben habe?« fragte er, verärgert mit den Zähnen knirschend. »Ich habe sämtliche verdammten Register eingesehen, die mir eingefallen sind, und rausgekommen ist Null dabei. Ich weiß nicht, was, zum Teufel, da gespielt wird; ich weiß nur, daß die Verhandlung der letzte Nagel im Sarg des *Poacher* ist und mir dann vermutlich jemand ein Angebot machen wird, um mir das Ding abzukaufen. Ähnlich wie du das neulich immer wieder getan hast.«

Sie ließ seinen Zorn an sich abprallen. Sie verstand ihn jetzt. »Und dann ist es zu spät?«

»Genau.«

Mehrere Minuten lang schwiegen sie.

»Warum haben sie dich das erstemal, als ich dich sah, zusammengeschlagen?« fragte Roz schließlich. »Das muß doch nach dem Besuch des Gesundheitsinspektors gewesen sein.«

Er nickte. »Es war drei oder vier Tage, nachdem ich wieder aufgemacht hatte. Sie haben mich vor der Tür überfallen, als ich gerade aufschließen wollte. Die gleiche Verfahrensweise, wie du sie erlebt hast – Männer in Skimasken mit Baseballschlägern –, aber damals haben sie mich in einen Fischtransporter verladen und zehn Meilen in den New Forrest hinausgefahren. Da haben sie mich ein bißchen verprügelt und dann ohne Geld und ohne Karten irgendwo am Straßenrand abgesetzt. Für den Heimweg habe ich den ganzen Nachmittag gebraucht, weil kein Mensch große Lust hatte, mich mitzunehmen, und am Ende dieses langen Wegs«, er warf ihr einen kurzen Seitenblick zu, »fand ich Botticellis Venus, die da schön und bleich an einem meiner Tische saß. Ich glaubte allen Ernstes, mein Glück hätte sich gewendet, bis Venus den Mund aufmachte und sich als Furie entpuppte.« Er duckte sich, um ihrer Hand zu entgehen. »Mein Gott, Mädchen«, er grinste, »ich konnte mich kaum noch auf den Beinen halten, und du hast mich härter in die Mangel genommen, als die Kerle in dem Fischtransporter. Vergewaltigung, du meine Güte! Ich konnte kaum einen Fuß vor den anderen setzen.«

»Das ist deine eigene Schuld. Warum hast du vergitterte Fenster! Ja, warum eigentlich?«

»Die waren vergittert, als ich das Haus gekauft habe. Die Ehefrau des letzten Eigentümers war Schlafwandlerin. Und die letzten Wochen bin ich für die Gitter froh und dankbar gewesen, das kann ich dir sagen.«

Sie kam auf ihre frühere Frage zurück. »Aber das erklärt immer noch nicht, warum. Ich meine, wenn man mit dem Besuch des Inspektors bezweckt hat, dich schnellstens zu vertreiben, dann hätten sie dich doch eigentlich an dem Tag verprügeln müssen, als du wieder aufgemacht hast, und nicht erst vier Tage später. Und wenn sie bereit waren, bis zur Gerichtsverhandlung zu warten, warum haben sie dich dann überhaupt verprügelt.«

»Ja, ich weiß«, bekannte er. »Das hat dich in meinen Augen sehr verdächtig gemacht. Ich wurde den Gedanken einfach nicht los, daß du mit diesen Leuten irgendwie unter einer Decke stecken müßtest, aber ich habe dich überprüfen lassen, und es schien alles in Ordnung zu sein.«

»Danke«, sagte sie trocken.

»Du hättest das doch auch getan.« Zwischen seinen Brauen bildete sich eine steile Falte. »Du mußt doch zugeben, daß es verdammt komisch war, wie plötzlich rundherum die Fetzen flogen, als du aufgetaucht bist.«

Das mußte Roz in der Tat zugeben. »Aber die haben dich schon verschaukelt«, sagte sie, »ehe wir beide überhaupt voneinander gehört hatten. Es muß Zufall sein.« Sie schenkte ihm Wein nach. »Im übrigen war der einzige gemeinsame Nenner zwischen dir und mir vor fünf Wochen Olive, und du willst doch nicht behaupten, daß sie hinter dieser Kampagne steckt. Sie ist ja kaum selbstbewußt genug, sich allein ein Bad einlaufen zu lassen, geschweige denn den Plan für eine Verschwörung zu entwerfen, um dich um dein Restaurant zu bringen.«

Er zuckte ungeduldig die Achseln. »Ich weiß. Ich hab' tausendmal darüber gegrübelt. Es ergibt alles überhaupt keinen Sinn. Ich weiß nur eins mit Sicherheit: Das ist die raffinierteste Operation, die mir je untergekommen ist. Sie haben mir einfach den Boden unter den Füßen weggezogen. Ich bin der Gelackmeierte, und ich habe keinen blassen Schimmer, wem ich es zu verdanken habe.« Er rieb sich müde und resigniert das Kinn. »Also, Miss Leigh, wie denken Sie über einen gescheiterten Gastwirt, der wegen Verstoßes gegen die Gesundheitsvorschriften, Körperverletzung, Brandstiftung und Widerstand gegen die Staatsgewalt im Knast sitzen wird? So wird's nämlich kommen, wenn nicht ein Wunder geschieht.«

Die Augen über ihrem Weinglas blitzten. »Ich bin ganz scharf auf ihn.«

Er lachte. Das gleiche Blitzen sah er in den Augen des Kindes auf dem Foto. »Du siehst aus wie deine Tochter.« Er schob das Foto wieder herum. »Du solltest sie überall im Zimmer haben, um dich daran zu erinnern, wie schön sie war. Wenn sie meine Tochter gewesen wäre, würde ich es so machen.« Er hörte das plötzliche Geräusch, als Roz den Atem anhielt, und sah sie an. »Entschuldige. Das war taktlos.«

»Unsinn«, sagte sie. »Mir ist nur gerade eingefallen, wo ich diesen Kerl schon mal gesehen habe. Ich wußte doch, daß ich ihn kenne. Er ist ein Sohn von Mr. Hayes – du weißt schon, der alte Mann, der neben den Martins wohnt. Er hatte Fotos von seinen Söhnen im Zimmer stehen.« Sie klatschte in die Hände. »Ist das ein Wunder, Hawksley, oder ist das kein Wunder? Schwester Bridgets Gebete wirken anscheinend.«

Sie saß an ihrem Küchentisch und sah Hal zu, der aus den kärglichen Vorräten ihres Kühlschranks eine Mahlzeit zu zaubern versuchte. Er hatte seine Frustration und seinen Zorn abgestreift wie eine alte Haut und summte zufrieden vor sich hin, während er Schinkenspeck und dünne Streifen Hühnerbrust gitterförmig übereinander schichtete und das Ganze dann mit gehackter Petersilie bestreute.

»Du hast doch nicht vor, Mr. Hayes mit meiner Hutnadel zu spicken, oder?« fragte sie ihn. »Ich bin sicher, der hat keine Ahnung, was für Sachen sein gräßlicher Sohn macht. Er ist ein netter alter Knabe.«

Hal war erheitert. »Nein, nein, bestimmt nicht.« Er deckte die Schale mit Silberfolie ab und schob sie in den Backofen. »Aber mir ist wirklich völlig schleierhaft, wie das alles zusammenpaßt.

Wieso hat Hayes junior plötzlich solchen Druck gemacht, wenn er doch in aller Ruhe auf das Verfahren gegen mich hätte warten können?«

»Laß ihn festnehmen und verhören«, sagte Roz. »Ich an deiner Stelle wäre sofort zu seinem Vater gefahren, hätte seine Adresse verlangt und dann die Bullen hingeschickt.«

»Und hättest absolut nichts erreicht.« Er überlegte einen Moment. »Du hast gesagt, du hast von dem Gespräch mit dem Alten eine Aufnahme gemacht. Die würde ich mir gern mal anhören. Ich kann nicht glauben, daß das alles Zufall ist. Es muß da eine Verbindung geben. Warum sind sie plötzlich alle so nervös geworden, daß sie gleich mit Baseballschlägern losdreschen mußten? Das macht doch keinen Sinn.«

»Du kannst es dir jetzt gleich anhören.« Sie holte ihre Aktentasche aus dem Flur, suchte das Band heraus und stellte den Recorder auf den Tisch. »Wir haben uns über Ambers unehelichen Sohn unterhalten«, erklärte sie, als die zitternde Stimme des alten Mannes hörbar wurde. »Er wußte genauestens über ihn Bescheid. Sogar den Namen der Adoptiveltern wußte er, und in welches Land die Familie ausgewandert ist. Robert Martins gesamtes Vermögen geht an das Kind, wenn es gefunden werden kann.«

Hal hörte aufmerksam zu. »Brown?« fragte er am Ende. »Und in Australien? Woher weißt du, daß er recht hat?«

»Weil Olives beschissener Anwalt mir eine einstweilige Verfügung angedroht hat für den Fall, daß ich mein Wissen publik machen sollte.« Sie runzelte die Stirn. »Ich habe allerdings keine Ahnung, woher Mr. Hayes seine Informationen hat. Crew weigert sich sogar, Olive den Namen des Kindes anzugeben. Er hat den reinsten Tick mit seiner Geheimniskrämerei.«

Hal nahm einen Topf mit Reis vom Herd. »Wieviel hat Robert Martin hinterlassen?«

»Eine halbe Million.«

»Mann!« Er pfiff leise. »Und das liegt alles auf der Bank und wartet darauf, daß dieses Kind auftaucht?«

»Vermutlich.«

»Wer ist der Testamentsvollstrecker?«

»Der Anwalt, Peter Crew.«

Hal gab den Reis in eine Schüssel. »Und was hat er gesagt, als du ihn darauf angesprochen hast? Hat er zugegeben, daß sie dem Kind auf der Spur sind?«

»Nein. Er hat mir nur mit einstweiligen Verfügungen gedroht.« Sie zuckte die Achseln. »Aber er hat Olive einen Brief geschrieben und ihr mitgeteilt, die Chancen, das Kind zu finden, seien minimal. Robert Martin hat offenbar ein Zeitlimit festgelegt. Wenn das Kind bis dahin nicht gefunden wird, fällt das Geld an irgendwelche wohltätigen Organisationen.« Sie runzelte die Stirn. »Er hat den Brief mit eigener Hand geschrieben. Ich dachte, er wollte Geld sparen – der Kanzlei, meine ich –, aber es ist viel wahrscheinlicher, daß er vermeiden wollte, daß seine Sekretärin den Brief zu Gesicht bekam. Sie hätte es natürlich gemerkt, wenn er gelogen hätte.«

»Und in der Zwischenzeit«, sagte Hal bedächtig, »verwaltet er den Nachlaß und hat Zugang zu Beträgen, die man braucht, um bankrotte Geschäftsunternehmen aufzukaufen.« Er starrte ins Leere und seine Augen verengten sich. »Außerdem ist er Anwalt, hat also wahrscheinlich Insider-Informationen über Entwicklungspläne und dergleichen.« Er sah Roz an. »Das käme einem zinslosen Darlehen auf unbegrenzte Zeit gleich, solange niemand da ist, um auf Robert Martins Vermögen einen Anspruch geltend zu machen. Wann warst du das erstemal bei Crew?«

Sie war ihm voraus. »An dem Tag, bevor du zusammengeschlagen worden bist.« Ihre Augen blitzten aufgeregt. »Und er war mir gegenüber sehr mißtrauisch, beschuldigte mich dauernd, voreilig negative Schlüsse über seine Betreuung von Olive zu ziehen. Ich habe das alles auch auf Band.« Sie kramte in ihren Kassetten. »Er sagte, Olive könnte nicht erben, weil sie dem Gesetz zufolge nicht vom Tod ihrer Mutter und ihrer Schwester profitieren darf. Aber wenn Olive unschuldig wäre«, sie schlug triumphierend auf das gesuchte Band, »sähe alles ganz anders aus. Dann könnte sie das Testament anfechten. Und ich erinnere mich, daß ich am Schluß unseres Gesprächs zu ihm sagte, ein Grund für die Diskrepanz zwischen der Abnormität des Verbrechens und der Tatsache, daß die Psychiater Olive als ›normal‹ diagnostiziert hatten, könnte doch sein, daß sie die Tat gar nicht begangen habe. Lieber Gott, das paßt alles, nicht wahr? Erst erfährt er, daß Ambers Sohn wahrscheinlich auftauchen wird, und dann erscheine ich und stelle mich auf Olives Seite. Das *Poacher* muß ihm ja ungeheuer wichtig sein.«

Hal nahm das Hühnchen aus dem Backofen und stellte es mit dem Reis zusammen auf den Tisch. »Dir ist doch wohl klar, daß dein netter alter Knabe bis über beide Ohren in der Sache drinstekken muß? Crew hätte ihm niemals über Ambers Kind Auskunft gegeben, wenn er nicht irgendein Druckmittel gegen ihn in der Hand hätte.«

Sie sah ihn eine ganze Weile schweigend an, dann nahm sie die Fotos von Olives Svengali aus ihrer Aktentasche. »Vielleicht weiß er, daß Crew mit Robert Martins Geld arbeitet. Oder vielleicht«, sagte sie langsam, »weiß er, wer Gwen und Amber wirklich ermordet hat. Sowohl das eine wie das andere könnte Crew ruinieren.« Sie breitete die Bilder auf dem Tisch aus. »Er war Olives Liebhaber«, sagte sie, »und wenn ich das so leicht herausbekommen konnte, dann konnte das auch jeder andere. Einschließlich der Polizei. Ihr habt sie im Stich gelassen, Hal, ihr alle. Es ist ein

Verrat an der Gerechtigkeit, die Schuld eines Menschen als gegeben anzusehen, noch ehe sie bewiesen ist.«

Unverhüllte Freude leuchtete in den wäßrigen blauen Augen des alten Mannes, als er Roz sah. »Na so was! Sie sind wirklich wiedergekommen. Bitte kommen Sie herein. Kommen Sie herein.« Er spähte mit gerunzelter Stirn an ihr vorbei, musterte Hal in unsicherem Erkennen. »Wir sind uns doch auch schon mal begegnet? Was soll ich sagen? Ich vergesse nie ein Gesicht. Also, wann mag das gewesen sein?«

Hal gab dem Alten die Hand. »Vor sechs Jahren«, antwortete er freundlich. »Ich habe im Fall Olive Martin ermittelt. Sergeant Hawksley.« Die Hand in der seinen zitterte schwach wie ein kleiner Vogel, aber nur vor Alter und Hinfälligkeit, dachte Hal.

Mr. Hayes nickte mit Nachdruck. »Ja, jetzt erinnere ich mich. Traurige Umstände.« Er eilte ihnen geschäftig voraus in das Wohnzimmer. »Nehmen Sie Platz. Nehmen Sie Platz. Gibt's was Neues?« Er nahm sich einen Stuhl und setzte sich in kerzengerader Haltung darauf, den Kopf fragend zur Seite geneigt. Auf dem Buffet hinter ihm lächelte sein gewalttätiger Sohn entwaffnend in die Kamera.

Roz nahm ihren Block aus der Tasche und schaltete wieder ihren Recorder ein. Sie hatten vereinbart, daß Roz die Fragen stellen sollte. Denn, wie Hal gemeint hatte, »wenn er etwas weiß, dann wird es ihm eher herausrutschen, wenn er sich mit – wie soll ich sagen? – mit einer charmanten jungen Dame über Olive unterhält.«

»Ja, Sie werden es nicht glauben«, sagte sie in schwatzhaftem Ton, der Hal auf die Nerven ging, Mr. Hayes aber sichtlich zusagte, »es gibt tatsächlich alle möglichen Neuigkeiten. Wo soll ich anfangen? Bei Olive? Oder bei Ambers Kind?« Sie sah ihn wohlwollend an. »Sie hatten ganz recht, Mr. Hayes, man ist auf die

Spur des Kindes gestoßen, obwohl es in Australien Tausende von Familien mit Namen Brown gibt.«

»Ah«, sagte er, sich die Hände reibend, »ich hab' doch gewußt, daß sie nah dran waren. Heißt das, daß der Junge das Geld bekommt? Tja, was soll ich da sagen? Bob hat es so gewollt. Wäre ihm gar nicht recht gewesen, wenn alles der Staat bekommen würde.«

»Für den Fall, daß der Junge nicht gefunden werden sollte, hat er alternative Verfügungen getroffen. Dann fällt das Geld an verschiedene Kinderhilfsorganisationen.«

Der alte Mann preßte die Lippen zu einer schmalen Linie des Unmuts zusammen. »Na, wir wissen ja wohl alle, was das für Kinder sind. Die Wertlosen. Von der Sorte, die's nie zu was bringen werden, sondern bis zu ihrem letzten Atemzug *uns* auf der Tasche liegen. Und soll ich Ihnen sagen, wem ich die Schuld daran gebe? Den Sozialarbeitern. Die schaffen's ja nicht mal, einer Frau zu sagen, daß sie bereits mehr Kinder bekommen hat, als gut für sie ist.«

»Richtig«, unterbrach Roz eilig, um den Alten nicht auf seinem Steckenpferd davongaloppieren zu lassen. Sie tippte mit ihrem Bleistift auf ihren Block. »Erinnern Sie sich, daß Sie mir sagten, Ihre Frau glaubte damals, Olive habe die Morde wegen der Hormone verübt?«

Verdutzt über den plötzlichen Themawechsel, schürzte er die Lippen. »Kann sein.«

»Hat Ihre Frau das gesagt, weil sie wußte, daß Olive um die Weihnachtszeit einen Schwangerschaftsabbruch hatte vornehmen lassen?«

»Kann sein.«

»Wissen Sie, wer der Vater war, Mr. Hayes?«

Er schüttelte den Kopf. »Jemand, den sie durch die Arbeit kennengelernt hatte, haben sie uns erzählt. Das dumme Ding. Sie hat's doch nur getan, um Amber eins auszuwischen.« Er zupfte an seiner welken Unterlippe. »Jedenfalls hab ich mir das damals gedacht. Amber hatte einen Haufen Verehrer.«

»Und wann haben Sie davon erfahren?«

»Gwen hat's meiner Frau erzählt. Sie war ganz aus dem Häuschen. Sie dachte, Olive würde auf und davon gehen, heiraten und sie alle im Stich lassen. Für Gwen wär das eine Katastrophe gewesen, aber wirklich. Allein hätte sie's nie geschafft.«

»Was?«

»Alles«, sagte er unbestimmt.

»Die Hausarbeit, meinen Sie?«

»Die Hausarbeit, die Kocherei, die Rechnungen, das Einkaufen. Alles. Olive hat einfach alles gemacht.«

»Und was hat Gwen gemacht?«

Er antwortete nicht gleich, schien vielmehr im stillen etwas zu erwägen. Er warf einen Blick auf Hal. »Sie und Ihre Leute haben ja kaum Fragen gestellt. Ich hätte vielleicht damals was gesagt, wenn Sie es getan hätten.«

Hal setzte sich etwas tiefer in seinen Sessel. »Damals schien die Sache klar zu sein«, sagte er vorsichtig. »Aber Miss Leigh hat eine Anzahl von Diskrepanzen aufgedeckt, die alles in einem anderen Licht erscheinen lassen. Was hätten Sie uns erzählt, wenn wir gefragt hätten?«

Mr. Hayes lutschte an seiner Zahnprothese. »Also zunächst mal hat Gwen Martin zuviel getrunken. Sie hat's schwer gehabt, das kann ich nicht leugnen; sie hat den Schein gewahrt, das kann ich auch nicht leugnen, aber sie war eine schlechte Mutter. Sie hat unter ihrem Stand geheiratet, und das hat sie verbittert. Sie hat sich vom Leben betrogen gefühlt und hat Bob und die Mädchen das ausbaden lassen. Meine Frau hat immer gesagt, wenn

Olive nicht gewesen wäre, wäre die Ehe schon vor Jahren in die Brüche gegangen. Natürlich fanden wir das, was sie getan hat, schauderhaft, aber irgendwann kriegt man einfach zuviel, und sie hatte von diesen Leuten wirklich eine Menge auszuhalten. Aber sie hätte sie natürlich nicht gleich umbringen dürfen. Das war unverzeihlich.«

»Ja«, sagte Roz nachdenklich. »Und was hat Gwen denn den ganzen Tag getan, während die drei anderen aus dem Haus waren?«

Die blaugeäderten Hände winkten ab. »Amber war meistens zu Hause. Die war arbeitsscheu. Sie hat's nirgends lang ausgehalten. Sie hat ihre Mutter verrückt gemacht mit ihrer Pop-Musik den ganzen Tag und den Kerlen, die sie immer ins Haus geholt hat. Sie war ein hübsches Ding, aber meine Frau hat gesagt, sie sei schwierig. Ich persönlich hab' mir das eigentlich nicht vorstellen können.« Er lächelte bei der Erinnerung. »Zu mir war sie immer ganz reizend. Ich hatte eine Schwäche für die kleine Amber. Aber ich glaube, sie ist mit Männern überhaupt besser zurechtgekommen als mit Frauen.«

Er blickte Roz ins Gesicht. »Sie haben mich nach Gwen gefragt. Tja, was soll ich sagen, Miss Leigh? Sie hat nach außen den Schein gewahrt. Wenn man bei ihr angeklopft hat, war sie immer korrekt angezogen, hat sich immer sehr ordentlich verhalten und immer mit dieser eisigen Höflichkeit gesprochen, aber meistens war sie blau wie ein Veilchen. Ich hab' keine Ahnung, warum sie zu trinken angefangen hat, vielleicht war's die Sache mit Ambers Kind. Danach wurde es jedenfalls noch viel schlimmer.«

Roz zeichnete wieder einmal ihren kleinen Blasengel. »Robert Martin war homosexuell, aber er hat es verheimlicht«, sagte sie unverblümt. »Vielleicht war es das, womit sie nicht fertig geworden ist.«

Mr. Hayes zog die Nase hoch. »Sie hat ihn dazu getrieben«, behauptete er. »Bob hat nichts gefehlt, was eine liebevolle Frau nicht hätte richten können. Die beiden Kinder waren von ihm, also war doch zu Anfang alles normal. Sie hat ihm die Lust an den Frauen genommen. Sie war frigide.«

Roz ließ das so stehen. Mr. Hayes war viel zu starr in seinen Ansichten, um einsehen zu können, daß das, was er da sagte, Unsinn war. Möglicherweise war an der Behauptung, Gwen sei frigide gewesen, ja auch etwas Wahres. Roz fiel es schwer zu glauben, daß Robert Martin mit einer sexuell normalen Frau vor den Altar getreten wäre. Eben ihre Normalität wäre für ihn eine Bedrohung gewesen.

»Aber wenn sie um Ambers Kind getrauert hat«, sagte sie, Verwunderung vortäuschend, »dann verstehe ich nicht, warum sie nicht versucht hat, das Kind zurückzuholen oder wenigstens Kontakt zu ihm aufzunehmen? Vermutlich hat sie doch gewußt, von wem es adoptiert wurde, sonst hätte sie ja Ihrer Frau den Namen nicht nennen können.«

Er schnalzte ungeduldig mit der Zunge. »Den Namen hat mir doch nicht meine Frau gesagt. Den weiß ich von meinem Sohn, Stewart. Er hat ihn mir vor sechs, sieben Wochen gesagt, weil er gewußt hat, daß es mich interessieren würde. Schließlich waren Bob und ich ja Freunde.« Er hob belehrend den Zeigefinger. »Von Adoption haben Sie wirklich keine Ahnung, das sieht man. Wenn man sie einmal weggegeben und die Papiere unterschrieben hat, ist es vorbei. Man bekommt keinerlei Unterlagen. Gwen hat nie erfahren, wer den Jungen bekommen hat.«

Roz lächelte unbefangen. »Ach, dann arbeitet Ihr Sohn wohl für Mr. Crew? Ich bin ihm gar nicht begegnet. Ich dachte, er ist in Ihre Fußstapfen getreten und Soldat geworden.«

»Ja, aber die verdammte Armee wollte ihn ja nicht mehr haben«, brummte er ärgerlich. »Kürzungen überall. Tja, was soll ich sagen? Das ist nun der Dank dafür. Aber natürlich arbeitet er nicht für Mr. Crew. Er leitet eine kleine Wachfirma zusammen mit seinem Bruder, aber die Arbeit ist knapp.« Er massierte zornig seine arthritischen Finger. »Berufssoldaten, und das Beste, was sie kriegen können, sind Nachtwächterposten. Ihre Frauen sind ganz schön unzufrieden.«

Roz biß hinter ihrem falschen Lächeln die Zähne zusammen. »Woher wissen Sie dann den Namen des Kindes?«

Mit einem durchtriebenen Blick tippte er sich an die Nase. »Was ich nicht weiß, macht mich nicht heiß, junge Dame. Das ist immer das Beste.«

Hal beugte sich plötzlich aggressiv vor und hielt eine Hand hoch. »Einen Moment bitte, Miss Leigh.« Er zog die Brauen zu einem grimmigen Stirnrunzeln zusammen. »Ihnen ist doch wohl klar, Mr. Hayes, daß Ihr Sohn, wenn er nicht für Mr. Crew tätig ist, sich als unbefugter Empfänger vertraulicher Informationen strafbar gemacht hat. Für die Juristen gelten die gleichen ethischen Grundsätze wie für Ärzte, und wenn jemand in Mr. Crews Kanzlei mit Außenstehenden über Interna und Mandantenangelegenheiten schwatzt, dann würde das ihn und die Polizei sicher interessieren.«

»Unsinn!« rief der Alte verächtlich. »Sie und Ihresgleichen, Sie ändern sich nie. Was soll ich sagen? Bei den Unschuldigen sind Sie immer blitzschnell zur Stelle, aber die Gauner und Diebe lassen Sie frei herumlaufen, und die klauen alles, wonach ihnen der Sinn steht. Sie sollten Ihre Arbeit tun, Sergeant, und nicht alte Männer bedrohen. Mr. Crew selbst hat meinem Sohn das von dem Jungen gesagt. Und mein Junge hat's mir erzählt. Woher soll er denn wissen, daß es vertraulich ist, wenn's der verdammte Anwalt Gott und der Welt erzählt, hm? Ist doch klar, daß er mir das erzählt, wo ich am Ende der einzige Freund war, den Bob noch hatte.« Er sah mißtrauisch von Hal zu Roz. »Warum haben Sie überhaupt einen Polizeibeamten mitgebracht?«

»Weil es an Olives Schuld gewisse Zweifel gibt«, antwortete Roz flink und fragte sich dabei, ob betrügerisches Auftreten als Polizeibeamter auch noch unter den sparsamen Umgang mit der Wahrheit fiel. »Dieser Herr hat den Auftrag, dabei zu sein, wenn ich die Leute interviewe.«

»Ich verstehe«, sagte Mr. Hayes. Aber es war klar, daß er gar nichts verstand.

»Ich bin fast fertig.« Sie lächelte strahlend. »Ich habe übrigens die Clarkes aufgestöbert. Ich habe mich vor ungefähr einer Woche länger mit ihnen unterhalten. Die arme Mrs. Clarke ist jetzt völlig senil.«

Die wäßrigen blauen Augen blickten amüsiert drein. »Das wundert mich nicht. Sie war schon ziemlich verwirrt, als sie noch hier gewohnt haben. Ich habe manchmal gedacht, meine Jeannie sei die einzige Vernünftige hier in der Straße.«

»Wie ich hörte, mußte Mr. Clarke zu Hause bleiben, um sich um sie zu kümmern?« Sie zog fragend die Brauen hoch. »Aber er war mehr bei Robert Martin als bei ihr. Wie gut waren die beiden befreundet, Mr. Hayes? Wissen Sie das?«

Unverkennbar wußte er genau, worauf Roz mit der Frage hinauswollte. Aber er beantwortete sie nicht – vielleicht aus Feingefühl?

»Sie waren eben gute Freunde«, brummelte er, »und wer kann ihnen das übelnehmen? Bobs Frau war Trinkerin und Teds war das albernste Geschöpf, das mir je über den Weg gelaufen ist. Jeden Tag hat sie das Haus von oben bis unten geschrubbt.« Er grunzte verächtlich. »Frau Saubermann in Reinkultur. Sie ist immer nur in der Kittelschürze rumgelaufen, ohne was drunter, weil sie Angst hatte, sie könnte Bazillen rumtragen, und hat alles mit Desinfektionsmittel gereinigt.« Er lachte plötzlich. »Ich weiß noch, einmal hat sie den Eßtisch mit Domestos abgewischt, um ihn keimfrei zu machen. Ha! Ted war fuchsteufelswild. Er hatte ihn gerade erst neu abschleifen lassen, weil sie ihm vorher schon mal mit kochendem Wasser zu Leibe gerückt war. Und jetzt ist sie also völlig senil, sagen Sie. Na ja, das wundert mich nicht. Nicht im geringsten.«

Roz hielt ihren Bleistift über dem Block gezückt. »Und können Sie mir sagen«, fragte sie nach einer kleinen Pause, »ob Ted und Bob intime Beziehungen miteinander hatten?«

»Nein. Das ging mich doch nichts an.«

»Okay.« Sie packte ihre Sachen zusammen. »Vielen Dank, Mr. Hayes. Ich weiß nicht, ob Mr. Hawksley Sie noch etwas fragen möchte.« Sie sah Hal an.

Der stand auf. »Nur nach dem Namen der Firma Ihres Sohnes, Mr. Hayes.«

Der Alte musterte ihn argwöhnisch. »Wozu wollen Sie den denn haben?«

»Nur damit ich wegen des Mißbrauchs vertraulicher Informationen ein diskretes Wort ins richtige Ohr flüstern kann.« Er lächelte kalt. »Sonst muß ich es anzeigen, und dann gibt es ein amtliches Verfahren.« Er zuckte die Achseln. »Machen Sie sich keine Sorgen. Ich gebe Ihnen mein Wort darauf, daß ich keine große Sache daraus machen werde, wenn es nicht sein muß.«

»Das Wort eines Polizisten, hm? Na, darauf möchte ich mich nun wirklich nicht verlassen. Ganz gewiß nicht.«

Hal knöpfte sein Jackett zu. »Dann werde ich die Sache auf amtlichem Weg verfolgen müssen, und das nächste Mal wird ein Inspector Sie besuchen.«

»Tja, was soll ich sagen? Das ist doch nichts als gemeine Erpressung. STC Sicherheitsdienst, Bell Street, Southampton. Na, jetzt werden wir ja sehen, wieviel Ihr Wort wert ist.«

Hal sah an ihm vorbei auf die Fotografie seines Sohnes. »Ich danke Ihnen, Mr. Hayes«, sagte er freundlich. »Sie waren eine große Hilfe.«

18

Sehr nachdenklich ging Roz zum Auto zurück.

»Was ist denn?« fragte Hal.

»Etwas, das er gesagt hat.« Sie legte ihre Handtasche auf das Wagendach und starrte ins Leere, während sie versuchte, das Fädchen zu fassen zu bekommen. »Nein, es hat keinen Sinn. Ich muß nachher meine Notizen noch einmal durchsehen.« Sie schloß die Tür auf. »Und jetzt? Gehen wir zur Polizei?« Sie entriegelte die Beifahrertür, und Hal stieg ein.

»Nein. Da würden wir nur den ganzen Tag rumsitzen und Fragen beantworten und hätten doch keine Garantie, daß sie dann tatsächlich etwas unternehmen.« Er überlegte einen Moment. »Und es hat auch keinen Sinn, daß wir uns Crew vorknöpfen. Wenn wir ihn überführen wollen, müssen wir das mit Hilfe von Stewart Hayes und seiner Firma tun.«

Roz zog ein Gesicht. »Wir? Hör mal, Hawksley, ich habe mich von diesem Gorilla schon einmal fast skalpieren lassen müssen. Ich glaube nicht, daß ich ein zweites Mal Lust darauf habe.«

Hal legte seine Hand auf ihre Schulter und drückte sie beruhigend. »Wenn es dir ein Trost ist, große Lust habe ich auch nicht.« Er roch den Duft der Seife in ihrem Gesicht und rückte mit einem Seufzer von ihr ab. »Aber wir müssen das erledigen, so oder so«, sagte er. »Ich halte das nicht viel länger aus.«

Ihre Unsicherheit trieb wieder an die Oberfläche. »Was hältst du nicht aus?«

»Mit dir auf so engem Raum zusammenzusitzen«, knurrte er. »Das verlangt zuviel verdammte Selbstbeherrschung. Komm, packen wir's an. Ich rufe Geoff Wyatt an. Vielleicht kann ich ihn überreden, mir das Händchen zu halten, wenn ich das *Poacher* zum Verkauf anbiete.«

»Wäre es nicht einfacher, Hayes einfach verhaften zu lassen?«

»Mit welcher Begründung?«

»Wegen Einbruchs.«

»Und was für Beweise haben wir?«

»Mich«, sagte sie. »Ich kann ihn identifizieren.«

»Er hat bestimmt inzwischen ein Alibi.« Mit einer liebevollen Geste strich er ihr eine Haarsträhne aus dem Gesicht. »Wir müssen Crew aus der Reserve locken.«

Jetzt seufzte Roz. Im nüchternen Licht des Morgens beschlichen sie Zweifel. »Das sind doch alles nur Vermutungen, Hal. Crew hat mit der *Poacher*-Geschichte vielleicht überhaupt nichts zu tun. Mr. Hayes vermittelt gern den Eindruck, daß er mehr weiß, als es tatsächlich der Fall ist. Da kommt er sich wichtig vor.«

»Aber ein anderes Drehbuch ergibt keinen Sinn.« Er strich sich über das Kinn und lächelte sie mit einer Zuversicht an, die er in Wirklichkeit nicht empfand. »Meine Nase juckt. Das ist immer ein gutes Zeichen.«

»Wofür?«

»Daß ich auf der richtigen Fährte bin.«

»Du wirst das *Poacher* verlieren, wenn du dich täuschst.«

»Das verliere ich sowieso.« Er trommelte mit den Fingern auf das Armaturenbrett. »Komm«, sagte er abrupt, »fahren wir. Richtung Stadtmitte. Die Bell Street ist parallel zur Fußgängerzone. Wir stoppen beim ersten Telefon, das wir sehen. Und halt nach einem Elektrogeschäft Ausschau.«

»Warum?«

»Das wirst du schon sehen.«

Er rief das Polizeirevier Dawlington an und bat, mit Geoff Wyatt verbunden zu werden. »Hal hier.« Er ließ die zornigen Vorwürfe eine Weile sprudeln, ehe er ihn unterbrach. »Halt mal einen Moment die Luft an. Ich bin dabei, die Sache zu klären, aber dazu brauche ich deine Hilfe. Was habt ihr über den STC Sicherheitsdienst in der Bell Street? – Nein, ich warte.« Er klemmte den Hörer unter sein Kinn und holte seinen Notizblock heraus. »Okay. Hayes. Ehemaliger Berufssoldat. Blütenweiße Weste. Ganz sicher? Gut. Kannst du mich in einer halben Stunde dort treffen?«

Neuerliches Gezeter.

»Aus alter Freundschaft, wenn du's unbedingt wissen mußt. Nein, du Mistkerl, es ist mir schnurzegal, wenn dir immer noch schlecht ist. Mindestens wegen Sally bist du mir einiges schuldig. Also, in einer halben Stunde.« Er legte auf.

Roz betrachtete angelegentlich ihre Fingernägel. »Wer ist Sally?« erkundigte sie sich beiläufig.

»Meine Ex-Frau.«

»Weshalb schuldet er dir wegen ihr was?«

»Er hat sie geheiratet.«

»Ach, du lieber Gott!« Das hatte sie nicht erwartet.

Er lachte über ihr verdutztes Gesicht. »Er hat mir einen Gefallen getan, aber er weiß es nicht. Er glaubt, ich hätte deswegen bei der Polizei aufgehört. Er hat ungeheure Schuldgefühle, und das ist in einem Moment wie diesem äußerst nützlich.«

»Das ist gemein.«

Er zog die Augenbraue hoch. »Damals hat's weh getan.«

»Tut mir leid!« sagte sie bedauernd. »Ich vergesse immer wieder, daß jeder von uns eine Vergangenheit hat.«

Er zog sie an sich. »Die Ehe war längst kaputt, und Geoff hat es nicht darauf angelegt, mir Sally auszuspannen. Er ist ein anständiger Kerl. Er hat sie aus Freundschaft getröstet und sich dabei mehr eingehandelt, als er wollte. Und aus mir spricht echte Dankbarkeit, Roz, nicht Bitterkeit.« Er küßte sie auf die Nase. »Der arme Kerl. Er hatte keine Ahnung, worauf er sich einließ.«

»Olives Rache«, sagte sie langsam.

Er runzelte die Stirn, während er die Nummer der Auskunft wählte. »Ich kann dir nicht folgen.«

Roz lachte tonlos. »Sie modelliert in ihrer Zelle im Zuchthaus Tonfiguren und spickt sie mit Nadeln. Als sie auf mich wütend war, hat sie von mir auch eine gemacht. Ich hatte eine Woche lang rasende Kopfschmerzen.«

»Wann war das? – Ja«, sagte er ins Telefon, »STC Sicherheitsdienst in Southampton, bitte.«

»Vor zwei Wochen.«

»Vor zwei Wochen hat dich jemand verprügelt«, sagte er. »Deshalb hattest du Kopfschmerzen.« Er schrieb eine Nummer auf seinen Block und legte auf.

»Mein Ex-Mann«, bestätigte sie. »Ich habe zu Olive gesagt, ich würde ihn am liebsten umbringen, und da kreuzte er aus heiterem Himmel bei mir auf. Ich hätte ihn wirklich am liebsten umgebracht, und wenn ich ein Messer gehabt hätte, hätte ich's auch getan. Wütend genug war ich.« Sie zuckte die Achseln. »Dann denk' ich an dich und Crew und das *Poacher* und Wyatt, der dir deine Frau genommen hat, und an Olives Vater, der gestorben ist. Das sind alles Menschen, die sie für das, was ihr widerfahren ist, verantwortlich macht.«

Er sah sie verblüfft an. »Das glaubst du doch nicht im Ernst?«

Sie lachte. »Nein, natürlich nicht.« Aber sie glaubte es doch. Nur sie wußte, was für schreckliche Kopfschmerzen sie bekommen hatte, als Olive die Nadel gedreht hatte.

»STC Sicherheitsdienst«, sagte eine Frau mit künstlich munterer Stimme.

Hal sah Roz an, während er sprach. »Guten Morgen, ich hätte gern Mr. Stewart Hayes gesprochen, um mich über eine Bewachung meines Restaurants mit ihm zu unterhalten.«

»Ich weiß nicht, ob Mr. Hayes im Augenblick frei ist, Sir.«

»Oh, ich glaube schon. Versuchen Sie's mal und sagen Sie ihm, daß Hal Hawskley vom *Poacher* am Apparat ist.«

»Einen Augenblick bitte.«

Es dauerte einen Moment, ehe sie sich wieder meldete. »Ich gebe Ihnen jetzt Mr. Hayes, Mr. Hawskley.«

Eine gutmütig polternde Stimme meldete sich. »Guten Morgen, Mr. Hawksley. Wie kann ich Ihnen behilflich sein?«

»Sie können mir nicht behilflich sein, Mr. Hayes, aber ich Ihnen. Ich gebe Ihnen eine Chance. Sie haben genauso lange Zeit, sie zu nutzen, wie ich brauche, um in Ihr Büro zu kommen – also etwa eine halbe Stunde.«

»Ich verstehe nicht, wovon Sie sprechen.«

»Ich bin bereit, das *Poacher* zu verkaufen, aber zu meinen Bedingungen und heute. Das ist das einzige Angebot, das Sie von mir bekommen werden.«

Einen Moment blieb es still. »Ich bin nicht daran interessiert, ein Restaurant zu kaufen, Mr. Hawksley.«

»Aber Mr. Crew ist es, ich würde deshalb vorschlagen, Sie besprechen sich mit ihm, ehe Sie die Gelegenheit verstreichen lassen.«

Wieder herrschte einen Moment Schweigen. »Ich kenne keinen Mr. Crew.«

Hal ignorierte das. »Sagen Sie ihm, der Fall Olive Martin wird ganz neu aufgerollt werden.« Er zwinkerte Roz grinsend zu. »Sie hat sich bereits bei einem anderen Anwalt juristischen Rat geholt und wird voraussichtlich innerhalb der nächsten sieben Tage das Testament ihres Vaters mit der Begründung anfechten, daß sie unschuldig ist. Crew kauft das *Poacher* entweder heute zu meinen Bedingungen, oder er kauft es überhaupt nicht. Sie haben eine halbe Stunde, Mr. Hayes.« Er legte auf.

Geoff wartete schon, als sie ankamen. »Du hast nicht gesagt, daß du in Begleitung kommst«, sagte er mißtrauisch und bückte sich, um durch das offene Wagenfenster zu schauen.

Hal machte die beiden miteinander bekannt. »Sergeant Wyatt, Miss Rosalind Leigh.«

»Herrgott noch mal, Hal«, sagte Wyatt verärgert. »Warum hast du die denn mitgebracht?«

»Ich mag sie.«

Geoff schüttelte den Kopf. »Du bist ja verrückt.«

Hal stieg aus dem Wagen. »Ich hoffe, das bezieht sich auf meine Motive, Miss Leigh mit hierherzubringen. Wenn ich glauben müßte, daß du meine Wahl für verrückt hältst, würde ich dir eins auf die Nase geben.« Er sah über das Wagendach hinweg zu Roz, die auf der anderen Seite ausgestiegen war. »Ich finde, du solltest im Auto bleiben.«

»Warum?«

»Könnte ja sein, daß dich einer an den Haaren ziehen will.«

»Dich vielleicht auch.«

»Es ist ja auch mein Krieg.«

»Und meiner, wenn ich ernstlich daran denke, aus dieser Beziehung eine dauerhafte zu machen. Ganz gleich, du brauchst mich auf jeden Fall. Ich bin nämlich die mit dem Tampax.«

»Die werden nichts nützen.«

Roz lachte über Geoffs Gesicht. »O doch. Verlaß dich auf mich.«

Hal sah Wyatt an. »Jetzt weißt du, warum ich sie mitgebracht habe.«

»Ihr seid beide von allen guten Geistern verlassen.« Geoff warf seinen Zigarettenstummel auf die Straße und trat ihn mit dem Absatz aus. »Wozu braucht ihr mich überhaupt? Von Rechts wegen sollte ich dich verhaften.« Er musterte Roz neugierig. »Ich nehme an, er hat Ihnen alles erzählt?«

»Das glaube ich nicht«, erwiderte sie vergnügt und kam um das Auto herum. »Ich habe erst vor einer halben Stunde erfahren, daß seine Ex-Frau Sally heißt und daß Sie sie geheiratet haben. Unter diesen Umständen kann ich mich wohl darauf gefaßt machen, daß noch eine Menge mehr kommen wird.«

»Ich meinte die zahlreichen Verfahren, die er bald am Hals haben wird«, sagte Wyatt säuerlich, »wenn diese kleine Farce hier vorüber ist und ich ihn in den Knast bringe.«

»Ach so, die!« Sie wedelte wegwerfend mit der Hand. »Das ist doch nichts als Papierkram.«

Geoff, der mit seinem neuen Personenstand als Ehemann nicht so ganz glücklich war, sah die amüsierten Blicke, die sie mit Hal tauschte, und fragte sich, warum andere, die es viel weniger verdienten als er, immer das ganze Glück hatten. Eine Hand auf seinen rumorenden Magen gedrückt, hörte er sich Hals Anweisungen an.

Roz hatte etwas Heruntergekommenes und Schäbiges wie das Büro von Wells-Fargo erwartet; statt dessen traten sie in einen gepflegten, hell erleuchteten Empfangsraum, in dem eine beeindrukkende Empfangsdame an einem beeindruckenden Schreibtisch saß. Irgend jemand, dachte sie, hatte in die Geschäftsräume des STC Sicherheitsdiensts eine Menge Geld investiert. Aber wer? Und woher war das Geld gekommen?

Hal bedachte die Empfangsdame mit seinem gewinnendsten Lächeln. »Hal Hawskley, Mr. Hayes erwartet mich.«

»Ach, ja.« Sie erwiderte das Lächeln. »Er läßt Sie bitten.« Sie beugte sich vor und wies den Flur hinunter. »Dritte Tür links. Vielleicht möchten Ihre Begleiter Platz nehmen.« Sie wies auf eine Sitzgruppe in der Ecke.

»Danke, Miss«, sagte Geoff. »Mach ich gern.« Er stemmte einen Sessel in die Höhe und nahm ihn mit den Korridor hinunter.

»Nein«, rief sie ihm hinterher. »Ich habe doch nicht gemeint, daß Sie einen mitnehmen sollen.«

Er sah strahlend zu ihr zurück, während Hal und Roz hinter der dritten Tür links verschwanden, ohne angeklopft zu haben, und machte es sich vor der geschlossenen Tür in dem Sessel bequem. »Sehr gemütlich, das muß ich sagen.« Er zündete sich eine Zigarette an und beobachtete mit einer gewissen Erheiterung, wie sie zum Telefon griff und aufgeregt zu sprechen begann.

Auf der anderen Seite der Tür legte Stewart Hayes den Hörer auf. »Ich höre von Lisa, daß Sie einen Aufpasser mitgebracht haben, Mr. Hawskley. Ist das vielleicht zufällig ein Polizeibeamter?«

»Zufällig, ja.«

»Ah.« Er faltete die Hände auf dem Schreibtisch, allem Anschein nach unbeeindruckt. »Bitte, setzen Sie sich.« Er sah Roz lächelnd an und wies auf einen Sessel.

Sie folgte der Aufforderung, und beobachtete ihn dabei fasziniert. Das war nicht der Mann, der sie beinahe erdrosselt hatte. Er war jünger und sah besser aus, gutmütig und freundlich wie seine Stimme. Der Bruder, dachte sie, sich der Fotos auf dem Buffet erinnernd. Er hatte das Lächeln seines Vaters, mit seiner ganzen Freimütigkeit, und unter anderen Umständen hätte sie ihn sympathisch gefunden. Nur seine blassen, ausdruckslosen Augen ließen ahnen, daß er etwas zu verbergen hatte. Hal blieb stehen.

Das Lächeln umschloß sie beide. »Okay, vielleicht würden Sie mir jetzt erklären, was Sie vorhin am Telefon gemeint haben. Ich will ehrlich sein«, sein Ton ließ vermuten, daß er genau das Gegenteil sein würde, »ich verstehe nicht, wieso Sie mir eine halbe Stunde Frist geben, um ein Restaurant *von* jemandem zu kaufen, der mir völlig unbekannt ist, *für* jemanden, von dem ich nie gehört habe, und das alles, weil eine Mörderin, die ein Geständnis abgelegt hat, das Testament ihres Vaters anfechten möchte.«

Hal sah sich in dem gut ausgestatteten Zimmer um. »Teuer«, stellte er fest. »Sie und Ihr Bruder sind offensichtlich sehr erfolgreich.« Er musterte Hayes mit taxierendem Blick. »Ihr Vater glaubt, Sie lebten am Rande des Existenzminimums.«

Hayes runzelte leicht die Stirn, sagte aber nichts.

»Also, was zahlt Crew für die Behandlung mit den Baseballschlägern? Es ist eine riskante Sache, wird also nicht billig sein.«

Die blassen Augen spiegelten schwache Belustigung. »Ich kann Ihnen leider nicht ganz folgen.«

»Ihr Bruder war leicht zu identifizieren, Hayes. Auf der Wohnzimmerkredenz Ihres Vaters stehen gleich mehrere Fotos von ihm. Aber Crew hatte Sie offenbar nicht gewarnt. Oder vielleicht hätten Sie *ihn* warnen sollen. Weiß er, daß Ihr Vater der Nachbar der Familie Martin war?« Er sah Hayes' Verständnislosigkeit und wies mit einem Nicken auf Roz. »Diese Dame schreibt ein Buch über Olive Martin. Crew war Olives Anwalt, ich war der Beamte, der sie damals verhaftet hat, und Ihr Vater war ihr Nachbar. Miss Leigh hat uns alle aufgesucht, um mit uns zu sprechen, und sie hat Ihren Bruder nach den Fotografien erkannt. Die Welt ist noch viel kleiner, als Sie sich je vorgestellt haben.«

In den blassen Augen flackerte etwas, ein Funke von Wut. »Eine Verwechslung. Sie werden niemals etwas beweisen. Ihr Wort steht gegen seines, und er war die ganze letzte Woche in Sheffield.«

Hal zuckte in gut gespielter Gleichgültigkeit die Achseln. »Die Chance wird immer kleiner. Mein Angebot war ernst gemeint.« Er legte seine Hände auf den Schreibtisch und beugte sich vor. »Meiner Ansicht nach verhält es sich ungefähr so: Crew hat mit Robert Martins Geld spottbillig bankrotte Unternehmen aufgekauft und wartet nun darauf, daß der Markt sich erholt. Aber die Zeit wird knapp. Ambers Kind ist nicht tot und begraben, wie er glaubte, und Olive wird zur *cause célèbre* werden, wenn Miss Leigh ihre Unschuld nachweisen kann. Entweder sie oder ihr Neffe, wer eben zuerst kommt, wird von Robert Martins Testamentsvollstrecker, nämlich Crew, Rechenschaft verlangen. Aber leider hat sich die Rezession um einiges länger hingezogen, als er vermutete, und jetzt läuft er Gefahr, mit der Hand in der Kasse erwischt zu werden. Er muß etwas Grundbesitz verschachern, um den Fehlbetrag in seinen Büchern auszugleichen.« Er zog eine Augenbraue hoch. »Wie sehen denn die Pläne für die Ecke Wenceslas Street aus, hm? Wird es ein Supermarkt? Eine Wohnanlage? Büros? Er braucht mein Restaurant, um die Transaktion durchziehen zu können, und ich biete es ihm an. Heute.«

Aber so leicht war Hayes nicht einzuschüchtern. »Soweit ich gehört habe, Hawksley, steht Ihr Restaurant sowieso kurz vor der Schließung. Und wenn Sie schließen müssen, wird es für Sie nur noch eine Last sein. Dann werden nicht mehr Sie die Bedingungen diktieren, sondern derjenige, der bereit ist, Ihnen diese Last abzunehmen.«

Hal grinste und richtete sich wieder auf. »Ich würde sagen, das kommt ganz darauf an, wem zuerst die Luft ausgeht. Crew muß mit dem beruflichen Ruin rechnen, wenn seine Veruntreuung von Martins Nachlaß ans Licht kommen sollte, ehe meine Bank sich entschließt, gegen das Restaurant die Zwangsvollstreckung anzuordnen. Er geht ein verdammt hohes Risiko ein, wenn er darauf setzt, daß ich verliere.« Er wies mit dem Kopf zum Telefon. »Er kann seine Haut retten, wenn er heute mit mir einen Vertrag über den Verkauf des *Poacher* abschließt. Reden Sie mit ihm.«

Hayes überlegte einen Moment, dann richtete er seinen Blick auf Roz. »Ich nehme an, Sie haben einen Kassettenrecorder in Ihrer Handtasche, Miss Leigh. Wären Sie so freundlich, mich einen Blick hineinwerfen zu lassen?«

Roz sah Hal an, und der nickte. Sie stellte die Handtasche unwillig auf den Schreibtisch.

»Danke sehr«, sagte Hayes höflich. Er öffnete die Tasche, nahm den Recorder heraus und sah flüchtig die restlichen Sachen in der Tasche durch, ehe er den Recorder öffnete und die Kassette herausnahm. Er zog das Band heraus und schnitt es mit einer Schere in Stücke. Dann stand er auf. »Zuerst Sie, Hawksley. Ich möchte doch sicherstellen, daß keine anderen Überraschungen auf mich warten.« Mit geübten Händen tastete er Hal ab, tat dann das gleiche bei Roz. »Gut.« Er wies zur Tür. »Sagen Sie Ihrem Aufpasser jetzt, er soll sich mit seinem Sessel wieder an den Empfang begeben und dort warten.«

Er setzte sich wieder und wartete, während Hal die Botschaft weitergab. Nach drei Minuten griff er zum Telefon, um sich zu vergewissern, daß Wyatt außer Hörweite war.

»Also«, sagte er nachdenklich, »mir scheinen da verschiedene Möglichkeiten offenzustehen. Eine ist, daß ich Ihr Angebot annehme.« Er nahm ein Lineal und bog es zwischen seinen Händen. »Ich habe nicht die Absicht, das zu tun. Sie hätten das *Poacher* in den letzten sechs Wochen jederzeit öffentlich zum Verkauf anbieten können, aber Sie haben es nicht getan, und Ihr plötzlicher Drang zu verkaufen, macht mich etwas nervös.« Er machte eine kurze Pause. »Zweitens kann ich die Dinge einfach ihren natürlichen Lauf nehmen lassen. Das Gesetz ist ein Witz und langsam dazu, und es besteht nur eine Chance von fünfzig zu fünfzig, daß Peter Crews Manipulationen mit dem Nachlaß Robert Martins ans Licht kommen, bevor Ihnen die Puste ausgeht.« Er bog das Lineal, soweit es ging, ohne zu zerbrechen, und ließ es dann abrupt zurückschnellen. »Das zu tun, liegt mir aber auch nicht. Fünfzig zu fünfzig ist mir zu knapp.« Die blassen Augen wurden hart. »Drittens, und in vieler Hinsicht ist diese Möglichkeit die attraktivste, kann ich Ihnen beiden einen unglücklichen Unfall an den Hals wünschen und auf diese Weise zwei Fliegen mit einer Klappe schlagen.« Sein Blick flog kurz zu Roz. »Durch Ihren Tod, Miss Leigh, würden Olive und das Buch, an dem Sie schreiben, zumindest vorübergehend weit in den Hintergrund rücken, und durch Ihren, Hawksley, würde sichergestellt werden, daß das *Poacher* auf den Markt kommt. Eine saubere Lösung, finden Sie nicht?«

»Sehr sauber«, stimmte Hal zu. »Aber auch das werden Sie nicht tun. Es gibt schließlich immer noch das Kind in Australien.«

Hayes lachte kurz. Es klang wie ein Echo seines Vaters.

»Was werden Sie also tun?«

»Ich werde Ihnen geben, was Sie haben wollen.«

Hal runzelte die Stirn. »Und das wäre?«

»Den Beweis, daß man Sie hereinlegen wollte.« Er zog eine Schublade in seinem Schreibtisch auf und entnahm ihr einen durchsichtigen Plastikhefter. Er hielt ihn bei den oberen Enden und schüttelte den Inhalt – ein Blatt Schreibpapier mit Briefkopf – auf seinen Schreibtisch. Die Adresse war die einer teuren Wohngegend von Southampton, die Notizen darunter waren in Crews Handschrift geschrieben.

Betr.: Poacher	Kosten £
Fäulniskulturen Fleisch, Rattenexkremente etc.	1000
Schlüssel/Hintertür + Ausreise Frankreich	1000

Vorschuß Vertreibung	5000
Wenn Verfahren erfolgreich	5000
Poacher Zwangsvollstreckung	80000 ?
ZWISCHENSUMME	92000
Angebot Grundstück	750000
Abzügl. Poacher	92000
Abzügl. Wenceslas St. 1	60000
Abzügl. Newby	73000
ENDSUMME	525000

»Es ist echt«, sagte Hayes, als er Hals Skepsis sah. »Crews Privatadresse, Crews Handschrift« – er tippte mit dem Lineal auf den Rand des Schreibens – »und seine Fingerabdrücke. Das reicht, um Sie freizusprechen; ob es ausreicht, um Crew zu verurteilen, weiß ich nicht. Das ist Ihr Problem, nicht meines.«

»Woher haben Sie das?«

Aber Hayes schüttelte nur lächelnd den Kopf. »Ich bin ehemaliger Soldat. Ich habe immer gern Rückendeckung. Sagen wir einfach, es gelangte in meinem Besitz, und ich habe es an Sie weitergegeben, weil ich seine Bedeutung erkannte.«

Hal fragte sich, ob Crew eine Ahnung hatte, was für einen Mann er da engagiert hatte. War dieses Blatt Papier zum Zweck späterer Erpressung aufgehoben worden? »Ich verstehe das nicht«, sagte er freimütig. »Crew wird Sie doch belasten. Und ich werde es auch tun. Außerdem Miss Leigh. So oder so werden Sie und Ihr Bruder ins Gras beißen. Warum machen Sie es uns so leicht?«

Hayes antwortete nicht direkt. »Ich schreibe diese Sache ab, Hawksley, und gebe Ihnen Ihr Restaurant zurück. Seien Sie dankbar.«

»Den Teufel werd' ich tun«, sagte Hal ärgerlich. Seine Augen sprühten. »Wer steckt hinter dieser Zwangsvollstreckungs-Masche? Sie oder Crew?«

»Von einer Masche kann keine Rede sein. Zwangsvollstreckungen sind derzeit an der Tagesordnung«, antwortete Hayes. »Jeder, der ein bißchen Kapital hat, kann Grundbesitz billig erwerben. Mr. Crew gehörte einem kleinen, absolut legal arbeitenden Syndikat an. Unglücklicherweise hat er mit Geld gearbeitet, das ihm nicht gehört.«

»Ach, und Sie leiten das Syndikat?«

Hayes antwortete nicht.

»Von wegen keine Masche!« explodierte Hal. »Das *Poacher* wäre nie verkauft worden, und trotzdem haben Sie die Grundstücke rechts und links von dem Lokal gekauft.«

Hayes bog wieder das Lineal. »Früher oder später hätten Sie verkauft. Restaurants sind so anfällig.« Er lächelte dünn. »Überlegen Sie, was geschehen wäre, hätte Crew die Nerven behalten und bis nach Ihrem Gerichtsverfahren gewartet.« Sein Blick wurde hart. »Überlegen Sie, was geschehen wäre, hätte mein Bruder mir erzählt, mit was für einem Anliegen Crew an ihn herangetreten war. Sie und ich hätten dieses Gespräch niemals geführt, weil Sie nicht gewußt hätten, mit wem Sie es führen sollen.«

Hal überlief es eiskalt. »Den Gesundheitsinspektor hätten Sie mir so oder so auf den Hals gehetzt?«

Das Lineal, allzuweit gebogen, brach abrupt. Hayes lächelte. »Restaurants sind ja so anfällig«, wiederholte er. »Seien Sie also dankbar. Wenn Sie es sind, wird Ihr Restaurant blühen und gedeihen.«

»Mit anderen Worten, wir sollen über Ihre Beteiligung den Mund halten.«

»Aber natürlich.« Er machte ein beinahe überraschtes Gesicht. »Nächstes Mal wird sich das Feuer nämlich nicht auf eine Fritierpfanne beschränken und Sie« – sein blasser Blick ruhte auf Roz – »und Ihre Freundin werden nicht so glimpflich davonkommen. Mein Bruder fühlt sich in seinem Stolz verletzt. Er brennt darauf, mit Ihnen beiden abzurechnen.« Er wies auf das Blatt Papier. »Mit Crew können Sie tun, was Sie wollen. Ich halte nichts von Leuten ohne Prinzipien. Er ist Anwalt. Er hatte dem Nachlaß eines Toten gegenüber eine Pflicht, und gegen die hat er verstoßen.«

Hal nahm recht erschüttert das Blatt bei seinen Ecken und steckte es in Roz' Handtasche. »Sie sind keinen Deut besser, Hayes. Sie haben Crews Vertrauen mißbraucht, als Sie Ihrem Vater von Ambers Kind erzählt haben. Hätten Sie das nicht getan, wären wir nie auf Crew gekommen.« Er wartete, während Roz aufstand und zur Tür ging. »Und ich werde dafür sorgen, daß er das erfährt, wenn die Polizei ihn festnimmt.«

Hayes war nur amüsiert. »Crew wird nicht reden.«

»Was soll ihn daran hindern?«

Hayes zog sich das abgebrochene Lineal quer über den Hals. »Das gleiche, was Sie daran hindern wird, Hawksley. Angst.« Die blassen Augen glitten an Roz' Körper entlang. »Aber in Crews Fall sind es die Enkel, die er liebt.«

Geoff folgte ihnen auf die Straße hinaus. »Okay«, sagte er, »heraus mit der Sprache. Was, zum Teufel, geht hier vor?«

Hal sah Roz in das bleiche Gesicht. »Wir brauchen erst mal einen Drink.«

»Nichts da«, entgegnete Geoff aggressiv. »Ich habe meine Schulden bezahlt, Hal. Jetzt bezahlst du deine.«

Hal packte ihn fest am Ellbogen und drückte ihm die Finger ins weiche Fleisch. »Red nicht so laut, du Kretin«, knurrte er. »Da drin ist ein Mann, der würde dir bei lebendigem Leib die Leber herausreißen, sie vor deinen Augen verspeisen und sich dann deine

Nieren vornehmen. Und dabei würde er auch noch grinsen. Also, wo ist das nächste Pub?«

Erst als sie in einer Ecke des Gastraums saßen, rundherum von leeren Tischen umgeben, war Hal bereit zu sprechen. Er berichtete in kurzen, abgehackten Sätzen, erklärte, was für eine Rolle Crew gespielt hatte, sprach aber von den Leuten, die das *Poacher* überfallen hatten, immer nur als gedungenen Schlägern. Zum Schluß holte er den Zettel aus Roz' Handtasche und legte ihn auf den Tisch. »Dieser Scheißkerl soll zahlen, Geoff. Gib ihm ja keine Chance, sich da rauszuwinden.«

Wyatt war skeptisch. »Viel ist das nicht, hm?«

»Es reicht.«

Wyatt schob den Zettel in sein Notizbuch und steckte es ein. »Und welche Rolle spielt der STC Wachdienst?«

»Keine. Hayes hat diesen Zettel in meinem Auftrag besorgt. Das ist alles.«

»Vor zehn Minuten war er noch drauf und dran, meine Leber zu verspeisen.«

»Ich hatte Durst.«

Wyatt zuckte die Achseln. »Du gibst mir verdammt wenig, womit ich arbeiten kann. Ich kann dir nicht mal garantieren, daß du den Prozeß gegen die Gesundheitsbehörde gewinnst. Crew wird bestreiten, daß er auch nur das geringste mit der Geschichte zu tun hat.«

Schweigen.

»Er hat recht«, sagte Roz abrupt und nahm eine Packung Tampax aus ihrer Tasche.

Hal faßte ihre Hand und drückte sie auf den Tisch nieder. »Nein, Roz«, sagte er sanft. »Ob du es glaubst oder nicht, du bist mir wichtiger als das *Poacher* oder abstrakte Gerechtigkeit.«

Sie nickte. »Ich weiß, Hawksley.« Sie sah ihm lächelnd in die

Augen. »Aber siehst du, du bist mir auch wichtig. Und somit stekken wir jetzt ein bißchen in einem Dilemma. Du möchtest mich retten, und ich möchte das *Poacher* retten, und eins scheint das andere auszuschließen.«

Sie begann, ihre Hand unter der seinen hervorzuziehen. »Einer von uns muß in dieser Sache siegen, und das werde ich sein, weil das hier nichts mit abstrakter Gerechtigkeit, aber alles mit Seelenfrieden zu tun hat. Ich werde mich weit wohler fühlen, wenn Stewart Hayes hinter Gittern sitzt.« Sie schüttelte den Kopf, als er von neuem ihre Hand festhalten wollte. »Ich will nicht dafür verantwortlich sein, wenn du dein Restaurant verlierst, Hal. Du bist dafür durch die Hölle gegangen, du kannst es doch jetzt nicht einfach aufgeben.«

Aber Hal war nicht Rupert, der sich von Roz herumkommandieren oder durch Schmeicheleien dazu bringen ließ, zu tun, was sie wollte. »Nein«, sagte er wieder. »Wir machen hier keine intellektuellen Spielchen. Was Hayes gesagt hat, war *real.* Und er droht nicht, dich zu töten, Roz. Er droht, dich zu verstümmeln.« Er hob eine Hand zu ihrem Gesicht. »Männer wie er töten nicht. Sie haben es nicht nötig. Sie verkrüppeln oder entstellen, weil ein lebendes, gebrochenes Opfer für andere eine deutlichere Warnung ist als ein totes.«

»Aber wenn er verurteilt wird...« begann sie.

»Jetzt bist du wieder naiv«, unterbrach er sie behutsam und strich ihr das Haar aus dem Gesicht. »Selbst wenn er verurteilt wird, was ich bezweifle – ehemaliger Offizier der Armee, erste Straftat, Beweise vom Hörensagen, ein Crew, der alles leugnet –, wird er nicht lange ins Gefängnis wandern. Das Schlimmste, was ihm passieren kann, sind zwölf Monate wegen Verabredung zum Betrug, und von denen wird er sechs absitzen. Wahrscheinlicher ist, daß man seine Strafe zur Bewährung aussetzen wird. Vergiß nicht, daß es ja nicht Stewart war, der mit einem Baseballschläger ins *Poacher* eingebrochen ist; es war sein Bruder, und du wirst das vor Gericht aussagen müssen.« Sein Blick war eindringlich. »Ich bin Realist, Roz. Wir halten uns an Crew und wecken genug Zweifel, um die Beschuldigungen der Gesundheitsbehörde vom Tisch zu bekommen. Danach«, er zuckte die Achseln, »werde ich mich einfach darauf verlassen, daß Hayes das *Poacher* in Ruhe läßt.«

Einen Moment sagte sie nichts. »Würdest du anders handeln, wenn du mir nie begegnet wärst und ich nicht beteiligt wäre? Und lüg mich jetzt bitte nicht an, Hal.«

Er nickte. »Ja«, gab er zu. »Ich würde anders handeln. Aber du *bist* beteiligt, also stellt sich die Frage nicht.«

»Okay.« Sie entspannte ihre Hände unter den seinen und lächelte. »Ich danke dir. Ich bin jetzt viel glücklicher.«

»Du stimmst mit mir überein.« Erleichtert lockerte er seine Hand ein wenig, und sie ergriff die Gelegenheit, um ihm die Tampax-Packung zu entreißen.

»Nein«, sagte sie, »tue ich nicht.« Sie öffnete die Schachtel, entfernte einige abgeschnittene Pappröhrchen und zog dann ein winziges Diktaphon heraus. »Mit Glück«, sie wandte sich Geoff Wyatt zu, »haben wir hier genug drauf, um Hayes zu überführen. Es stand voll aufgedreht auf seinem Schreibtisch, es müßte ihn also drauf haben.«

Sie spulte das Band zurück und drückte dann auf ›Play‹. Hals Stimme war durch die Entfernung gedämpft: ›...*Mit anderen Worten, wir sollen über Ihre Beteiligung den Mund halten?*‹

Dann Hayes glasklar: ›*Aber natürlich. Nächstes Mal wird sich das Feuer nämlich nicht auf eine Fritierpfanne beschränken und Sie und Ihre Freundin werden nicht so glimpflich davonkommen. Mein Bruder fühlt sich in seinem Stolz verletzt. Er brennt darauf, mit Ihnen beiden abzurechnen.*‹

Roz schaltete das Gerät aus und schob es über den Tisch zu Wyatt. »Wird das helfen?«

»Wenn mehr davon drauf ist, wird es bei Hals Verfahren sicher eine Hilfe sein, solange Sie bereit sind, entsprechend auszusagen.«

»Das bin ich.«

Er warf einen Blick auf seinen Freund, sah die Spannung in dessen Gesicht und wandte sich wieder Roz zu. »Aber Hal hat recht mit dem, was er sagt – immer vorausgesetzt, ich habe das Wesentliche richtig verstanden. Wir sprechen hier in der Tat von abstrakter Gerechtigkeit.« Er nahm das Diktaphon zur Hand. »Und ganz gleich, was für eine Strafe dieser Mann bekommen wird – wenn er sich danach noch an Ihnen rächen will, wird er das tun. Und die Polizei hat keinerlei Möglichkeit, Sie zu schützen. Also? Sind Sie sicher, daß ich das an mich nehmen soll?«

»Ja.«

Wyatt sah wieder Hal an und zuckte hilflos die Achseln. »Tut mir leid, alter Junge, ich hab' mein Bestes getan, aber du scheinst diesmal eine Tigerin gefangen zu haben.«

Hal lachte. »Sag's nicht, Geoff. Das weiß ich schon.«

Aber Geoff sagte es trotzdem: »Du hast vielleicht ein Schwein, du Mistkerl.«

Olive saß über den Tisch gebeugt und arbeitete an einer neuen Skulptur. Eva und ihre Gesichter und ihr Kind waren unter dem Gewicht einer Faust zerquetscht worden, nur der Bleistift zeigte noch himmelwärts wie ein anklagender Finger. Der Kaplan betrachtete das neue Stück nachdenklich. Eine massige Form, andeutungsweise menschlicher Natur, auf dem Rücken liegend. Sie schien sich mit Macht aus ihrem Tonfundament befreien zu wollen. Seltsam, dachte er, wie Olive, die so wenig Kunstfertigkeit besaß, diesen Figuren eine solche Wirkung verlieh.

»Was modellieren Sie jetzt?«

»Den MANN.«

Das, dachte er, hätte er vorhersagen können. Er beobachtete sie, wie sie mit ihren dicken Fingern eine Tonwurst rollte und sie aufrecht auf den Sockel unterhalb des Kopfes der Figur stellte. »Adam?« fragte er. Er hatte das Gefühl, daß sie ein Spiel mit ihm spielte. Sie hatte mit plötzlich gesteigertem Eifer gearbeitet, als er ins Zimmer gekommen war, als hätte sie darauf gewartet, daß er die Stunden der Stille unterbrechen würde.

»Kain.« Sie wählte einen zweiten Bleistift und legte ihn quer über die Tonwurst, parallel zu der liegenden Figur, drückte ihn ein, bis er festhielt. »Faust. Don Giovanni. Spielt das eine Rolle?«

»Ja«, erwiderte er scharf. »Nicht alle Männer verkaufen ihre Seelen an den Teufel; so wenig wie alle Frauen zwei Gesichter haben.«

Olive lächelte vor sich hin und schnitt von einer Rolle Schnur auf dem Tisch ein Stück ab. Sie machte an einem Ende eine Schlinge und befestigte das andere am Ende des Bleistifts so, daß die Schnur über dem Kopf der Figur herabhing. Mit unendlicher Sorgfalt zog sie die Schlinge um ein Streichholz. »Und?« fragte sie.

Der Kaplan krauste die Stirn. »Ich weiß nicht. Der Galgen?«

Sie gab dem Streichholz einen leichten Stoß, so daß es hin und her schwang. »Oder das Schwert des Damokles. Das kommt aufs gleiche raus, wenn man seine Seele an Luzifer verkauft hat.«

Er hockte sich auf die Tischkante und bot ihr eine Zigarette an. »Es ist nicht der Mann im allgemeinen, nicht wahr?« fragte er, während er ihr Feuer gab. »Es ist ein bestimmter Mann. Habe ich recht?«

»Vielleicht.«

»Wer?«

Sie zog einen Brief aus ihrer Tasche und reichte ihn ihm. Er breitete das Blatt auf dem Tisch aus und las. Es war ein sehr kurzer Standardbrief, auf dem Computer geschrieben.

›Sehr geehrte Miss Martin,
hiermit teilen wir Ihnen mit, daß unvorhergesehene Umstände Mr. Peter Crew gezwungen haben, einen längeren Urlaub von der Kanzlei zu nehmen. Während seiner Abwesenheit werden seine Mandanten von seinen Partnern betreut werden. Bitte seien Sie versichert, daß Sie auch weiterhin auf unseren Beistand zählen können.
Mit vorzüglicher Hochachtung etc.

Der Kaplan sah auf. »Das verstehe ich nicht.«

Olive sog den Rauch tief ein und stieß ihn dann in einer Wolke zu dem Streichholz hin aus. Es drehte sich wild, ehe es aus der Schlinge entwich und auf die Tonstirn hinuntersank. »Mein Anwalt ist verhaftet worden.«

Bestürzt blickte er auf die Tonfigur. Er fragte nicht, ob sie das genau wisse. Er wußte, wie schnell sich Neuigkeiten in den Zellen herumsprachen. »Weswegen?«

»Wegen Sündhaftigkeit.« Sie drückte ihre Zigarette in den Ton. »Der MANN wird mit ihr geboren. Auch Sie, Kaplan.« Sie beobachtete seine Reaktion.

Er lachte leise. »Da haben Sie wahrscheinlich recht. Aber ich gebe mir größte Mühe, dagegen anzukämpfen.«

Sie nahm sich noch eine von seinen Zigaretten. »Sie werden mir fehlen«, sagte sie unerwartet.

»Wann?«

»Wenn sie mich hier rauslassen.«

Er sah sie mit einem verwirrten Lächeln an. »Das ist noch lange hin. Wir haben noch Jahre vor uns.«

Doch sie schüttelte den Kopf und drückte den Ton zu einer Kugel zusammen mit der Zigarettenkippe in der Mitte. »Sie haben mich nie gefragt, wer Eva war.«

Wieder das Spiel, dachte er. »Das brauchte ich nicht, Olive. Das wußte ich.«

Sie lächelte voller Verachtung mit sich selbst. »Ja, natürlich, das sieht Ihnen ähnlich.« Sie musterte ihn mit einem Seitenblick. »Sind Sie von allein drauf gekommen?« fragte sie. »Oder hat Gott es Ihnen verraten? Siehe, mein Sohn, Olive formt ihr Bild aus Ton. Hilf ihr jetzt, sich mit ihrer eigenen Falschheit auszusöhnen. Machen Sie sich keine Sorgen, wenn ich rauskomme, werde ich so oder so nicht vergessen, was Sie für mich getan haben.«

Was wollte sie von ihm? Ermutigende Bestätigung, daß sie wirklich freigelassen werden würde, oder Erlösung von ihren Lügen. Er seufzte im stillen. Ach, es wäre alles so viel leichter, wenn er sie mögen könnte, aber er mochte sie nicht. Das war seine Sünde.

19

Olive betrachtete Roz mit tiefem Mißtrauen. Das Glück hatte Roz' sonst blassen Wangen einen rosigen Schimmer verliehen. »Sie sehen verändert aus«, sagte sie so anklagend, als mißfiele ihr das, was sie sah.

Roz schüttelte den Kopf. »Nein. Es ist alles wie immer.« Manchmal waren Lügen wirklich sicher. Sie hatte Angst, Olive würde ihre Zuneigung zu dem Polizeibeamten, der sie verhaftet hatte, als Verrat betrachten.

Olive sah so häßlich und ungepflegt aus wie nie. Das ungewaschene Haar hing ihr strähnig um das farblose Gesicht; vorn auf dem formlosen Sackkleid hatte sie einen Ketchupfleck; der beißende Geruch ihres Schweißes war in dem kleinen Raum fast unerträglich. Sie vibrierte vor Entrüstung und schien, ihrer unmutig gerunzelten Stirn nach zu urteilen, entschlossen, alles, was man ihr sagte, zurückzuweisen. Sie schwieg.

»Ist etwas nicht in Ordnung?« fragte Roz ruhig.

»Ich will Sie nicht mehr sehen.«

Roz drehte ihren Bleistift zwischen ihren Fingern. »Warum nicht?«

»Ich brauche keine Gründe zu nennen.«

»Es wäre höflich«, sagte Roz im gleichen ruhigen Ton. »Ich habe Ihnen eine Menge Zeit, Kraft und Zuneigung gegeben. Ich dachte, wir seien Freundinnen.«

Olive kräuselte die Lippen. »Freundinnen?« zischte sie verächtlich. »Wir sind keine Freundinnen. Sie sind die Prinzessin, die sich unters gemeine Volk mischt und damit Geld macht, und ich bin das arme Schwein, das ausgebeutet wird.« Sie stützte ihre Hand mit gespreizten Fingern auf dem Tisch auf, um aufzustehen. »Ich will nicht, daß Sie das Buch schreiben.«

»Weil Sie lieber hier drinnen mit Respekt behandelt als draußen ausgelacht werden möchten.« Roz schüttelte den Kopf. »Sie sind töricht, Olive. Und feige dazu. Ich hätte Ihnen mehr Mumm zugetraut.«

Olive schob ihre wulstigen Lippen vor, als sie sich bemühte aufzustehen. »Ich höre mir das nicht an«, sagte sie wie ein Kind. »Sie wollen ja nur, daß ich mir's anders überlege.«

»Ja, natürlich.« Sie drückte ihre Wange gegen die erhobene Hand. »Ich werde das Buch schreiben, ob Sie es wollen oder nicht. Ich habe nämlich keine Angst vor Ihnen, Olive. Sie können einen Anwalt nehmen und eine einstweilige Verfügung gegen mich erwirken, um mich am Schreiben zu hindern, aber damit werden Sie nicht durchkommen. Ich werde nämlich dagegen halten, daß Sie unschuldig sind, und daraufhin wird jedes Gericht mein Recht zu publizieren im Interesse der natürlichen Gerechtigkeit schützen.«

Olive fiel wieder auf ihrem Stuhl zusammen. »Ich schreibe an eine Menschenrechtsorganisation. Die werden mich schon unterstützen.«

»Sicher nicht, wenn sie hören, daß ich mich bemühe, Sie aus dem Zuchthaus herauszuholen. Dann werden sie *mich* unterstützen.«

»Dann eben ans Gericht für Menschenrechte. Ich werde vorbringen, daß Sie in meine Intimsphäre eindringen.«

»Versuchen Sie es. Sie werden mir damit ein Vermögen einbringen. Alle Welt wird mein Buch kaufen, um zu sehen, worum es bei dem ganzen Wirbel eigentlich geht. Und wenn die Sache vor Gericht kommt, ganz gleich, vor welches, werde ich dafür sorgen, daß die Beweise diesmal gehört werden.«

»Welche Beweise?«

»Die zeigen, daß Sie es nicht getan haben.«

Olive schlug mit der Faust krachend auf den Tisch. »Ich hab's getan.«

»Nein, Sie haben es nicht getan.«

»Doch!« brüllte Olive.

»Nein«, sagte Roz mit vor Zorn blitzenden Augen. »Wann werden Sie endlich der Tatsache ins Auge sehen, daß Ihre Mutter tot ist, Sie dummes Ding!« Jetzt schlug sie auf den Tisch. »Sie ist nicht mehr für Sie da, und Sie wird nie wieder für Sie da sein, Olive, ganz gleich, wie lange Sie sich hier drin verstecken.«

Olive begann lautlos zu weinen. »Ich mag Sie nicht.«

Roz fuhr rücksichtslos fort. »Sie sind nach Hause gekommen, haben gesehen, was Ihr Liebhaber getan hatte und haben einen Schock bekommen. Das war, weiß Gott, nur allzu verständlich.« Sie zog die Aufnahmen, die im Leichenschauhaus von Gwen und Amber gemacht worden waren, aus ihrer Tasche und knallte sie vor Olive auf den Tisch. »Sie haben Ihre Mutter vergöttert, nicht wahr? Sie vergöttern alle Menschen, von denen Sie gebraucht werden.«

Olives Wut wuchs. »Das ist nichts als Mist, beschissener, blöder Mist.«

Roz schüttelte den Kopf. »Ich habe Sie gebraucht. Daher weiß ich das.«

Olives Lippen bebten. »Sie wollten wissen, wie es ist, wenn man einen Menschen umbringt; nur dafür haben Sie mich gebraucht.«

»Nein.« Roz griff über den Tisch und nahm eine große, weiche Hand in ihre. »Ich habe jemanden gebraucht, dem ich Liebe geben konnte. Es ist sehr leicht, Sie zu lieben, Olive.«

Olive entriß ihr ihre Hand und preßte sie an ihr Gesicht. »Niemand liebt mich«, flüsterte sie. »Keiner hat mich je geliebt.«

»Sie täuschen sich«, entgegnete Roz fest. »Ich liebe Sie, Schwester Bridget liebt Sie. Und wir werden Sie nicht im Stich lassen, wenn Sie rauskommen. Sie müssen uns vertrauen.« Sie verschloß sich der heimtückischen Stimme, die sie vor einer langfristigen Verpflichtung warnte, der sie doch nicht würde gerecht werden können, und vor wohlmeinenden Lügen, die so leicht auf sie zurückfallen konnten. »Erzählen Sie mir von Amber«, fuhr sie sanft fort. »Erklären Sie mir, warum Ihre Mutter Sie gebraucht hat.«

Olive kapitulierte mit einem zitternden Seufzer. »Sie wollte immer, daß alles nach ihrem Kopf ging, und wenn das nicht geklappt hat, dann hat sie allen in ihrer Umgebung das Leben zur Hölle gemacht. Sie hat Lügen über andere erzählt, was die ihr angetan hätten und so, sie hat gemeine Geschichten verbreitet, und manchmal hat sie anderen auch was angetan. Einmal hat sie meiner Mutter kochendes Wasser über den Arm gegossen, um sie zu bestrafen. Drum haben wir immer nachgegeben. Um uns das Leben ein bißchen leichter zu machen. Wenn alle nach ihrer Pfeife tanzten, war sie der reinste Engel.« Sie leckte sich die Tränen von den Lippen. »Sie hat nie Verantwortung übernommen, aber nach der Geburt des Kindes wurde es ganz schlimm. Mutter hat gemeint, sie hätte aufgehört erwachsen zu werden.«

»Um damit etwas zu kompensieren?«

»Nein, um eine Entschuldigung zu haben. Kinder dürfen sich schlecht benehmen, also hat Amber sich weiterhin wie ein Kind benommen. Nie hat ihr jemand einen Vorwurf daraus gemacht, daß sie schwanger geworden ist. Wir hatten zuviel Angst vor ihrer Reaktion.« Sie wischte sich mit dem Handrücken die Nase. »Meine Mutter wollte mit ihr zu einem Psychiater gehen. Sie hat geglaubt, Amber wäre schizophren.« Sie seufzte tief. »Aber dann waren sie beide tot, und es hat keine Rolle mehr gespielt.«

Roz gab ihr ein Kleenex und wartete, während sie sich die Nase putzte. »Wieso hat sie sich in der Schule nie schlecht benommen?«

»Hat sie doch«, entgegnete Olive ruhig. »Zum Beispiel, wenn die anderen sie aufzogen oder ihre Sachen genommen haben, ohne zu fragen. Ich mußte immer richtig böse werden, um sie davon abzuhalten. Ich war dauernd damit beschäftigt dafür zu sorgen, daß niemand ihren Zorn auf sich zog. Sie war ganz bezaubernd, solange ihr niemand in die Quere gekommen ist. Wirklich«, wiederholte sie mit Nachdruck, »ganz bezaubernd.«

»Die zwei Gesichter Evas.«

»Mutter hat es auf jeden Fall so gesehen.« Sie nahm die Zigaretten aus Roz' offener Aktentasche und streifte das Zellophan ab. »Ich hab' sie immer bei mir behalten, wenn sie nicht im Unterricht war. Dagegen hatte sie nichts. Die älteren Mädchen haben sie wie ein kleines Kuscheltier behandelt, und da kam sie sich immer wie was Besonderes vor. Freundinnen in ihrem Alter hatte sie keine.« Sie zog ein paar Zigaretten aus der Packung auf den Tisch und suchte sich eine aus.

»Wie konnte sie denn längere Zeit in einer Stellung bleiben, wenn es so war, wie Sie es schildern? Dann waren Sie doch nicht da, um sie zu beschützen?«

»Sie hat es nie länger als einen Monat in demselben Job ausgehalten. Die meiste Zeit hat sie zu Hause rumgesessen, bei meiner Mutter, und ihr das Leben zur Hölle gemacht.«

»Und wie war's bei Glitzy?«

Olive riß ein Streichholz an und hielt es an ihre Zigarette. »Genauso. Sie war gerade mal drei Wochen dort, da redete sie schon von Kündigung. Sie hatte irgendwelche Schwierigkeiten mit den anderen Mädchen. Ich glaube, sie war schuld, daß eine von ihnen gefeuert worden ist oder so was. Ich weiß das jetzt nicht mehr so genau. Jedenfalls war das der Moment, als meine Mutter gesagt hat, jetzt reicht's, jetzt gehen wir zum Psychiater.«

Roz schwieg eine Weile nachdenklich. »Ich weiß, wer Ihr Liebhaber war«, sagte sie dann unvermittelt. »Ich weiß auch, daß Sie die Sonntage zusammen im Belvedere Hotel in der Farraday Street verbracht haben und daß Sie sich als Mr. und Mrs. Lewis eingetragen haben. Die Eigentümerin vom Belvedere hat ihn anhand seiner Fotografie für mich identifiziert. Ebenso die Sekretärin vom Kurierdienst Wells-Fargo. Ich glaube, er hat Sie am Abend Ihres Geburtstags im Hotel verlassen, als Sie ihm sagten, daß Sie sein Kind abgetrieben hatten. Ich glaube, daß er danach direkt in die Leven Road gefahren ist, um mit Amber und Ihrer Mutter abzurechnen, die er gemeinsam für den Mord an dem Kind verantwortlich machte, das er sich immer gewünscht hatte. Ich glaube außerdem, daß Ihr Vater in der fraglichen Nacht nicht zu Hause war und die ganze Geschichte außer Kontrolle geraten ist. Ich glaube, Sie selbst sind erst viel später nach Hause gekommen, haben die Leichen gefunden und sind völlig zusammengebrochen, weil Sie geglaubt haben, es sei alles Ihre Schuld.« Wieder nahm sie Olives Hand und drückte sie leicht.

Olive schloß die Augen. Die Tränen liefen ihr über das Gesicht. »Nein«, sagte sie schließlich und entzog Roz ihre Hand. »So war es nicht. Ich wollte, es wäre so gewesen. Dann wüßte ich wenigstens, warum ich getan habe, was ich getan habe.« Ihre Augen hatten einen seltsam verschwommenen Blick, als sähen sie nicht nach draußen, sondern nach innen. »Wir hatten für meinen Geburtstag nichts geplant«, sagte sie. »Das konnten wir nicht. Es war kein Sonntag, und wir konnten uns nur sonntags treffen. Da kam nämlich immer seine Schwägerin, damit er einen freien Tag hatte. Sie und seine Frau dachten, er ginge dann zur British Legion.« Sie lächelte, aber ohne Erheiterung. »Der arme Edward. Er hatte solche Angst, sie würde es erfahren und ihn ohne einen Penny fortschikken. Sie war nämlich diejenige, die das Geld hatte. Und das Haus gehörte auch ihr. Das hat ihm furchtbar zugesetzt. Trauerpfützler war wirklich ein guter Name für ihn, besonders wenn er seine dumme Perücke aufhatte. Da sah er genau aus wie eines von diesen Moorwacklern aus *Narnia*, groß und mager und behaart.« Sie seufzte. »Das war seine Verkleidung, wissen Sie, für den Fall, daß jemand ihn sehen sollte. Ich fand es immer nur komisch. Ich hatte ihn kahlköpfig viel lieber.« Sie seufzte wieder. »*Narnia* war Ambers und mein Lieblingsbuch, als wir Kinder waren.«

Roz hatte sich das schon gedacht. »Und Sie haben sich als Mr. und Mrs. Lewis eingeschrieben, weil C. S. Lewis der Autor des Buchs war. Hatten Sie Angst davor, daß Mrs. Clarke es herausbekommen könnte, oder Ihre Eltern?«

»Wir hatten vor allen Angst, aber am meisten vor Amber. Sie war krankhaft eifersüchtig.«

»Hat sie von Ihrer Abtreibung gewußt?«

Olive schüttelte den Kopf. »Davon hat nur meine Mutter gewußt. Edward habe ich nie etwas davon gesagt und Amber schon gar nicht. Sex im Haus war nur ihr erlaubt. Und sie hat das auch weidlich ausgenutzt. Meine Mutter mußte sie dazu zwingen, jeden Abend die Pille zu nehmen, damit sie nicht wieder schwanger wurde.« Sie zog ein Gesicht. »Meine Mutter wurde furchtbar böse, als ich ihr gesagt habe, daß ich schwanger bin. Wir wußten beide, daß Amber einen Tobsuchtsanfall bekommen würde.«

»Haben Sie darum abgetrieben?«

»Wahrscheinlich. Es schien damals die einzige vernünftige Lösung zu sein. Jetzt tut es mir leid.«

»Sie bekommen sicher noch andere Chancen.«

»Das bezweifle ich.«

»Und was ist nun an dem Abend eigentlich passiert?« fragte Roz nach einer kleinen Pause.

Olive starrte sie durch den Rauch ihrer Zigarette unverwandt an. »Amber hat das Geburtstagsgeschenk gefunden, das ich von

Edward bekommen hatte. Ich hatte es wirklich gut versteckt, aber sie hat immer überall geschnüffelt.« Ihr Mund zuckte. »Immer mußte ich Sachen, die sie hatte mitgehen lassen, wieder zurückbringen. Alle haben gedacht, die Schnüfflerin sei ich.« Sie umschloß ihr Handgelenk mit Finger und Daumen. »Es war ein Armband mit einem Namensschild in Silber und einem kleinen Anhänger in Form eines silbernen Sessels. Und auf dem Schildchen stand: *Du bist Narnia.* Verstehen Sie? Narnia war das Paradies.« Sie lächelte verlegen. »Ich fand es wunderschön.«

»Er hat Sie sehr lieb gehabt.« Es war eine Feststellung, keine Frage.

»Mit mir hat er sich wieder jung gefühlt.« Die Tränen quollen unter den wimpernlosen Lidern hervor. »Wir haben wirklich keinem geschadet. Wir haben uns nur hin und wieder an einem Sonntag getroffen, in aller Stille, um zusammen zu sein, und für uns war es etwas, worauf wir uns freuen konnten.« Die Tränen strömten ihr jetzt über die Wangen. »Heute wünschte ich, ich hätte es nicht getan, aber es tat so gut, sich als was Besonderes zu fühlen. Das hatte ich vorher noch nie erlebt, und ich war so eifersüchtig auf Amber. Sie hatte massenhaft Verehrer und Freunde. Sie hat sie immer mit nach oben genommen. Meine Mutter hatte zuviel Angst vor ihr, um etwas zu sagen.« Sie schluchzte laut. »Immer haben mich alle ausgelacht. Ich hasse es, ausgelacht zu werden.«

Was mußte das für ein entsetzliches Leben in diesem Haus gewesen sein, dachte Roz, in dem jeder verzweifelt Liebe gesucht und niemals gefunden hatte. Hätten sie sie denn überhaupt erkannt, wenn sie sie gefunden hätten? Sie wartete, bis Olive sich wieder etwas gefaßt hatte.

»Hat Ihre Mutter gewußt, daß der Mann Edward war?«

»Nein. Ich habe ihr erzählt, es sei jemand aus dem Büro. Wir waren sehr vorsichtig. Edward war der beste Freund meines Vaters. Es wäre für alle das Ende gewesen, wenn sie gewußt hätten, was wir taten.« Sie schwieg. »Na ja, es war ja dann auch für alle das Ende.«

»Sie sind dahintergekommen.«

Sie nickte. »Amber hat es sofort gewußt, als sie das Armband entdeckte. Das war ja klar. Narnia. Das Armband konnte nur vom Trauerpfützler sein.« Sie zog tief an ihrer Zigarette.

Roz sah sie einen Moment still an. »Was hat sie getan?« fragte sie, als Olive nicht weitersprach.

»Was sie immer getan hat, wenn sie wütend war. Sie hat angefangen zu streiten. Sie hat mich an den Haaren gezogen, das weiß ich noch. Und geschrien hat sie. Meine Eltern mußten uns trennen. Es wurde ein regelrechtes Tauziehen, auf der einen Seite riß mein Vater an mir, auf der anderen hatte mich Amber bei den Haaren. Es war die Hölle. Und dann schrie Amber plötzlich, ich hätte ein Verhältnis mit Mr. Clarke.« Sie starrte tief unglücklich zum Tisch hinunter. »Meine Mutter hat ausgesehen, als müsse sie sich gleich übergeben – keinem gefällt die Vorstellung, daß alte Männer sich an junge Mädchen ranmachen, das hab' ich auch immer im Blick der Frau im Belvedere gesehen.« Sie drehte die Zigarette in ihren Fingern. »Aber jetzt, wissen Sie, glaube ich, daß meine Mutter deshalb so entsetzt und angewidert war, weil sie wußte, daß Edward und mein Vater es auch zusammen trieben. Ja, das war der Grund, warum ihr übel wurde. Mir wird jetzt auch übel, wenn ich mir das vorstelle.«

»Warum haben Sie es nicht einfach abgestritten?«

Olive paffte trübselig an ihrer Zigarette. »Das hätte gar keinen Sinn gehabt. Meine Mutter hat sofort gewußt, daß Amber die Wahrheit sagte. Das ist vermutlich eine Instinktsache. Man erfährt etwas und plötzlich ergeben viele andere kleine Dinge, die vorher nichts bedeutet haben, einen Sinn. Auf jeden Fall haben dann alle drei angefangen, auf mich einzubrüllen, meine Mutter im Schock, mein Vater in blinder Wut.« Sie zuckte die Achseln. »Ich hatte meinen Vater noch nie so wütend gesehen. Meiner Mutter ist das mit der Abtreibung herausgerutscht, und da hat er mir immer wieder ins Gesicht geschlagen und mich eine Hure genannt. Und Amber hat dauernd geschrien, er sei ja nur eifersüchtig, weil er selbst in Edward verliebt sei. Es war so grauenvoll« – wieder schossen ihr die Tränen in die Augen, »daß ich schließlich gegangen bin.« Ein eher komischer Ausdruck lag auf ihrem Gesicht. »Und als ich am nächsten Tag zurückkam, war überall alles voll Blut, und meine Mutter und Amber waren tot.«

»Sie waren die ganze Nacht weg?«

Olive nickte. »Und den größten Teil des Vormittags.«

»Aber das ist doch gut.« Roz beugte sich vor. »Das können wir beweisen. Wo waren Sie?«

»Ich bin zum Strand gegangen.« Sie starrte auf ihre Hände. »Ich wollte mich umbringen. Ich wollte jetzt, ich hätte es getan. Aber statt dessen hab' ich die ganze Nacht nur dagesessen und darüber nachgedacht.«

»Hat jemand Sie gesehen?«

»Nein. Ich wollte nicht gesehen werden. Als es hell wurde, habe ich mich jedesmal, wenn ich jemand kommen hörte, hinter einem Boot versteckt.«

»Wann sind Sie zurückgekommen?«

»Gegen Mittag. Ich hatte nichts gegessen und war hungrig.«

»Haben Sie mit jemandem gesprochen?«

Olive seufzte müde. »Niemand hat mich gesehen. Wenn mich jemand gesehen hätte, wäre ich nicht hier.«

»Wie sind Sie ins Haus gekommen? Hatten Sie einen Schlüssel?«

»Ja.«

»Wieso?« fragte Roz scharf. »Sie sagten, Sie seien gegangen. Ich dachte, Sie seien, so wie Sie waren, davongelaufen.«

Olives Augen weiteten sich. »Ich hab' gewußt, daß Sie mir nicht glauben würden«, schluchzte sie. »Keiner glaubt mir, wenn ich die Wahrheit sage.« Sie fing wieder an zu weinen.

»Doch, ich glaube Ihnen«, sagte Roz fest. »Ich möchte es nur genau wissen.«

»Ich bin erst in mein Zimmer und habe meine Sachen geholt. Ich bin nur gegangen, weil sie alle solchen Krach gemacht haben.« Sie verzog schmerzlich das Gesicht. »Mein Vater hat geweint. Es war grauenhaft.«

»Okay. Weiter. Sie sind jetzt wieder zu Hause.«

»Ich hab' aufgesperrt und bin zur Küche gegangen, weil ich mir was zu essen holen wollte. Ich bin in das ganze Blut reingetreten, noch ehe ich es überhaupt bemerkt habe.« Sie starrte auf die Fotografie ihrer Mutter und neue Tränen traten ihr in die Augen. »Ich mag nicht daran denken. Mir wird übel, wenn ich daran denke.« Ihre Unterlippe zitterte heftig.

»Okay«, sagte Roz. »Konzentrieren wir uns auf etwas anderes. Warum sind Sie überhaupt im Haus geblieben? Warum sind Sie nicht gleich auf die Straße hinausgestürzt und haben um Hilfe gerufen?«

Olive wischte sich die Augen. »Ich konnte mich nicht rühren«, sagte sie schlicht. »Ich wollte es, aber ich konnte nicht. Ich habe nur dagestanden und daran gedacht, wie schrecklich meine Mutter sich schämen würde, wenn die Leute sie nackt sehen würden.« Immer noch zitterte ihre Unterlippe wie bei einem kleinen Kind. »Mir war so entsetzlich übel. Ich wollte mich setzen, aber es war kein Stuhl da.« Sie drückte die Hand auf den Mund und schluckte krampfhaft. »Und dann schlug plötzlich Mrs. Clarke ans Küchenfenster. Sie schrie, Gott würde mir meine Sündhaftigkeit niemals verzeihen, und dabei ist ihr die ganze Zeit der Speichel aus dem Mund gelaufen.« Sie zog schaudernd die massigen Schultern zusammen. »Ich wußte nur, daß ich sie irgendwie zum Schweigen bringen mußte, weil sie alles noch schlimmer machte. Da hab' ich das Nudelholz gepackt und bin zur Hintertür gerannt.« Sie seufzte. »Aber da bin ich hingefallen, und außerdem war sie sowieso schon nicht mehr da.«

»Und da haben Sie dann die Polizei angerufen?«

»Nein.« Das tränennasse Gesicht zuckte wie im Krampf. »Ich kann mich jetzt nicht mehr an alles erinnern. Irgendwann bin ich mal total außer mir geraten, weil ich ganz voll war mit ihrem Blut, und ich hab' mir immer wieder die Hände abgekratzt, um sie sauber zu kriegen. Aber alles, was ich angefaßt habe, war blutig.« Ihre Augen weiteten sich bei der Erinnerung. »Ich war immer schon so tolpatschig, und der Boden war ganz glitschig. Ich bin dauernd über sie gestolpert und hab' sie verschoben, und dann mußte ich sie anfassen und alles wieder richtig hinlegen, und dann hatte ich noch mehr Blut an mir.« Die traurigen Augen liefen wieder über. »Und die ganze Zeit dachte ich immer nur, das ist alles meine Schuld. Wenn ich nie geboren worden wäre, wäre das hier nie passiert. Ich habe mich lange hingesetzt, weil mir so übel war.«

Roz sah ungläubig auf den gesenkten Kopf. »Aber warum haben Sie das alles nicht der Polizei gesagt?«

Sie hob den Kopf und sah Roz mit feuchten blauen Augen ins Gesicht. »Das wollte ich ja, aber es hat niemand mit mir gesprochen. Sie haben alle geglaubt, ich hätte es getan. Und ich habe die ganze Zeit nur gedacht, daß jetzt alles über Edward und mich und über Edward und meinen Vater herauskommen würde, und über die Abtreibung und Amber und ihr Kind, und dann hab' ich gedacht, daß es doch viel besser wäre und allen Verlegenheit ersparen würde, wenn ich einfach sagte, daß ich es getan habe.«

Roz sprach bewußt mit ruhiger, fester Stimme. »Was glaubten Sie denn, wer es getan hatte?«

Olive sah sie verzweifelt an. »Darüber habe ich zuerst überhaupt nicht nachgedacht.« Sie krümmte ihre Schultern wie in Schutzstellung. »Und dann war mir klar, daß mein Vater es getan hatte und sie mich verurteilen würden, weil er der einzige war, der mich hätte retten können.« Sie zupfte an ihrer Lippe. »Danach war es eine richtige Erleichterung, einfach zu sagen, was alle hören wollten. Ich wollte auch gar nicht mehr nach Hause, wissen Sie – wo meine Mutter tot war und Edward nebenan und alle Bescheid wußten. Ich hätte unmöglich wieder nach Hause gehen können.«

»Woher wußten Sie denn, daß Ihr Vater es getan hatte?«

Ein Wimmern der Qual wie von einem verletzten Tier kam aus Olives Mund. »Weil Mr. Crew so gemein zu mir war.« Wieder rannen die Tränen in Strömen. »Er kam früher manchmal zu uns, und da hat er mir immer einen Klaps auf die Schulter gegeben und gesagt: ›Na, wie geht's, Olive?‹ Aber auf der Polizei«, sie vergrub ihr Gesicht in den Händen, »da hat er sich ein Taschentuch vor den Mund gehalten, weil er sich beinahe übergeben mußte, und hat sich auf die andere Seite des Zimmers gestellt und gesagt: ›Sagen Sie kein Wort zu mir oder der Polizei, sonst kann ich Ihnen nicht helfen.‹ Da habe ich es gewußt.«

Roz runzelte die Stirn. »Wieso? Das verstehe ich nicht.«

»Weil mein Vater der einzige war, der gewußt hat, daß ich gar nicht im Haus gewesen war, aber er hat das weder Mr. Crew gesagt noch später der Polizei. Mein Vater muß es getan haben, sonst hätte er doch versucht, mich zu retten. Er hat mich ins Zuchthaus gehen lassen, weil er ein Feigling war.« Sie schluchzte laut. »Und dann ist er gestorben und hat sein Geld Ambers Kind vermacht, obwohl er doch einen Brief hätte hinterlassen können, um den Behörden mitzuteilen, daß ich unschuldig bin.« Sie schlug sich mit beiden Händen auf die Knie. »Was hätte das denn nach seinem Tod noch für eine Rolle gespielt?«

Roz nahm Olive die Zigarette aus der Hand und stellte sie auf den Tisch. »Warum haben Sie der Polizei nicht gesagt, daß Sie Ihren Vater für den Täter hielten? Sergeant Hawksley hätte Ihnen zugehört. Er hatte Ihren Vater bereits in Verdacht.«

Olive senkte den Blick. »Das möchte ich Ihnen nicht sagen.«

»Sie müssen aber, Olive.«

»Sie lachen mich bestimmt aus.«

»Sagen Sie es mir.«

»Ich hatte Hunger.«

Roz schüttelte perplex den Kopf. »Das verstehe ich nicht.«

»Der Sergeant hat mir ein Brot gebracht und gesagt, sobald wir mit dem Protokoll fertig seien, bekäme ich ein anständiges Abendessen.« Von neuem begann sie zu schluchzen. »Ich hatte den ganzen Tag nichts gegessen, und ich hatte solchen Hunger«, jammerte sie. »Es ging am schnellsten, wenn ich sagte, was sie von mir hören wollten, und dann hab' ich mein Essen bekommen.« Sie hob den Kopf. »Da lachen doch bestimmt alle, wenn sie das hören.«

Roz fragte sich, warum sie nie auf den Gedanken gekommen war, daß Olives unersättliche Gier nach allem Eßbaren zu dem raschen Geständnis beigetragen haben könnte. Mrs. Hopwood hatte sie als zwanghafte Esserin geschildert, und unter Streß mußten die Hungerqualen für das unglückliche Mädchen noch unerträglicher gewesen sein.

»Nein«, sagte sie mit Entschiedenheit, »darüber wird kein Mensch lachen. Aber warum haben Sie dann selbst bei Ihrem Prozeß noch darauf bestanden, sich schuldig zu bekennen? Da hätten Sie doch kämpfen können. Sie hatten inzwischen Zeit gehabt, um nachzudenken und über den Schock wegzukommen.«

Olive wischte sich die Augen. »Da war es zu spät. Ich hatte ein

Geständnis abgelegt. Ich hatte keine Strategie, außer auf verminderte Schuldfähigkeit zu plädieren, und ich war nicht bereit, mich von Mr. Crew eine Psychopathin nennen zu lassen. Ich hasse Mr. Crew.«

»Aber wenn Sie jemandem die Wahrheit gesagt hätten, hätte der Betreffende Ihnen vielleicht geglaubt. Sie haben sie mir gesagt, und ich habe Ihnen geglaubt.«

Olive schüttelte den Kopf. »Ich habe Ihnen nichts gesagt«, entgegnete sie. »Alles, was Sie wissen, haben Sie selbst herausgefunden. Darum glauben Sie es.« Ihre Augen wurden wieder feucht. »Am Anfang, als ich ins Zuchthaus kam, hab' ich's versucht. Da habe ich mit dem Kaplan gesprochen, aber der mag mich nicht und dachte, ich erzählte ihm Lügengeschichten. Denn ich hatte ja bereits gestanden, wissen Sie, und nur die Schuldigen gestehen. Vor den Psychiatern hatte ich am meisten Angst. Ich dachte, wenn ich das Verbrechen leugnete und keine Reue zeigte, würden sie sagen, ich sei gemeingefährlich, und mich nach Broadmoor schikken.«

Roz sah sie voll Mitgefühl an. Olive hatte im Grund nie eine Chance gehabt. Und wer war letztendlich schuld daran? Mr. Crew? Robert Martin? Die Polizei? Sogar die arme Gwen, deren Abhängigkeit von ihrer Tochter Olives Leben bestimmt hatte. Michael Jackson hatte es mit einem Satz gesagt: »Sie gehörte zu den Menschen, an die man nur denkt, wenn man etwas zu erledigen hat; dann erinnert man sich ihrer mit Erleichterung, weil man weiß, daß sie es erledigen werden.« Amber hatte nie etwas daran gelegen, anderen zu gefallen, dachte sie, nur Olive, und das Resultat war gewesen, daß sie selbst völlig abhängig geworden war. Und da sie keinen Menschen gehabt hatte, der ihr gesagt hatte, was sie tun sollte, war sie den Weg des geringsten Widerstands gegangen.

»Sie werden das in den nächsten Tagen offiziell hören, aber ich sehe nicht ein, warum Sie solange warten sollen. Mr. Crew ist im Augenblick nur gegen Kaution auf freiem Fuß. Er wird der Unterschlagung des Geldes Ihres Vaters beschuldigt und der Verabredung zum Betrug. Vielleicht wird man ihn auch der Verabredung zum Mord beschuldigen.«

Es blieb lange still, ehe Olive schließlich aufblickte. In ihren Augen war ein Ausdruck triumphierenden Wissens, bei dem Roz ein kalter Schauer über den Rücken rann. Sie dachte an Schwester Bridgets schlichte Erklärung *ihrer* Wahrheit: *Sie sind auserwählt worden, Roz, ich nicht.* Und was war Olives Wahrheit?

»Das weiß ich schon.« Wie nebenbei zog Olive aus dem Oberteil ihres Kleides eine Nadel. »Der Buschtelegraph«, erklärte sie. »Mr. Crew hat die Hayes-Brüder gedungen, Sergeant Hawksleys Restaurant zu zerlegen. Sie waren dort, und Sie und der Sergeant sind verprügelt worden. Das tut mir leid, aber sonst tut mir nichts leid. Mr. Hayes hab' ich nie richtig leiden können. Er hat mich immer ignoriert und nur mit Amber geredet.« Sie stieß die Nadel in die Tischplatte. Bröckchen getrockneten Tons und erhärteten Wachses hingen noch an ihrem Kopf.

Roz betrachtete sie mit hochgezogenen Brauen. »Das ist nichts als abergläubischer Blödsinn, Olive.«

»Sie haben selbst gesagt, es wirkt, wenn man dran glaubt.«

»Das war doch nur Spaß.«

»Die *Encyclopedia Britannica* macht keinen Spaß.« Olive deklamierte im Singsang: ›Seite sechsundneunzig, Band fünfundzwanzig, Überschrift Okkultismus.‹« Aufgeregt wie ein Kind klatschte sie in die Hände, und ihre Stimme schwoll zu lautem Rufen an. »›*In Salem hat der Hexenzauber gewirkt, weil es Leute gab, die daran glaubten.*‹« Sie sah Roz' beunruhigtes Gesicht und sagte ruhig: »Blanker Unsinn. Wird Mr. Crew verurteilt werden?«

»Das weiß ich nicht. Er behauptet, Ihr Vater hätte ihm in seiner Eigenschaft als Testamentsvollstrecker grünes Licht gegeben, das Geld anzulegen, solange nach Ihrem Neffen gesucht wird, und das Irre ist«, sie lächelte grimmig, »daß seine Anlagen sich wahrscheinlich auszahlen werden, wenn das Grundstücksgeschäft sich wieder belebt, was es voraussichtlich tun wird. Er leugnet natürlich alles, aber die Polizei scheint recht zuversichtlich zu sein, daß sie ihn und die Brüder Hayes wegen gewalttätigen Überfalls belangen können. Ich würde alles darum geben, wenn ich ihn wegen Verletzung der Sorgfaltspflicht in Ihrem Fall kriegen könnte. War er auch einer von denen, denen Sie versucht haben, die Wahrheit zu sagen?«

»Nein«, antwortete Olive bedauernd. »Das hätte gar keinen Sinn gehabt. Er war schon seit Jahren der Anwalt meines Vaters. Er hätte niemals geglaubt, daß mein Vater es getan hat.«

Roz packte ihre Sachen ein. »Ihr Vater hat Ihre Mutter und Ihre Schwester nicht getötet, Olive. Er glaubte, *Sie* hätten es getan. Gwen und Amber waren am Leben, als er morgens zur Arbeit ging. Was ihn anging, entsprach Ihre Aussage völlig den Tatsachen.«

»Aber er hat gewußt, daß ich nicht da war.«

Roz schüttelte den Kopf. »Ich werde es nie beweisen können, aber ich glaube, er hatte keine Ahnung, daß Sie gegangen waren. Vergessen Sie nicht, er hat unten geschlafen. Und ich gehe jede Wette ein, Sie sind ganz leise hinausgeschlüpft, um keine Aufmerksamkeit zu erregen. Wenn Sie ihm nur erlaubt hätten, mit Ihnen zu sprechen, dann hätten Sie das klären können.« Sie stand auf. »Es ist jetzt vorbei, aber Sie hätten ihn nicht bestrafen sollen, Olive. Er war so wenig schuldig wie Sie. Er hat Sie geliebt. Er konnte es nur nicht gut zeigen. Ich denke, sein einziger Fehler war, daß er Frauen und dem, was sie anhatten, zu wenig Aufmerksamkeit geschenkt hat.«

Olive schüttelte den Kopf. »Wie meinen Sie das?«

»Er hat der Polizei damals gesagt, Ihre Mutter habe eine Kittelschürze aus Nylon besessen.«

»Und warum hat er das gesagt?«

Roz seufzte. »Ich vermute, weil er nicht zugeben wollte, daß er sie niemals richtig angesehen hat. Er war kein schlechter Mensch, Olive. Er konnte nichts für seine sexuellen Vorlieben, so wenig wie Sie und ich. Die Tragödie war, daß bei Ihnen zu Hause keiner darüber sprechen konnte.« Sie zog die Nadel aus der Tischplatte und säuberte ihren Kopf. »Und ich glaube keine Sekunde, daß er je Ihnen die Schuld an der Entwicklung der Dinge gegeben hat. Er hat sie einzig sich selbst gegeben. Darum ist er in dem Haus geblieben. Das war seine Buße.«

Eine dicke Träne lief Olives Wange hinab. »Er hat immer gesagt, das Spiel sei die Mühe nicht wert.« Sie streckte die Hände nach der Nadel aus. »Wenn ich ihn weniger geliebt hätte, hätte ich ihn auch weniger gehaßt, und dann wäre es jetzt nicht zu spät, nicht wahr?«

20

Hal saß draußen im Wagen, die Arme verschränkt, eine alte Mütze gegen die Sonne tief ins Gesicht gezogen, und machte ein Nickerchen. Als Roz die Tür auf der Fahrerseite öffnete, hob er den Kopf und blinzelte sie faul an. »Und?«

Sie warf ihre Aktentasche auf den Rücksitz und setzte sich hinter das Steuer. »Sie hat meine Version glatt in Stücke geschossen.« Sie ließ den Motor an und manövrierte den Wagen aus der Parklücke.

Hal betrachtete sie nachdenklich. »Und wohin geht's jetzt?«

»Jetzt werde ich mal dem guten Edward die Hölle heiß machen«, antwortete sie. »Der wird sein blaues Wunder erleben.«

»Hältst du das für klug? Ich dachte, er sei ein Psychopath?« Hal zog sich die Mütze wieder über die Augen und rutschte tiefer in seinen Sitz, um sein Schläfchen fortzusetzen. »Aber du wirst ja wissen, was du tust.« Sein Vertrauen in Roz kannte keine Grenzen. Sie hatte mehr Schneid als die meisten Männer, die er kannte.

»Stimmt.« Sie schob das Band, das sie gerade aufgenommen hatte, ins Kassettendeck und spulte zurück. »Du hingegen nicht, Sergeant, darum spitz jetzt mal die Ohren. Ich hab' so das düstere Gefühl, ich sollte eigentlich dir die Hölle heiß machen. Das arme Kind – denn was anderes ist sie ja im Grunde nicht, auch jetzt noch nicht – war völlig ausgehungert, und du hast ihr versprochen, sie würde ein ›anständiges Abendessen‹ bekommen, sobald sie ihre Aussage gemacht hätte. Kein Wunder, daß sie nicht schnell genug ein Geständnis ablegen konnte. Hätte sie gesagt, sie sei es nicht gewesen, hättest du sie weiterhin auf ihr Essen warten lassen.« Sie drehte das Radio auf volle Lautstärke.

Sie mußten mehrmals läuten, ehe Edward Clarke ihnen bei vorgelegter Sicherheitskette die Tür öffnete. »Sie haben hier nichts zu suchen«, zischte er Roz an. »Ich rufe die Polizei, wenn Sie uns weiterhin belästigen.«

Hal trat mit einem freundlichen Lächeln vor. »Sergeant Hawksley von der Kriminalpolizei Dawlington, Mr. Clarke. Es handelt sich um den Fall Olive Martin, den ich damals bearbeitet habe. Ich nehme an, Sie erinnern sich an mich.«

Ein Ausdruck, in dem sich Wiedererkennen und Resignation mischten, flog über Edward Clarkes Gesicht. »Ich dachte, dieses Kapitel sei abgeschlossen.«

»Leider nicht. Dürfen wir eintreten?«

Clarke zögerte kurz, und Roz fragte sich schon, ob er Hal beim Wort nehmen und seinen Ausweis verlangen würde. Aber er tat es nicht. Der typisch britische Respekt vor der Autorität saß tief bei ihm. Scheppernd löste er die Kette und machte ihnen die Tür auf.

»Ich wußte, daß Olive irgendwann reden würde«, sagte er müde. »Sie wäre kein Mensch, wenn sie es nicht getan hätte.« Er führte sie ins Wohnzimmer. »Aber mein Wort, ich wußte nichts von diesen Morden. Glauben Sie denn im Ernst, ich hätte mich mit ihr angefreundet, wenn ich gewußt hätte, was für eine Person sie war?«

Roz ließ sich in dem Sessel nieder, in dem sie schon einmal gesessen hatte, und schaltete heimlich den Recorder in ihrer Handtasche ein. Hal ging zum Fenster und sah hinaus. Mrs. Clarke saß auf der kleinen Terrasse hinter dem Haus, das ausdruckslose Gesicht der Sonne zugewandt.

»Sie und Olive waren mehr als Freunde«, sagte Hal ohne Schärfe und drehte sich zu Clarke um.

»Wir haben niemandem geschadet«, sagte Edward Clarke genau wie kurz zuvor Olive. Roz hätte interessiert, wie alt er war.

Siebzig? Er sah älter aus, erschöpft vielleicht von der Pflege seiner Frau. Die auf Zellophan skizzierte Perücke, die sie über sein Foto gelegt hatte, hatte ihr gezeigt, daß volles Haar einen Mann weit jünger wirken ließ. Er quetschte seine Hände zwischen seine Knie, als wüßte er nicht, was er mit ihnen anfangen sollte. »Oder sollte ich besser sagen, es war nicht unsere Absicht, jemandem zu schaden. Was Olive getan hat, war völlig unbegreiflich für mich.«

»Und Sie fühlen sich dafür in keiner Weise verantwortlich?«

Er starrte zu Boden, unfähig, sie anzusehen. »Ich nahm an, sie sei immer schon labil gewesen«, sagte er.

»Warum?«

»Ihre Schwester war es auch. Ich dachte, es sei erblich bedingt.«

»Sie hat sich also schon vor den Morden merkwürdig verhalten?«

»Nein«, gab er zu. »Wie gesagt, ich hätte diese – äh – Beziehung nicht gesucht, wenn ich gewußt hätte, was für ein Mensch sie war.«

Hal schwenkte um. »Welcher Art genau war eigentlich Ihre Beziehung zu Olives Vater?«

Er preßte seine Knie noch fester gegen seine Hände. »Freundschaftlich.«

»Wie freundschaftlich?«

Mr. Clarke seufzte. »Ist das jetzt noch von Bedeutung? Das alles ist lange her, und Robert ist tot.« Sein Blick wanderte zum Fenster.

»Es ist von Bedeutung«, sagte Hal brüsk.

»Wir waren sehr enge Freunde.«

»Bestanden zwischen Ihnen sexuelle Beziehungen?«

»Kurze Zeit, ja.« Er zog seine Hände zwischen seinen Knien heraus und schlug sie vor sein Gesicht. »Das klingt jetzt so schmutzig, aber so war es nicht. Sie müssen begreifen, wie einsam ich war. Gott weiß, es ist nicht ihre Schuld, aber meine Frau war mir nie eine Gefährtin. Wir haben spät geheiratet, hatten keine Kinder, und ihr Geist verfiel rasch. Ich wurde ihr Pfleger und Betreuer, als wir noch keine fünf Jahre verheiratet waren. Ich war in meinem eigenen Haus mit einem Menschen eingesperrt, mit dem ich kaum kommunizieren konnte.« Er schluckte krampfhaft. »Roberts Freundschaft war alles, was ich hatte, und er war, wie Sie offensichtlich wissen, homosexuell. Seine Ehe war genauso ein Gefängnis wie meine, wenn auch aus anderen Gründen.« Er massierte sich die Nasenwurzel mit Zeigefinger und Daumen. »Der sexuelle Teil unserer Beziehung war im Grunde nur ein Nebenprodukt unserer Abhängigkeit voneinander. Er war Robert sehr wichtig, mir weit weniger, obwohl ich zugeben muß, daß ich damals – wenn auch nur etwa drei oder vier Monate lang – ehrlich glaubte, selbst auch homosexuell zu sein.«

»Bis Sie sich in Olive verliebten?«

»Ja«, antwortete Mr. Clarke. »Sie war natürlich ihrem Vater sehr ähnlich – intelligent, sensibel, durchaus anziehend, wenn sie es sein wollte, und sehr verständnisvoll. Sie stellte im Gegensatz zu meiner Frau kaum Ansprüche.« Er seufzte. »Angesichts dessen, was später geschah, erscheint es merkwürdig, das zu sagen, aber sie war ein Mensch, in dessen Gegenwart man sich wohl fühlte.«

»Wußte Olive von Ihrer Beziehung zu ihrem Vater?«

»Von mir nicht. Sie war in vieler Hinsicht sehr naiv.«

»Und Robert wußte nichts von Ihrer Beziehung zu Olive.«

»Nein.«

»Sie haben mit dem Feuer gespielt, Mr. Clarke.«

»Ich habe das nicht geplant, Sergeant. Es hat sich so ergeben. Zu meiner Verteidigung kann ich nur vorbringen, daß ich in dem Moment, als ich mir meiner Gefühle für Olive bewußt wurde, die intimen Beziehungen zu Robert abgebrochen habe. Aber wir sind Freunde geblieben. Etwas anderes wäre grausam gewesen.«

»Quatsch!« sagte Hal mit kalkuliertem Zorn. »Sie wollten bloß nicht, daß man Ihnen auf die Schliche kam. Ich vermute, Sie haben's mit beiden zu gleicher Zeit getrieben und jede Minute des Kitzels genossen. Und da haben Sie noch die gottverdammte Stirn zu sagen, Sie fühlten sich nicht verantwortlich.«

»Weshalb sollte ich mich verantwortlich fühlen?« konterte Clarke mit einem gewissen Feuer. »Mein Name ist von keinem von beiden je genannt worden. Glauben Sie etwa, er wäre nicht zur Sprache gekommen, wenn ich unwissentlich die Katastrophe heraufbeschworen hätte?«

Roz lächelte verächtlich. »Haben Sie sich jemals Gedanken darüber gemacht, warum Robert Martin nach den Morden kein Wort mehr mit Ihnen gesprochen hat?«

»Ich nahm an, er sei zu bekümmert.«

»Ich glaube, man empfindet etwas mehr als schlichten Kummer, wenn man entdeckt, daß die eigene Tochter von dem Mann verführt worden ist, den man für seinen Geliebten gehalten hat«, sagte sie ironisch. »Natürlich haben Sie die Katastrophe heraufbeschworen, Mr. Clarke, und Sie wußten es auch. Aber Sie haben sich gehütet, etwas zu sagen. Sie haben lieber mit angesehen, wie die ganze Familie Martin sich selbst vernichtete, als sich zu exponieren.«

»War das denn so unverständlich?« protestierte er. »Sie hätten mich doch jederzeit nennen können. Sie haben es nicht getan. Was hätte es geholfen, wenn ich mich gemeldet hätte? Gwen und Amber wären trotzdem tot gewesen. Olive wäre trotzdem ins Zuchthaus gekommen.« Er sah Hal an. »Ich bedaure meine Beziehungen zu der Familie zutiefst, aber man kann mich doch weiß Gott nicht dafür verantwortlich machen, wenn meine Verbindung zu ihr zur Tragödie führte. Ich habe nichts Verbotenes getan.«

Hal sah wieder zum Fenster hinaus. »Erklären Sie uns, warum

Sie umgezogen sind, Mr. Clarke. War das Ihr Entschluß oder der Ihrer Frau?«

Er klemmte seine Hände wieder zwischen seine Knie. »Das war ein gemeinsamer Entschluß. Das Leben dort wurde für uns beide unerträglich. Wir haben überall Gespenster gesehen. Ein Ortswechsel schien uns das einzig Vernünftige.«

»Warum legten Sie so großen Wert darauf, Ihre neue Adresse geheimzuhalten?«

Clarke sah mit gequältem Blick auf. »Ich wollte nicht, daß die Vergangenheit mich einholt. Ich habe in ständiger Angst vor diesem Tag gelebt.« Er sah Roz an. »Es ist beinahe eine Erleichterung, daß jetzt alles herauskommt. Sie werden mir das wahrscheinlich nicht glauben.«

Sie lächelte verkrampft. »Ihre Frau hat am Tag der Morde vor der Polizei ausgesagt, sie habe Gwen und Amber Martin am Morgen noch an der Tür gesehen, nachdem Sie und Robert zur Arbeit gefahren waren. Aber als ich neulich hier bei Ihnen war, sagte sie, sie habe damals gelogen.«

»Ich kann nur wiederholen, was ich Ihnen neulich schon sagte«, erwiderte er müde. »Dorothy ist senil. Man kann sich auf nichts verlassen, was sie sagt. Meistens weiß sie nicht einmal, was für ein Tag gerade ist.«

»Hat sie vor fünf Jahren die Wahrheit gesagt?«

Er nickte. »Soweit es ihre Aussage angeht, daß die beiden noch am Leben waren, als ich zur Arbeit fuhr, ja, da hat sie die Wahrheit gesagt. Amber war am Fenster und hat herausgeschaut. Ich habe sie selbst gesehen. Sie versteckte sich hinter dem Vorhang, als ich ihr zuwinkte. Ich weiß noch, daß ich das seltsam fand.« Er machte eine Pause. »Ob Dorothy Robert hat wegfahren sehen«, fuhr er dann fort, »kann ich nicht sagen. Sie behauptete, ja, und soviel ich weiß, hatte Robert ein bombensicheres Alibi.«

»Hat Ihre Frau einmal erwähnt, daß sie die Leichen gesehen hat, Mr. Clarke?« fragte Hal beiläufig.

»Großer Gott, nein.« Er schien ehrlich entsetzt zu sein.

»Es hätte mich nur interessiert, wieso sie Gespenster gesehen hat. Sie war doch mit Gwen und Amber nicht besonders gut befreundet, oder? Eher das Gegenteil, wenn man bedenkt, wieviel Zeit Sie drüben bei den Martins verbracht haben.«

»Jeder in der Straße hat Gespenster gesehen«, sagte er bedrückt. »Wir wußten ja alle, was Olive getan hatte. Man hätte schon völlig abgestumpft sein müssen, um da keine Gespenster zu sehen.«

»Können Sie sich erinnern, was Ihre Frau am Morgen der Morde anhatte?«

Überrascht von dem plötzlichen Themawechsel, starrte er Hal an. »Warum fragen Sie?«

»Wir hatten eine Meldung, daß jemand eine Frau an der Garage der Martins vorbeigehen sah.« Die Lüge kam ihm leicht über die Lippen. »Der Beschreibung nach war sie zu klein und zierlich, als daß es Olive hätte sein können, aber wer auch immer es war, sie hatte, wie die Beschreibung lautete, ein recht elegantes schwarzes Kostüm an. Wir würden diese Frau gern finden. Könnte das Ihre Frau gewesen sein, Mr. Clarke?«

Die Erleichterung des Mannes war beinahe mit Händen zu greifen. »Nein. Sie hat nie ein schwarzes Kostüm besessen.«

»Hat sie vielleicht an dem Morgen etwas Schwarzes angehabt?«

»Nein. Sie hatte eine geblümte Kittelschürze an.«

»Sie sind sich Ihrer Sache sehr sicher.«

»Sie hatte sie jeden Morgen an, für die Hausarbeit. Erst wenn sie damit fertig war, hat sie sich umgezogen. Außer sonntags. Sonntags hat sie keine Hausarbeit gemacht.«

Hal nickte. »Jeden Morgen dieselbe Kittelschürze? Und wenn sie schmutzig war?«

Clarke runzelte die Stirn, offensichtlich verwundert über diese Fragen. »Sie hatte noch eine, eine einfarbige blaue. Aber am Tag der Morde hat sie eindeutig die geblümte angehabt.«

»Welche hatte sie am Tag nach den Morden an?«

Er leckte sich nervös die Lippen. »Ich erinnere mich nicht.«

»Die blaue, stimmt's? Und sie hat dann weiter die blaue getragen, vermute ich, bis Sie ihr eine zweite gekauft haben.«

»Ich erinnere mich nicht.«

Hal lächelte unangenehm. »Hat sie ihre geblümte Kittelschürze noch, Mr. Clarke?«

»Nein«, flüsterte er. »Sie macht schon lange keine Hausarbeit mehr.«

»Was ist aus der Schürze geworden?«

»Ich erinnere mich nicht. Wir haben eine Menge Sachen weggeworfen, bevor wir umgezogen sind.«

»Wie fanden Sie denn die Zeit, das zu tun?« fragte Roz. »Mr. Hayes hat uns erzählt, Sie seien eines Morgens einfach weg gewesen und erst drei Tage später wären die Möbelpacker gekommen und hätten Ihre Sachen für Sie eingepackt.«

»Vielleicht habe ich alles durchgesehen, als es hier ankam«, sagte er ziemlich ratlos. »Ich kann mich nach so langer Zeit nicht mehr an die genaue Chronologie erinnern.«

Hal kratzte sich am Kinn. »Wußten Sie«, sagte er ruhig, »daß Ihre Frau die verkohlten Reste einer geblümten Kittelschürze, die man im Müllbrenner im Garten der Martins fand, als Teile eines Kleidungsstücks identifiziert hat, das Gwen Martin an dem Tag trug, als sie ermordet wurde?«

Alle Farbe wich aus Clarkes Gesicht. »Nein, das wußte ich nicht.« Die Worte kamen kaum hörbar.

»Und diese Überreste wurden sorgfältig fotografiert und sorgfältig aufbewahrt, um sie jederzeit zur Hand zu haben, wenn es in der Zukunft Meinungsverschiedenheiten darüber geben sollte, wem das Kleidungsstück nun eigentlich gehörte. Ich bin sicher, Mr. Hayes wird uns sagen können, ob es die Kittelschürze Ihrer Frau war oder die von Gwen Martin.«

Clarke hob kapitulierend die Hände. »Sie hat zu mir gesagt, sie hätte sie weggeworfen«, beteuerte er, »weil sie sie beim Bügeln versengt hatte. Ich habe ihr geglaubt. Solche Sachen sind ihr oft passiert.«

Hal, der ihn kaum zu hören schien, fuhr im gleichen sachlichen ruhigen Ton fort. »Ich hoffe sehr, Mr. Clarke, es wird uns gelingen zu beweisen, daß Sie von Anfang an wußten, daß Ihre Frau Gwen und Amber Martin getötet hat. Ich würde sehr gern erleben, wie Sie dafür verurteilt werden, daß Sie ein unschuldiges junges Mädchen für ein Verbrechen ins Zuchthaus gehen ließen, das es nicht begangen hatte, noch dazu ein Mädchen, das Sie schamlos mißbraucht hatten.«

Sie würden das natürlich niemals beweisen können, aber es verschaffte ihm beträchtliche Genugtuung, die Furcht in Clarkes Gesicht zu sehen.

»Woher hätte ich es wissen sollen? Ich hatte meine Zweifel«, seine Stimme schwoll an, »natürlich hatte ich Zweifel, aber Olive hat ein Geständnis abgelegt.« Sein Blick richtete sich flehend auf Roz. »Warum hat Olive das getan?«

»Weil sie einen Schock erlitten hatte, weil sie Angst hatte, weil sie nicht wußte, was sie tun sollte, weil ihre Mutter tot war und weil sie dazu erzogen worden war, Geheimnisse zu bewahren. Sie hat geglaubt, ihr Vater würde sie retten, aber er tat es nicht, weil er glaubte, sie hätte es getan. *Sie* hätten reden können, aber Sie haben es nicht getan, weil Sie Angst davor hatten, was die Leute sagen würden. Die Frau bei Wells-Fargo hätte sie retten können, aber sie hat es nicht getan, weil sie sich heraushalten wollte. Ihr Anwalt hätte sie retten können, wenn er ein gütigerer Mensch gewesen wäre.« Sie warf einen kurzen Blick auf Hal. »Die Polizei hätte sie retten können, wenn sie nur ein einziges Mal die Beweiskraft eines Geständnisses in Frage gestellt hätte. Aber das war vor sechs Jahren, und vor sechs Jahren waren Geständnisse« – sie bildete mit Daumen und Zeigefinger einen Ring – »total in Ordnung. Aber all diesen Personen gebe ich keine Schuld. Die Schuld gebe ich Ihnen, Mr. Clarke. An allem. Sie haben ein Weilchen mit der Homosexualität experimentiert, weil Ihre Frau Sie gelangweilt hat, und dann haben Sie die Tochter Ihres Liebhabers verführt, um zu beweisen, daß Sie nicht der Perverse waren, für den er Sie hielt.« Sie sah ihn voller tödlicher Verachtung an. »Und so werde ich Sie in dem Buch zeichnen, das Olive aus dem Zuchthaus befreien wird. Ich verachte Menschen wie Sie aus tiefster Seele.«

»Sie werden mich vernichten.«

»Ja.«

»Will Olive das? Meine Vernichtung?«

»Ich weiß nicht, was Olive will. Ich weiß nur, was ich will – sie freibekommen. Wenn das nur über Ihre Leiche geht, dann ist mir das auch recht.«

Eine Zeitlang sagte er gar nichts, zupfte nur mit zitternden Fingern an der Bügelfalte seiner Hose. Dann sah er Roz an, als habe er plötzlich einen Entschluß gefaßt. »Ich hätte mich gemeldet, wenn Olive nicht gestanden hätte. Aber da sie es tat, nahm ich wie alle anderen an, sie sagte die Wahrheit. Ich vermute, Sie möchten ihren Aufenthalt im Zuchthaus doch gewiß nicht verlängern. Ihre Freilassung vor der Veröffentlichung Ihres Buchs würde den Absatz erheblich steigern, meinen Sie nicht?«

»Kann sein. Worauf wollen Sie hinaus?«

Seine Augen verengten sich. »Wenn ich Ihnen jetzt das Material liefere, das ihre Freilassung beschleunigen wird, werden Sie mir dafür dann versprechen, meinen Namen und meine Adresse in Ihrem Buch nicht preiszugeben? Sie könnten mich ja bei dem Namen nennen, den Olive mir gegeben hat – Mr. Lewis. Wären Sie damit einverstanden?«

Sie lächelte schwach. Was für ein unglaublich feiges Schwein dieser Mann doch war! Natürlich konnte er sie niemals darauf festnageln, aber das schien er nicht zu wissen. Und die Polizei würde seinen Namen auf jeden Fall preisgeben, wenn auch nur als den des Ehemanns von Dorothy Clarke. »Ich bin einverstanden, wenn Sie wirklich Olives Freilassung beschleunigen können.«

Er stand auf, nahm einen Schlüsselbund aus seiner Tasche und ging zu einer fein gearbeiteten chinesischen Schatulle, die auf dem Buffet stand. Er sperrte sie auf und hob den Deckel, nahm etwas heraus, das in Seidenpapier gehüllt war, und reichte es Hal. »Ich habe es gefunden, als wir umgezogen sind«, sagte er. »Sie hatte es in einer ihrer Schubladen versteckt. Ich schwöre Ihnen, ich habe keine Ahnung, wie sie dazu gekommen ist, aber ich habe immer gefürchtet, daß Amber sie damit gereizt hatte. Sie spricht sehr viel von Amber.« Er rieb sich die Hände, und Roz fühlte sich an Pontius Pilatus erinnert. »Sie nennt sie den Teufel.«

Hal zog das Seidenpapier auseinander. Darin fand er ein silbernes Armband mit einem winzigen Anhänger in Form eines silbernen Sessels und einem Schildchen, auf dem unter einem Gewirr tiefer, zorniger Kratzer mit Mühe noch die Worte *Du bist Narnia* zu entziffern waren.

Es war kurz vor Weihnachten, als sich die Waage der Justitia tief genug zu Olives Gunsten gesenkt hatte, daß sie das Zuchthaus verlassen durfte. Es würde natürlich immer Zweifler geben, Leute, die sie bis an ihr Lebensende die Bildhauerin nennen würden. Nach sechs Jahren waren die Beweise zur Untermauerung ihrer

Geschichte denkbar dünn: ein silbernes Armband an einem Ort, wo es nicht hätte sein dürfen; winzige Überreste einer verbrannten geblümten Kittelschürze, vom verbitterten Ehemann einer senilen Frau identifiziert; und, schließlich, die akribische Neuauswertung des fotografischen Materials mit Hilfe moderner Computertechnik, bei der sich in all dem Blut der kleinere, zierlichere Abdruck eines Schuhs unter einem der riesigen Abdrücke abzeichnete, die Olives Turnschuhe hinterlassen hatten.

Niemand würde je erfahren, was an jenem Tag wirklich geschehen war; die Wahrheit war eingesperrt in einem Gehirn, das nicht mehr funktionierte, und Edward Clarke konnte oder wollte keine näheren Angaben machen, die sich auf irgendwelche Bemerkungen bezogen, die seine Frau in der Vergangenheit von sich gegeben hatte. Er behauptete weiterhin, von nichts gewußt zu haben, erklärte, jegliche Zweifel, die er gehabt habe, seien durch Olives Geständnis beseitigt worden, alle Irrtümer und Fehler seien ihr selbst und der Polizei zur Last zu legen.

Wahrscheinlich hatte die Tragödie damit ihren Anfang genommen, daß Amber gewartet hatte, bis Edward Clarke und ihr Vater weggefahren waren, und dann Mrs. Clarke ins Haus gerufen hatte, um sie mit dem Armband und der Geschichte von der Abtreibung zu quälen und zu reizen. Was dann geschehen war, konnte man nur vermuten. Roz auf jeden Fall war überzeugt, daß Mrs. Clarke die Morde kaltblütig und bei klarem Verstand begangen hatte. Die Tatsache, daß sie Handschuhe angezogen haben mußte, um ihr grausames Werk zu vollbringen, die Tatsache, daß sie äußerst vorsichtig um das Blut herumgegangen sein mußte, um keine Abdrücke zu hinterlassen, sprachen von kühler Überlegung. Am kaltblütigsten jedoch war es gewesen, daß sie ihre blutverschmierte Schütze zusammen mit Gwens und Ambers Kleidern verbrannt und die Reste hinterher als Teile eines von Gwen getragenen Kleidungsstücks identifiziert hatte. Roz fragte sich manchmal sogar, ob es nicht von Anfang an Dorothy Clarkes Absicht gewesen war, Olive zu belasten. Es war völlig unklar, warum Dorothy Clarke plötzlich draußen am Küchenfenster erschienen war, aber Roz konnte sich des Gefühls nicht erwehren, daß Olive, hätte die Frau das nicht getan, vielleicht doch soweit einen klaren Kopf behalten hätte, sofort die Polizei anzurufen, anstatt in blinder Verzweiflung in der Küche herumzustolpern und alle Beweise zu verwischen, die sie vielleicht entlastet hätten.

Gegen die Polizisten, die den Fall damals bearbeitet hatten, wurde kein Disziplinarverfahren eingeleitet. Der Chief Constable gab eine Pressemitteilung heraus, in der er auf die kürzlich erfolgte Straffung der polizeilichen Verfahrensweisen hinwies, insbesondere in bezug auf Geständnisse, er betonte jedoch, in Olives Fall habe die Polizei alles getan, um sicherzustellen, daß ihre Rechte in vollem Umfang gewahrt wurden. Unter den gegebenen Umständen sei es akzeptabel gewesen anzunehmen, daß ihr Geständnis der Wahrheit entspreche. Er nahm die Gelegenheit wahr, die Öffentlichkeit nachdrücklich darauf hinzuweisen, wie wichtig es war, daß man unter keinen Umständen am Schauplatz eines Verbrechens Beweise zerstörte.

Peter Crews Verwicklung in den Fall, insbesondere in Anbetracht seiner anschließenden Veruntreuung des Nachlasses von Robert Martin, hatte beträchtliche Aufmerksamkeit auf sich gezogen. Schlimmstenfalls beschuldigte man ihn, Olives Verurteilung bewußt herbeigeführt zu haben, um an das Geld heranzukommen; bestenfalls, eine emotional verstörte junge Frau zu einer Zeit im Stich gelassen zu haben, da es seine Pflicht gewesen wäre, ihre Interessen wahrzunehmen. Er bestritt beide Beschuldigungen mit Nachdruck. Weder habe er Robert Martins Erfolg an der

Börse voraussehen können noch seinen frühen Tod, argumentierte er, und was Olive angehe, so habe er, da ihre Geschichte sich mit den forensischen Befunden gedeckt und sie ihr Geständnis niemals widerrufen habe, wie die Polizei angenommen, daß es sich um die Wahrheit handelte. Er habe ihr geraten, nichts zu sagen, und könne für ihr Geständnis nicht verantwortlich gemacht werden. Dank der von ihm gestellten Kaution befand er sich weiterhin auf freiem Fuß, mit Anklagen konfrontiert, die den meisten seiner Mandanten einen Aufenthalt im Untersuchungsgefängnis eingebracht hätten, und behauptete hartnäckig, in sämtlichen Punkten unschuldig zu sein.

Als Roz zu Ohren kam, was er sagte, wurde sie so wütend, daß sie ihm mit einem Journalisten an der Seite auf der Straße auflauerte. »Über Pflicht und Verantwortung könnten wir uns bis in alle Ewigkeit streiten, Mr. Crew, aber erklären Sie mir eines: Wenn Olives Aussage sich tatsächlich so genau mit den forensischen Befunden deckte, wie Sie behaupten, wieso hat sie dann behauptet, der Spiegel sei nicht beschlagen gewesen, obwohl doch Gwen und Amber Martin zu dem Zeitpunkt, als sie ihnen den Spiegel vorgehalten haben wollte, noch am Leben waren?«

Sie hielt ihn am Arm fest, als er gehen wollte. »Warum hat sie kein Wort davon gesagt, daß die Axt zu stumpf war, um mit ihr Ambers Kopf abzutrennen? Warum hat sie nichts davon gesagt, daß sie viermal zugeschlagen hatte, ehe sie schließlich zum Tranchiermesser griff? Warum hat sie den Kampf mit ihrer Mutter nicht beschrieben? Warum hat sie nichts von den Messerstichen gesagt, die sie ihrer Mutter beigebracht hat, ehe sie ihr die Kehle durchschnitt? Warum hat sie nicht erwähnt, daß sie die Kleider verbrannte? Bitte, nennen Sie mir nur ein einziges Detail aus Olives Aussage, das sich in vollem Umfang mit dem forensischen Befund deckt.«

Er schüttelte zornig ihr Hand ab. »Sie hat gesagt, sie habe die Axt und das Tranchiermesser benutzt«, fuhr er sie an.

»Und auf keinem von beiden fand man ihre Fingerabdrücke. Die forensischen Untersuchungen haben ihre Aussage nicht bestätigt.«

»Sie war über und über mit ihrem Blut bedeckt.«

»Über und über ist richtig, Mr. Crew. Aber wo in ihrer Aussage steht, daß sie sich darin gewälzt hat?«

Wieder wollte er gehen, doch der Journalist trat ihm in den Weg. »Die Fußabdrücke«, sagte er. »Damals waren nur ihre Fußabdrücke vorhanden.«

»Ja«, sagte Roz. »Und aufgrund dieser einen Tatsache, die allen anderen Befunden widersprach, gelangten Sie zu dem Schluß, sie sei eine Psychopathin, und bereiteten eine Verteidigung auf der Basis verminderter Schuldfähigkeit vor. Warum haben Sie Graham Deedes niemals über die Bemühungen ihres armen Vaters unterrichtet, sie zu retten? Warum haben Sie nicht Ihr eigenes Urteil in Frage gestellt, als man sie für prozeßfähig befand? Warum, zum Teufel, haben Sie sie nicht wie ein menschliches Wesen behandelt, Mr. Crew, sondern wie ein Ungeheuer?«

Er sah sie mit eisiger Abneigung an. »Weil sie ein Ungeheuer *ist*, Miss Leigh. Schlimmer noch, sie ist ein schlaues Ungeheuer. Beunruhigt es Sie nicht, daß die arme Frau, die Sie nun an Olives Stelle geschoben haben, die einzige Person ist, die geistig nicht in der Lage ist, sich gegen die Anklage zu wehren? Und beunruhigt es Sie nicht, daß Olive bis nach dem Tod ihres Vaters gewartet hat, ehe sie überhaupt mit einem Menschen sprach? Sie können es mir glauben – auf *ihn* wollte sie ihre Schuld abwälzen, weil das leicht gewesen wäre. Weil er tot war. Aber Sie haben ihr statt dessen Mrs. Clarke geliefert.« Er funkelte sie wütend an. »Die Beweise, die Sie ausgegraben haben, wecken Zweifel, aber nicht mehr.

Computervergrößerungen in der Fotografie sind genauso interpretierbar wie der Begriff Psychopathie.« Er schüttelte den Kopf. »Olive wird selbstverständlich aufgrund dieser Zweifel freikommen, das Gesetz ist in den letzten Jahren sehr schwammig geworden. Aber ich war dabei, als sie ihre Geschichte erzählte. Olive Martin ist, wie ich Ihnen von Anfang an klarzumachen versucht habe, eine gefährliche Person. Sie hat es auf das Geld ihres Vaters abgesehen. Sie haben sich an der Nase herumführen lassen, Miss Leigh.«

»Sie ist nicht halb so gefährlich wie Sie, Mr. Crew. Wenigstens hat sie nie dafür bezahlt, andere geschäftlich zu ruinieren und mit dem Tod zu bedrohen. Sie sind ein gemeiner Verbrecher, Mr. Crew.«

Crew zuckte die Achseln. »Wenn das im Druck erscheint, Miss Leigh, werde ich Sie wegen übler Nachrede belangen, und das wird Sie an Anwaltsgebühren beträchtlich mehr kosten als mich. Ich würde vorschlagen, Sie merken sich das.«

Der Journalist blickte ihm nach, als er davonging. »Er macht einen auf Robert Maxwell«, sagte er.

»Ja, das ist das Recht«, sagte Roz angewidert. »Nichts weiter als ein dicker Knüppel, wenn man weiß, wie man sich seiner bedienen kann, oder reich genug ist, um Leute anzuheuern, die sich mit ihm auskennen.«

»Sie glauben nicht, daß er, was Olive angeht, recht hat?«

»Nie im Leben«, antwortete Roz, zornig über seine Zweifel. »Aber wenigstens wissen Sie jetzt, wogegen sie zu kämpfen hatte. Wenn die Leute hier im Land glauben, daß die Anwesenheit eines Anwalts bei einem Verhör einen automatisch schützt, sind sie verrückt. Anwälte sind genauso fehlbar, so faul und so korrupt wie der Rest von uns. Die Law Society mußte letztes Jahr Millionen zahlen, um die Opfer fahrlässiger Anwälte zu entschädigen.«

Das Buch sollte innerhalb eines Monats nach Olives Entlassung herauskommen. Roz schrieb es in Rekordzeit fertig, umgeben von dem Frieden inmitten der Abgeschiedenheit Bayviews, das sie spontan gekauft hatte, als sie merkte, daß sie bei dem ständigen Lärm der Leute, die unten im Restaurant ihr Essen genossen, nicht arbeiten konnte. Das *Poacher* war wieder eröffnet worden, in einem Wirbel etwas übertriebener Publicity, die Hal als den heroischen Underdog feierte, der sich erfolgreich gegen das organisierte Verbrechen gewehrt hatte. Seine Beziehung zum Fall Olive Martin, zumal seine späteren Bemühungen um ihre Freilassung, hatten den Mythos noch genährt. Roz' Entschluß, Bayview zu kaufen, fand seinen uneingeschränkten Beifall. Sich vor der Kulisse des Ozeans zu lieben war, gemessen an der Aussicht durch die vergitterten Fenster des *Poacher*, eine immense Verbesserung.

Und sie war dort sicherer.

Hal hatte in sich eine Fähigkeit zur Liebe entdeckt, von deren Vorhandensein er nichts gewußt hatte. Sie umschloß alle Gefühle von der Bewunderung bis zur Lust, und obwohl er sich selbst niemals als einen paranoiden Menschen beschrieben hätte, wurden ihm jetzt die ständigen Gedanken an Stewart Hayes, der gegen Kaution auf freiem Fuß war, zu einer unerträglichen Belastung. Bis er sich schließlich entschloß, Hayes einen Überraschungsbesuch abzustatten. Er fand ihn im Garten seines Hauses vor, beim Spielen mit seiner zehnjährigen Tochter. Und dort machte er Hayes ein Angebot, das dieser nicht ablehnen konnte. Ein Leben gegen ein Leben, Verstümmelung gegen Verstümmelung, sollte Roz etwas zustoßen. Hayes erkannte – vielleicht weil er selbst so gehandelt hätte – in den dunklen Augen eine solch zwingende Entschlossenheit, daß er einem Waffenstillstand auf unbestimmte Zeit zustimmte. Seine Liebe zu seiner Tochter, so schien es, war das Gegenstück zu Hals Liebe zu Roz.

Iris, die beinahe mehr Verdienst an dem Buch für sich in Anspruch nahm als Roz – »wenn ich nicht gewesen wäre, wäre es nie geschrieben worden« – verkaufte das Werk mit großem Eifer als neuestes Beispiel dafür, wie die britische Justiz unter den Körpertreffern ihrer eigenen Inflexibilität ins Taumeln gerät. Ironischerweise übrigens stellte sich heraus, daß der Junge, den Crews Kanzlei in Australien aufgestöbert hatte, doch nicht Ambers Kind war, worauf die Suche ganz aufgegeben wurde. Die Zeitspanne, die Robert Martin in seinem Testament dafür angesetzt hatte, war abgelaufen, und sein Vermögen – dank Crews Spekulationen noch gewachsen – lag weiterhin auf Eis, während Olive die Genehmigung einholte, ihre Rechte darauf geltend zu machen.

EPILOG

An einem dunklen, kalten Wintertag morgens um halb sechs, zwei Stunden vor der Zeit, die der Presse genannt worden war, trat die Bildhauerin durch das Zuchthaustor in die Freiheit. Sie hatte mit Erfolg um die Erlaubnis gebeten, in aller Stille in die Gesellschaft zurückkehren zu dürfen. Roz und Schwester Bridget, die man telefonisch benachrichtigt hatte, standen draußen im Licht der Straßenlaternen, stampften mit den Füßen und bliesen sich in die Hände. Sie begrüßten sie mit einem Lächeln, als das Tor sich öffnete.

Nur Hal, der zehn Meter entfernt in der Wärme des Autos wartete, sah den Ausdruck des Triumphs, der flüchtig über Olives Gesicht flog, als sie die beiden Frauen in die Arme nahm und in die Höhe hob. Er erinnerte sich eines Satzes, den er sich in seinen Schreibtisch hatte eingravieren lassen, als er noch bei der Polizei gewesen war. *»Die Wahrheit liegt innerhalb eines kleinen, bestimmten Umkreises, doch der Irrtum ist immens.«*

Unwillkürlich erfaßte ihn ein Schaudern.